异瞳

李山题

当关羽遇见貂蝉

赵焰 著

人民东方出版传媒
東方出版社

图书在版编目（CIP）数据

异瞳：当关羽遇见貂蝉 / 赵焰 著 . —北京：东方出版社，2016.8
ISBN 978-7-5060-9023-0

I. ①异… II. ①赵… III. ①长篇小说 – 中国 – 当代 IV. ① I247.5

中国版本图书馆 CIP 数据核字（2016）第 097537 号

异瞳——当关羽遇见貂蝉
YI TONG —— DANG GUANYU YUJIAN DIAOCHAN

作　　者：赵　焰
责任编辑：林　敏
封面设计：张今亮　孙文君
内文插图 版式设计：孙文君
出　　版：东方出版社
发　　行：人民东方出版传媒有限公司
地　　址：北京市东城区隆福寺街 99 号
邮政编码：100706
印　　刷：北京新华印刷有限公司
版　　次：2016 年 8 月第 1 版
印　　次：2016 年 8 月北京第 1 次印刷
开　　本：880 毫米 × 1230 毫米 1/32
印　　张：13.75
字　　数：270 千字
印　　数：00,001–10,000 册
书　　号：ISBN 978-7-5060-9023-0
定　　价：45.00 元
发行电话：（010）64258117　64258115　64258112

目录

题记：真相就像一个迷宫般的城镇，里面有很多街道。现在，就让我们在这些街道上穿梭行走。在这些街道上行走的时候，就是我们认识街道的过程

——［意］卡尔维诺

楔子

我是关羽

很多年后，当我已拎不太动那把沉重的青龙偃月刀的时候，我总是让周仓把它扛在肩上，和他一起漫步聊天。我喜欢漫步在襄阳的城墙上，眺望不远处的汉水迤逦流淌。在我的眼中，这一条浩瀚的河流就像是天上的银河一样宽广弥漫，也像银河一样神秘诡异。时间就是河流，我们全是其中的小鱼小虾，至于那些功名利禄荣华富贵，就像水中跳跃的浪花一样。人一过五十岁，就离上天越来越近，眼前的现实也变得朦胧，寡淡乏味得像是一幅拙劣的画一样。真实和梦境的距离，更薄如一张千疮百孔的纸。

回忆过去，就像婴儿用小小的手掌试图抓住大大的玩具球一样。过去一直躲躲闪闪，让你无法获取。这是回忆的本质吗？我想起童年的夜晚，祖父经常带我看星星。祖父扬起手臂指着满天的星空，叙述庄严而凝重。我现在知道，当一个人试图将有限与无限建立某种联结时，就会不由自主地变得肃穆庄严。祖父告诉我，天上有多少星星，地上就有多少人，如果一个人死了，天上的星星也要落下来一颗，如果他病了，星光就会暗淡。后来，在南征北讨的日子里，我最喜欢做的一件事，就是读书夜半后观察天象。我更愿意把璀璨无比的星空，当作是神意的图画，以此来得到某种启示。驻守荆州的时候，我经常带着水师在长江上操练。我喜欢在夜深人静之时，一个人坐在船板上，感受凉爽的江风，听江水发出轻搓丝绸的窸窣声。我头顶上的星空纯洁晶亮，就像是一只只孩童的眼睛，不沾一丝纤尘地注视你，而我所有的一切，都暴露于它的注视之下。我喜欢抬起头，目光逡巡天宇，先找到苍穹中最亮的天极星，然后逐一扫过二十八星宿的东方苍龙七宿：角、亢、氐、房、心、尾、箕；北方玄武七宿：斗、牛、女、虚、危、室、壁；西方白虎七宿：奎、娄、胃、昴、毕、觜、参；南方朱雀七宿：井、鬼、柳、星、张、翼、轸等。我一个一个看着它们，感觉它们并不遥远，亲切得仿佛可以对话似的。有一年的中秋节，我特意乘坐一艘小舢板来到江中心，一汪江水，一叶扁舟，又与大船上的感觉不一样——那些闪烁的星河，铺天盖地把你裹挟进来，只消一会工夫，你就感觉天上的银河与背后的长江融为一体，身边哗哗的水声，不知道来自天上的银河，还是地上的长江；而自己呢，就像一只微不足道的水虱子一样，浮游在浩渺的水面上。我突然想起孔子所说的：逝者如斯夫，不舍昼夜！的确是这样，人之有限，时间为无限，世界万物，不过是时间翻出的浪花而已。我感到那些闪烁的星辰也是有生命的，不仅有喜怒哀乐，更有七情六欲……说起来也怪，我现在觉得，每当我与自然接触紧密时，我才能得到一些启示，而在其他时候，我总是显得浑浑噩噩，恍然不知所以。我突然意识到仰望天空的必要，对于很多人来说，此举足以让内心纯净，即使感受不到澄明的启迪，感受不到精神和真理，也会使得人感觉到自己的渺小。认识和甘于渺小，是人走上正途的开始。

这世界上所有一切都是时间的游戏。时间是什么？它就像空气，你平时根本不会看到它，它纤小而滑腻，自如地在你唇齿之间穿行。你呼吸到它，你的气息进出都是它，可你意识不到它。在我的晚年，当岁月淹没到我的胸膛之后，我突然意识到它的存在了，它经常让我有一种窒息感，让我不由自主地对过去怀有极大困惑，对未来怀有极大的恐惧。有时候我会产生一种奇怪的想法：也许过去和未来就隐匿在我们身边的某处，隐藏在空气、味道或者是灰尘中，不让我们发现罢了。时间才是这个世界的王，人类算得了什么呢？只能算是时间的感受器或者过滤器，是时间的玩偶和附属。至于当下，那是不存在的——它的一半是未来，另一半则是过去。就如同我当初听到的“零”的概念——那是周仓告诉我的，这个概念是从天竺传来的——零是什么？它什么都不是，什么都没有。在数学上，它的一半是负数，另一半则是正数；它既是起点，又是终点。它就是佛教的“无”，无中生有的“无”。

在荆州的那一段时间，我经常跟周仓、华佗等游山、登亭，玩酿泉之水，于长江之上坐而论道。每逢月夜，我们经常乘船游于长江或汉水之上，饮酒赋诗，振衣起舞，歌声如月影轻风随滔滔江水流淌。孔夫子曾经梦想暮春时于沂水洗澡在舞雩台上高歌，我们在荆州经常尽情享受这样的生活。有一年初夏，一个轻微薄雾的夜晚，我跟周仓、华佗乘一叶扁舟到了江心，我们面对面地坐着，周围全都是缥缥缈缈的雾霭，就像是漫漶的疑问和困惑一般。不得不说的是，周仓对于万事万物的看法，有着相当的道理。虽然他曾经是我的马弁，现在的偏将，一辈子籍籍无名，不过他心胸广大、知识渊博，是那种能用智慧将一切知识点化开的人。周仓说，人不应该只是为了现世或来世而生存，还应有更远的目标，那就是永生。他又说，一个人不应只生活在经验世界，也就是我们感知的世界里，还应立足长远，在天国中寻求不朽。说这一句话时，他的眼神中有一些怪怪的内容。周仓对于世界的看法一直很坚定，他说天地万象都以悲怆初造，任何生命的诞生都伴随着疼痛；生命并不是直线的，而是循环往复的；就像此时，我跟你说话的场景，我和你，以前都存在过，以后还会存在。我有点听不懂他的话，不过我能感觉他的言语中有一种博大的智慧。至于华佗，他对于世界的看法，更喜欢与人相关联，他说在世界茫然不可知的前提下，天人合一才是最重要的，如果天人合一的问题解决了，时间的压迫感便不存在了。华佗还说，人生一世，所做的事，无非自欺、欺人、被人欺……我喜欢这样的交谈，无边无际，无拘无束，若饮醇醪，不觉自醉。

还有一次，我忽然听到了小草萌发或者树叶蹦出的声音，如手指拨琴般优雅，如笛音般细微。在中了曹军大将庞德的毒箭之后，我曾有很长一段时间高烧不止，眩晕中，我听到一阵类似笛声的悠扬，不是独奏，而是和声。它似乎来自不远处荆山上的树木花草，分明是花开的声音，叶子抽芽的声音。这种声音跟我平时听到的霓裳之曲不一样，它更为纤细，更为悦耳，美得无懈可击，美得滴水不漏，它甚至给人以启迪，透露着某种神秘的信息。我一下感觉到某种完美的东西。说它更加完美，是因为它更加沉静和自由，更接近于上天的意旨。在此之后，我经常能听到植物阳光般的生长声。它们本身的存在，就是一种表达。一种自在的表达，根本也不需要人们去理解的表达。

哦，如果我啰啰唆唆地阐述抽象道理让你厌烦的话，那么，接下来我会讲述“千里走单骑”的故事。回首一生，我觉得最值得品咂的，就是那段“千里走单骑”。这不是指故事环环相扣意趣横生，而是指故事背后的隐秘，以及故事的启迪意义。一般的故事总是故事的重复，只有具有隐秘和启迪意义的故事，才算是独特的。确切地说，“过五关斩六将”不仅是一个传奇，它更是一个心的故事，是人的成长和心的成长。意味着一个人不仅要走得很远，还得不时地跟自己的心魔做斗争，在内心中降龙伏虎……不要说我是在故弄玄虚，其实真的是这样；不要认为我只是一介武夫，我还是一个诗人。所有超越自己本职的人，都是一个诗人。我尽量还原出一切，让那些微小的细节像堤坝缝隙里渗出的水，或者如躲藏在沙滩里的幼蟹一样爬出来。

这是一个“接龙”的游戏，像一群人围坐，重现古老的“击鼓传花”。故事像花朵一样在人们之间传递，停在哪里，哪里就是一幅叙述的拼贴图。伴随着鼓声、笑声、喝彩声，陆续走过爱情、情欲、忧虑、别离、嫉妒、孤独、敌意、眼泪、谣言，走过贫穷、富庶和悲催，周而复始地循环下去。在游戏中，每个人都是其中的一环，微不足道，又极其重要。在这样的游戏中，我更喜欢的是漫无目的的遐思，在自己的思绪中畅达地游历，我就像一条浑浑噩噩的鱼一样，已分不太清楚哪些是真实，哪些是幻象了。

一切都写在天上，我们只是叙述者。就像音乐，本来就游离在时空的罅缝里，像摇曳的水草以及扭摆的蛇一样。作曲家只是发现者，他通过灵感发现了音乐，让它悠然浮出时间的水面，像风一样徐徐地吹拂。值得一说的是，语言也是属于时间范畴的，既然叙述者的灵魂已超越时空，讲述自然也达到了自由境界；每一个人的言语都是有色彩的，哪怕传奇，哪怕荒谬。它们组合在一起，就像一株长长的牵牛花一样，伸展着妖娆的触须，绚丽地开放在阳光之下。

第一章 白马坡

曹　操

当我第一眼看到关云长的时候，我就认为他是一个神，一个非常难得的战神。我第一次看到他是在汜水关前，当黑压压的队伍像由金银铜铁交融而成的河流一样从四面八方涌到关前时，我有一种初临大海般的激动。对于我来说，这与其说是一场战争，不如说是一场大戏。这一场为我设计的大戏即将打开帷幕，我知道在不久的将来，我即将成为主角，成为独揽天下的王者。我一直有一个预感，那些奔波于各地的人物，现在凌驾于朝廷之上的大大小小的官吏们，甚至皇帝以及这个时代，都将成为我的背景。那一次讨伐董卓的人马共有十八路，盟主是袁绍。我在刺杀董卓失败之后，也在老家谯县组织了一支人马加入讨伐的行列。说实话，我一点也不喜欢袁绍，这个出身于繁华世家的花花公子，虽然有高大的身材、雍容的风度以及华丽的外表，但他一直在诸多事情上表现出迟疑不定。他优柔寡断的本质不仅表现为武断粗暴的态度，暧昧游离的眼神，还有对于周边人的不屑一顾。我真不知道他的这种不屑来自于哪里，是因为他曾经的贵族身份吗？乱世之中，世家贵族早如一株株大树被砍伐，没有什么是恒常的，也没有什么值得骄傲的。具体到袁绍经常性的无礼，我认为这是一种极其不好的品质，这种品质和性格自小养成，一直没有得到改变。当然，在很多时候，我总是表现得不以为意，在当时的情形下，董卓才是我们共同的敌人。至于以后的事情，我相信我们之间肯定会有一个了断，而胜者肯定是我。

那时的刘备还是公孙瓒手下一员籍籍无名的将领，至于关羽，更只是刘备帐下的小马弓手。当董卓手下大将华雄挑着孙坚太守战败丢下的旗帜，在营帐前接二连三地斩落袁术韩馥手下的一流将士时，那些来自五湖四海，平日里牛气哄哄谁也不服谁的武将们，看着不远处那个如天神共工一样威猛高大的华雄，一个个迟疑着不敢应声。他们穿着漂亮的铠甲，像一只只缩起头的穿山甲一样躲在后面。沉默了很长时间之后，从西边角落公孙瓒那一块，站出来一个人，要求出战华雄。我从没有看到过这样的马弓手，气势宏大，像巍然巨塔一样鹤立鸡群。只见他大叫一声："如果没有人应战的话，关某愿意出战。"也许是关云长那件褴褛的绿衫让袁绍不喜，好大喜功的袁绍恼羞成怒，竟然把关羽的勇敢看作对自己的挑战，下令让人乱棒将关云长打出。我实在是看不下去了，面对那些虎狼般一拥而上的校尉们，我用严厉的眼神阻止了他们。我对袁绍说："袁公不要生气。此人相貌堂堂气宇不凡，既然敢说如此大话，也可能有些本领。不如让他出马应敌，如果他不能获胜的话，再处置他也不迟。"袁绍迂腐地回答："怎么可以让一个小小的马弓手出战呢，那会被华雄耻笑的。"我笑着说："这个人高大威猛仪表不俗，他若出战，不报身份，华雄怎么知道他是个马弓手呢?"说话之时，关羽在旁边不服气地说："你让我出仗，我一定能取华雄的头来见你们，如果不行，请斩我人头示众。"袁绍看了看他，又看了看我一眼，这才不做声了，算是默许了我的建议。我走向那个马弓手，示意随从烫一杯酒端上来。等酒呈上之后，我亲自接下，恭敬地递给了那个马弓手。乱世之中，藏龙卧虎，以此人轩昂的气度和坚定的眼神来看，相信他不是一般的人，假以机遇，必定会不同凡响。我走上前去，示意此人喝下酒后去杀敌，哪知他一扬手就拒绝了，对我振振说道："酒先放在这，我去去便回。"健步走出大帐，提起那把风车一样的大刀上马疾驰而去。我们在营帐里端坐着，等候战斗的消息，聆听外面的动静：先是鼓声大振喊声一片，如天摧地塌岳撼山崩；又是一片铁靴奔波、马蹄四溅、剑劈木盾的钝音，夹杂着钢铁碰撞的摩擦声、弓箭呼啸的声音、人们高声咒骂的声音；更有战鼓雷鸣，数千匹马同时发出的嘶鸣声……我们坐在大帐之中，就像坐在汪洋中的一条船上，感受到铺天盖地的暴风骤雨。将领们议论纷纷，我也有点坐不住了，情不自禁地走到营帐门口向远处眺望，可除了看到不远处月光洒落将士们的枪尖，仿佛千万只萤火虫飞舞外，其他的，我什么也看不到。回到大帐后，我打算再派探子去看看情况，只听见外面急促响起马的鸾铃声，有马匹飞也似的到达大帐门口。正在诧异之间，一个血糊糊的人头突然掷进来，"嗵"的一声，一直滚到我的脚边，热烘烘的血腥味立即在营帐里弥漫开来。各路将军大吃一惊，一看地上，正是华雄的人头。这时候关羽大踏步地闯了进来，一边哈哈大笑，一边大声嚷道："我的酒呢？我要痛饮一樽！"

大帐里的侍卫毕恭毕敬地端上了酒，我接过来，用小手指尖蘸了一下，尚有余温。我端着酒樽递给了关羽，关羽看都不看，仰头一饮而尽，随后抹了抹嘴唇，余兴未尽地凝视着我。看得出这个汉子很坦荡，酒量也很好，至少，可以跟我一拼。我喜欢跟这样的人喝酒，百樽千樽不醉。我正想着要以怎样的方式来犒劳这位勇士，只见那位刘玄德的后面又站出一个人来，豹头环眼，厉声高叫："俺哥哥斩了华雄，不乘此时杀入关去，活拿董卓，更待何时!"我一看，这个人长得更奇特，个头比关羽虽然要矮一些，不过身材更为魁梧，一看就是天生神力的刚猛之人。公孙瓒介绍说这人是关羽的结义弟兄张飞，又介绍旁边一个面如冠玉大耳垂肩双手过膝的中年人，说他是刘备，与关羽张飞是结义兄弟。我记住了这两个名字。袁绍还没有说话，一旁的袁术大为恼怒，厉声呵斥道："什么人在这里大声喧哗！你们觉得他很了不起是吗？华雄乃一区区贼寇，我们只是没把他当回事罢了。我们这里随便派一个人，就可以把他杀了。一个县令下面的小卒，竟敢在这里耀武扬威！都给我赶出帐去!"这一个袁术，跟他同父异母的哥哥一样，都是那种嫉贤妒能自以为是之人，他甚至还不如袁绍，袁绍至少还有着堂堂正正的外表和姿态，而袁术呢，气质单薄，贼眉鼠眼，一看就是小肚鸡肠的小人。乱世之中，当重用贤能，何必为别人的身份和出身去计较呢！我看不下去了，走上前劝慰说："既然有功劳，那就是一定要奖赏，何必去计较他们身份的贵贱呢?"听到我的话之后，袁术极其不高兴，对着我恼羞成怒地说："既然你们只重视一个县令，我当告退。"我也有点恼怒了，我说："你们这是怎么了，大事小事要分清，我们讨伐董卓的大事，岂能因为这一个小小的看法不同就影响大事呢?"我忍了一口气，打了一个圆场，当下让公孙瓒且带着刘玄德、关羽和张飞回到自己的营房。晚上，我暗自派人给他们送上了我家乡谯县的好酒。我知道他们是英雄，在这个乱世之中，英雄如此难得，一定要想办法把他们拉入自己的阵营里。

在此之后就是乱花迷人眼了。跟袁绍这样华而不实的人如何合作呢，再加上他那个小肚鸡肠自视清高的同父异母的弟弟袁术。一个首领的浅薄对于部下来说是致命的，相反，在一个智者的麾下是幸运的。我说的智者是指有胸怀和思辨能力的人，不仅指的人情世故，还有看起来风马牛不相干的一切事物，包括时常为人们忽略的虚空认知。现在回想起来，我一点也不喜欢自己的青年时代，也不喜欢别人的青年时代。年轻人都在愚昧、浅薄以及刚愎自用中度过时光，它纯朴而脆弱，有昙花一现的美丽，无熨帖深刻的思想。这是我后来明白的道理。在此之后的形势就是乱花迷人眼了——那一次讨伐董卓失败，联盟也解散，我得出一个道理，在乱世之中，一定要有自己的子弟兵。在此之后，我遍招天下英雄，将他们凝取成形，形成了我自己的“曹家军”。在我的麾下：有曹仁、曹洪这样的乡党；有典韦、许诸这样的民间豪杰；更有徐晃、张辽这样投奔过来的各路将领。这一支部队之中，还有一批清醒而智慧的人，比如郭嘉、荀彧、荀攸、程昱等等，他们认识深刻，料事如神，有极端的冷静，也有高妙的韬略。我用人不计出身，也不在乎曾效忠过谁，我觉得以我对他们的恩惠，加上我的赏罚分明，以及我的个人魅力，赢得他们的忠诚并不是一件困难的事。其实每一个人的人心都是肉长的，我尊重他们，因材施用，他们就会感到满足。比如张辽、徐晃等，他们原先都是吕布手下的将领，像张辽，那是一个多么出类拔萃的全才啊，低调能干，冷静平稳，可刚愎自用的吕布只把他当作一个武士来使用。真是一叶障目，他哪里知道张辽是一个绝好的千里马呢？只有我知道，张辽不仅能独当一面，而且能驾驭全盘，他能将所有的事情办得妥帖放心。不过张辽也好，徐晃也好，他们都只是千里马，不是战神。我需要的，就是像关羽这样的战神。

是的，关羽是一个战神。这不仅仅指他拥有万夫不当之勇，还指他拥有一种巍峨的气度，如云蒸霞蔚，一览众山小。我承认在武艺上，我的部将许褚和典韦可能不逊于关羽，不过相比关羽，他们明显缺乏高山仰止的气度。他们也许具有战斗的勇气和能力，却缺少让人信服的气度和神韵。至于张辽、徐晃等，明显地缺乏一种霸气。关羽则不一样，关羽天生就是一个神，一个超乎寻常之上的神灵。我需要这样一个神灵，我需要用一种超乎寻常之上的勇气和力量来感召天下的英雄，不仅仅是征服别人，还要让人们自觉地服从，以致顶礼膜拜。我要借助于这样一个神，去号令天下的武士。这就是我真实的想法。

我打败了吕布，又打败了袁术，最后平定了图谋不轨的刘备。在我攻入小沛之后，刘备像暴风雪到来之前的乌鸦一样不知所踪，只留下关羽以及数千军士在下邳保护着刘备的家眷和女人。我以调虎离山之计将关羽骗出下邳，将他围困在小小的土山之上。在关羽力尽粮绝之时，我派出关羽的好朋友张辽出面劝降。聪明的张辽抓住了关羽的软肋，没有恐吓，没有利诱，而是指出关羽没有尽力保护好刘备的家小，为不忠不孝。关羽誓死的决心一下子松弛了下来。提出了投降的三个条件：一是只投降汉献帝，不投降曹操；二是刘备的二位夫人要受到赡养和尊重；三是一旦知道兄长刘备的下落，就立刻去投奔。三个条件缺一不可。在听完张辽吞吞吐吐地转达完关羽三个意见后，我差一点捺不住怒火大发雷霆，恨不得下令将士们荡平那小小的土山，将自负无比的关云长碎尸万段。不过我很快克制住自己的情绪，我知道对于一个谋略者来说，最基本的一点就是克制情绪，不能让魔鬼牵着你的鼻子走。我故作轻松地笑了起来，我对张辽说："降曹跟降汉有区别吗？我是汉相，我挟天子而令诸侯，汉即是曹，曹即是汉。"张辽会心地笑了。我又问："刘备那两个老婆是天姿国色吗？"张辽摇摇头。我笑着说："既然姿色平平，我干吗要动她们？我的身边又不少美女？"我知道关云长极要面子，前两个条件，其实是为了维持他的尊严，我当然乐于做顺水人情。至于第三个条件，张辽说，虽然这条件异常苛刻，不过刘备至今杳无音讯，或许早就葬身战场，丞相姑且答应他便是。这样的说法打动了我，我点点头。让我同意这三个条件的，还有我对于人性的了解。人都是有弱点的，否则他就真的是一个神了，关羽既然是人，就应该有弱点。他忠于刘备，不就是因为刘备对他好吗？如果我对他比刘备对他还好，给他一切这世间最好的东西，相信他即使是铁石心肠，也会改变过来。我从来不在乎那些东西，我只要得到天下，那些世间的金钱美女，在天下面前，又算得了什么呢？

哦，我忘了一件事了。这一件事，给我留下了异常深刻的印象，让我更坚定地认为，人都是有两面性或者多面性的——在擒获吕布之前，作为刘备的部属，关羽曾出人意料地私下给我写了一封信，请求我在攻占徐州之后，将吕布的小妾貂蝉赏给他。关羽给出的理由很奇特：貂蝉跟自己曾经的妻子胡氏非常相像，胡氏失踪之后，自己一直忧郁伤心，非常怀念她，希望能从貂蝉身上，找到一些安慰；况且，自己膝下一直无子，如果能与貂蝉生一个儿子，那将是一件最完美的事了。这一件事让我感到异常惊讶，我从未想到心高气傲的关羽竟然会为一个女人如此冒昧甚至低声下气给我写出这样一封信。一个再强大的男人，也得寻找感情与生理的归宿，为了女人低下高贵的头颅。我当然知道貂蝉，身为男人，怎么会不知道貂蝉呢？她是女人中的极品，是这个时代的传说，也是男人们共同追求的虚荣。我在看过信之后忍不住冷笑：貂蝉与他的结发妻子胡氏相像？鬼话！关羽的妻子胡氏会如此漂亮吗？我不相信这个世界上，还会有第二个如貂蝉一样的尤物！像貂蝉这样的女人，是独一无二可遇不可求的，是上天的造化人间的瑰宝。至于生个孩子，那就更站不住脚了，跟谁不能生呢？如果想生孩子的话，貂蝉并不是一个很好的对象，以她风姿绰约的身材杨柳般窈窕的细腰，拿来生孩子未免太可惜了。会生孩子的女人多着呢！貂蝉是一种魔力的释放，她来到这个世界上，就是要搅动男人世界，让男人心旌荡漾情迷意乱的。我当即将关羽的信掷在一边，我宁愿得不到关云长，也不愿失去绝世美女。说实话，这时候的我正为貂蝉一事举棋不定，我是否应该将貂蝉留在身边呢？作为一个男人，我当然有着男人们共同的毛病，如果能将天下第一美女揽入怀中，不仅能满足我的欲望，还能引起天下人的羡慕。不过貂蝉的名气太大了，她过于显赫的名声以及众人知晓的经历，使得她摆脱不了泼向她的无穷无尽的脏水。我担心我的名声会因此玷污。我思量再三，觉得不需要马上作决定，所以当关羽给我写这样一封信的时候，我遂将它掷在一边。

在攻入下邳之后，我立即派一路亲兵去了吕布的府第，扣押了全部家眷。我随后赶到那里，终于见到倾慕已久的貂蝉。当她出现在我面前时，就像看见一轮明月落在我的窗台上。貂蝉看见我，冲我凄婉地一笑，在那一刹那，我突然想到了“嫕嫿”这个词，你知道这个词的意思吗？宋玉《神女赋》上说“既嫕嫿于幽静兮，又婆娑乎人间”。这一个奇异的女子完全可以称得上是“嫕嫿”，她就是那种一颦一笑一举一动都别有风韵的美丽无双的女人。让我大吃一惊的还有，这个“天下第一美女”还竟然是异瞳——她的两只眼睛颜色明显不一样，左瞳是绿色的，右瞳是蓝色的。当她看着我时，我觉得有两道美艳无比的光射过来。天下还真有如此异瞳？真是天造地设鬼斧神工。我都有点惊呆了，搞不清身在何处，现实也变得恍兮惚兮起来。貂蝉不仅漂亮，还非常聪明——她特地穿了一件黑色的锦衣，略施粉黛，不多修饰。穿这样的衣服，她是经过深思熟虑的，锦衣，是表示对我的尊重；黑色，以示对故人的怀念。她不喜欢别人看轻她，也不希望别人误解她，在这两者之间，她恰到好处地兼顾到了。她慵懒而寡淡地冲着我施了一礼，表情始终很忧郁，不过仍散发着妖冶和性感的气息。我一时恍惚，竟也不知说什么才好。我的内心顿生怜爱，我从没有见到一个女子如此稀有迷人，如此雍容华贵，也如此楚楚怜人。我觉得在她的身上，集中了女人所有的品质，这不仅仅指的她拥有端庄、贤淑、美丽等特性，还指的是热情、妖娆、恣性等等，那些本来是矛盾和对抗的特性，在她身上，不仅能将之放大到极致，还可以水乳交融般和谐。这真是一件怪事。我现在突然明白为什么男人们如此钟情年轻美丽的女子了，因为美是来自上天的一种力量，靠人力是无法拒绝抗衡的。如此天造地设的尤物，我怎么舍得馈赠关羽呢！我要充分地体验人生的快乐，充分地体现人与人的不同。在她的身上，不只是一个女人，而是成千上万的女人。我承认男人都是自私的，尤其是在这样美若天仙的女人面前，要是一个男人如此状况下还能控制住自己的本性的话，那么他一定是有问题的。我暗自下定决心，这样的女人我一定不会放过。至于关羽给我写信一事，我当然将此搁置一边，我当即命令随从将貂蝉送到我的府上。我虽然拥有了卞氏、刘氏、杜氏、丁氏、环夫人，不过我还是想拥有不一样的女子。我承认我很难拒绝诱惑，这诱惑到底是什么，就是江山和美人。

说到江山和美人，我想起了一件好玩的事情。我喜欢跟我的部将们在某种场合下肆无忌惮地开着玩笑，有一次借着酒意，我开玩笑说男人的那话儿就像是自己的长子，你所努力的一切，其实只是为了满足它的欲望，可是它从不领情，还会不断给你带来很大的麻烦。那些大将军们一个个拍案叫绝，说我这一句话道出了千古至理，他们一个个深有体会地感喟，惊叹我的比喻如此通晓人情世故，话丑理端堪为至理。我暗自得意，其实，一个人如果学会静静观察自己的话，人性和社会缝隙中的很多细微东西就会浮出水面，一些说不清道不明的东西就会随之而起。我一直明白什么是我所需要的，什么是我拥有的，什么不是我应该得到的。在我看来，身体就是身体，婚姻就是婚姻，美貌就是美貌。我决定把貂蝉纳入自己的怀中，不只是因为身体，更多的，却是我的虚荣。我的优势不是年轻和相貌，而是权力、金钱以及男人的魅力。身为一人之下，万人之上，难道我不能随心所欲一回？至于爱情，那就不要了吧，对于权重位高之人，爱情跟生活一样，早就成为一种奢侈。它就像奶酪上面那层薄薄的脆皮一样，只有少不更事的人才喜欢慢慢品咂，至于成年人，完全可以忽略不计那些可有可无的浮华和累赘。我不怕别人说话，更不怕别人报复，即使因此会损失些什么，我也觉得可以接受。一个美丽的女人，可能比广袤的土地、富庶的城市更能激起男人的兴趣，这是显而易见的。我为什么要怕别人嫉妒，我就是要引起别人嫉妒，我看谁还敢嫉妒我。我曾写过一首诗："譬如朝露，去日苦多，慨当以慷，忧思难忘。何以解忧？唯有杜康……"实际上除了杜康，那些美丽的女人们也是很重要的解忧之物，都是心之切切所期求的。当然，美女和杜康，不会给人带来最终的快乐，她（它）们终将烟消云散。真的快乐，从来就不在这个世界上，它们属于另一个世界，一个无法企达的世界。

至于吕布，那是必须死的。一个堂堂九尺、空有一副好形体的男人，如果像女人般朝三暮四反复无常的话，实在没有存在之必要。我不能像提防女人出轨一样，日日提防着一个男人的背叛。再说如果这个“三姓家奴”还活着，我怎么能拥有貂蝉呢？在白门楼擒获吕布后，我故意当着刘关张的面沉吟是否杀掉这个家伙，实际上不管刘备是否表明态度，我都会杀掉吕布。刘备果然站起身来高声劝我不要忘了丁原董卓之祸，让我立即杀掉吕布。我故意迟疑了一下，引得吕布破口大骂刘备“大耳贼”。其实吕布要怪罪的话，只能怪他拥有如此一个绝色的女人。一个拥有绝色女人的男人，当然是不安全的，尤其身处虎视眈眈的乱世。虽然我需要一头猛兽，不过假如猛兽存在，我便会与美女失之交臂。二者不可得兼，舍猛兽而得美女也。如此简单的判断题，还用得着细细地掂量吗？

我承认美丽是一种诱惑，这种诱惑会扰乱我的心智，让我忘却很多东西而回归蠢蠢欲动的身体。人生如梦，如果选择女人和权力相伴一枕黄粱的话，你会选择哪个？愚蠢的人会选择女人。至于我，会毫不犹豫地选择权力。为什么？因为有了权力，美女其实可以唾手而得。

关　羽

你注意到人会长得像动物吗？我是说有的人长得像马，有的人长得像鹰，有的人长得像熊，有的长得像猪，有的人长得像鸟，还有人长得特别像老鼠或者鱼。这是前世的业障吗？他们都是马、鹰、猪、鸟、老鼠或者鱼变来的吗？就像董卓，那是十足的一个猪的长相，肥猪般的躯体、宽面，肥猪般的大耳，拱嘴，肥猪般狡猾的小眼睛，还有令人生厌的猪脾气。他的冷酷、粗鲁和无情，也应是上一辈子的遗留。至于女子，她们的容颜也是从上一辈子带来的吧——为什么长得特别好看的人都像猫：有着倒三角的瓜子脸、大大的眼睛、晶亮的瞳仁，以及小小的鼻子和嘴巴。有可能，她还拥有猫一样柔软的身体。对于女人来说，柔软的身体意味妖娆和性感，也是一般女人所不具备的。除此之外，在貂蝉的身上，还有着一种孤冷的傲气，如猫一样特立独行。这是我对于貂蝉第一眼的观感。不要以为我只会抡刀或者只会读书，男人的聪明，其实包含着对于女人的直觉判断。至于第二眼，我忽然觉得貂蝉与胡氏那样的相像，以致让我怦然为之心惊。当然，这么多年了，我已忘却胡氏的长相，她的长相已如镜花水月般朦胧。不过在我心目中，她一直是完美的，集中了所有美丽女人的影像，以致我一看到美丽的女人就情不自禁地想起她。我现在明白，美丽都是相似的，因为美丽就是完美，完美是有标准的。如果合乎一个标准，它们当然应该是相像的。

先说一下我的故事吧——现在回眸自己的身世，总觉得就像另一个人似的。我应该是不情愿地来到这个世界的，因为我在母亲肚子里待的时间比任何人都长。母亲说她一共怀了我十四个月，真是天底下的奇迹！在山西解县，十六岁的母亲嫁给了一户关姓的人家。有一天晚上，母亲梦见一只大鸟落在关家的屋顶上，昂首叫了三声之后，呼啦一下飞走了，只落下一片五彩的长羽毛。很快，母亲发现她怀孕了。我一出生，父亲就以“羽”给我命名。童年时期，我是一个喜欢打抱不平的孩子，即使身体瘦弱单薄打不过别人，也从不屈服。我记得童年时夏天的那些晚上，月亮很大，很白，一家人围坐在屋外老槐树下吃晚饭，祖父经常在吃过饭后让人把古琴取出来，郑重其事地点燃一炷香，然后，端坐于老槐树下抚琴。我会感到一股山林之气扑面而来，一切浑然如澄然秋潭、幽谷兰香，音乐中的轻松脆滑、清虚中和让我感到心悸。虽然我一点也不懂古琴，不过我感觉到心骨俱冷、体气若仙，感觉到祖父的琴声中有无穷无尽的东西在汩汩涌来。

我的家族遗传给我一双细长的丹凤眼和成年后异常飘逸的一副长须。到了十一二岁之后，连我也感到奇怪的是，我原本瘦弱纤细的身体突然脱胎换骨，变得高大威猛力大无穷，可以轻而易举地举起祖父和父亲年轻时用过的上百斤的石锁，像掷起一枚梨子一样在空中抛接。我的神力青出于蓝，连祖父和父亲都没有想到。有一天，我来到了解县游玩，逛街的时候，迎面看到一个非常漂亮的女子款款向我走来。尽管是仓促的一瞥，可她的笑像三月柳絮里拂过来的风，让我变得心旌迷离，那一霎时间仿佛定格。我第一眼看到她就觉得她应该成为我的妻子，我对她笑了一笑，她已侧过身去，却好像知道我在看她，低垂睫毛不好意思地低下头去。我身不由己地跟随着她，想看看她家住在哪儿。她似乎明白我的想法，不紧不慢地走着，一直把我引导到家门口，先是驻足停顿，然后回首对我抿嘴一笑，进去把门锁上了。我感到幸福极了，差点变成一只风筝飞在空中。我打听到这家人姓胡，回到家立即把自己的愿望跟父母说了。父母很高兴，让本村的长老带着礼物去提亲。我看着提亲的长老走出村口，一整天就像失魂落魄似的。一直到长老晚上回来，告诉父母对方同意了关家的要求时，我开心无比，感觉到浑身充足了热气，差点就当堂爆炸了。很快，我们举办了婚礼，那一天，我像一个高大的木偶一样，被人牵来牵去，晕头转向，心里像猫抓似地只盼望天黑跟她单独在一起。我从来没觉得白天是如此漫长，仿佛有一个月的时间似的。终于等来了天黑，当我欣喜地掀开妻子的红盖头时，我感到幸福从天而降，它就像油灯的光一样照亮了我。一切都是那样顺利而完美，可第二年夏天，由于解县县尹横征暴敛，欲无偿征用关家土地，祖父不得已带着父亲和我奋起反抗。结果祖父被杀死，父母被那些如虎似狼的衙役们丢入井中，妻子不知所踪。我气急败坏，一个月黑风高的夜晚，我潜入了解县的府衙，手刃了县尹的一家。不过我搜遍县衙内外，却不见胡氏踪影。无奈何之下，我只好逃离解县，风餐露宿，靠替别人看家护院或者教授别人武功度日。我漂荡江湖，四处为家，直至我在涿州一个小镇上认识了刘备和张飞，“桃园三结义”改变了我的命运，让我开始了南征北战的生涯。

现在，我只要一闭眼，就可以想到那些过去时光。亲人的死，让我第一次体会到生与死之间不过是薄薄的一张纸。那些曾经如水面一样平静幸福的生活，仿佛隔世一样遥远。发现这一点后，我感到无比恐惧和忧伤。对于现在的我来说，似乎谁的死，都不会让我有如此沉痛的悲哀了。在我现在看来，死与生，都是生活的馈赠，它是一件必然要来的事物，就像夏日伴随着蚊虫的到来一样。没有什么生命是永恒的。这样的想法，当然是在我杀人无数后的感触。在我南征北战期间，连我自己都记不清夺走了多少人的性命，在很多时候，我抡起青龙偃月刀一路砍伐过去，就像在辽阔的草原上拿着宽大的镰刀，一路割伐着半人高的草芥似的。战争中谁不是这样呢，取人性命无数的，还有大哥刘玄德一双神出鬼没的铁锏；至于三弟翼德，他总是喜欢一马当先，以他的丈八蛇矛挑出一条血路，到了敌阵中心后，他喜欢从背后抽出鬼头刀，一边左劈右砍，一边哈哈大笑。我们兄弟仨是这世间最完美的组合，这不仅仅体现在进攻上，还体现在防守上：我们之间的运转天衣无缝，任何一个敌人，想突破其他二人的关照，来进攻我们中的某一个人，都是一件非常困难的事。心有灵犀让人无比愉快。只是，这样的事情，已经随着我们三人的失散，成为美好的记忆了。有时候我在追忆和叙述这些事的时候，就像是叙述一个别人的故事。当初刻骨铭心的东西，若干年后会变得轻描淡写，时间会像流水一样，漂白任何色泽，最后留下的，只是黑色的背景。在这个过程当中，故事和经历也会转化，自己的会变成别人的，别人的会变成自己的。我在叙述这个故事的时候，不得不时常提醒自己，这是我的故事。在这一个故事中，我是主角。

第一次见到貂蝉是在辕门射戟的时候，当时，袁术派纪灵率十万大军进攻刘备，小沛危在旦夕。驻扎在下邳的吕布决意出手援助，他带着数万人马在小沛外面安营扎寨，特地邀请纪灵以及我们三兄弟去他的营房议事。吕布端坐在营帐的正中，我们兄弟三人以及纪灵等，分居他的左右。不得不承认，身材高大的吕布有着威风凛凛的外表：头顶豹形头盔，身着银色锁子甲，外面罩一件白色锦纹战袍；即使坐着，依旧显得身躯高大，两腿颀长，肩膀宽厚，手臂修长而结实。寒暄一番后，吕布命人将他的方天画戟插在辕门之外，对纪灵说，一切看天意吧，如果自己能在大帐门口张弓搭箭射中戟尖的话，那么，纪灵就必须无条件退兵。纪灵看了看数百米外的辕门，同意了吕布的建议。这不是纪灵愚蠢，稍稍会拉弓射箭的人都知道，一支轻飘飘的箭矢，能在如此长距离保持始终如一的飞行几乎是不可能的。我们暗自捏了把汗，怀疑吕布心思不纯，想以如此不靠谱的天意推卸自己的责任。当那一支箭矢呼啸着撞击到插在辕门之外的戟尖上，发出清脆一声响跌落在地时，无比紧张的大哥快活得从椅子上蹦了起来，张飞也张着大嘴呵呵地傻笑着。我也有点愣住了，如此不可能的事，就这样发生了——我以为这是天意，吕布只是借着天意，完成了不可能完成的任务。在这样的机缘背后，肯定有那种无法证明的魔力。那一天吕布也为自己做了如此不可思议、一箭双雕的事感到得意后，特地召貂蝉参加了当天的筵宴。这是我第一次看见传说中的貂蝉，虽然我久闻了她的名声，也知道王允那个美人计的故事，但我一直没有见过她。貂蝉的出场就像云开日出，周身携带有光芒和青烟，就像一个令人窒息的幽灵闪现。让我没有想到的是，她竟然有传说中的异瞳——如果你仔细看，会发现她的两只瞳仁色彩有异，一只呈绿色，一只呈蓝色；当她凝视你时，竟像金环蛇与银环蛇纠缠在一起摄人魂魄。她的穿着也较特殊，不是汉人宽大的衣袖，而是如胡人一样，窄袖、瘦腰、翻领、着靴，外面披一件长衣，风姿绰约，窈窕俜伶。我目不转睛地看着她，看着她的一颦一笑，突然觉得她跟我失踪的夫人胡氏很像，都有着精致秀美的五官，小巧的鼻子，微微上翘的嘴巴以及白皙的皮肤。人于钟情的女人，即使表面再轻描淡写，其实还是耿耿于怀，毕竟，那种不常有的、由肌肤之间的亲密无间所产生的灵魂出窍，一定是刻骨铭心的。我突然觉得自己置身于一场梦中，往日的美好仿佛再次踅回。筵宴上吕布喝得大醉，当他粗暴地呵斥貂蝉为大家表演一段盘鼓舞时，貂蝉脸上滑过一丝不快，不过还是乖巧地去内室更衣换装。军士们将桌子后移，中间铺起了一片大大的地毯，四角用石狻猊结实地压上，又搬来七面战鼓在地毯上一字排开。急促昂扬的胡笳节拍里，貂蝉再度出现在我们面前时，我们一个个都瞠目结舌：只见她穿一身金光灿灿的短裙，披一袭绿色的丝绸披风，露出白皙的四肢，如小鹿般纤细的裸露的腕踝上套满了金镯银链；每当她随着音乐的节拍抬手投足时，周身便荡漾着细碎而动听的金属声。貂蝉用脚尖在七个盘鼓之间穿行跳跃，脚面绷直，忽隐忽现，披风翩跹，像一只轻盈的燕子一样飞来飞去。我这才注意到，貂蝉的头发是褐色的，带有一点轻微的红色；她的皮肤洁白如雪吹弹即破；至于她的目光，如露又如电，散发着宝石般的光芒，充满着风驰电掣的挑逗。我不敢直视她，只能低垂着眼睫，努力平静自己，才能不受到她的蛊惑。

那一晚我们的心脏一直怦怦跳着，感到无比兴奋。大家都喝了很多酒，吕布喝得摇摇晃晃，舌头都有些发直了。纪灵也喝多了，直接滑倒在桌子下面，涎水像瀑布一样从他口角流出。至于张飞，直接倒在座位上，嘴巴张开，呼声如雷。连大哥刘备也喝多了，他目不转睛地盯着貂蝉，像一个真正的色鬼一样。好在吕布喝多了，全然没理会众人的失态，更没有在意刘备的轻狂。在他们喝得大醉的时候，我持着酒樽去敬貂蝉，悄悄地问她是哪里人。貂蝉看了看我，轻轻回答她是陕西米脂人，真名叫任红昌。我当然知道米脂，那个地方以出美女为名，是汉人、粟特人、氐人、羌人、羯人、匈奴人、丁零人等族的混居区，也难怪貂蝉身上有一种异域的风采。那一天的情景的确让人难忘，尤其是张飞，很多天以后还反复跟我提及貂蝉的名字，说这个女人真是妖精啊，真是妖精！我知道三弟张飞，他对女人最高的评价就是妖精，以区别这个世界的凡人。三弟很少对女人感兴趣，他最崇尚的一句话就是兄弟如手足女人如衣物，言下之意是女人可以随时丢弃。一个女人，如果连张飞都耿耿于胸忘怀不了的话，那么，就可以想象她的魅力了。后来的事，你们都知道了。在曹营的那些日子里，曹操对我以足够的尊重，他经常异常慷慨地宴请我，三日一小宴，五日一大宴。每一次他都叫上很多文武将领。比如许褚、张辽、曹洪什么的，他们都可以称得上是豪杰，在酒席和战场上，他们同样豪迈。我与他们，都成了好朋友。这当中最为豪爽的是许褚，他的酒量尤其大，喝酒堪为牛饮：端起酒坛，一抬头仰脖，就能将一坛酒咕咚咕咚地全倒进肚里。我说你完全可以跟我三弟张飞决一雌雄。许褚一副不服气的样子，说："什么时候，你让翼德兄弟也投奔丞相，兄弟们一起打仗喝酒，多愉快啊！"我微微一笑，说："翼德弟弟眼中只有刘皇叔，他是不可能投奔丞相的。"没想到我们之间的谈话，被曹洪听到了，私下里传给了曹操。曹操估计有点不高兴了，有一天酒后有意无意地问我："听说张翼德的酒量很大，不在许褚之下，是吗？"我立即明白了他们的意思。我佯装听不明白他的话，只是说："是啊，三弟的酒量是很难找到对手的，即使是许褚，恐怕也不一定能喝得过他。"曹操又问："那武艺呢？翼德跟许褚，谁强谁弱？"我漫不经心地说："这个，不太好说。不过翼德要强于我。他尤其擅长单骑突进，于万军之中取上将首级，如探囊取物。说实话，三弟在武艺上，教了我很多。"曹操听得面色一凛，便没再说话了。

虽然我在曹营处处遭遇优待，但我还是知道自己的位置，也知道自己应该做的。我尽量避免跟曹操的心腹们单独相处，也尽量少参加他们的聚会。一有时间，我就在后院练习武功，或者在屋子里读书。这是难得的一段清闲时光，我认真地读了《春秋》、《左传》、《论语》等，我不仅读儒者的书，也读《老子》、《庄子》、《易经》、《史记》、《汉书》等。在我看来，读书不仅仅让我了解了过去和未来，还对我身边看不到的隐性世界有所觉察。这些隐性世界是什么呢？以我的理解，就是人的眼睛看不见，人的耳朵听不见，人的语言表达不了的世界，它们是知识之外的广大空间。老子所言"一阳一阴谓之道"，它们就是知识中"阴"的那一块东西。这世界很多东西都是不可分的，就拿孔子和老子来说吧，其实它们的思想并没有太大的区别，只是他们阐述的角度和风格不太一样罢了。孔子和老子的区别，只是在于他们一个在阐述真理的阳的一面，一个在阐述真理的阴一面。比较而言，我更喜欢孔子的平实和朴素，这是因为，世间的道理虽然有很多，想法也有很多，可是诸多思想是不必要的，它们过于复杂和阴暗，又不明不白地纠缠在一起。过度地沉耽于思想，容易坠入巨大的黑洞不能自拔。在曹营的日子里，我像一个真正的圣贤一样思考了很多问题，几乎成为一个智慧的先知了。我努力读书，并不是为了知识和道德，而是为了解决我的困惑：那些记在纸上的东西，就一定存在吗？或者说，那些曾经真实的东西，它们确切地去了哪儿？这样的困惑，不仅仅是我，应该是每一个人都有。我读曹操的事，感觉到他似乎也是这样。曹操诗写得那样好，透露着一种浓烈的苍凉感，既有对生命的怀疑，也有对人生的努力，可为什么却如此酷爱权力和杀戮呢？……我总是想不透这些，我还是习惯于以回避和单纯以达到内心的宁静，比如读书，比如习武，或者干脆去战场杀人。这是我的习惯，在我很小的时候，我就不喜欢在俗事上花费我的精力，我从不考虑一些别人可能热衷一辈子的事情，我不会为个人的得失以及利益的加减穷耗我的精力。

有一天，我跟张辽一边饮着杏仁茶一边闲谈。谈话间，我时常不由自主地沉湎于自己的思想中。张辽惶恐地告诉我，说我眼睛空洞而茫然，就像深不见底的一泓古井！他的话让我吓了一跳。张辽走后，我拿来一面铜镜观察自己，的确是的，当我陷入思考时，我的眸子里竟然没有亮光溢出，我不知道这是怎么回事。还有一次，曹操派人请我去了他的府上。我一进门，便看到堂前有两副案台相对，在案台上，各放了几碟热腾腾的菜肴，樽里斟满了酒。曹操见到我之后，显得很高兴，特意解释说这一次只是想跟我聊聊天，平时人太多了，乱哄哄的无法聊得深入。我想起了那一次曹操和大哥煮酒论英雄，看来曹操很喜欢以这样的方式来了解别人，我得小心不被曹操看穿才是。我们边喝边聊，曹操的酒量很大，这应该跟他出生在酒乡谯县有关，那个地方据说麻雀都能喝二两。曹操重谈英雄的话题，这一次他一点不谦虚，他说这个世界上，如果还有英雄的话，舍我其谁。曹操还说原以为刘玄德是一个英雄，可是没有想到……说这话的时候，他意味深长地看了我一眼。我明白他的意思，只是装作没有放在心上。我说英雄不在文功，也不在武略，在于身上有一种特殊的使命，这种使命不是自己赋予自己的，而是“上天”赋予的，也可能他本人都不知道，不过在关键的事情上，他的行动表明他来到这个世界上，其实是为了完成一种使命。我的说法让曹操陷入了沉思，他似乎第一次听到如此说法。我继续说，在文韬武略上，刘皇叔可以不如丞相，但我觉得刘皇叔身上，有一种神秘的东西，这不是指刘皇叔天生异禀，而是有一种神秘的力量在推动着它，这股力量无比强大，让人很难臆度。听了我的一番说法后，曹操不再言语。他慢慢地抿着酒，细细地揣摸我话中的玄机。曹操属于那种一经点拨，就变得特别明慧的那种人，并且会很快融会贯通，迅速在短时间内超越点拨者。沉默了一会之后，我们转移了话题，谈到了貂蝉。这么长时间，我都以为曹操忘了这一回事呢，没想到他一直牢记在胸。曹操问我：“云长，你不会因为我没把貂蝉送给你而记恨于我吧？”我一愣，我没有想到曹操的问话会如此直接，不过这就是曹操，他经常突然抛一个问题给你，然后不动声色地凝视你，观察你的表情和肢体，倾听你的话语，以此获得超乎之上的判断。我并没有急于回答，同样不动声色地看着他：这个矮个子男人有一个硕大的脑袋，粗短的脖子，一边高一边低的肩膀；他的确其貌不扬，不过你不得不承认他身上阴鸷逼人，不仅仅是一种暴戾之气，还有一种强劲十足的气场。不管你喜欢不喜欢他，你必定得重视他，因为他是一个让人无法小觑的对手。

我摇摇头，镇定地说："丞相，请原谅关某的鲁莽，当时我一冲动，就写了那一封信，我实在没有想到丞相也会对貂蝉有意。我也能想通，天下英雄爱美女。既然丞相喜欢，关某就断了念头，我一个小小的武夫，怎么敢跟丞相去争呢！"听完我的话，曹操哈哈一笑，说："云长果然坦率！我喜欢你这样直来直去——我也说个实话，接到你信时，当时我也是想成全你的，也想借此笼络你，可是当我一见到貂蝉时，我就改变主意了。我还是经不起诱惑啊！因为我从来没有看到过如此绝色之女子！哈哈。良将美女，真的让曹某很难决定，最后实在对不住关将军了……"曹操的表情带点邪恶，也带点玩世不恭，不过却可以看出他说的是实话。曹操笑着继续说，"想想就觉得实在不好意思，云长，你能理解我吧，男人肯定能懂得男人的！"看着曹操狡黠的表情，我忍不住不好意思地笑了，说实话，我喜欢曹操的坦率，也喜欢曹操的聪明，他好像能看透人的心思，说出的话句句能点到对方的穴道，而且分量掌握得恰到好处。这就是智慧啊，是真正的世事洞明人情练达。我们彼此对视了一眼，哈哈一乐，算是一笑泯恩仇了。的确，对于毫无关联的女人，男人的态度基本都是一样的，即使是再漂亮的女人，男人往往都不会往心里去的。

“不如这样吧——”曹操站起身来说，“我一定要补偿你，让你不再吃亏——吕布不是死了吗，我把他的赤兔马送给你。”我怦然心动。我当然知道吕布骑乘的那匹赤兔马，那匹来自西域的火焰般的宝马是独一无二的。当年在虎牢关前，大哥、我和张飞“三英战吕布”打了个平手，那不是因为吕布的武艺比我们强，而是因为这匹马。这匹赤兔马速度飞快，灵活异常，每当我们将吕布围在中间轮番进攻时，这匹马就会用肩胸撞开一条路，神奇般地跳出包围圈，或者干脆站立起来奋扬双蹄攻击我们的坐骑。我从未见过如此战马，竟然能跟人一样进行战斗，而且时机选择得恰到好处。这真是一个奇迹！如果有这一匹马的话，我敢肯定我一个人就能战平吕布。我当即站起身来，努力克制自己兴奋，故作平静地说：“谢丞相!”曹操站起身来，哈哈一笑，拍着我的肩膀说：“不要谢，宝马配良将，本来就是它最好的归宿。”他又说：“至于女人，堂堂的关云长，还会在乎女人吗？兄弟如手足，女人如衣裳。我明天就让他们给你送一些过来，让你慢慢地挑，一直让你挑花眼。”

赤兔马

传奇是从挥刀斩颜良开始的。在斩杀颜良之前，我的主人关云长还是一个普通人，此后，他开始成为一个神，让万众瞩目伏首仰望。从一个人到一个神，看起来，就这样简单。这当中，快如风驰电掣的我是不是有功劳呢？当然是有的。我觉得若不是我，关云长斩颜良起码没有如此轻松。他们会凶狠地缠斗在一起，像莽夫一样厮杀，至少比拼三十个回合以上，才能汗流浃背气喘吁吁地决出胜负。

一匹好的马，能够让一员武将长上了翅膀。这一个比喻太一般了，我必须要说的是，当一匹马能够与它的主人合而为一时，便是马和人的最高境界。当然，如此的前提，必须是马对于主人的无条件的信服。有时候我总是不自觉地把我的两任主人进行比较：我的前一任主人吕布是一个天生的武士，而我的这一任主人关羽则是一个战神。人与神是不一样的，武士与战神也是不一样的，他们之间的区别，不是武功的强弱，而是品质和气质，这就是人与神的不同。那种与生俱来的，带有某种前世烙印的品质会在战斗的最关键时候起作用，拥有的一方可以从冥冥之中获取滔滔不绝的力量。我发现关羽就有这样的潜质，那种力量不是来自他的身体，也不是来自他的武功，而是在那一刹那间从虚空中获取的。一切都是匪夷所思，连他自己也不知是怎么回事。你不能将他的胜利归结于他，只能归结于上天对于他的垂青。

我来自西域大宛国。如果说大海是鱼的故乡的话，那么，草原就是马的故乡。我喜欢草原，那里有辽阔无垠的天空，洁净无比的空气和水，这些都是我速度和耐力的源泉。按照《相马经》上的说法，一匹举世无双的马，必须拥有无与伦比的气质，漂亮端庄的面孔，羚羊般的眼睛；它的耳朵要像芦秆般竖立，两耳距离适中；必须拥有结实的大腿、修长的颈子、宽阔的胸膛、厚实的臀部，以及多肉的大腿内侧。除此之外，它还应该有整齐的小牙齿、圆额头和细眉毛；必须要高大、鬃长、腰部短，鼻头小、肩膀窄，同时背部宽平；连站立的姿势也很讲究，一条前腿应优雅地向前延伸，另一条前腿则骄傲地竖在地面……这些近乎苛刻的条件对我而言并不是问题，我跟《相马经》上每一条都吻合。《相马经》没有告诉你的还有：马是用鼻孔来呼吸的，我们不能像人一样，可以用嘴巴呼吸；所以对马来说，拥有一对大鼻孔，是特别必要的。除此之外，人类还不知道，马最喜爱的是带点甜味的食物，我们最喜欢吃的，是苹果、梨子、山楂什么的。我之所以怀念西域草场的草料，那是因为那些长在沙壤砾石上的草，带有特别的甘甜。跟汉朝中原地带的马不一样的是，每当我高速疾跑后，肩膀位置会慢慢鼓起，渗出如血一般殷红的汗水，我的汗珠悬挂在锃亮的毛发上，就像无数红钻石闪烁！因此人们也把我叫作汗血宝马，其实那不是血，而是汗。我每一次出场都能引起人们的一片惊叹——我高大而俊美，鼻子上有一块形状优美的白斑，全身密生红色光泽的长毛，我配备着黄金马辔，镶有珍珠和翠绿橄榄石的缰绳及马镫，以及一副绣饰着银丝线和蔷薇宝石的红丝绒马鞍。我什么都不是，就是马中之王！

现在说说我的经历：当我很小的时候，我被一些波斯马贩子带到了汉朝。这是一条漫长的道路。我们沿着丝绸之路依次穿过安息、莎车、于阗、楼兰、秋兹，一路上的乏味和枯燥，让我觉得此番旅程像是把一辈子的路都走完似的。在大漠中行走时，经常有狼群尾随。每当夜晚来临，阒然中会传来一阵呼嗥，微弱而遥远，仿如一首凄迷而寂寞的歌谣。篝火对面，阴影之中，一双双绿眼睛在不远处窥视着我们，像遥远的火光，也像一对对闪烁的绿宝石。我们就这样在恐怖和疲惫中到达了长安。长安无疑是当今最繁华的城市，它不仅有着斑驳复杂的历史，还有着谋杀、抢劫以及贪官污吏的掠夺。这座城市到处都是殿、庙、塔、桥，豪华而铺张，秀丽而雄伟。尤其是城内的东集市，所有的一切，包括物件、声音和气味都充满着异国情调，到处都是表情凝重的波斯人、身材高大的突厥人、机敏狡猾的大食人、肤色黝黑的天竺人、孔武有力的回纥人、高大白皙的吐火罗人、浓眉大眼的粟特人，甚至还有一些头戴猴尾帽、五短身材、目光炯炯的林邑人、爪哇人和僧伽罗人。他们来到这里，有的心怀野心，有的躲避灾祸，有的经商谋利。他们各自从自己的国度带来了最好的东西：璀璨发亮的宝石、精致细密的地毯、高大威猛的马匹……他们收购东方土产的香料和植物，也收购丝绸、纸张、食物、药物以及笔墨纸砚等。等这些东西辗转到各自的老家，都会变成当地的稀世珍宝。当然，在他们当中，也有一部分人不再回去了，而是在汉朝生活下来，娶妻生子置购田产繁衍子孙。在汉朝人眼里，这些外来的商人是很狡猾的一个群体，他们一个个有着很大的胃口和欲望，很富庶也很有钱，口若悬河，能把死的说成活的，能把地上行走的说成是天上飞的。相比较而言，汉朝人对于财富的追求要比他们淡泊得多。这样的原因，在很大程度上是因为汉朝人更重视土地里的庄稼，而那些外来的商人只关注值钱的东西。在我看来，那些敦实的汉朝人是值得尊敬的，他们总是对财富保持一些距离，经常表现出对于金钱的轻蔑，让你感觉到那并不是可以打动他的东西。在他们的内心里，具有抽象意义的金钱所表现出来的吸引力，似乎远远没有诸如土地、官位、粮食等所表现出那样的诱惑力。

我是被作为贡品送到皇宫的。当我走进皇宫的时候，我简直是惊呆了——皇宫是那样的辽阔，到处都是琼楼玉宇，到处都是楼阁轩廊，到处都是卷檐翼亭……朱漆大门上都装有金钉，高高的红墙砖石相间，镌刻雕镂着各种形状的龙、凤及飞动的云图。我诚惶诚恐地从宫殿前走过，像是在晕眩中穿过巨大的梦境。大殿庭院中设有东西两楼，楼上有太史官悉心地观测刻漏，按时按刻手执牙牌大声播报着时辰，他的嗓音成为宫殿中最大的喧嚣。我异常冲动地想看到这个国度的最高统治者，想看看他真实的面目。觐见皇帝是一个庄严的仪式，一切安排都是为了体现赫赫威严的气派：皇帝高高在上坐在紫宸大殿之上，从大殿之外，一直到皇帝的龙椅之间，左右分别排列着十几列仪仗卫士——有刀手、戟兵、矛兵、弓手等等。每一列仪仗队都披着绚丽夺目、色彩各异的大氅，每一列队伍都有相应的旗帜——那是用各种各样祥兽做成的三角旗，或者刺绣着野驴和豹子，或者是老虎和麒麟，还有很多叫不出名字的鸟与兽。皇帝的禁卫军分为五仗，其中四仗身穿猩红衫，头戴野雉毛装饰的帽子，第五仗则穿着刺绣着野马形象的战袍。我抬起头远远地看过去，这个大国的皇帝面色苍白如象牙一般，头顶高高的通天冠，松软地斜躺在铺设着黄锦缎的龙椅上，像一堆没有骨头的白肉一样随意散落在那里。他的目光黯淡，神情迷离，这是力不从心的表现，也是纵欲过度的表现。当太监介绍说我来自西域，是一匹真正的好马时，我注意到他表情冷淡，并不像西域的那些首领们，对于骏马怀有热烈的欢喜态度。这很正常，这样的兴趣和爱好与这个国家的特性有关。我已在暗中熟知了本朝的历史——这是一个由刀枪打出的江山，他们是暴力的受益者。当朝的开国皇帝出身贫寒，不过却以诡计和谎言成功地征服了别人，后人称他为“太祖”。这已是数百年前的事情。在巩固了自己的统治之后，皇帝总是将江山代代相传，父皇看中了哪个皇子，便可以将他列为继承人，称为太子。跟所有的世袭制一样，皇帝的后代免不了孱弱无用之人。虽然他们长相俊美气质非凡，不过在性格上往往优柔寡断懦弱懒政，有很多人还甚至有着心理疾病。让我感到惊异无比的是，皇帝为了保证自己独享宫中女人的权力，以及确保身边如云的女人不受男人的勾引，竟然将自己身边的男士都割去了生殖器。如此残暴之事，被解释为了保证宫殿里新生儿的血统正宗，从而被认为天经地义。被割去生殖器的太监们无疑是痛苦的，不仅身体残缺不全，心理上也遭到严重扭曲。很难想象他们不会因此报复，无来由地诅咒世间的一切。在汉朝发生的很多事，证明了这一群体如魔鬼一样乖戾，恶的种子在他们身上蔓延生长。

大殿的空气中弥漫着火椒、肉桂和甜檬等香料的味道，我有点受不了这个味道，拼命地在殿前打着喷嚏。一名太监拖长着声调无动于衷地高声宣召陆续进谏的人们，唯恐皇帝忘了臣子的姓名。过了一会，我终于看见皇帝在宫娥的搀扶下走下龙榻，踉踉跄跄地向我走来。他一边走一边不停地打着哈欠，长长的涎水带丝亮光从他的嘴角处挂下来，显然，过于频繁的性生活让他不堪重负。皇帝其实也累，除了繁重的公务之外，他还得在夜晚来临的时候深耕细作，以孕育更多的儿女。当然，也不排除皇帝会以性事为寄托，排遣着自己的苦闷和压力。汉朝的皇帝有着三宫六院七十二妃，这种不对等的比例，使得他们不可避免地纵欲过度。与此同时，后宫中无数寂寞女子只有在皇帝身上，才能找到一点两性的安慰。在这种情况下，完全可以想象皇帝的负担了。虽然在宫廷里一直流传着采阴补阳之类的大法，自欺人地臆断性事的要领和诀窍，不过眉清目秀的皇帝像种猪一样辛勤播种，必定会透支他们的身体，所以历代皇帝生病死亡的原因几乎是一样的。引人注目的是这个皇帝的手指细长而苍白，那是一只握笔的手，带有着文人的孱弱与神经质。一般来说，这样的皇帝都有良好的艺术感觉，但他们从来不知道生活以及人生的艰难性，他们总是显得懦弱而富有同情心，缺乏坚硬的心肠以及宽阔的心胸。在深宫大宅之中，在一帮不健康的太监以及女人的包围之下，他们很容易变成软弱无比的孩童，或者是暴戾神经的女人。

当孱弱的皇帝跌跌撞撞向我走来的时候，我感到全身起着鸡皮疙瘩，眼前的不是一个人，而是一条蠕动的肥白肥白的大蛆虫。我不自觉地奋力扬起前蹄，嘴里打着响亮的喷嚏，以恐惧和厌恶拒绝他走近我。皇帝意识到我的抗拒，他皱了皱眉头，有点怯懦地看着左右，在我两丈远的地方停了下来，不知是该前进还是后退。我看着他的目光，更觉得毛骨悚然，暴躁地动个不停。旁边的太监上前劝阻说道："陛下，这匹赤兔马可能不太适合你，它太不识抬举了，看样子野性未服。陛下还是注意龙体为好。"

我看见皇帝点了点头，然后招了一下手，两个宫娥迈着碎步赶过来搀扶他回到龙榻之中。我的心重新落回了胸中，说实话，要是这样一个软软的蛆虫爬到我的背上，我会感到无比恶心。我庆幸这事情戛然而止，我把这归结于上苍对我的偏爱。的确是这样，我们应感谢上苍各种方式的呵护。

在此之后我的经历大家都知道了。皇帝将我送给了权臣董卓，当董卓穿着盔甲踌躇满志地移动胖大的身躯走过来，志得意满地看着我，又艰难地攀登上我的脊背时，我像驮着一座山一样身心俱疲。我不是跑不动，而是根本不愿意驮负如此巨大的甲壳虫。我真的恶心了，在接连打了两个喷嚏之后，我的膝盖变得颤抖弯曲，差一点就无力地跪在地上。董卓连抽两鞭，我也没有撒开蹄子跑起来。董卓不高兴了，挥拳猛击了我两下，讪讪地从马背上爬了下来，又对着我大骂几声后走了。过了几天，董卓发下话来，将我送给了吕布。在吕布手下，我度过了一段快乐的时光，平心而论，以吕布的武艺高强骑术精湛，我是乐意出生入死的，不过对于吕布“三姓家奴”的坏名声，我一直耿耿于怀。我希望我的主人是一个堂堂正正的英雄，而不是一个有奶便是娘的势利之徒。只有英雄油然于胸的真诚和勇敢，才能激发我的能量，让我彻底地释放。一匹优秀的马与优秀的人一样，之所以能超出常规，不是来自于自身，而是在无限中汲取力量。只有自由状态下的身心，才会获得联结无限的通道。在曹操打败了吕布之后，曾有一段时间，曹操想纳我为他所用。我一点也不喜欢曹操，在我看来，曹操太工于心计，更喜欢驾驭人，无论是男人和女人。在与人打交道时，他可以充分展示自己的雄健与智慧，而跟动物打交道时，他的智慧毫无用武之地。对于动物来说，能打动它们的，不是智慧和心计，而是爱心、耐心和宽容。一个心思太重的人，警觉性更高的人，是不可能赢得动物尊重的。在起初的那段相处中，曹操拼命地笼络我，给我吃最好草料，甚至在草料中掺入人参、三七，以及吃不掉的丹药渣滓等。我一点也不喜欢这样，我天生的雄健的速度不是靠这些东西获取的。我不乐意如此浓重的圈养方式，不喜欢察言观色见机行事，当曹操试探着骑上我的时候，我故意大声嘶鸣，把他差一点掀翻在地。曹操很没面子地收身而去，不过他没有责怪我，只是自嘲说：

“匹夫之勇，匹夫之勇！有什么样的主人，就有什么样的马！这匹赤兔马太骄傲太高大了，让它去吧。我还是喜欢我的那匹白鹤马。”

我听懂了曹操的意思，他说我跟曾经的主人吕布一样，只有着匹夫之勇。我不认为是这样。我从来不是一个势利之马，从不对人世间的事情考虑过多过复杂，我觉得作为一匹马来说，过多的思考会羁绊你的脚步，我们从不缺少那种与天地相连的智慧，缺少的，只是作为这个世界钩心斗角的小聪明。我并不是不懂，只是不屑于这样做。另外，上天之所以赐予我们拙劣的语言表达能力，就是让我们对世间的阴谋诡计有所隔膜，让我们专注自己的事情。万事万物都是有自己的使命的，作为马，目标就是跑得更远更快。我喜欢风驰电掣的感觉，喜欢撒开蹄子奔跑，在奔跑中享受快感，享受世界的馈赠。我喜欢把一切都踩在脚下：泥泞的道路、积雪的旷野、结冰的斜坡、绵软的尸体……我喜欢踏过田野的落英缤纷，也喜欢奋力过河的水花四溅。只要我跑起来，我就没有恐惧，只有欢喜。我甚至感到整个世界都被我远远地掷在后面，我可以受到上天的垂青，与它的旨意合而为一。一匹马最单纯的想法，就是像风一样掠过大地。

我是由那个后来叫作周仓的马弁牵着交给关云长的。那一天，当马弁牵曳着我在许都的大街走过时，两旁人山人海争睹我的风采。我走到哪里，人群就跟随到哪里。人们惊叹我的高大和雄健，也惊叹我的骄傲和优雅，尤其对火焰一般的血色赞叹不已。我知道他们从没有看到如此伟岸的骏马。汉朝的马，即使是来自北方草原的马，从没有如此高大迷人。对于很多汉朝人来说，我更像是来自天庭的神马，在他们的想象中，一旦我跑起来，我的肋下可以长出巨型的翅膀。我听着他们的议论，无比开心。我跟马弁来到汉寿亭侯府，看见关府院门大开，关羽喜形于色地站在那里迎接我。马弁把我介绍给他，又让他细细地检查我的毛发、鼻孔、牙齿等。我既兴奋又紧张，像一个真正的新娘子一般羞涩。

文　丑

获悉大哥颜良被杀的消息时，正在冀州城外的大帐里，那时候已是夜晚时分，大厅里墙壁上的火把无精打采，我坐在椅子上昏昏欲睡。当探子闯进来结结巴巴地报告说颜良被一个面如重枣、长须飘飘的红脸汉子一刀斩杀之时，我几乎从座椅上跳了起来，我的耳朵嗡嗡直响，像一面大锣在身边重重敲击过一般。那一个天生神力、能轻而易举地举起数百斤石锁的颜良大哥，怎么可能轻易地被一个人一刀斩落呢？探子还说：那一个杀颜良的人就像天神，骑一匹枣红色的赤兔马，跑起来就像龙卷风一样，颜良大哥甚至连对方是谁，长得什么样都没有看清，就尸身分离脑袋搬家了。随后另一个探马的报告证实了杀死颜良的人曾是刘备的结拜兄弟、后来投降曹操的关羽。我这才想起来了，当年就是这个关羽在虎牢关杀死了董卓手下的大将华雄。那一次我跟颜良没在主公袁绍身边，让那个马弓手抢了功劳，让主公很没面子。为此，我跟颜良对此事耿耿于怀，一直想找个机会教训关羽一下。没想到在华雄遇到的事情，在颜良身上同样发生了。我的大哥颜良，怎么会如此不堪一击呢？他可是战无不胜无坚不摧的河北第一勇士啊！那一段时间冀州上上下下沸沸扬扬，人们都在议论颜良的不堪一击，说河北的勇士根本就不是山西勇士的对手……这两者能联系起来吗？那些愚昧的百姓们，总喜欢在地域上做文章，就像当年把项羽跟江东联系在一起，把荆轲跟燕赵联系在一起似的。实际上人都是个体，他们代表的都是自己，哪有那么多地域的框框和条条呢？只有愚蠢的人，才会概念化地对待一切。聪明的人总是就事论事，不喜欢轻易下结论。颜良输给了关羽，又关河北和山西什么事呢？

第二天下午，谋士郭图奉主公之命来看我，转达了主公对颜良之死的悲痛，让我准备即日起兵，去白马援战，为颜良复仇。郭图向我透露了一个情况：袁绍在得知颜良被关羽所杀的消息后，立即唤来刀斧手，将刘备拿下准备推出斩首。刘备辩称："颜良是怎么死的，我不知道。即使是关羽杀了颜良，我觉得也很正常。关羽又不知我现在河北，他杀颜良是各为其主。现在即使你杀了我，颜良也不能复生。不如让我去招安关羽，假如关羽归顺，又可添一员虎将。"主公见刘备说得有理，况且颜良已不能复生，只能同意刘备的意见。对于此，我也不好说什么，关羽杀了颜良，的确跟刘备关系也不大。不过颜良之死的确让我想不通。在我眼中，颜良是天下数一数二的武功高手，他的武功几乎登峰造极，这样的神话，怎么会轻易败在关云长身上呢？我不得不狐疑，这个红脸汉子的身上存在着某种魔力，一种超乎寻常的蛊惑力。

令牌很快下来，主公袁绍命我率领着三万精兵去白马坡迎战曹军。接到令牌后，我立即调集人才开拔。在离白马不远的汝南，那些拼命逃脱的部将们告诉了颜良死去的真相：颜良根本不是被关羽的青龙偃月刀砍死的，而是被关羽的宝剑刺死的。当时颜良正在营帐大门口巡视，远远地看见一小队人马飞也般地奔过来，领头的正是穿绿色战袍长须飘飘的关羽。颜良走出营帐眺望了一会，对左右说："刘备在河北时，跟我说关云长不会真的投降曹操，看来果然是这样，看那样子，很可能是曹营跑出来投奔于我。"左右劝颜良小心，说关羽可能有诈。颜良哈哈一笑说："怎么可能有诈，你看他连大刀都没带。"话音未落，关羽已到了眼前。颜良正准备上前迎接，只见关云长双腿一夹马镫，赤兔马如箭一般飞驰过来，关羽突然从腰中拔出佩剑，借着马的速度，一剑刺入了颜良的胸口……我听得目瞪口呆，我没有想到名声如此之大的关羽，竟然采取了如此一种办法偷袭，难怪颜良死得如此蹊跷。颜将军肯定死不瞑目，要是让颜良单挑关羽的话，至少可以跟他大战三百回合。谁杀了谁，还不一定的呢！

在得知颜良死去的真实原因后，我义愤填膺，决意跟关云长决一死战，为颜大哥报仇。当我带着大批人马到达白马后，关羽并没有露面，曹操派出了徐晃来挑战我。徐晃曾经是吕布手下的一个名将，在中原一带很有名气。虽然徐晃战斧抡起来虎虎有力量，但几招之后，我就看透了他的路子。我先是避其锋芒，十回合后，我密如水银泻地般的攻击让他贫于招架。二十来个回合后，徐晃力怯，打马逃跑了。我长啸一声追上去，眼看将要追上之时，我的余光看见在左前方一个红色的影子飞速而来，当我的长矛碰上他大刀的那一刹那时，我就知道遇到对手了——关云长名不虚传！我不是说关云长的刀法有多好，有多快，而是说他的刀太沉太重，你几乎无法让它跟你的兵器接触，那种兵器相撞后传导过来的震荡，让你很难在马背上坐稳。这样的感觉，跟我有一次与公孙瓒手下的小将赵云交手差不多。那一次我差点就生擒公孙瓒了，没想到一个名不经传的白袍小将冲过来，拦住了我的道路。我跟那个少年将军大战了三十回合，充分领略了那个少年将军的天生神力，假以时日，这个常山赵子龙必定是天下数一数二的高手。我勒住马，细细地打量着关羽，但见关羽穿一副破旧的牛皮铠甲，没有戴头盔，只顶着一个深褐色的锦帽。与当年相比，关羽看起来气度更加从容冷静。我故意大声问道：

“来者何人？我文丑的刀下，从不斩无名之辈。”

关羽缓缓说道：“文将军相信你肯定听过我的名字，当年在虎牢关温酒斩华雄的就是关某。”

我当然知道关羽，也知道这个人绝不可小觑——那一次主公袁绍带着一行人马征讨董卓，在虎牢关，就是关羽温酒砍杀了董卓的大将华雄。虽然颜良和我当时不在现场，不过后来听一帮河北将士的描述，也觉得震惊不已。我大叫一声：

“呀，就是你杀了我的兄长颜良？”

关羽微微一笑，说：“不错，正是关某。”

我大叫一声冲上去，跟关羽缠斗在一起。我的愤怒很快被恐惧替代——关羽的确是一个异人，他挥舞重达千钧的青龙偃月刀，就像挥舞一根轻飘飘的竹竿似的。如果说这个世界上还有奇迹的话，关羽绝对算得上一个。我从没见过一个人有如此神力，他的每一招每一式，都带着通天的能量，在那招式的背后，是源源不断的神力。这太可怕了，我豁然明白颜良死去的原因了。虽然他没有正面跟关羽过招，只是死于关羽的偷袭。不过即使正面过招，他同样很难抵挡关羽的大刀。不久，我的胳膊开始不听使唤了，每一次正面迎接他的刀，我都能感受到自己的骨骼在咔咔颤抖，仿佛随时都可以炸裂似的。我一下明白了颜良和华雄之所以死亡的原因了。我们与关云长的搏击，就像是麻雀与鹰的搏击，根本不在一个等量级上。这样的比拼哪能进行下去呢？我只能且战且退，我决定用拖刀计进行最后一搏，于是我一拉枣红马的缰绳，双脚一夹马肚，撒开蹄子逃离了战场。

枣红马撒开蹄子向官渡方向奔跑。这时候已是傍晚时分，夕阳从我的左前方毫无保留地映射过来，道路的左边是一条宽阔平缓的河流，光线聚集在水面上，河流变成了一面巨大平滑的镜子，映射着日暮的金黄。在我的身后，关羽骑着那匹赤兔马像风一样紧紧跟着我。我一边紧拉缰绳，把我的大刀平放在身前，一边用余光瞄着后面紧追不舍的关羽。我想等关羽的马头临近我马尾时，突然掉转马头。只要借助于马的力量，紧握手中的大刀，完美地划出一道弧线，一切都将大功告成。以往的岁月里，我曾经多次靠拖刀计转败为胜。没有人知道我有如此绝招，除非他已死去。这个时候，我听见了秋风在我的耳边呜咽，河边的荒草在脚下发出了断裂之声，我还听见头顶上的大雁发出阵阵哀鸣，他们显然被急促的马蹄声惊扰到，飞翔的阵形也变得不伦不类。就在我猛击一掌我的坐骑，想让青鬃马一百八十度转向的时候，我突然感到青鬃马一声惨叫，前蹄突然腾空，我被重重地摔到了马下。一阵阴冷的风从我的耳边掠过。我一偏头，突然看见一颗头颅定格在我的左前方：神兽般硕大的脑袋，野山羊一样的面孔；更熟悉的，是早晨刚刚剪修过的八字胡须，还有袁绍赐我的纯金的头盔……我豁然明白了，那一颗偌大的头颅是我的，那就是我！它飘飘荡荡，像一只巨大的鸟儿一样飞翔在空中，划着一条优美的曲线。随后，我又看见那把青龙偃月刀带着风声掠过，上面沾满了鲜红的血珠，像红宝石一样熠熠闪光。我突然明白了，是那把青龙偃月刀，让我的尸身分离了。可那到底是怎样发生的呢？我一直没有明白。世界沉默下来了，我只听见了头顶上的雁群扑啦啦地散了，它们发出的哀鸣声如此凄清，就像是雨夜街巷间的穿堂风。声音居然也是有弹性的，竟然可以拉得又细又长，就像一根带松紧的绳索一样在我头顶上拉来拉去，一阵阵地牵拽着我。我感到自己都要被它们拽上天空了。

人世间的东西已离我远去，即使无数怨怼之气，终究也会扶摇散去。这就是死亡的真谛：简单、粗暴、干净利落。如果死亡真相过早暴露的话，也许人们早就不愿活着了。关于死亡，我知道所有人都怀有浓郁的好奇心，人们会关心死之后去了哪里？会看到什么？天堂和地狱到底是怎么回事？……我以前有一个属下，一个道士出身的裨将，因为对这些问题太好奇，坚持想知晓死亡的秘密。每次大战之后，他就流连于尸横遍野当中，不停向那些奄奄一息的士兵们问这问那，甚至还在夜深人静时悄悄伏在死人身边，观察四周的动静。当士兵告诉我后，我气急败坏，立即赶到现场。在看见那个失魂落魄的裨将后，我二话不说，拔出佩剑砍下了他的头颅。我恨恨地说："你不是想了解死亡的秘密吗？那么，我送你去了解！只是你回得来吗？"我这样做，是不希望在士兵面前过多谈论死亡，那会破坏军心。虽然我读书不多，不过我知道孔夫子对待此事的态度：孔夫子也不愿过多谈论死亡，他总是强调"不知生，焉知死"，让人把注意力转到生存上来。就像一个玩魔术的人，不想把谜底过早地暴露在人们面前一样。

现在，我可以描述一下我的死亡了。这一个自我出生起，就一直萦绕我的秘密，或者说，我曾经驱赶了无数人去见识的这个秘密，终于在我面前水落石出了——在关云长那把青龙偃月刀落在我肩膀上的那一刹那，我感到一股热血直往上涌，身体碎裂成两半，身体的各个器官全都不由自主地纠缠在一起。我不知道是心在痛脾在痛还是肺在痛，它们一起在痛苦地扭动着。就在我以为忍受不了的时候，一股轻微的音乐声出现了，我的面前出现了白光，那是一道迷人的光线，牵拽着我，让我情不自禁地跟在它后面。出人意料的是，我遇见了颜良的灵魂。看得出来，颜良仍对于不明不白地死去耿耿于怀，这是他残留着面孔滞留在路上的主要原因。颜良告诉我，一切都怪刘备，这个貌似老实忠厚的家伙最有心机。当颜良领了军令走出大帐之后，刘备从后面跟了出来，叫住了颜良，讪讪地说他的二弟关羽投降了曹操，可能正在曹操大营。刘备说关羽一直是忠于他的，绝不可能真心投降曹操。刘备一再地叮嘱颜良，若是在战场上遇见的话，一定要刀下留情。颜良说最终导致自己失去戒备心的，不是刘备的求情，而是刘备一而再再而三地恭维自己武艺高强。说以颜将军的万夫不当之勇，关云长哪能比得上你啊——千万不可对其使全力！颜良说自己被刘备抬举得飘飘然，乃至见到关羽时根本没放在心上，以致被关云长暗算。颜良苦笑着说，其实他是被刘玄德这个貌似忠厚的家伙给骗了。当然，对于人世间的一切，颜良已基本释怀了，他笑着告诉我，刘备那个“大耳贼”肯定不会有好下场，在人世间，凡热衷于暴力和权力的人，都不会有什么好下场。他们的来来去去，总是那样悲恸惨烈，像玉碎，更像瓦片跌成了齑粉。

关　羽

硝烟弥漫的战场上没有什么道理可讲，一切都是胜者为王败者寇，只要你杀死对手，你就是王。如果你失败，哪怕你有再充分的理由，既不可能起死回生，也不能够重执牛耳。这一点，是我参悟战争与生死之间的关系的心得体会。活着一切皆好，死了一了百了。战场上最重要的是杀死敌人——如果石头可以杀人，就会用上石头；如果绳索能杀人，就会用上绳索；如果用牙齿能杀人，就用上牙齿……当然，还有诡计和阴谋。人们不会关注你会用什么杀人，人们只会关注你是否活着。在这一点上，武将对生死的体会要比文官深刻得多。武将与文人的区别在于，武将从不妄谈生命，他既藐视生命，也会不惜一切代价求生。他从不敢用生命赌气，因为生命是唯一输不起的东西。

在连续献上了颜良和文丑两颗人头之后，在一次闲谈中，我又坚定地向曹操表达了我要去找刘备的意愿，我潜在的意思是提醒曹操不要忘了我们之间的约法三章。在听完了我的陈述后，曹操不动声色，眯着一对小眼睛沉默了半晌，我知道他在努力盘算我的真实想法，也努力搜寻着说服我的辞藻。曹操缓缓地说：“还记得我跟刘备青梅煮酒论英雄的事吗？其实这个世界真正的英雄并不多，一些是匹夫之勇，一些是小人得志，他们都不算英雄。要说这个世界上的英雄，不谦虚地说，我算一个，我当年说你大哥刘备也算一个。我觉得还有一个英雄，那就是你关云长！英雄是什么，就是有胆有识有情有义。我觉得你关云长就是有胆有识有情有义之人，我曹孟德也是有胆有识有情有义之人！你也知道，我希望天下英雄都归顺于我，我们共同去做一番大事业。不过，天下哪有那样的好事呢？自古英雄梦难圆，既然你实在想走，那么我也不阻拦你。如果你有了刘玄德的消息，你要走就走吧。”

曹操的口气很坚定，透露出一如既往的自信，言语浪漫更有一番诗人的情怀。我不动声色地看着他，有点如释重负。曹操想了想，又笑着说：

“我这一辈子啊，最爱江山和虎将，然后呢，是宝马和美女。”

他继续说：“江山都是打下来，打江山靠的是什么，是虎将！没有虎将，哪有江山呢？所以，虎将是最重要的。至于宝马和美女，只要有了前两样，也就不成问题了。”

曹操说完后，拍了拍我的肩膀，继续大笑起来。我看着他，突然想起曹操麾下死去的虎将典韦。为了和张绣的老婆幽会，曹操把典韦的性命也搭上了。一个举世难觅的虎将，没有死在战场上，而是死得如此窝囊，我真有点替典韦可惜，如此的死法，与家犬无二。我突然有一种克制不住自己强烈的冲动，我就是要让他知道，我跟典韦是不一样的，大丈夫当堂堂正正战死于沙场，典韦似的死亡，是对武将的羞辱。

当派出的探子告知我刘皇叔在冀州的消息后，我即准备向曹操告辞去河北了。我前后去了七次曹府，每一次，曹府的大门都紧紧地关闭着，看门的卫士总是板着脸告诉我曹操出门去了，具体行程和地点不详。几次下来之后，我知道曹操是在回避我——他之所以不给我告辞的机会，是不想我离他而去。在我第七次同样吃了闭门羹之后，我决定就此辞过，既然不给我告辞的机会，那我就此别过。回到驻地之后，我即通知甘、糜二夫人抓紧收拾行李，准备离开许都。我将曹操陆续赐我的金银细软堆积在客厅的桌子上，把那枚献帝赐我的关亭侯大印用红绸皮包好，悬挂在屋梁上。我给曹操留下了一封信，感谢对我的欣赏和重用，重申如果有机会的话，一定会报答他的知遇之恩。在我看来，曹操的确算是一个英雄，不仅胸有韬略，还明察秋毫知人善任，对手下的武将，尤其爱护和提携。如果最初我是跟曹操结缘的话，那么，我会一直效忠下去。可谁让我跟刘备和翼德结为兄弟呢？人与人之间的情分也是先入为主的，就像命中注定一样很难更改。待二位夫人收拾完毕之后，我快马扬鞭带着甘夫人糜夫人离开了许都。出城未到五里，我回头看见从许都过来的方向扬起大片尘埃。那肯定是曹操的兵马追了上来，我赶紧叫马弁带着甘夫人和糜夫人的车先走。随后，我横刀立马站在大路上，看着一骑绝尘向我席卷而来。

我看见张辽的面容了，到了离我数十米的地方，勒住缰绳让马脚步放缓。我大声问："文远是逼迫我回去吗？"张辽连忙摇头说不是不是。他大声地对我说："云长你稍等一下，曹丞相听说你走了，一定要赶过来告别。他说他不仅要给你送行，还会给你意外的惊喜！"

我勒住马等着曹操，一边跟张辽聊着天。我很欣赏张辽，这是一个人才，是那种既可以辅佐协助，又可以独当一面的人。一个人能同时做到这两点相当不容易，很多人都是二者不可得兼。张辽还是一个君子，懂得知恩图报，当年曹操曾准备把他跟吕布一块杀掉，是我竭力求情，才保住张辽的性命。自那时起，张辽对我十分敬重，我们成了难得的好友。我说："丞相的确是给我送行的吗？我意已决，如果他一定要强留我的话，我会不惜一战！"

张辽正要解释，一大队人马席卷着尘埃而来。等尘埃风卷面前，我看见曹操骑着那匹白鹤马一马当先，身后紧随着许褚徐晃李典于禁等一干众将。一行人全都没穿铠甲，没带长兵器，只是各自腰中挂有佩剑。我心中仍有疑虑：如果这一干人一拥而上的话，很难说自己有取胜的把握，毕竟他们人数众多，而我只有一人一骑。一帮人一字排开站定后，曹操骑着马慢慢向我走来，大声说："云长，我看到你留的信了。为什么走得如此突然呢？我本想为你设宴，让大家送送你呢！"

我不敢下马，只是欠身说："关某得到刘皇叔在河北的消息后，曾去丞相那里七次，想跟丞相告辞。每一次都没有见到丞相。关某唯恐再次失去音讯，跟二位嫂嫂商量后，只能留信给丞相告辞。还请丞相原谅。"曹操笑呵呵地说："云长其实没必要如此仓促的，我既然答应了放你去，就不会故意为难你。我刚从外地回来，看了你的信后，急忙带着众将士赶来，就是想送送你，毕竟兄弟一场，再相见时不知何时。此去河北路途遥远，云长总得带些盘缠什么的吧？不可苦了自己，也不可苦了二位夫人。"

曹操说完，示意让军士送上装满金银钱币的包裹。我说："在许都期间，我已经接受了丞相馈赠的很多东西，再说我带的盘缠已足够，路途之中，当轻车简从，丞相还是用来犒劳众将士吧。"

"关将军离开许都，我已经很难过了，这一点盘缠，只是略表心意，关将军若拒绝，我将更加自责。况且刘皇叔的二位夫人同行，一路照应，盘缠多带一点，也可以让她们少受困苦。”

曹操一再坚持，我也不好拒绝，只好在马上躬身行礼，“谢丞相！”让马弁上前收下了。

曹操又说：“此行往北，一路跋山涉水，很是辛苦。我看天也要冷了，你穿得比较单薄，特意让人抓紧做了一件上好的棉袍，你穿在身上，可以防点寒。”

我有点感动。我没有想到平日里大气磅礴敢作敢为的曹操如此心细如发，他是连我的生活细节也看到了。我差一点就翻身下马跪伏在地，向曹操表示不再去河北了。不过一旁马弁冷静的目光制止了我的冲动。我努力控制住情绪，没有下马，依旧淡淡地说：“丞相赐袍之恩，关某永难相忘。他日若有机会，定当回报丞相恩情。”我伸出右臂，用手中的青龙偃月刀将军士送上的锦袍挑过来披在肩上。我看到曹操的脸上掠过一丝不悦，像月光下的轻风从竹叶上滑过一般。我致谢完毕正待打马告辞时，曹操举手示意我停下，这时从一字排开的众将士后面，缓缓出来一辆马车，车厢上笼罩着绛色的帘罩。待马车走近后，车夫对着我掀开车帘一角，一缕阳光斜斜地照射进去。惊鸿一瞥中，我看到一个美丽女子穿一袭孔雀蓝衣裳，像一个美丽的釉瓶一样熠熠闪光。她抬起头来看了我一眼，眸含秋水，顾盼如玉，双颊的浅浅泪痕更增添了几分哀而不怨的风韵。我大吃一惊，几乎尖叫一声，我怎么也没想到的，车中的女子正是貂蝉！

一切都像梦中似的——怎么会是她？我感到有点眩晕：曹操为什么将貂蝉送过来？这当中有什么目的，或者有更大的阴谋吗？

曹操脸上现出意味深长的微笑，他慢条斯理地说：“云长，你记得我跟你说过兄弟如手足妻子如衣服吧？男子汉大丈夫最重要的是生死之交，还会在乎个把女人吗？我觉得美女就应配英雄！貂蝉若能善始善终，也是她的福气！”曹操说了这一席话后，哈哈一笑，说：“曹某就送你至此，关将军好自为之！”

我怔怔地点着头，感觉到脑袋迷迷糊糊的，一时间，竟喃喃不知如何回答。我生硬地一抱拳，吐出一句“谢丞相，关某告辞！”便掉转马头急匆匆地离开了。在我身后，那一辆载着貂蝉的马车默默地跟随着我，车辘轳发出咿咿呀呀的声音。一直走了很长一段时间，我仍没有恍过神来，这是从未有过的感觉。我感到情迷意乱，连去黄河的方向也走不对了。

貂　蝉

乱世中的女人就像马蹄下的芍药一样无助。为什么生为女人？为什么生在这乱世之中？这是上苍对于我的报复，还是对我父母的报复呢？我一直想不透这样的问题。

我默默地坐在马车上，通过半通明的缦纱看着窗外的一切。在我忧伤的目光下，沿途的村落破败凋零，像废弃的棋子一样七零八落地散落在贫瘠的土地里。初秋的田畴里一片荒芜，道路的两旁应该是些桑树吧，黑漆漆的，有火烧过的痕迹。满是灰尘的道路上，除了我们一行走过之外，还有些贩运盐货的商贩押着独轮车队伍吱吱呀呀地经过。我们一行每驶过一个村庄，都会引来一片狗吠声，也会引来很多衣衫褴褛面容枯槁的农人的围观。他们无聊地聚集在两旁，木然而好奇地看着我们这一行，有时候伸出乌黑的手指冲着我们的车马指指点点，窃窃私语或者露出不怀好意的笑容。当然，无论在什么样的氛围里，黄河古道的自然风光还是让人动容的，它有金碧辉煌的阳光，一望无垠的田野，无孔不入的风，每一块石头都表现出苍老和坚硬。在我的感觉中，黄河古道的风景比西部大漠的风光更有生气，它不仅有一种崇高感，而且还能看出人类的活动和变化。当然，就西部风光而言，它们所暗藏的很多东西是有神谕的，它是在简单中体现上苍的精神。自然中的一切，都是不能够细细深究的，如果细细地品味的话，它似乎都是暗示，都有着无限的内容，都似乎在嘲笑或昭示什么。

我知道之所以命运多舛，是因为我身上有一种独特的东西，绝不仅仅是因为我漂亮。这个世界上的漂亮女人很多，她们各有各的美丽之处，很难说谁是最艳丽的。就像这个世界上的花朵一样，你一定要说牡丹胜过菊花，那一定是勉强的。牡丹有着牡丹的雍容，菊花有着菊花的优雅，至于其他的花朵，它们更有胜过牡丹和菊花的因素。我想我之所以引起男人们的注意，是我身上带着的一种异域气质。我的身上有着西域的血脉吗？我不知道。我记得我很小就会跳肚皮舞了，那时在米脂一带，会跳这个舞蹈的女人有很多，她们有的眼珠是黑色的，有的是蓝色的，有的是黄色的，有的是褐色的。她们都认为自己是米脂人，至于在米脂之前，她们有的来自北方，有的来自西方，有的来自南方。我也一样。我也不知道自己具体的身世，只是觉得是我爷爷一辈从西域来到了汉朝，就在米脂那里安家落户下来。到了十六岁的时候，我被地方官选进了宫内，我看见大片从全国各地送来的美女们如云彩一样聚集在荒芜的后宫里，满怀一步登天的梦想，希望得到皇帝的垂青。可这样的机会实在太少，绝大多数人整天无所事事无事生非，慢慢地变得红颜消退满面愁容。跟她们一样，我在皇宫里甚至都没有见到皇帝。一段时间后，我在宫里负责监督宫女们的女饰和造型，她们也因此叫我貂蝉。我喜欢这个名字，它不仅读起来好听，看起来独特，还有一种神秘的意味。那一次“十常侍”叛乱，皇宫内一片烧杀抢掠，后宫里也起了大火，到处都是尖叫和哀号，宫监和宫女们神色凄惶，在亭台楼阁中像受惊的麻雀一样魂飞魄散。我不得不随着大批宫女逃出宫廷，流落街头。那是我第一次知道宫廷外的凶险，也知道社会的世态炎凉。有一天我们又饥又饿，一个老宫女为了讨要一点剩菜剩饭，用身体跟一个男人在墙角边做着交易，完事后竟像一只被公鸡强奸的母鸡一样，抖一抖身体和翅膀，便蹲伏在那里狼吞虎咽起来。多亏了那个叫作王允的司徒收留了我，这是一个忠厚的老者，我认他做干爹。后来的事情你们都知道了，我被王允以“美人计”的方式同时献给了董卓和吕布。如果你问我这两人的区别，我会告诉你，比较起董卓的残暴和粗鲁，吕布更像是一个顽劣的孩子。就这样，我倒向了吕布，成为他暗夜中骑乘的一匹母马。我就是一枚色子，看起来能决定别人的命运，却决定不了自己的命运。我觉得我的人生一直跟兵荒马乱有关系，而我自己，已经不由自主地陷入到男人的争斗与阴谋之中了。

我忘不了吕布兵败被杀的情形——当下邳被曹操和刘备的人马团团围住之后，我每天都能嗅到空气中无所不在的烟尘味和血腥气，听到四面八方传来的山呼海啸的呐喊声，以及凄厉悲惨的嘶叫声。我把自己关在屋子里，插上门栓，故作轻松地做着女红，努力使自己双耳不听窗外事；有时候蜷伏在床榻上，感觉自己就像一只可怜的猫藏身于一叶风雨飘摇的小舟上。战事变得越来越紧张，到了后来，吕布已经不常回家了，他天天巡视在千疮百孔的城墙上，累了就在城墙上打一个盹。有一天，家中的大门突然打开，吕布摇摇晃晃地进来了，黑色披风像折断的鸟翅膀一样耷拉在肩上，携带着某种酸涩的气味。他的眼神迷离而朦胧，看见我毫无表情，连甲胄都没脱就倒在榻上睡了。一直到三个时辰之后，吕布猛然惊醒，腾地一下从床榻上爬起来，走到我面前，目光直直地对我说："貂蝉，你快装扮装扮逃走吧，赶快逃走，下邳守不住了。"他蘸着血丝的护心镜映着我的脸庞，活像溺水身亡之人的面容。我吓了一跳，凄婉地问："逃？我能逃哪去呢？"吕布不敢看我，支吾着说："要不，你就回老家吧？"我说："怎么可能回米脂呢？那里早就没人了。我不走，将军在哪，我就跟在哪！"

吕布木然地看着我苦笑，说："那就随你吧——"这一个大男孩，终于为自己的"水性杨花"付出了代价——在消费完自己的全部诚信后，没有谁敢接纳他，只能像丧家犬一样到处流浪。吕布似乎很伤心，喃喃地又说："这一回我怕是很难逃脱了，曹操恨极了我，自然不会饶了我，就是想投降也不行啊！至于刘备，这个虚伪的大耳贼，我夺了他的徐州，让他差一点没命，他也不会饶了我。还有袁绍，他当然不会为我南下。我已没有人可以依靠，孤家寡人啊，只能是你死我活了！”说完之后，吕布长叹了一声，走到我的梳妆台前，拿起上面的铜镜，一边照，一边苦笑着摸摸自己的脑袋。我知道吕布是爱照镜子的，也难怪，每一个年轻英俊的男人都爱照镜子。只不过这一次，这个身高十尺，曾经像天神一样神采奕奕的少年将军，此时已变得衣裳褴褛落魄失魂，只能像一个小老头一样顾影长叹了。吕布摸着自己的脑袋说：“不知道这一颗人头会让哪一个升官发财。”这话听得如此耳熟，当年的西楚霸王就曾发出如此的感叹。吕布是当年西楚霸王的重生吗？如果是，我才不愿意是那个凄婉悲惨的虞姬呢！我从未跟他青梅竹马，我跟他只是萍水相逢，我甚至一点也不了解他。我没有多说话，自言自语一番后，吕布提着方天画戟要走了。我挣扎着站起来，帮他扣上铠甲的扣环和系带。吕布昂着头，眼神掠过我的头顶看着很远的地方。他没有跟我说告别，也许他忘了，也许厮杀已让他彻头彻尾变成一头野兽。当天晚上，我一直没有睡好觉，好像有一种预感，我可能此生再也见不到吕布了。我趴在枕头上哭泣着，感觉仿佛离开自己，成为另一个完全不相干的女人。

第二天凌晨，震耳欲聋的钟声突然响起，那是城北的方向，钟声沉厚而洪亮，如阵雷一样轰隆隆地炸起，我榻边的烛光摇晃了一下遽然熄灭。随后，城东、城西和城南的方向，也接连响起了钟声，缓慢悠长的余音像冰凉的井水一样蔓延过来。接着，杂沓的马蹄声像潮水一样从四面八方蜂拥而至，大宅子外面有人大叫“城破了！快逃啊，曹操的军队杀到了!”我心一凛，赶忙起来让人把院宅大门紧紧关上。过了一会，大门被人锤击得咚咚响，有人报告说下邳沦陷了，吕布是被宋宪等几个要投降的部将擒获的，当时吕布实在是疲惫极了，就在白门楼上靠着一把椅子睡着了。等他醒来之时，发现自己像一只陀螺似的被五花大绑地捆在了椅子上。接着，城门大开，曹操的军队攻入了下邳，疯狂的杀戮从清晨一直持续到午后。从外面回来探听消息的婢女告诉我，满城都是穿着黑色盔甲的曹操士兵，手中的刀剑被血泡成了深红色，盔甲上溅满了血渍和肉末。那些衣冠不整披头散发的百姓就像是即将被宰杀的鸡一样东奔西逃，有几个男子趁乱攀上了城墙，却很快被箭矢射中，像陨石一样从空中坠落。我一方面惊慌失措，另一方面心若止水——乱世中的小女子，哪里能主宰自己的命运呢？一切都是上天的安排，如果必须得死的话，只求快速畅达地死去即可。后来，我终于等到了敲门声，当婢女惊慌失措地开门后，曹操的军士表现得极为礼貌，他们并没有急于进来，而是站在门口极有礼貌地告知说：曹丞相吩咐他们来维持秩序，不让各路人马骚扰。到了下午的时候，曹操果然出现了，其貌不扬的曹操进了屋子，没有跟我说话，只是装模作样地巡视了一番，然后转身离去。我低着头送他到门口，看见他低声对门口的守将交代些什么。守军们对我更客气了，又是送吃的又是送用的，各方面表现得无微不至，而我似乎意识到了些什么。我一点也不紧张，我知道对于我来说，不论什么结果，只是换一张床睡觉而已；或者说，只是我的枕头边换了一个杀人不眨眼的男人而已，只要我美丽的容颜未改，就不会有人向我举起锋利的刀剑。吕布被杀之后，我被曹操的士兵从徐州解送到许都，出城的时候，我看到无数肿胀的尸体漂在护城河里，有一具尸体的肚子张开，一根绿色的肠子拖曳在水中，像一条长长的水蛇在游动。我看得腹中一阵悸动，差一点吐出来。

在此之后就是跟曹操在一起的日子了。我尽量言语谦卑行为恭敬，将满腹心思隐藏于温婉的笑容之后。尽管曹操很喜欢我，不过我知道这种喜欢只是男人对于女人的喜欢，它点到为止，只停留在外表和身体上，不愿意更进一步深入我的灵魂。对于曹操这样的男人来说，女人不是他的全部，只是他减压和发泄的一种方式，或者说，是他征服世界的一个标志。虽然在很多时候曹操已表现得力不从心了，不过他仍然需要用一种幻象来表达他的能力。在这一点上，曹操与吕布截然不同，曹操知道自己要什么，女人意味着什么；而吕布呢，他就像个孩子，根本就不知道自己要什么，也不知道应该珍惜什么。一个粗心的人是很难达到智慧境界的，吕布即是如此，当他费了九牛二虎之力得到一件东西时，就是开始厌倦那件东西之时。

当然，曹操是善变的。再美丽的女人，当她蜕去了那一层神秘之后，也会变得平凡吧？我想，这应该是曹操对我的感受吧？只是我没有想到曹操兴趣下落得如此之快，他很快就像送掉一件衣物一样，又把我送给了关羽。其实这很合乎曹操的性格，可怜的曹操已经在不断争斗和戒备中无法好好地睡上一觉了，他总是梦见红色的小人在他面前嬉闹跳舞。这使得他在睡梦中经常翻身而起，拿起藏在枕头下的宝剑乱砍乱杀。当一个人无法以正常人的方式生活时，悲剧已不可避免地来临了。

那一天我看见曹操的五大谋士郭嘉、荀彧、荀攸、贾诩、程昱一起来到了曹府，谈及关羽想去河北一事。我长了个心眼，在帷幕后面有意无意地窃听。对于关羽的执意出走，曹操表现得有点沮丧，他既舍不得关云长离开，又觉得关云长去冀州会让袁绍如虎添翼。曹操苦恼地说，重要的是袁绍还是我们的对手，并且他部队的人数是我们的好几倍。关云长此去，会令胜利的天平明显地倾向于他们。郭嘉劝慰曹操说："我们有一计，只不知当说不当说，这计不仅能让刘备与关羽二人互相生变，而且还可能让袁绍杀了这两人。"

郭嘉说这话的时候有些迟疑，他看了看曹操，目光也扫过了荀彧、荀攸、贾诩、程昱。看得出来，这计划是经过他们五个人商量过的，也因此，他们才一道来到曹操的府上劝说曹操。曹操看了看郭嘉，说："奉孝你何必吞吞吐吐，你们五人同时来我这里，肯定是想说什么重要的事情。既然来了，干脆就说好了。"郭嘉四下看了看，鼓足勇气说："禀丞相，关云长天下无敌，声名远扬，这一点大家都知道了。丞相对关云长如此厚爱，大家也是知道的。我们都知道关羽出走是件彼长此消的大事。关羽此去河北，以丞相的重情重义，想必也不好强行阻拦。既然无法阻拦，丞相不如将计就计，做一顺水人情，也设下一个大局，把貂蝉赐予刘关张兄弟三人，让貂蝉随关羽同去。这样，既让他们兄弟三人为貂蝉生变，甚至还可能让袁绍直接忌恨三人，极可能杀了三人抢了貂蝉。这不正是丞相所想要的吗？"

郭嘉说完后，看了看荀彧、荀攸、贾诩、程昱等，这四人连忙附和。

我吓了一跳，心立即悬在了嗓子眼上，大气都不敢出一下。我感到悲伤，也替男人可怜，当他们以自己的性别解决不了问题的时候，就开始打女人的主意了。我还有什么值得留恋和希冀的吗？什么样的结果都是我可以接受的。我听见曹操没有立即表态，默不作声陷入了深深的思考。显然，曹操是在权衡着计谋的得失。过了一会，我听见郭嘉试探着问："丞相要是觉得这事不太妥当的话，那就等于我们没说，随关羽去就是。"

郭嘉话音还没落，我听见曹操沙哑着嗓子说："不错，我一直为关羽离去心有不甘，可是我一直没想到什么好计策。奉孝兄好计策，春秋时有'二桃杀三士'，现在赐貂蝉予关羽，好计！"

郭嘉吞吞吐吐地说："只是丞相要失去'天下第一美人'了。"

曹操哈哈一笑说："当世英雄，转眼即空，美人也一样。好吧，就依你们的主意——我马上跟貂蝉交代，如果这计谋成功，一个美人，也抵得上千军万马了。"

众人离去之后，曹操将我叫了过去。我听着曹操跟我说话，一点惊讶的神情都没有。曹操觉得诧异，问我："你怎么一点都不觉得奇怪？"

"是啊，早想到了。"

"为什么？"

"不为什么，只是觉得丞相终究是做大事的人，心里装的，不可能是儿女情长。”

曹操尴尬地笑了，忽然间变得不说话了。

我看着曹操，平静地问了他一句：“丞相，是将我馈赠给关羽吗？”

“随他们吧，既然刘关张三人情同手足，就让他们自己定夺吧！”

过了一会，我又冷冷地问道：“那么，我什么时候走呢？”

曹操的脸上滑过一丝不高兴，他沉下脸来，一字一句地说：

“你想走？”

“不是。”

“那么你想留下来？”

“也不是。”

我摇摇头。人在世界上，经常得装着若无其事的样子，装着装着，就变得很真实了。我真的不知道自己的想法是什么，我在这里是一只忧伤的鸟，我出去了，就能变成一只快乐的鸟？我已不知道快乐是什么了。不过我知道忧伤，忧伤就是讨厌自己，以及身边所有的一切。就像我现在这样。曹操希望我有什么表情呢？说自己不愿走，或者挤出几滴伤心的眼泪？我根本不怕曹操不高兴，就像我从来不怕做何结果一样。

在此之后我就离开许都了。当我跟随关羽的马队向北走的时候，我想了很多，战争是男人的事情，跟女人毫无关系，为什么要把我们牵扯进来呢？我毫不关心男人之间的打打杀杀，在我看来，他们之间的争斗，跟小孩子之间的争夺和打闹毫无区别，只是规模大了很多，危害也大了很多。男人是永远长不大的孩子，像吕布、董卓等，在我看来，就是心智不全的孩子；至于王允、曹操等，看起来诡计多端老谋深算，其实也是如孩子一样充满贪婪和欲望。他们天真地以为事情是可以操控的，可是结果，却从来不像他们想象的一厢情愿。当然，就我自身来说，我也不知道我该关心什么，关心自己的锦囊之中还有没有胭脂，或者，关心麝香的味道？

一路上，我很少听到关羽说话，有什么指令，也是由马弁去传达，仿佛那一个骑在赤兔马上的高大天神是一个哑巴似的。好在与死一般的城郭相比，沿途还是充满一些生趣让我忘却忧伤，为自然具有的细小的意义而敏感。比如密密层层的苔藓、野花以及美丽的昆虫。给我们印象最深的是那些昆虫的眼神，经常有着一种似乎想理解但又无法明白的表情，看起来天真而无辜。有一天半途休息时，我在草地里见到一只彩色的大虫子，鲜艳美丽，有着大大的犄角以及傲慢的神情。看到我很喜欢，马弁便弯下腰去，伸出手去触摸它。那大虫子并不领情，狠狠地螫了他一下，然后滑进草丛逃遁了。这不幸的经历看似普通寻常，却给马弁造成很大的灾难——有好几天，我看到马弁的手臂一直因为中毒而肿大。我曾想安慰他几句，他只是冲着我笑了笑，一派漫不经心的表情，我只好把安慰撂在一边了。这个马弁长得很清秀，高鼻梁，大眼睛，干干净净像一个女孩子。我问他是哪里人，他指了指太阳落山的地方，说道：

“我是从西边来的，具体是哪里，我真的不知道。反正，我一生下来就是孤儿了。”

他的话打动了我，我也变得沉默了。他笑呵呵地说：“这样也好，也许哪儿都是我的家乡，说不定我就出生在米脂呢！”

我知道他在跟我开着玩笑，他怎么知道我是米脂人呢？也许外面早就传开了，还有相关的一切。我注意到我跟马弁说话的时候，甘夫人和糜夫人站在不远处似乎专注地倾听，有时候她们也会窃窃私语，脸上现出神机莫测的浅笑。她们不时地瞟一瞟我，眼神轻慢而专注，我知道她们可能是在议论我。不过当我冲着她们的目光回以微笑时，她们脸上的表情会立即凝固起来，然后掉转头去装作根本没看我似的。我有点暗自得意。我从来就不害怕女人，就像我从来不害怕男人一样。我觉得女人就是这个世界上的小草，不可能长成一棵树，所以更应该自我怜爱，然后获取男人的爱。毕竟，小草是离不开水的，只要稍稍有点水分，她们就能活得很好。

在北边，一边浓黑的云正向我们的头顶上席卷而来。“好像要下雨了。”婢女小婧在一旁打断了我的沉思。我醒悟了过来。那是暴风雨的迹象。我看着前方关羽高大的背影，心里并不觉得慌乱。我才不用管什么暴风雨呢，我只要跟着关羽就是。我不知道关羽是什么样的男人，我还不了解他，他会喜欢我吗？到现在为止，我还没有看到一个真正爱我的男人。他们爱的，都是我的年轻美貌，以及我在床上的热情和奔放。那些看似英勇好汉的男人们，占据内心的，都是功名和利禄，还有莫名其妙的好恶斗狠。

第二章 东岭关

糜夫人

我怎么也没想到貂蝉会加入我们一行。等关羽赶上我们先行的队伍时，我看到一行中多了一辆由三匹马拉的马车，车厢的帘幕是用黄丝幔制成的，做工极为精细。我不知是怎么回事。到了一个叫作赵庄的地方憩息后，关将军向我们告知情况：说曹丞相特意来为他送行，并且将貂蝉托付给他。我和甘夫人听后大吃一惊，我们交换了一下眼神，一时不知道说什么。我没有想到的是，那一个妖精，那个制造了无数话题和血案、被男人们津津乐道的妖精竟然跟我们一路同行了。在此之前，只是听说过很多乱七八糟的有关于她的传说。我最直接的反应就是“美人计”——曹操肯定是在复制当年王允“一女嫁二夫”将貂蝉配给董卓吕布的计策，来离间皇叔和关羽之间的深情厚谊。当我看着貂蝉露出纤瘦的脚踝，倨傲地走下马车，像一片纸人站在地上茫然环顾的时候，我几乎是不敢相信自己的眼睛。我是第一次见到貂蝉，说实话，貂蝉非常漂亮，远远地看过去，她的皮肤毫无瑕疵，就像鲜奶一样白皙滑嫩；她的身形优雅苗条，胸部丰满，腰身纤细，心形脸蛋的五官精致匀称；更重要的是，她的全身带着某种不可抗拒的孤傲，就像一只特立独行的动物一样。她的眉眼，她的鼻子，她的嘴巴，她的皮肤，她的举止和仪容，都露出一种别具一格的味道，充满着不羁和挑逗。真是一个妖精！一个男人喜欢的妖精。这是我的第一观感，而后的第二观感是：当我望着貂蝉那乌黑的头发、小小的脑袋、纤弱的肩膀，以及水蛇般游动的走路姿势，我的心里不由自主地产生一阵厌恶。那是因为我的嫉妒吗？正在我恍惚的时候，貂蝉向我们走过来，一路忸怩作态，就像一路撒着花的女子一样。更让人感到奇怪的是，头顶上的鸟儿也越集越多，它们盘旋在我们的上方，咿咿呀呀地直叫，像见到从没有见过的宝贝似的。那些鸟也会重色轻友吗？我看着她，不动声色；她也看着我，妖娆地对我和甘夫人盈然一笑。我看见甘夫人气急败坏地翻了个白眼，脸上的雀斑颜色一下子深了起来。她赶忙扭过头去，回避着不去看貂蝉。我也掉转过头，看着远方的尘土，面无表情，只是余光瞄着她。貂蝉似乎看出了我们的态度，讪讪地止住了脚步，自嘲地笑了一声，没有继续前行，调转身走向背后的大榆树下。我松了口气，我一点也不想面对她，她的美丽会让人无所适从。他们都说貂蝉长得像猫，可我觉得一点不像，哪有猫长成这样的呢？这分明就是一只狐狸，浑身散发着尿臊气息的狐狸，会汲取男人精气神的狐狸。这个狐狸精会带坏皇叔的，甚至有可能让我们姐妹遭遇毒手。我打定主意，我不能就此不管，我应该采取措施，坚决不能让这个狐狸精进入我们的生活。

离开许都的前一天晚上，天下起了淅淅沥沥的小雨。我倚坐在走廊的木栏上暗自神伤。我刚熟悉了这个城市，就不得不离开它去北方了。在我的身边，走廊上的镂花吊灯在夜的风雨中飘摇不定，庭院里的芭蕉响起了一片沙沙之声。这样的雨夜里，肯定有许多潮湿的东西在静静腐烂。隔壁屋子里，关羽依旧在读着《论语》，声音平稳而冷静："学而时习之，不亦说乎？有朋自远方来，不亦乐乎？人不知而不愠，不亦君子乎……"让人感到奇怪的是，关羽的声音在白天里浑如洪钟，而在这雨夜之中，那些字词音节跟寒风冷雨交织在一起，却如飞虫一样飘浮在夜风中，让人无法听得清晰。

一年之前，当我的两个哥哥糜竺、糜芳擅自做主让我嫁给刘备的时候，无疑让我经历了一个晴天霹雳。为了避免徐州被虎视眈眈的曹操吕布袁绍袁术们兼并，时任徐州牧的陶谦一再要求将徐州交给刘备，可刘备一直拒不接收。为了央求刘备答应，陶谦将他的心腹们召集到一起，合议如何让刘备留在徐州。有人提议用女人来稳住他，选一个国色天香的女子嫁给刘备，如果刘备把徐州当作自己的家，一切都好办了。

那一天我正在家中花园的葡萄架下无聊地闲坐，就看见徐州刺史陶谦在父亲的旧友陈登的陪伴下登门拜访。我长了一个心眼，觉得陶谦的到来似乎跟我有些关联，便走进屋子躲在屏风后面偷听他们的谈话。陶谦似乎有恙在身，面色苍白，说起话来直喘气。落座寒暄之后，陶谦摆了摆手，示意陈登开口说话，穿一身绛色锦袍的陈登看了看陶谦，站起来对两位哥哥说道：

“陶太守这一次带末将前来，是想给糜家做一门亲事——听说令妹长得十分漂亮，不仅有闭月羞花之容貌，而且还英武飒爽，颇识大体。陶太守觉得如果我们把她许给刘玄德的话，刘玄德定会留下，这样的话，徐州避免曹孟德蹂躏，就有希望了。”

糜竺没有做声，糜芳沉不住气了，吞吞吐吐地说：“虽然把妹妹糜萍许配给刘玄德不是一件坏事，刘玄德是当世英雄，我妹妹能嫁给这个人，也算是一件好事。只是，只是我的妹妹已经许配给了秦家二公子秦琪了，现在毁约，秦家可能不太愿意，传出去，怕是有人笑话。”

陈登说：“我听说是早年定的亲吧？秦家如今破落不堪，入不敷出……如果你妹能嫁给刘玄德，让刘皇叔留下帮助我们，也是让徐州百姓少遭殃。这毁亲之事，也是为了徐州的百姓。”

糜竺依旧没有做声，糜芳想了想，说：“不如这样，如果为了徐州的百姓，婚约毁了就毁了，可是我妹妹是黄花闺女，刘备又是有内室的人，我觉得嫁刘皇叔，还不如嫁关云长。听说关云长倒是没有内室的。”

陶谦沉吟了一会，说：“这个可以商量。我们可以问问刘备的意见，不管是刘皇叔也好，关云长也好，只要这门亲事成了，徐州父老乡亲的安全就有依靠了。”

陈登说：“我觉得既然要嫁，就不如嫁刘备。毕竟，刘备是皇亲国戚，至于关羽，虽然是刘备的结义兄弟，毕竟是一介武夫，很难有远大前程的。”

糜芳表示出了赞同，说：“我同意陈登的意见。反正妹妹是要嫁了，既然要嫁，索性嫁一个前程好的。我看那刘皇叔大耳垂肩，双手过膝，一看就是吉人吉相，还是嫁了他好。”

陶谦、陈登和我两个哥哥在堂前商量我婚事的时候，我在屏风后面一边倾听一边无聊地胡思乱想。自从父亲去世之后，两个无用又贪婪的哥哥总是把我视作外人，他们漠视两家的婚约，不断地在我面前说着秦家的坏话，其实说白了，不就是嫌弃秦家破落吗？他们才不是担心徐州的百姓民生呢，只是把我作为投靠刘备的砝码，以满足他们的虚荣和功名。我一点也不喜欢刘备，不喜欢这个矫情、虚伪而富有心机的中年人，在我看来，他身边的那些手下，比如关羽张飞等，都要比他可爱得多。他甚至没有曹操一样大方、果敢，像一个真正的男人。这应该跟他最初是鞋匠出身有关，一个出身于底层的人，总是富有心机躲躲闪闪。至于他总自诩为中山王之后，乃当世皇叔，可又有谁知道呢？即使是中山王之后，又能怎么样呢？不过我两个势利的哥哥却将刘备看作是他们飞黄腾达的靠山，一再劝慰我嫁给刘备，并且对我的母亲说，如果妹妹能许配给当今皇叔刘玄德，肯定是一件极其幸运的事情，那毕竟是从寻常百姓家成为了金枝玉叶。我只是面无表情地告诉他们：随你们的便，只是我不愿做偏房！

我的两个哥哥忙不迭地把我的想法告诉了刘备，刘备满心欢喜，他的回答是："不做偏房，不会做偏房的，她和甘夫人没有区分，都是正室，都是正室。"

就在我回忆着往事的时候，关羽让人通报求见我和甘夫人。他说已探得刘皇叔的下落，小沛战败后，皇叔从北面杀出重围，渡过黄河去河北投奔了袁绍处，得抓紧时间动身去找皇叔。我和甘夫人听得热泪盈眶，没等我说话，甘夫人立即回答说："既然叔叔已打探到皇叔的下落，那就立即带我们去找他罢了。"

关羽说："时不等人，我也正有此意，那我们明天就出发。"

我正想说不要急，等有了刘备确切的消息后再说，没想到关羽压根都没听我的话，掉转头离开了。

让我没有想到的是，曹操竟然会为关羽送行；更让我没有想到的是，曹操竟然让貂蝉与我们同行。按理来说，貂蝉是曹操赠予关羽的，因为关羽杀死了袁绍手下的大将颜良和文丑。在早些时候，刘备曾经说过，关羽曾向曹操请求将貂蝉许配给他。这一切都无可厚非，英雄配美人，作为英雄的关羽有这样的美人相伴，也是一件不错的事情。不过我认为以关将军的地位和容貌，他完全可以找一个好女人白头到老啊，为什么要娶那个妖精一样的貂蝉呢？

漫长的路程本来就让人非常痛苦了——坎坷不平的大道上尘土飞扬；路边到处都是爬满蛆虫和苍蝇的粪坑。现在，除了这些让人心情不好的事情，又多了一个小妖精同行，就更让人心情灰暗了。甘夫人察觉到了我的情绪，她把我叫到一边悄悄地告诉我，她刚才听马弁说，因为关羽杀了颜良和文丑，刘皇叔差一点被袁绍所杀。只是谋士们求情，袁绍才饶皇叔不死，条件是他必须招降关羽。甘夫人还说：听说貂蝉并不是曹操许配给关羽的，而是许配给皇叔的，只是让关羽一路送行，将她送到河北。甘夫人说完后，默然地凝视着我，目光中有怀疑，更有挑拨离间幸灾乐祸的成分。她说这话是什么意思呢？是让我把貂蝉当作对手？我多了一份心眼，装作听不懂她的话，只是若无其事地看着她，她脸上的脂粉已明显盖不住了，显得憔悴而苍老。我差一点就认不出她了。

我故意说："你多心了吧，姐姐。如果貂蝉真的是丞相赐给皇叔的话，那真是皇叔的福分呢！毕竟，貂蝉是公认的天下第一美女呀。"

“天下第一美女？哼，我看她不也是长着两只眼睛一个鼻子一张嘴嘛，又不会多一只眼睛。”

“可人家长得美啊。作为男人，能得到天下第一美女，滋味会跟当上皇帝差不多吧？”

我故意浓墨重彩地说了一句。甘夫人包不住胸中的郁闷，气急败坏地“哼”了一声，乜斜了我一眼，一言不发地走了。

这时候一阵风扬起，我看见甘夫人单薄的裙裾被扬得老高。她的个子很小，也很瘦，不过却在风中一摇一摆使劲地走着，看起来就像是一个皮影人一样。真的，我们就是皮影人，一直被命运的线索牵扯。看起来风光，其实一点力量都没有。在男人的大风面前，是经不起折腾的。不仅我们，所有的女人都是，我们终有一天会被大风卷得无影无踪。

关　羽

当我透着马车的丝幔隐约看貂蝉羽毛般的身影时，我忽然觉得有点控制不住自己了，像坠入某一个梦境般变得恍惚起来，这是我从未有过的感觉。跟上次我看到貂蝉时不一样，这一次我看到的貂蝉，就像是精心制成的小瓷人，静谧而忧郁，一点也不似上一次跳舞时的热情如火。眼前的貂蝉穿着天青色蜀锦制成的衣服，袖口宽大，领口低垂，像一朵兰花散发着幽幽的香味。她的眼帘低垂，两只颜色不一样的瞳仁，如两只不同颜色的翠鸟扑闪。我承认我的比喻有点阴柔，因为我想起了《诗经》。我再见到的貂蝉，就像《诗经》里的女子一样葳蕤生长。

我们的行程本来是准备往正北方向走的，可到了第一个三岔路口时，我突然犹豫了一下，走向了西北方向的大道。我自己也不知道是怎么回事，是我的内心深处想偏离冀州方向吗？一段路程后，我开始平静下来，尽量不去想貂蝉，也不去想曹操，而是努力思索着刘备的情况。我从探子那里得到的消息是：刘备正在河北冀州的袁绍处，近期欲跟投降袁绍的黄巾旧部刘辟一起到汝阳准备对曹操作战。如果我要去找刘备的话，最好往正北方向走。走在赤日炎炎的旷野大道上，一想到刘备像一只失群的候鸟一样恓惶地躲在袁绍那里，我就感到内疚，刘大哥是当今皇叔啊，偏偏一直虎落平阳遭犬欺。我一点也不喜欢袁绍，不喜欢他那慵懒的、肥胖的身体，也不喜欢他那傲慢、漫不经心的眼神。袁绍根本不是一个英雄，他连豪杰都不算，不过是一个浮华的世家子弟。这样的人哪会有出息呢？至于袁绍那些部属，兵熊熊一个，将熊熊一窝，那些谋士们如郭图、沮授、田丰、许攸等人，一个个小肚鸡肠你嫉我妒拉帮结派，不能雪中送炭，只能锦上添花或者落井下石；至于那些武将们，无论是死去的颜良文丑，还是现今的高览、韩猛、淳于琼们，虽然孔武勇敢，但大多心胸狭隘，只能是一介武夫而已。只有一个张郃颇有大局观，算是一个将才，不过资历尚浅受人压制。身处这群人当中，完全可以想象刘大哥的尴尬和憋屈了。

路途上的麻烦和凶险真多。由于道路坎坷不平，装载辎重的马车曾几次轮轴断裂，不得不停下进行修理。危险，也是层出不穷——就在曹操赶来为我送行之际，先行的甘、糜夫人遭到了黄巾军流寇的劫持。幸亏领头的小将廖化慕我的名声，杀了另一个不听从命令的头领杜远，才使二位夫人安然无恙。不过我早已吓得一身冷汗，我自己的生命不要紧，要是二位嫂嫂有个闪失，我将无颜以对刘皇叔。廖化想带着队伍跟我同行，一路护送我们。我拒绝了。一方面是我不想车队人马过多，引来各方怀疑，另一方面是我还不敢轻信他们，怕这些未受过训练的贼人会带来诸多麻烦。我劝说廖化率领这一支队伍暂时安置在山中，待适当时候再将他们招入。然后，我又带着甘、糜二夫人一行，以及新来的貂蝉重新上路了。

有一天晚上，我们歇息在一个小镇上。黑灯瞎火中，我指挥着军士们打着火把，将车马辎重一一安置完毕。待我正准备进屋休息之时，一个人款款地走到我的面前致谢，轻盈盈地吐出一句："关将军辛苦了！"我一看，原来是貂蝉。我努力抑制住自己的心跳，回答说："关某没什么，倒是夫人车马劳顿，一定不能太累了。"貂蝉没有多说话，莞尔一笑离开了。我喜欢她说话的声音，以及她走路的姿态，她的一颦一笑，都可以说是仪态万千。在安排甘、糜二位夫人栖息时，我把曹操赐貂蝉与我们同行的消息告诉了她们。二位夫人露出了惊愕的神情，她们怎么也没想到貂蝉会来到队伍当中。不过二位夫人的情绪没有过分外露，甘夫人不动声色看了一眼糜夫人，糜夫人同样也不动声色地看了一眼甘夫人。然后甘夫人幽幽地说："我没有意见。您问糜夫人吧？"我把目光转向糜夫人，她的目光一直盯着堂前的雕花窗格上，一语双关地说："叔叔你叫个人来，把房间里的苍蝇给拍死。一路上到处都是苍蝇飞舞，还怎么让人休息呢？真让人讨厌!”

那一天夜里我怎么也睡不着，虽然一路旅途劳顿，但我一直不觉得疲惫。我总是不自觉地聆听貂蝉那边的动静。她走动的声音，她咳嗽的声音，她轻轻的叹息。然后，一切寂静无声，想必她已卸妆休息了吧？我为什么如此关注她呢？只是因为她漂亮无双吗？黑夜中，我感到自己的身体像充足了气似的肿胀起来。迷迷糊糊中，我觉得吕布的灵魂正在屋内逡巡，冷冷地看着我，手持一丈多长的方天画戟。我一转身，突然看见了曹操，他一脸诡异，似笑非笑地看着我。我心里一凛，怎么也想不通为什么曹操会将貂蝉托付于我，他应该是为之前拒绝我感到抱歉吧？曹操还是真心地对我好啊，比刘大哥对我还好，为了我，把貂蝉都给我了。有朝一日，我一定会回报他的。我就这样想着，然后昏昏沉沉地睡去了。

第二天早上，马弁告诉我，前面就是东岭关了。守关的将领叫孔秀，武艺高强，心高气傲，颇有韬略。我笑了笑，并没有放在心里。历经了那么多艰难险阻，难道我还会在乎一个年轻的关长吗？我知道习武之人与习武之人是不一样的，将求韬略，侠求迅捷。武术更多的是一种招式，是一种表演，是单对单的比拼；而战场上的拼杀呢，是你死我活的决斗，是生死边缘的挣扎。于武术而言，我懂得并不多，我只知道致人以死地的三部曲，那就是力量、速度、勇气，还有不可或缺的运气。以我多次出生入死的经验，我知道所谓的精透十八般武艺，充其量只是花拳绣腿的技艺，干吗要精通那些乱七八糟的兵器呢？在战场上，你就是要杀死对手，而不是比试谁更会杂要，会使枪弄棍什么的。我从来不会使用那些兵器，我只会抡起我的大刀砍向敌人。我有一把大刀足矣！我相信没人能阻止我过关。

中午时分，道路变得更加崎岖，山路收缩到勉强只能两匹马并肩而行，一座迤长的城墙横亘在我们面前，前面应该就是东岭关了吧？我举目望去，城墙上的射箭孔、城垛和石桥在不远处凶狠地注视着我们。我知道在那后面，隐藏着数百名虎视眈眈的军士。两边危崖之上，还建有两座高高的瞭望塔，里面同样躲藏着警觉的士兵。我让马车和随行队伍停下，一个人策马向前。在两边的悬崖之中，我的马蹄声激荡起清脆的回声。快到半山腰时，城门大开，一个年轻的将领率领上百名士兵像黑压压的鹰群一样飞了过来。他们在我面前十多丈远处停了下来，列成方阵，领头的将领骑着马在我面前不断来回驰骋。我冷静地打量着他，他的坐骑和铠甲都是灰色的，不过披风却是蓝红色相间的图案；[illegible]尾用黄铜和黑曜石精心打造，闪闪发光的老虎威武地伏在他头盔上。

“是谁要过关?”马上的年轻人冲着我傲慢地嚷道。

“汉寿亭侯关羽关云长，奉曹丞相的命令，欲渡河去河北，想在此过关。”我冷冷地回答道。

孔　秀

当许都来的快马告知关羽可能要从东岭关路过的消息时，我正在山顶的道观中与智能道长谈天说地。智能是我见过的最有学问也最有见识的道长。他的确是个高人，有着一整套关于宇宙和世界的自圆其说的看法。他的经历也很奇特：早年读书求学，后来入了道门，一直云游四海。他的相貌和气质一看就是那种得道之人，眉眼淡定，态度平和，虚心谦逊。道理我都懂，我当然知道平和不易，那往往要经过几轮复杂的幻变才能尘埃落定，只有内心已经达到阴阳调和的人，才有静水深流的平和。可是才能呢？平和并不能代表才能，智慧是一回事，才能又是另外一回事。至于天才，就更不是这两者可以相比的了。

我喜欢和智能坐而论道。就像此刻，我们会坐而论道眼前的松树——在我们眼中，夏风吹拂中婆娑的松树失去了表象，只剩下隐藏的本质。我说，这个松树，从表面上看，它只是一个树种，但在它的背后，应该有着规定它生长的一种理念。松树为什么不长成其他的模样，譬如竹的模样，草的模样，而成为现在的样子？那是因为在它身上潜藏着一种规则，即所谓的“理念”。以此类推，树木、花草、动物，乃至万事万物，都有着各自的“理念”。我进一步推断：自然界如此，社会也如此，比如说房子，也是因为有着个“理念”，造房子，必须先要符合“理念”，房子才能造得成功。房子有房子的理念，国有国的理念，家有家的理念，甚至庙宇里的和尚和道士，也有属于它的理念。我进一步推断说，正因为如此，我们所处的世界是个实在的世界，它的后面应该有一个“精神世界”。只有完全符合理念的东西才是完美的，不符合或者不太符合的，都是有缺陷的……我一边谈论，一边感受到自己的力不从心，每当我思索这些的时候，就有一种愉快的眩晕感。就像从乱七八糟的线团中抽出一根线头来，那的确是一种难度非常高的事情。

由形而上的“道”，我们又聊到剑法的精髓。智能道长说剑术的最高境界就是手中有剑心中无剑，飞花摘叶皆可是剑。我想了一想，并不同意他的看法。智能所说的道理看起来很是高明，不过要运用起来并不是那么简单。在我看来，剑道并没有那样玄乎，如果我能做到一招一式都比别人快的话，就意味我能刺中别人别人刺不中我。我相信速度，也格外垂青速度。如果一个人能在蜜蜂飞舞时，准确削去它的两只后腿；或者在野猪扑过来的一瞬间，先将剑插入它的心脏，那么，你再心中无剑心中有剑也是白搭。我们谁都不服气谁，于是各执一把剑进行比试。速度当然是我的优势，我的快速出击让智能手忙脚乱。正在这时，一个军士来到道观，向我报告说关羽即将从这里过关。我变得兴奋起来，手中的剑像花团锦簇一样席卷上前。如果能擒下关云长的话会怎么样？我就不用在这个小小的东岭关徒耗青春了，曹丞相一定会召我去许昌，在他的鞍前马后功成名就。

我的剑法越来越快，智能道长有些招架不住了。我抓住一个机会，一个佯招攻击他的膝盖。智能道长连忙撤剑来阻挡。我手腕一用力，剑尖重重地击在他的剑柄上，智能道长的剑“咣”的一下落在了地上。

智能发出了“呀”的一声叫喊。

我连忙向智能致歉，弯下腰来捡起剑，倒过来递给他。智能并没有不高兴，很开心地跟我说：“孔秀你的剑法进步飞速，我已不是你的对手了，看样子你得重新找人比剑了。”

我说：“智能道长你太见笑了，我知道你是在承让。”

智能道长笑了笑。我趁机问：“道长你看我这剑法，在天下剑客之中，可以算几等？”

智能道长笑笑说：“平心而论，你这剑法在当今世上，已算是顶尖高手了。”

“那么，我可以跟关羽比个高下了？”我抑制不住高兴，突然问。

“关羽？你是说斩杀颜良文丑的汉亭侯关羽？”智能道长问。这时候关云长白马坡斩杀颜良文丑的事情，已如鹭鸶的羽毛一样漫天飞舞，人们传颂着关云长的事迹，就像传说着楚汉争霸的故事一样。在流传越来越广的传说中，关羽骑着赤兔马一出现，颜良和文丑就像小鬼一样乖乖就擒。在此之前，在黄河两岸，人们曾把颜良文丑看作黥布彭越在世，他们的名声像冻雨掠过屋顶上的砖瓦一样响亮。现在，一物降一物，颜良和文丑就像一团烟雾般消失了。

我点点头，说：“对，我说的就是关云长。就是那个刚刚杀了颜良和文丑的关亭侯，据说他的武功是天下第一！我将跟他比试一下，如果我杀了他，就能证明我是天下第一了。”

智能道长的面色变得严峻起来。他用询问的眼神看着我，我干脆实话实说：“我的机会来了——这几天从许都方面传来消息，关云长要从这里过关，我只要拿下他，立即就可以名声大噪了。”

智能道长说：“你是说关云长过几天要从这经过？”

我点点头。我感到脸上发烫，大约是起了难以抑制的兴奋红潮。

智能道长面部表情一凛，摆了摆手说：“击剑和格斗是不一样的，同样，一个剑士跟一个武将的路数是完全不一样的——剑客是不能上战场的。关羽是很难敌得过的。”

我没有听懂智能道长的话，也听不进去智能道长的话。我在想的是，人都是水做的，关羽也一样，你刺中人体，水流外泄，人就会死。这是很正常的事，谁也不能改变这个事实。我同时想说的是，既然是武艺，为什么击剑和格斗不一样呢？我的剑法如此神出鬼没，为什么我不能战胜关羽？我完全有信心跟关羽比拼一下。

此后的两天里，我把自己关在房间里，闭门研究剑法对刀法的拆解。我开始研究各式各样的刀法，研究各人的出刀习惯。我发现刀法其实很简单：刀或者自上而下，或者自下而上；或者自右而左，或者自左而右；除此之外，就是斜线，最普通的姿势就是从右上角划向左下角，或者从左上角划向右下角……我注意到一个细节，关羽最喜欢的招式是斜刺里自右上方向左下方劈砍，然后回转过来拦腰一刀。这一招借助马的转身，力量很大，很少有人能抵挡得住。除此之外，我发现那把青龙偃月刀过于沉重，几乎是一把双刃剑，它的过于沉重严重地影响了速度，而它过大的重量，又使得人难以抵挡。在青龙偃月刀以泰山压顶的方式砍下来时，千万要避其锋芒，否则执剑之手很少有不被震破虎口的。要战胜关羽，唯一的希望就是避其锋芒，得顶住青龙偃月刀的前三击，发挥宝剑的灵巧和速度，以快制狠。这样，才有希望在青龙偃月刀抡起来之前，取得战斗的胜利。

关羽终于到了，我站在关前，看着一列人马缓缓地向关隘走过来。领头之人骑着火一样赤红的高头大马，远远看去就像一尊天神一样。我的心不由自主地激烈跳动，我从没有看过一个人有如此宏大的气场，两旁陡峭无比的山崖一下子变得模糊，瞬间之中成为了他的背景，他就像从天庭之上走过来一样。或许，关羽还真是一个神，不过，我从来就不怕神。我觉得所有的神都是人，人就是神照着自己的样子做的。每一个人都有潜力成为神，谁知道我不会成为一个神呢？

我因激动而变得恐慌，骑马仗剑冲出了关。我大叫一声："是谁要过关？"关羽回答之后，我强压住自己的紧张，问关云长："是关将军吗？此行过关，是要去哪呢？"关云长说："在下正是汉寿亭侯关羽。我从许都来，准备去冀州寻找兄长刘皇叔。请将军放行，让关某过关。"我问："丞相有令，凡是欲去河北的，没有丞相亲署的关牒，一律不准过关。"关云长说："关某此次出行，曹丞相是同意的。曹丞相亲口承诺让我去冀州找我大哥。"我冷冷一笑，说："口说无凭，你只需将曹丞相签过字的关牒拿来，我立即放你过关。"关羽说："走时太匆忙，没来得及等到丞相的手令，还望将军海涵。"我坚定地说："既然没有丞相签字的关牒，关将军不妨暂居关外，待我差人禀告丞相，得丞相签字的关牒后，立即放行如何？"

我看到关羽面露愠色，他厉声说："关某赶路十万火急，此去许都一来一往，不是误了我行程吗？"

我回答说："小将这也是没有办法，没有文书，我不得不如此。"

关公大怒说："你是不想让我过关？"

我硬着头皮说："如果你要过去也可以，其他人留下。等丞相文书来了，再放他们同行。"

关羽冷冷一笑说："你知道颜良和文丑吗？那么有名的河北名将，也挡不住关某的大刀，就凭你这个不入流的小关长，也敢阻挡关某，太自不量力了吧？"

我听后很生气，我一点也不喜欢关羽的盛气凌人。即使你的名气再大，地位再高，你也不应该如此居高临下啊！我鼓足勇气回答道："关将军说话差矣！颜良文丑名气虽大，不过只虚名罢了，武艺和刀法实在平平。民间比他们本事大的人多着呢！今天，我就让你见识一下乡野之地一个小小关长的刀法！"

这是我真实的想法，为什么要用地位的高低来判断一个人武艺的高下呢？我从来就不服这口气，从来就认为刀法的高低跟名气的大小没有关系，那些名声显赫的人物，并不是因为刀法的上流而闻名，而是地位增加名气罢了。我自以为我的剑法不输于任何人，即使是面对关羽，我也不输这口气。剑法最重要的核心，就是刺中别人不被别人刺中。我可不管你的名气和声望，也不管你是否是个大英雄，名气和战绩毫无用处。战斗不可避免地开始了——关公抡着刀就冲着我砍过来。我没有想到关羽的刀法如此简单直接，我一直考虑剑法的速度，考虑招式的变化，可我从来没有想到，还有如此毫不讲理的刀法——关羽的大刀就像一棵千年大树一样轰然倾斜下来，我慌乱用剑去挡。刀剑相撞那一刹那，只觉得山崩地裂、电光火石。我感觉整个身体，以及身上的马匹都塌陷到尘埃之中，我的宝剑断为两截，身体被活生生劈成了两半。我听到了大刀进入身体引发的咔咔声音，胸前的鲜血如瀑布一样哗哗流淌。我被一分为二，断肢残骸遍地残存，连马头，也被分为两半。似乎我眼前的世界，也被全部一分为二成为两半。没有痛的感觉。我的头颅仰面朝天跌落在地，眼前一片金光，那似乎是灿烂的阳光，也似乎是即将来临的世界。金色的时光从大刀劈入身体的那个切口渗进来，一点点灌满我的躯体；然后，我的身体开始变得麻木，像树木一样变得发硬。我没有想到自己如此不堪一击，我曾经想到以速度来对付关羽，以快速的剑法克制关羽大刀的力量，我现在知道，速度根本不是由我掌握的，而是关羽掌握的。速度是有开关的，从我面对关羽之后，开关就掌握在关羽那里。直到我死才明白，有些功夫，根本就不是后天所能练就的。就像龟兔赛跑，你不可能要求一只乌龟跑得过兔子。我承认我输给了关羽的力量，而不是他的刀法，在我看来，关羽根本就没有刀法，他靠的是天生的力量，那种自天而降的神力，一般人根本无法承接。我承接不了，所以我死了。我的死是一种教训，我要让后来的武士们明白，如果你是乌龟，你千万不要跟兔子赛跑。你不能指望兔子睡觉，它们在绝大多数时间里，是不可能睡觉的。

一切就是那么简单。我感到往昔的时光正从那个大刀的切口飞出去，就像一只只黑色的乌鸦一样，接二连三地消失于上空更浓稠的黑色中。彩色的世界消失了，一切都变成黑与白。连路边的树木，以及西边缤纷的晚霞，也变得黑白分明，就像是漆黑的屋顶。不远处关羽的赤兔马也是这样，在失去了火一般的色彩后，它看起来像一头黑黢黢的驴，或者像一头硕大的熊一样。我现在明白，时间的底色就是黑与白，在死亡的世界里，是没有色彩的。恍惚之中，我想起了智能曾经告诉我的死亡之事，他说人死后的灵魂，并不会立即消失或转移，而是拘禁在一头牲口、一株植物或者一件无生命的物体当中，生者从旁边经过的时候，如果听见了这些拘禁的灵魂的叫唤，那些禁术就会破解，于是灵魂解脱，又会回到尘世间继续生活。我想抓住这样的声音，就如同鸟儿抓住趾上的枝丫一样。

我的记忆正在慢慢消失，死亡像阴影一样，一点一点地吞噬着它。我一生的经历，在这短暂的时间里，全呈现在我的眼前——我不知道是怎么回事。我想起了我的少年时期，打从小起，我就在道观里长大。我喜欢道观那种清洁简单的生活。没事的时候，我总喜欢拿一块干净的布东擦拭一下，西擦拭一下。我总是试图在那些东西上面发现着神仙的痕迹，当年的我，一直幻想的，就是有朝一日得道成仙。有时候我就一个人坐在道观的椅子上，有好几次，我都听到仙乐飘飘。它一开始是轻轻地，但慢慢地，它就形成了洪流，以一种欢畅将我淹没，使我忘却掉所有的烦恼和忧伤，甚至连记忆也心甘情愿地加以消失，整个时间的感觉就只剩下现在。于是我用力聆听，可是什么也没有听到。我知道音乐声就像是天空中的云一样，它不是消失了，而是躲藏起来了，它就躲在天际之中，或者干脆就躲藏在我的心里。有时候有阳光从五彩的窗户中射进来，纤小的灰尘在阳光的细线中跳着舞，它们的舞蹈也是合着音乐的节拍的。我突然恍然大悟，连灰尘也是有着生命的，只要有音乐，它就会有生命，就如同人类一样，它们的生命实际上是在一种节奏之中，音乐的节奏，神的节奏，而如果没有这种节奏，也就没有了人类的灵性。

我看见关羽骑在马上冷冷地看着我，说："你不是想问我的刀法吗？我没有刀法，我只知道用刀砍向对手。你问我刀法的意义，我告诉你，刀从来就是没有意义的，它的意义，就是死亡。"

青龙偃月刀

在凶猛地切入孔秀身体的那一刹那，我一点也兴奋不起来。虽然我很喜欢将自己冰冷的身体挺入人类滚烫躯体的那一刹那，可我一点不喜欢如此短促的拼斗。它就像男人做爱的早泄，或者像演砸了一场剧目。这样的争斗，既耗损我的情绪，也耗损我争斗的欲望。对于我沉重的躯体来说，我喜欢起舞之后的自由和畅达，那些籍籍无名的家伙根本无法让我酣畅淋漓。我知道总有一些凡夫俗子竭力盯着那些盖世英雄，试图打败他以借机成名，其实他们都是蚍蜉撼大树，是不到黄泉不死心。

不要以为只有人才有灵性，或者还包括动物和植物。其实，在这个世界上存在的一切物件，大至山川河流，下至石头物件，只要它们存在，不管他们是上天创造的也好，是人本身创造的也好，它们都是有生命的。当一种器物有了形之后，灵性自然会产生，生命也就随之开始了。一切物体都可以分为两部分：外部的，是它的形体和模样；隐藏于内，并且左右本质的，是它的灵魂。人与动植物自然有这样的属性，至于人们创造的物体，像服饰、家具、兵器、书籍，等等，其实也是有生命的，只不过人们不太注意罢了。它们的生命是非动态的，是隐藏于静止之中的。生命的本质就在于灵性，只不过有些灵性相对简单粗糙，有些相对精致润滑罢了。在我看来，只有精致润滑的生命，才可以称之为灵魂，而那些粗鄙简陋的，则不能这样称谓，因为它们实在是不值得关切。当一个生命不值得关切的时候，其实宣判了它死刑，它的生命又有什么意义呢？

每一次战斗过后，马弁总是用水冲洗掉我身上的血迹，再用磨刀石轻轻地磨去刀锋上的痕迹，让它重新变得锋利。他还会用一块稍厚一点的丝绸，慢慢地拭擦着我的身体，直到我乌黑发亮，闪烁着皓月般惨白的光芒。关羽不喜欢刀残留着血迹，我也不喜欢，哪怕一点点血迹，都会让我开心不起来，想起不愉快的事。在我看来，污黑的血迹就是记忆，洁净才是自由。我喜欢马弁，他跟我一样，深沉、沉默，不露锋芒，深谙岁月三昧。一个人要想拥有真正的智慧，非得是深谙时光的三昧才是。有很多东西，光懂道理不行，还非得有时光的浸淫。就像酿造的酒，非得有一定的时间，才能味浓醇厚。那种时光的作用，是其他东西所替代不了的。关羽如此这般的爱惜我，那还是因为，我最初的生命，就是关羽给我的。我记得我的诞生是桃园结义后，在刘备关羽张飞义结金兰之后，他们商议去做一件大事情。这事情不是去做生意，不是卖鞋和卖猪肉，而是投奔朝廷，去做大事情。在谈及风起云涌的黄巾军浪潮时，刘玄德义正词严地说，那些头戴黄巾，鼓吹着天下一切均贫富的人其实都是骗子。既然这个世界上每个人的面孔都会长得不一样，每个人都有高矮胖瘦，肯定也会有贫有富，有弱有强，为什么一定强求均贫富呢？他们的均贫富，打的就是一个口号，目的就是杀戮，就是掠夺。再者，在《论语》中，孔子已明确不说“怪力乱神”了，可这些家伙，为什么一直热衷于怪力乱神呢？在进行了一番商议之后，他们决定拉起一拨人马，坚决地站在朝廷一边。刘备激昂地说，《论语》云：“乱世求诸于野”，这个“野”，就是民间，现在朝廷孱弱、腐败，邪教盛行，民间的力量应该挺身而出，捍卫道统。于是刘关张三人决定招兵买马，关羽还把自己的大宅典当而出，以钱财作为军费揭竿而起。他们决定先给自己锻造一个兵器。不要忘了，关羽在逃亡之前就是一名非常优秀的铁匠，他有着一般铁匠没有的神力和细心，再加上张飞的配合，这使得他锻打出来的兵器格外坚韧锋利，锋利得就像生与死、对与错、真与假之间的差异一样。在充溢着烟硝和硫黄臭味的铁匠铺里，关羽先是为刘备锻打了一副铁锏，然后又为张飞锻打了一支丈八蛇矛。到了为自己制作兵器的时候，关羽有些犯难了，他不知道自己究竟应该使用什么兵器？使用矛？似乎太轻，而且张飞已用这个了，自己得换换花样。使用戟？这兵器也太普通了，不足以对对手造成威慑。最终，关羽决定化繁为简为自己制作一把刀，刀是最普通的兵器，也是历史最悠久的兵器。你想知道刀的历史吗——《释名》曰：“刀，到也。以斩伐其所乃击之也。”那是说，刀所到达，一刀两断，它其实是人手臂功能的延伸。当人有了延伸手臂的欲望时，刀就产生了。刀给人最大的感觉就是简单和直接，那种薄如纸帛的刀锋就是简单直接。它只有一面刃，招式简单而实用，就是劈、砍、磨、撩、削、裁、展、挑、拍、挂、拘、割。与剑相比，刀更具有阳刚气，更实在也更像男人，也更符合关羽的性格。

在五台山一带，关羽找了七七四十九天，终于在山涧一个深不见底的洞穴中找到了一块巨大的、寒气逼人的陨石。随后，关羽带着数十个人再次进山，白天休息，等到太阳落山之后，乘着月光搬运那颗巨大的陨石。每天，都要在太阳升起之前，用山中的树枝和茅草，将陨石盖得严严实实，不让一星光亮照射进去。在关羽看来，一个生命在诞生之前，是不能见到阳光的，这样的情形，跟十月怀胎孕育着人生命的道理一样。巨大的陨石搬出深山后，关羽在山边上建炉设铺，将陨石破碎，放在炉中冶炼了七七四十九天，冶炼出可以锻打成刀具的钢水。随后，将钢水倒入制好的模具中，等冷却后，关羽抡着小锤，众人轮换着使大锤，一共锤炼了七七四十九天，直到砧板上的钢刀如面条般具有弹劲和韧性。在此之后，就是制作完刀胎了：将泥水把刀胎包住，露出刀刃，将整个刀条放进炭火中加热，迅速抽出，放在水中冷却，刀刃在“刺刺”的烟雾中完成了硬化。这就是刀的点睛之笔，刀的锋利，就靠如此火候的把握……在无数个七七四十九天后，我终于横空出世——不仅拥有挺拔的形体，还拥有自己的灵魂，甚至深埋着当初的记忆。我经常在夜深人静的时候梦见我的童年，那还是没有人类的远古时代，甚至连恐龙都没有，世界上到处是炽热的岩浆，它们像水一样漫漶流淌。后来，炽热的世界冷却下来，星空也由红色变成了黑色。我们在岩层下躲藏起来，做着半黑半白的梦，始终保持着对鲜血和生命的渴望，一直到以这样的形式重现。

关于我的重量，也有过争论。我问世之后，有人特意用秤称了称，我的体重有八十二斤，也有人说是八十四斤。还有一些人说不可能那么重，既然一个人能将它挥舞得像木棍一样，它就不可能那么重。有一次，张飞就对关羽说："二哥你那把刀也太沉了，只适合速战速决，不适合久战。"关羽笑吟吟地反问："青龙偃月刀一出手，哪需在十回合以上呢？"我是名副其实的刀中之王。这寓意我的身体内隐藏着一种奇异的力量，有时候连我自己也不清楚那种力量来自何处，它来自远古的时光，还是来自尘封的宇宙？

说一个有关我的轶事吧——那还是兄弟三个人刚起事的时候，有一次，在跟黄巾军打了一场胜仗之后，刘关张三兄弟带着一干人在路边的小店肆吃饭。因为店肆较小，关羽便将我靠在屋外的门边上，腰佩宝剑进了屋子。有一个路过的毛贼看到门口的刀，心生邪念，打定主意想把我偷走。他乘着关羽张飞们觥筹耳热之际，悄悄地摸到门边，把我扛上了肩膀，正待准备拔腿想溜的时候，没想到我像一座山一样，一下子把他压倒在地，连屎尿都压了出来。等到一干人从屋里跑出来时，那个毛贼已被我压得死翘翘的了。不少人谈及此事，脸色都变了，他们说我何止八十二斤啊，压下来，就像山一样沉重，否则怎么能将一个毛贼活活地压死呢？

不要问我到底有多重，我自己也不知道。关羽之所以使得动我，那是因为我把每一次战斗都当作舞蹈，我会用自己的气力欢快地舞蹈，这舞蹈就是各式各样的弧线，从左到右，从右到左，从上到下，从下到上。我能跟主人的意志合而为一，也能跟他们的生命合而为一。我只是感到自己有源源不断的神力，出神入化，神出鬼没，有时候连我自己也不明白是怎么回事。那不是身体的舞蹈，而是灵魂的舞蹈。我在关羽手中，就像一只叫天子鸟在天空中轻盈飞翔，千百块褴褛的碎片如暴风雨中的红叶一样旋转飞舞。现在你明白，为什么关羽会挥动我从不感觉到累了吧？

自此之后，我就跟随着关羽走南闯北了。很少有人能抵挡得了我，无数名将死在我手中：他们当中有黄巾军猛将程志远、管亥；董卓手下的大将华雄；袁绍手下的河北名将颜良、文丑；袁术手下的名将荀正；曹操手下的名将车胄等等。一个人很难抵挡得住一个重达八十二斤的大刀的袭击，如果加上速度和力量，无论是自下而上自左而右或者是斜刺里抡起的大刀，力量都在数千斤以上，更何况关羽能够将一把八十多斤的大刀使唤得像一根轻巧的木棒。一般来说，五招之内我就会让敌人感到疲惫难堪，气喘吁吁，步伐紊乱；十招之后，就让敌人精疲力竭；到了十五招左右的时候，对手必然会在泰山压顶之下轰然倒地。这样的方式，如果是正面交锋的话，是一般的武将所无法承受得了的，更何况，我还是有灵魂的，我的灵魂在于保证刀法的精准性和灵活性，保证刀在任何时候都保持猎犬般的警觉。比较起拦腰一截，我更喜欢从肩部划着一道斜线将对手分为两个三角形，因为后者除了血之外，不会在我的身体上留下乱七八糟的污秽之物，以保证轨迹是一道美妙的弧线。我和主人配合得天衣无缝，使得我们彼此都成为一个传奇。在某种程度上，我可以说是关羽的另一半。如果他死了，我也就死了。如果我失踪了，我相信关羽也会失魂落魄。

当刘备像火烧荒山的兔子一样消失得无影无踪之后，我跟随关羽来到了许都。相比较长安洛阳的繁华，这是一座让人紧张的城市，墙基全用巨石支撑，厚实如无情的岁月，城墙上永远有大批大批守卫的士兵把守，好像随时都将发生战争。到了晚上，还有一些内城墙由太监把守，不仅防范着城外的敌人，也防范着城内所有人。在这座充满着紧张感的城市里，人们在骨子里更向往糜烂、奢侈和尊严。那种权力下的虚假和凶狠，造就了荒墟、坟墓、纪念碑，以及一代又一代的死亡。有时候我情不自禁地想临空飞舞，恨不得将此中的一切都完全毁灭掉，将那些自以为绝顶聪明的愚蠢者一个个斩落刀下。

对了，我可以告诉你，我极喜欢我的名字。我的名字叫“青龙”，这是指的我本身，我喜欢龙，充满着霸气和力量。一把有力量的刀，就应该像龙一样充满力量和霸气。至于“偃月”，是如弯月一样的曲线。以“青龙”来配“偃月”，不仅词句抑扬顿挫，而且还有绝美的画面感：一轮明月之下，一条巨大的青龙在起舞。这就是我的形象。对于刀来说，有着完美的曲线是重要的，所有刀的秘密，就在完美的曲线之中了。《易》说：“一阴一阳之谓道，继之者善也，成之者性也。”我就是完美的阴阳的结合，我就是“道”：“青龙”是阳，“偃月”是阴。在我身上，的确有一种来自道的神秘的力量，它倏然而来，又倏然而去。在刀触及人的身体的那一刹那，血光四溅，有时候连我自己也不知道这股力量来自何方，来自于虚空的某个洞穴，或者是某个神秘的一点。那一股神秘的力量就像星光一样，倏忽一现，然后，如电流般穿越我的刀柄、刀身、刀刃，最后喷发于鲜血之中。

马弁曾对我说：我从第一眼看到你，就知道你是把灵性的刀。你是有生命的，这很难得。只有完美的东西才是有生命的。你要珍惜自己的生命，相信自己的灵性，相信自己是独一无二的。

其实马弁不知道，我不光是有力量有灵性，我还是一把会思想的大刀。

马　弁

对。青龙偃月刀说得对。我是这样跟它说的，我说：你不仅是有生命的，而且，你是独一无二的。我说的是实话，因为它的确是独一无二的。它会成为一个标志，成为不朽。即使沧海桑田，那把刀会腐烂消失，不过青龙偃月刀的名字不会腐烂。

我是关羽的马弁。我后来的名字，我将在后面告诉你；至于我之前的名字，我想很多人都难以记住，这是来自汉语之外的名字，是安伽给我取的，它的汉语意思是“风”，意思是我像一阵没来由的风一样，来到这个世界上。他给我取的这个名字，还真是说对了，我的身世是一个连自己都不知道的谜。至于我跟关羽的关系，如果把关羽当作一个谜面的话，那么，我应该是谜底。就是关羽背后的那一个人。当然，不仅仅是关羽，每一个英雄和豪杰，或者说成功人士，他们的背后，都是有着诸多神秘因素的。我之所以说，那是因为人不可能两次踏进同一条河流，很多历史的细节和故事，都给时间的风吹散了。我对于关羽的作用，以后你们就会知道。这不是自夸，我自认为我能为这片土地带来一片清新的气息，也为这个世界带来传奇和故事。对于这片土地来说，最为缺少的，就是智慧和单纯，它们都是传奇不可缺少的要素之一。

我是一个孤儿，从生下来的那一天起，我就不知道我的父亲是谁，母亲是谁。那时候的安伽还没有投奔汉朝越骑校尉王子服，他只是刚刚从西域来长安不久，在长安的西北角开着一爿小店。后来安伽告诉我，他是在长安一家酒肆的门口捡到我的，当他看到我粉红色的脸庞时，就下定决心要收养我，将我抚养成人。他就这样收养了我，以一个未婚男人的粗糙和细致抚育着我。我记得我的最初醒世是个阳光灿烂的日子。我的世界突然打开，我的面前出现了一大群扁平的脸，脸很大，很呆板，几乎没有什么表情。那种长时间积淀下来的冷漠和麻木很相似，仿佛能拒人千里。我很奇怪的是，为什么我面前的人都长着一张相同的面孔。安伽后来告诉我，汉人面孔的呆板是因为历史久远的缘故，经历得太多，心慢慢沉陷到内部，外部就出现了保护层，就像石子在水中慢慢地变成鹅卵石一样。安伽更愿意把我看作是上天对他的青睐，以及蕴含着某种目的。而在我看来，安伽给我的，不是母爱，也不是父爱，让我继承他的智慧和理想。很小的时候，安伽就告诉我，要信仰真神，要相信先知。他所说的先知，曾经以一种不同寻常的方式来到这个世界上——在他未降生前，他的守护神就先进入一株哈沫树中。哈沫树的汁可以酿酒，一位祭师喝了这株树酿成的酒后，守护者就进入了祭师的身体。与此同时，天空中有一抹亮光，降临至一位贵族少女的肚腹中。一段时间后，祭师认识了这位少女，他们一见钟情，结为夫妇。又经过一段时间之后，先知产生了。

在安伽所告知的故事中，先知刚一出生，即仰天大笑，把周围环绕的魔鬼吓得屁滚尿流。待先知长大之后，他离开了家，独自住在一座山上，等待着光明之神的到来。魔鬼曾以很多方式诱惑和试探他，包括用剑刺入他的胸膛，把他的七窍用铅灌满……光明之神终于出现了，授他一部经典，让他下山开导世人。先知就这样走向了人间，传授真理，让世人度过各种各样的磨难。最后，在完成自己的使命后，一场暴风雨到来，先知在一阵雷电声中消失了。

“先知去了哪呢?”第一次听说这个故事时，我询问安伽。安伽笑了一笑，凝重地告诉我，先知在完成自己的使命后，安详地去了天国。每个人都有自己的使命，只有完成自己的使命，天国才会接纳你。我们同样如此。我半信半疑地点点头。安伽又告诉我：这个世界就是光明与黑暗的战斗，光明之神有七种特性：一、光；二、理性；三、正义；四、统治；五、虔诚；六、幸福；七、不朽。安伽说，以前，这个世界只有黑暗，当光明诞生之后，黑暗千方百计想杀死他，他们之间发生了激烈的生死战斗，最后，光明终于占了上风，占据了半边天空。不过他们之间的战争远没有结束，他们天天纠缠在一起，为天空中的位置而搏杀。就人而言，来这个世界上，就是为了战斗的。人不是站在善的一边，就是站在恶的一边。人应以自己的善行，支持光明之神。人必须有信心，光明必须会战胜黑暗，好人上升至天国，恶人会永堕地狱。黑暗就是地狱，那里没有食物只有毒药，还有鬼哭狼嚎的叫喊。

在安伽身上，有一种沉静的力量。我们所看到的山、水以及大地，就有这种无欲而刚的深邃气质。当然，他也是极智慧的，这也是为什么越骑校尉王子服后来招他做幕僚的原因。来汉朝之前，他曾经去过了很多地方，博闻强识，见多识广。他经常跟我在一起比较各色人种的不同，在他看来，汉朝人是一个很实在的民族，活得很认真，尤其重视现世生活，甚至对来世缺乏幻想和希望。这个民族，跟他曾经去过的天竺国不一样。天竺人不太重视现世，在他们眼中，世界跟人一样，是循环轮回的，既然可以循环轮回，就不必太重视它。安伽跟我说过天竺的史诗《吠陀》，说那上面有很多故事，也有很多诗。在一首诗中，记述了人类第一对双亲，一对双生的兄弟亚马和亚米之间的坦白对话。亚米唆使她哥哥，不要顾忌符咒里的神的禁令与她同居，保证她所欲望的一切都是为了延续人种。亚马拒绝了她的要求。亚米用出所有的诱惑，使出最后的武器，呼他为弱者。阐述了她对于世界的怀疑：

既非者，亦非无；悠悠苍天一无所有，太空穹苍无极渺茫。

覆盖何物？遮蔽何物？掩饰者何？

水深无底，何其神秘？

并非死亡，亦无永生不朽，日夜之间并无限量；

唯凭一息尚存，否则自甘死亡，生存于无有之乡。混沌初开，一片漆黑。海际无光，朦胧深奥。壳里胚胎，生灵来自酷暑。首获爱顾之隆，有如春回大地——更在诗人心中表露无遗。

迷茫于造物与非造物之间。是大地抑或太空出现光亮。普及万物。

种子播下，神力继之——在下覆万物，在上具威力与愿望。

谁知此中隐秘？谁来揭露其奥妙？

万象众生从何而生，从何而来？

优秀的人往往是自负的，安伽就是这样，他甚至有一种极端的自负，仿佛前无古人后无来者，而它的使命是如此伟大。他毫不怀疑自己会有更好的成就，认为自己比任何人都聪明，更具创造力，武艺也无人能敌。安伽跟我说，他来东土的使命就是把神的旨意传播过来，让神的光芒笼罩着这个国家。在他看来，这个国度虽然诞生过极少高人，对于生命的意义已完全参悟，但他们的思想并没有影响芸芸众生，这使得绝大多数汉朝人虽然拥有很长时间的历史，但他们的行为和思想仍像懵懵懂懂的孩子，生活得幼稚至极，只会不断地打打杀杀，重复着同样的错误。这当然是最高统治者的责任，这么长时间以来，这个国家的统治者不是顽劣不堪的小孩，就是自以为是的戏子，或者是心态灰凉的性无能者。历史长能说明什么呢，一个成熟的年轻人绝对要比一个愚蠢的老者更具有智慧。

现在说一说我跟关羽的缘分——我第一次见到关羽是在那一次猎场上。那时我已是宫里的宫役。在战胜了吕布之后，有一天曹操邀请年轻的献帝及部分大臣参加郊外的田野围猎活动，这一次的主题是射鹿，以谁擒获的鹿大为赢家。如此围猎活动，与其他祭祀活动一样，象征着国泰民安，以及君臣之间的和睦与团结。浩浩荡荡的狩猎队伍出了城门之后，献帝骑着一匹白马，带着雕弓、金纰箭走在前面，曹操率领着各路大臣相拥跟随。秋天的猎场一望无际，到处都是荒芜的灌木和杂草。众将士先是生火赶兽，随后又背着箭囊徒步跟在骑马驰骋的大臣后面，随时向他们提供箭矢、干粮和水。烧山赶兽的火堆在山坡上明明灭灭，空气中到处弥漫着草木焚烧后的焦味，野兔、獐子、野猪和鹿在满山的烟霭中匆匆奔逃，狩猎者的响箭声和欢呼声在山谷里此起彼伏。

我记得一只黄褐色的梅花鹿从献帝的马前一掠而过，美丽的皮毛在灌木丛中闪闪烁烁。献帝纵缰追过去，一边追一边张弓搭箭。献帝连射三支箭都没有射中，其中一支滑着鹿的皮毛轻盈地落在了地上。这时候一匹白色的马冲了过来，那是曹操，他一脸不屑地看着献帝，说："陛下你的箭法也太弱了一些，瞧我的——" 他伸出手，看似漫不经心地从献帝的手中拿走了镶金的雕弓，又从献帝的箭鞘里抽出一支金纰箭，张弓搭箭就射了出去。那一支箭带着呼啸声飞出去，正中鹿的背部，鹿立即仆倒在草丛中浑身抽搐。随从见大鹿中箭，一拥而上，将那只大鹿擒获，看到那支没入箭镞的金箭杆，以为是献帝射中的，于是一起抬起鹿，高呼"万岁"。曹操也不避讳，骑着白鹤马挡在献帝的前面，得意洋洋地挥手致意。献帝尴尬极了，只好低下头来，脸上尽是愤懑和羞愧。众大臣脸色都白了，不过一个个装做没有看见似的。这个时候，我看见关羽了，他一脸怒气，卧蚕眉紧锁，丹凤眼环睁，提刀拍马准备冲着曹操而去。刘备死死地拽住了马的缰绳，用眼神看着关羽不停地摇头。关羽好不容易平抑住情绪，打马返回，飞一般地逃离了猎场。

这一次无意中的发现让我注意到了关羽。我觉得这是一个真正的男人，不仅武艺高强，而且敢作敢为，具有成为一个领袖的潜质。我愿意跟随他，尽我所能去帮助他，而他也确实需要一个帮手。有一次我去了关羽的住所，只见他一个人在堂前摆放一副棋，以自己的左手和右手搏杀。我只看了一眼，就说："左手输了。"他一愣，说："你看得出来？"我说，"还有三步棋，左手就输了。"

他沉吟了一下。大约也是看出来了，朝着我说："先生懂棋？来与关某下一盘如何？"

我笑着说："自古英雄多寂寞，没想到关云长也是如此。"

于是我跟关羽一连下了好几盘棋。说实话，关羽的棋下得一般，他下棋的风格跟他的格斗一样，大开大合，充满着勇士气概。可棋艺比角斗要阴柔得多，三十六计都得妥帖用上。我婉转地向关羽阐述了两者之间的不同，关羽很认真地听着。很快，他的棋艺有很大长进，他的确是一个聪明的人，不仅体现在他的角斗和功夫上，在各方面都有着更大的潜能，他完全可以成为一个王，或者成为一个不朽的神灵。

在下棋中，我抓紧机会探询关羽的心思，我问："你是希望不朽，还是希望在世上称王称霸？”

关羽狐疑地看了看我，缓缓地回答：“我自打小起，就熟读《春秋》、《论语》，一直到现在，它们仍是我的手边书。我从来就不想称王称霸，我只想成为一个像孔夫子那样的人。我不想以我的武艺杀更多的人，我只想如何以自己的思想和行动，来影响更多的人。让他们活得有目标，活得更有意义。”

我问关羽：“关将军，孔子一直说‘仁’。对这个‘仁’，将军有什么看法？”

关羽看了看我，难得地把话匣子打开了，说：“以关某的理解，孔子所说的‘仁’，是一个目标吧？‘仁者爱人’，就是要去做一个善良的人，做一个能够在各方面帮助这个社会的人。”

我说：“这应该只是一面吧，孔子的人生目标其实有两种，一阴一阳，一个是外在的，一个内在的。就外部追求来说，是修身、齐家、治国、平天下，这是做人的要求。修身的目标是‘仁’，‘仁’是什么，就是果核。果子为什么会开花结果发芽生长，关键是有一个‘仁’，就是内核。人其实也一样，也是有一个‘仁’，有一个内核的。这个修身，就是要找到这个‘仁’，以‘仁’来正其心，这样，凡事的出发点就对了。”

关羽摇了摇头，说：“以关某看，‘仁’就是杀身取义，关某可以随时为了这个目标，牺牲自己的性命。”

我笑了，缓缓地说：“关将军将‘仁’理解为杀身取义，其实倒也不错。这是仁的表现之一。仁的表现有很多，很复杂。它是不确定的东西，是内心的根本。其实人生在世，最根本的，就是找到那个‘仁’，也就是自己最里面的内核。当你找到这个‘仁’的时候，所有的问题都迎刃而解了。”

关羽看着我，若有所思。我知道我的一番言语触动了他，我敢发誓，就关羽来说，他从没听到过如此的言语。在这个世界上，总有些东西是相通的。那些真正能打动人的东西，都是无边界无国界的。

自那次见面后，我失去了跟关羽的联系。我一直在曹操军中，负责饲养和呵护赤兔马。一直到夏天结束的时候，有心酸而恐怖的消息传来：吉平毒杀曹操的事情暴露，曹操一怒之下，先将吉平凌迟处死，又闯入宫中，当着献帝的面，命人将董妃活活勒死。刘备在得到消息后，逃出许都去了徐州。随后，曹操又派人将参加密谋的董承、王子服、种辑、吴硕等人家满门抄斩，我的师傅安伽也即王子明也未能幸免。当我听到王子明被杀的消息后，我躲在马厩里把自己哭成了一个泪人。我不仅是为他的死而伤心，我原来以为以安伽经天纬地的才干，肯定会成就一番惊天动地的大事，继而青史留名，却没有想到他的消失如此无声无息。就像天宇上一颗硕大明亮的星星突然陨落，连一点灼人的光亮都没有。如此幻灭弄人，实在有一种不真实感。我像经历了一次重大失败的人一样，变得沉默寡言心灰意冷的同时，豁然明白了三点：第一，智慧并非万能；第二，如果不心狠手辣，智慧只能被动挨打；第三，造化如此弄人，生命如此渺小，生命无可托付，几近无所意义。

在此之后，中原烽烟再起，曹操在徐州打败了刘备，将投降的关羽带回了许都。曹操对关羽极其优待，三日一小宴，五日一大宴，并且在白马战役之前，将赤兔马馈赠给了关羽。我感到庆幸，因为我同样随同赤兔马来到了关羽帐下。关羽认出了我，他很高兴，从此对我一直很好，他好像不再把我当作马弁，而当作一个朋友来看待，我们经常在一起谈论各式各样的问题。而在我看来，关羽的确是这个世界上难得的，一直有着刚正内心的人。我想就这样决定了，我要把关羽塑造成一个神。神本身是没有意义的，它的意义只在于影响别人。我告诉关羽：男子汉大丈夫的责任，不仅仅是称王称霸，还应青史留名，泽被后世。他点点头。看得出，他很希望做到这一点。我说一切我都能帮你做到，不过目前之下，一切都得韬光养晦，等待时机，我相信机遇很快就会到来。经过一番权衡，我认为关云长在曹操这里不可能成为一个大英雄，只有重新回归旧主刘备，才有可能建功立业，才有可能成为义薄云天的典范。

那一天我去了许都城内的杂耍班，在那个杂耍班中，同样有着我们来自西域的兄弟姐妹。在跟他们闲聊了一会之后，我突然问他们："你们没想到去排一出戏吗？就是用真人去演故事，演各式各样的故事，然后租一个场地，向想看的人收钱。这种方式，也许他们会比玩杂耍更吸引人呢!"他们没想到我会有如此想法，一个个变得兴奋起来。我告诉他们，其实在西域更西的地方，人们最大的欢乐就是在周末去看一出喜剧或悲剧，人们把历史和现实的传说编成故事，让人来饰演，在台上念着台词，重现着当时的情景。这当中有很多技术的成分，要求有服装、道具、器械，演员们得化装、念台词，当然，最重要的，是有一个足以吸引人的本子。那些杂耍艺人们被我的言语撩拨得一个个兴奋起来，他们一个个向我说杂耍真是让他们做够了，不仅吃不饱穿不暖，经常出事故有危险，而且还被别人看不起。如果真的可以改行做真人秀的话，不仅可以改变目前的窘状，人们也会很喜欢看，最起码生计问题不难解决了。杂耍班的罗班主问：“你觉得要是用真人演的话，可以赚很多钱吗？”

我点点头。戏剧在希腊罗马以及阿拉伯地区的成功，已经证明了这一点。戏剧跟杂耍不同，戏剧可以让那些上层人物进入。那些人才是有钱人。我格外强调了这一点。罗班主兴趣很大，他似乎把我当成了一根救命稻草，问我：

“你看，如果我们要做一场真人演出的话，那么，什么样的故事合适呢？”

我说：“最重要的当然是故事，故事要耳熟能详，要有吸引力，要通俗易懂，让人们看起来亲切。”

“那你看什么故事好呢？”

“可以演‘三英战吕布’啊。”

“这个……这个不好演的，歌颂叛贼，会有杀头的危险。”

我这才反应过来，以刘备现在的身份，的确会引来很多麻烦。我一笑，说：

“那可以不出现刘备，就以关羽为主角啊，关将军现在不是投奔曹丞相了吗？以关将军的事迹为模板，肯定不碍事的。”

“是啊，关将军可以，现在许都到处流传的，都是关将军的故事。”

我回答：“你可以演关羽白马坡斩颜良文丑啊！关公的事情那么红火，干吗不去演这个故事呢？”

他们忙不迭地点着头，因恍然大悟而变得心花怒放。

我又说：“还有温酒斩华雄。关云长将军就是一个神，他的故事一个接一个，是演不完的。”

每当夜深人静之时，我总是情不自禁地想起安伽。我总觉得在我身体之内，有一种莫名的东西与他相连，就像他的一部分灵魂注入了我的躯体。或许，我们本来就是为了发现一个传奇而来。我们都想在异地他乡生起一堆火，用火来温暖冰凉的人心。我们是光明使者，目的就是战胜邪恶的黑暗。在这个传奇中，人物是必需的，故事是基本的，抒情和夸张是不可缺少的。如果说还需要什么的话，那么，就是阴谋，一切成就光辉事业不可缺少的阴谋。它在很多时候被说成是韬略或者谋略，其实，它们都是一回事，只是用不同的词汇表达罢了。都说一阴一阳之谓道，其实思想也是。阴谋是一个巨大的世界，它会比真实的世界更大。真实的世界是上天创造的，阴谋的世界呢，是人自己的结果，有时候与魔鬼合谋。从现在起，我就要跟关羽一起，创造成一个阴谋。当然，我从来不把它当作阴谋，我宁愿把它看作是传奇或神话。

赤兔马

一路上我的身前左右到处都是蝗虫，它们讨厌极了，不仅胡乱撞击你的身体，还不知凶险地钻进你的鼻孔里，让你感到搔痒难耐。

三五个蝗虫看起来不可怕，可是遮天蔽日的蝗虫就变得可怕了：它们仿佛从远处的黑洞中列队而来，像龙卷风一样席卷着黄河两岸，饿极了的蝗虫们，在吃完了地里的庄稼之后，连路边的树叶也不放过，它们甚至把树叶也吃得七零八落。我真害怕它们会一拥而上，把我也吃了。与我一样害怕的，还有马弁以及其他人。在蝗灾中，那些备受摧残的农人们，只得强忍着内心的忧伤，默默地在田陌里搜寻死去的蝗虫，把它们堆成一座座死蝗的小山，放火燃烧着它们的尸体，把它们送回它们的天国。在一个荒芜地里，我甚至看到了一间用石头垒起的房子，上面歪歪斜斜地写着三个大字“蚂蚱庙”。在这间石屋前，跪着一二十个人，他们嘴里念念有词，应该是祷告和劝说蚂蚱的离开吧，先是用祷告的方式，再不行的话，就去花钱请人做法事，念着一些莫名其妙的咒语，或者挥舞着宝剑撒着石灰什么的。这是当地人无可奈何的方式。小如拇指的蚂蚱也能成神，这是当地人无可奈何的选择。

蝗灾显然是蝗虫们的疯狂，而在草原，蝗虫一直是那样温柔，它们在草丛和花朵中跳跃，外皮青青的，眼睛大大的，就像一个个小小的精灵一样。在我们那一带，可怕的是大大小小的沙尘暴。它们先是在北方的天空中聚集，酝酿着力量，然后呼啸着席卷过来。我就是在沙尘暴中，从西域来到汉朝的。在这一路上，我穿过了无数戈壁、沙漠、草原和绿洲，在茫茫的沙漠里，我更能感受到了神的感召。沙漠是无边无际的，在沙漠里行走，就如同在天宇中航行一般。沙漠也有点像时间，它不可捉摸，神秘而幽邃。风清日朗的时候，沙漠就像平静的大海，闪烁着金黄色的光芒，金色的大漠与蓝色的天空相连，构成一个完美的安然寥廓，真让人感觉到神的存在。而在风暴来临的时候，到处是寒冷、迷雾、流离失所，几乎大漠的每一处，都隐匿着疯狂、窒息和死亡。长久地生活在大漠中，会有一种无边无际的孤独感和恐惧感。在西部，沙漠与草原交织，为这个世界增添了更神秘的意味。

来汉朝前，我曾经到达过天竺。这是我们南部的一个国家，偏僻而幽远，阳光和暴雨都来得异常猛烈。我感觉这个国家的人们都像幽灵一样活着，没有恐惧，也没有惊喜。与现世相比，他们显然更关注来世。在他们看来，现世如此短暂，何必锱铢较真，他们生存的全部希望，就是希望以今世的行为，避免轮回的苦痛。族群跟个体一样，也是有性格的，这一个族群似乎具有诗人般的多愁善感，为什么他们会觉得生命如此短暂呢？而在我看来，生命如此漫长，有时候都让人活得不耐烦了。不可否认的是，在它们的想法中，有一种类似刀锋般的锐利，能一直刺入你的最深处，直到你流出血来，然后给你敷上药物，让你不再疼痛。这是一种类似大麻的药物，那种让人平静的宗教精神，似乎就像如此。这个地方的雨季太漫长，人在淅沥的雨季里，总容易七想八想，也容易因阴郁而走火入魔。记得有一次在大街上，我看到一群裸体修行者，他们已有很长时间没有吃饭了，但他们谢绝人们的救济，对食物的鄙视态度让人震惊，他们对信念的执著，超越了人类的本能。天竺的一切让我尊敬，在这个充满着阳光与雨水的国度里，我看到了威严、克己以及死亡的力量，看到人类内心当中巨大的波涛。

还是说一个故事吧，到处漫游的经历，几乎让我成为一个哲学家，有时候总是禁不住唠叨不已——一天晚上，我踱步来到了一个庙宇边，发现一大群人虔诚而静默地围坐。在人群当中，我看到一个赤身裸体、瘦骨嶙峋的男人，几乎所有人都以一种无比崇敬的眼光看着他。他的目光空泛而澄明，可能他的冥想使他相信，宇宙万物只不过是一幅用幻想和谬误编织出来的雾霁，雾霁随时可以消散，一切都会水落石出。接下来的事情更让人震惊，那些信徒燃着了搭起来的柴堆，众人围着火堆载歌载舞，音乐越来越急促，最后戛然而止，这个婆罗门扑进了火焰，就像一只飞蛾一样，连一点声音都没有发出，然后就彻底消失了。在他的周围，每个人的脸上都荡漾着喜悦。

天竺的很多东西让我感到了震惊。对于一匹马来说，由于语言能力的薄弱，以及文字能力的缺乏，我们当然不能像人一样进行思考，我们对于世界的认知，不是依靠理性，而是依靠直觉。相信我，就直觉而言，一匹马比一个人，要离事物的本来近得多。

在天竺待了一年之后，我又跟随着马队来到了长安。我昂首阔步行走在长安的大道上。我是那样的高大健壮，几乎比每一匹当地的马都要高一个头。这使得我一路走着，都能看到它们投过来忌恨的目光。马也是嫉妒的，甚至比人还要喜欢嫉妒。它们在一起窃窃私语，一方面惊叹我的高大威猛，另一方面认为我是一个有着反骨的马，要是主人骑上我的话，会遭到很大不测。因为我的主人董卓和吕布先后死去，这种谣言一度甚嚣尘上，说当我身体流出血色的汗珠时，那就是有凶杀的征兆了。坊间还传说我是一个妖怪，在半夜之中会脱去马皮，吃掉那些跑得快的男孩。这样的传说给我很大的压力，有时候连我自己都不知道该不该相信这一点。这也是曹操不喜欢我的一个重要原因。这一个事暂时就不说了，汉朝的任何地方，都有很多奇怪的事情比如属相。当我第一次听说有人的属相是马的时候，我大吃一惊，我怎么也没有想到，会有人把自己跟马联系在一起，那是因为他们更崇拜马吗？后来我才了解到，其实人的属相不光是有马，还有猪、牛、羊、狗之类的。我想这大约跟汉朝是个农业社会有关，他们从事的是以种植业养殖业为主的，很喜欢的是一些实在的东西，譬如猪、马、牛、羊什么的。不过在这十二生肖中，甚至还有老鼠和蛇！这是多么奇怪的做法，而这做法，竟然为每一个汉朝人所接受了！这就更奇怪了。或许他们如此做还真有他们的道理，我就感觉到在汉人里面，有的人像马，有的像牛，有的人像猪，有的人像羊……不仅仅是性格像，而且容貌也像。有一天我在街上看到一个人，他应该是一个有钱人的仆人，前前后后地跟着他的主人。他长得真像狗，不仅仅眉眼，他的气质，以及说话的腔调，那种前倨后恭摇尾乞怜的样子，都让我想起了一条狗，就是没有一条可以一直摇动的尾巴。难道他真的是一只狗投胎的吗？同时令我感到奇怪的在这些属相中竟然没有猫，那么聪明的一个动物，汉朝人为什么不喜欢猫呢？是因为汉朝人不喜欢猫身上的气质吗？汉朝人大概是不喜欢猫的高傲和伶俐，也不喜欢猫的优雅和神秘，他们最喜欢的是牛的实在和勤劳。为何猫不属于十二生肖，汉朝人通常的解释是开生肖大会时，玉皇大帝看到猫迟到了，一怒之下，就取消了猫的生肖资格。在我看来，因为对于一个农夫而言，一头牛要比一只灵巧的猫有用得多。汉朝人还喜欢的是狗的忠实。当然，从整体上说，汉朝人显然缺乏的也是猫的精神，猫的诡秘、轻盈，以及具有的一种虚幻的贵族气，这都是汉朝人所缺乏的。这种贵族气指的不是财富的占有量，而是一种俯瞰生活的生存方式和勇气，以及一种世界观。但在汉朝历史上也有一些例外，比如说汉朝的庄子，那就是与诸多的汉朝人完全不同的世界观。

属相不是神，它有可能只是一种习惯，一种生活的智慧和幽默。这好像是汉朝人所独有的。至于神灵，汉也是有的。不过那些汉朝人似乎什么都信，信玉皇大帝，信王母娘娘，信土地公公和土地老母，而对于宗教兴趣却不大，这是因为宗教会对他们加以约束，要求他们奉献不求回报，这是那些指望现世回报的人不感兴趣的。至于来生，更不是他们考虑的，更何况他们对于来生抱有疑问。这样的结果当然使得信神更有吸引力一些。我不知道该怎样谈论这个问题，不过我觉得这是汉朝的核心问题所在——汉朝人似乎没有一个统一的神，玉皇大帝与其说是汉朝的神，不如说是天上的皇帝。他们跟人世间的皇帝一样，没有神的精神，有的只是人的七情六欲和汉朝家长似的霸道，甚至比希腊和罗马传说中的宙斯更霸道。我这么说，似乎有些偏颇吧，我是马，动物从来就是依靠直觉来进行判断的，我自认为在我的判断中，虽然有不够完善的地方，不过它的准确，却是十有八九的。

一匹马的最高标准是什么？当然不是哲学，也不是智慧，而是与骑者最高程度的融合——对于人来说，马仿佛不存在，就是人腿的延伸；对于马来说，人就是自己的大脑。在这一点上，我觉得我做的登峰造极，我甚至不需要马刺甚至马镫，都能够完全融合关羽的指令。无论是关羽思考前进、后退、左右避让或者腾空跃步什么的，我会立即按照他的思想去做。当关羽骑行在我身体上的时候，我就是一匹纯粹的马，我的思想完全来自关羽；而当我一个人在马厩中反刍着草料的时候，我总是禁不住地看着天宇上的月亮进行思考。不要认为一匹马不会思考，一些动物不会思考，其实在这个世界上，只有那些乱哄哄的人，才不会思考。

哦，对了。青龙偃月刀说它代表东方，如果真的是这样的话，那么，我就代表着西方吧，谁让我来自西方呢？至于马弁，我觉得他是一个异人，不仅仅长相奇特，还有一股奇异之气。这是一种魔力，让我不得不信服。有一次我听见关羽问他："你是哪里人？"他迟疑了一会，说："我也不知道，我从小由王子明抚养大。"关羽问："哪个王子明？是王子服的那个兄弟？"马弁说"是。"关羽便没有再问了。我当然知道王子服，因为吉平投毒谋害曹操，曹操除了将吉平处死之外，还将董承、王子服、种辑、吴硕等人灭九族。至于马弁的养父王子明，想必殒命于此。我总是觉得在这个马弁的身上，似乎隐藏着一种东西，一种与诡异、博大相关的东西，他的语言和思想散发着一种奇魅的特质，就像夜光杯一样熠熠闪光。这奇特的光芒，是这片土地所没有的。

貂　蝉

为什么我会在车上一直透过绛色的丝幔久久凝视着关羽的身影？为什么我在栖息后听到了赤兔马急促的马蹄声就要站在窗口？我确定我不一定是欢喜，而是好奇。在这乏味的旅途中，关羽是我唯一值得信赖的人，有他在我面前，我就会感到安全，而他不在的时候，我会感到恐慌。关羽一直很少跟我说话，也很少面对我，在很多时候，我看到的都是关羽的背影。不过对于我来说，他厚实宽大的背影比他的正面更具有神秘的色彩，他的背影有一股强烈的威严，一股我倾慕的沉静力量。这一点也不奇怪，一个人的正面往往一目了然，不管一个人多么有才能掩饰他的心理，他的脸上总会表露零零散散的信息；背部就不一样了，它落寞而神秘，像一座山一样横亘在你眼前，让你有着无限的想象空间。对于我来说，我就喜欢怔怔地看着关羽的背影入神，想象他的心理活动，想象他跃马扬刀势如破竹的样子。如果这个世界上尚还有神的话，那么，关羽就是唯一的神，是我心中最伟大的神。

在赶上前方的队伍后不久，我们停在一个村庄里吃饭。我的马车停下时，我看到前方不远处马车边站着两个女子，一高一矮。她们都穿着闪烁着金缕的锦衣，脸上涂了一层厚厚的脂粉。这应该是刘备的二位夫人了。我下车后，忍不住向她们看了一眼，没想到对面的甘夫人和糜夫人同时送来了她们的目光。身材高大的糜夫人目光凶狠，像是一口要吃了我似的；至于小巧玲珑的甘夫人，对我勉强一笑，那笑容中藏着一万个谜。我不由自主打了一个寒噤。当然，这目光相对只是一刹那的事，我很快地就败下阵来，仓皇地躲避到一边去了。我们在一起吃饭时，我不说话，甘、糜夫人也不说话。并且，二位夫人总是在我情不自禁用眼光瞟着关羽时，用一种怪异的眼光看着我。她们是出自嫉妒呢，还是对于我的仇恨？或者两者皆而有之。女人的嫉妒，就像她们的头发一样茂盛，也像捆着身体的绳索，越急就会越紧紧地缚住自己。其实，我知道对于关羽的期盼，只不过是身处的无助。女人是离不开男人的，即使她再强大，她的内心也是软弱的，会不由自主把男人当作依托。都说女人是男人的影子，那么，一个影子急迫地找寻自己的身体，实属太正常不过的事情。在这个世界上，我已对男人完全失望了。如果唯一能找到点温暖和关怀的话，也只能来自关羽将军。我的直觉告诉我，关羽还是对我在意的，他不仅对我有一种绵绵不断的好奇心，在那不苟言笑的方式中，也有一种对于我的暗自关爱。

日复一日的赶路是单调而疲惫的。虽然对我来说，并不是第一次在兵荒马乱的道路上行走，不过我仍旧害怕如此方式的旅行，就像一片羽毛被吹拂在空中不能落地一样。去往黄河的沿途上，不时见到被烧毁的房屋，骨架像焦黑的牙齿一样竖立；潮涌般的难民像蚂蚁搬家般恐慌，有的肩挑手提，有的推着独轮车，在赤日炎炎的阳光下煎烤自己的身体。有时候天降大雨，我们在泥泞的道路上颠簸行走，匆匆忙忙的感觉像被捕杀的老鼠一样。尤其让我感到震惊的是，有好几次，我竟然在道路两旁，看见了胀得鼓鼓的死人，腐烂的内脏腐臭发绿，任乌鸦争夺撕扯，一股尸臭的味道扑面而来。还有一次，我看到一个患疝气的中年男子坐在泥泞的大道旁，用扇子给自己那硕大的睾丸扇风，那睾丸大得就像一个趴在两腿之间睡着的孩子。我看了一眼，吓了个半死，慌乱拉上丝幔。那一刹那，我感觉到我们的这一趟旅程，就像是走在地狱边缘似的。

在走了一段时间的路途之后，我想，应该找一个地方栖息了，更应该找一个地方洗浴了。自离开许都之后，由于马不停蹄地赶路，也由于路途之中很难找到一个条件较好的驿站，我们几乎都没有洗澡，我感到全身发痒，到处都是别别扭扭的。我真是佩服那些农人们，他们一辈子都洗不了几次澡，除了赤日炎炎的盛夏泡在天然的河里之外，大多是用毛巾擦擦身就可以了。他们不觉得难受吗？我让侍女小婧传话给关羽，最好能找到一个大户人家歇息下来，可以烧点水洗一个澡。关羽的回答让我感到温暖，他说他尽量去找，只是不知道能否找到。我们逗留了好几个路边的村庄，因为没有找到合适的大户人家，不得不接着往前赶路。与我同样感到疲惫不堪的，还有甘、糜二夫人，每当下车休息的时候，她们就在一起窃窃私语，发泄着各种各样的牢骚。她们不断向关羽要求歇息：困都困死了，也饿死了，还是先弄点吃的吧！我们在一个叫作梨花镇的稍大一点的庄子里歇息下来。这个镇名副其实，村庄周围的大小山岗上长满了梨树。不过梨树上没有梨，也没有叶子，都让蝗虫们给吃掉了，只剩下黑漆漆的枝丫张牙舞爪，像是一个个鬼魂立在那里似的。进镇之后，关羽一直向路人打听，看是否有稍好的大户人家。后来终于找到了一个李姓大户人家，关羽下马之后的第一句话就是吩咐东家烧水。我明白关羽的意思，心里有几分感动了。

那一天晚上我痛快淋漓地洗了一个澡，这是自离开许都之后的第一次真正地洗澡。婢女小婧帮我生好火盆放好热水，又在里面放了点香油，我把自己的身体放置在木桶中，让热水淹没；把头发散开，全浸入在水中。如果说我先前对于婢女的东摸西捏还感到不适的话，那么，这一次她粗手粗脚的动作对我酸痛的筋骨来说是一种莫大的享受。沐浴清净之后，我把头发梳理得亮如熔银，又打开撒马尔罕产的花草香精，轻轻地抹在两腕、耳后、乳尖、双唇以及下体之上。透过皮肤，我愉快地感觉到这个世界。洗完澡之后，我这才觉得饿了，让小婧赶快端点吃的上来。小婧端上来了饭菜，告诉我二位夫人匆匆地吃了点饭，又稍稍地漱洗一番，便在隔壁的厢房里早早地睡了。我应了一句，装着没有听见她的话，我才不要管甘、糜二夫人如何呢！她们是她们，我是我。我想怎么样就怎么样，想什么时候睡就什么时候睡。吃完饭之后，实在无事可做，便慵懒地靠在床榻上，自己也不知道怎么睡着了。半夜里我突然醒了，觉得周身精神饱满，一点睡意都没了。我起身拉开竹帘，从里面向外看，一弯清月高悬在天空之上，万籁俱寂，看起来平静极了。我想了想，轻巧地下了床，像个幽魂一样走出了房间。我的木屐声在静寂的走廊上异常动听，像啄木鸟叩击树干的声音一样。不知不觉地我来到前院，院子里寂寞得连一只猫都没有，四处弥漫着腐烂树叶、潮湿和死亡的气息。我突然看到一个熟悉的身影沐浴在月光下，身体沉黑有如青铜般古朴。那不正是关羽吗？他正在庭院中踱步，仿佛若有所思，看见我，吃了一惊："夫人，这么晚了还没有休息？"

我有点得意，因为关羽的声音明显有些颤抖，我知道一个男人要是喜欢一个女人的话，会情不自禁地紧张。我可以判断出关羽是喜欢我的。我有点小得意，只要我愿意，哪个男人不会喜欢我呢？

我故意惊讶地说："关将军也在啊！我都睡了一觉了。醒了，也睡不着了，于是就出来走走。"

关羽说："我也睡不着，对这个地方不熟悉，有点担心，我只是边看书边休息。"

我问："此行的方向，是去冀州吗？"

关羽点点头。

我故意问；"冀州在哪？"

"黄河以北。"

"还有多远？"

"还要过几个关隘吧，一直到黄河渡口，然后渡过黄河。过了黄河，就不远了。"

我"哦"了一声，又问："去冀州干吗？是去找刘皇叔？"

关羽说："是。"

"为什么要去找刘皇叔呢？在曹丞相这边，不是也挺好吗？"

"君子一言，驷马难追，我们兄弟三人桃园结义结为兄弟，刘玄德就是我大哥，我们不求同年同月同日生，但求同年同月同日死。"

关云长的说话像背书，我抬头看了关云长一眼，觉得眼前这个人特别耿直，他站在那里，就像一尊雕像似的。我看了看身边的乌桕树，树在夜色中省略了很多东西，单纯得就像一个影子。我听着关羽的话，不自觉地跟眼前所看到的联系起来。

“然后呢？”我问。我的意思是如果找到刘备之后，我该怎么办呢？

“那就听大哥的，大哥说去哪就去哪，大哥说干啥就干啥。”

我突然转移话题问他：“听曹丞相说，你们在攻破下邳前，曾专门写信给他？”

蓦地听我提及这个话题，关羽一下子显得慌乱起来，喃喃地说：“是……是的，我给丞相写了一封信……不过一直没得到丞相的回信。”

“为什么？”我故意问。

“我……我是觉得您跟……我的夫人长得好像，加上我觉得曹操似乎对我很好，我……我便给他写信了……”关羽苦笑了一下。

“哦——”我应了一句。

关羽没有再说话了。这沉默让人心悸，让人不踏实。我故意问：“能说说她吗？”

“谁？”关羽问。

“就是……”我不知道该如何称呼她。

“哦，内室姓胡……”关羽说起了旧事，眼中尽是悲愤，“她也是解县人，我们一见钟情，然后情投意合。可新婚后不久，县里一个恶霸要霸占我们家的宅地，我们奋起反抗。

他便带着官府的人要抓我，我就跑了。这家伙还不放过我，一天深夜，他们带着一帮人，去了我们的村子，杀了我双亲，又掠走了胡氏。我悲恸欲绝，当天潜回老家，把他一家老小杀得一个不留。不过，胡氏却一直没有找到，也不知道她去哪了……这么多年，一直没有她的消息。”

“哦……”我不再说话，我想安慰他，却不知该从哪说起。

关羽说：“这么多年，我一直思念着她。可奇怪的是，尽管我思念深切，她的影子却在我脑海里越来越淡，我都想不起来她长成什么样了，真是不应该啊！我能记得当时家里是什么样子，房屋的样子，门外的风景，门帘的花色，我都能记得住；甚至包括家里斗橱、桌子、椅子的样子，可是我却记不住胡氏长什么样子！我也不知道是怎么回事，怎么会把她长什么样给忘掉呢？我现在觉得每一个美丽的女人都跟她很像，越是美丽的女人就越像……”

我知道关羽说的是实话，容貌的确是最难记住的，长相不是长相，它只是一团气象，气象不可久留，它会稍纵即逝。我在宫中时，有一个老妪这样跟我说。我现在算是体会她话中的道理了。我想了想，轻声说：“你不是觉得我长得像胡氏吗，那再仔细看看，再想想，到底哪像哪不像？”

关羽大约没想到我会这样说话，顿时显得有些窘迫，说话也变得有点结结巴巴起来：“其实，就在吕布辕门射戟那一次，我觉得你像极了她。可我没有把握，也不敢多看，想起只是自己的一厢情愿罢了。夫人天姿国色，胡氏只是乡下的女子，怎么可能十分相像呢？”

我说："没事，你再看看，也可能是很像呢！"

我看见关羽鼓足勇气直视着我，从那一双丹凤眼中直视过来的光线让我有些怦然心动。我原来以为如此的英雄是顶天立地的，没想到他竟然如此铁骨柔情，甚至还有些害羞。我的心中起了一股暖意。

关羽闭上眼睛摇摇头，叹了口气说："我实在是记不起来了——想起来就觉得忧伤！"他像个孩子一样开始自责，"真是的，我好像就要能看到她了，可是，在她与我之间，还是隔着一层黑黑的墙……"他仰面朝天，长叹一声，我看见有眼泪从他的眼睛里涌出。

我的心一下子软了下来，只好安慰他说："其实也不是你，人都是有这种经历的，我现在也想不起来曾经的父母到底长成啥样，在我与他们之间，有一层黑黑的膜，他们的形象好像呼之欲出了，可是就是看不真切。"

关羽深深地叹了口气。

我幽幽地说："关将军还真是个有心人……唉，曹操要是早点应允关将军就好了！"

关羽又变得喃喃，似乎想说什么，然后强忍着没说出来。

我大着胆子说："关将军要是觉得我跟胡氏很像，就把我当作胡氏就是。"

我最后一句话明显降了声调，轻微得就如同蚊蝇的声音。不过我知道关羽听见了，他的身体明显抖动了一下。我垂下了眼帘，变得不敢直视他了，我们的目光就像一个孩子在跟另一个孩子捉迷藏。虽然我算是经历过很多男人的女人，可我自认为自己一直如少女一样简单和纯情，经历真的不能说明什么，在有些时候，我的心还是止不住像揣了只小兔子一样咚咚直跳。过了一会，关羽像被魔杖点中了一样情迷意乱，唠唠叨叨地跟我说了许多动听的话，比如他写信的真实想法，他并不是把我当作幻象，而是自第一眼看到我时，就觉得非常亲切。“亲切是因为记忆吗？假如不是这一辈子的记忆错误，那么，这记忆是来自哪里呢？会是上一辈子的吗？”那么样的一个英雄，当他沉浸于某种追忆时，却单纯得像个孩子。我的注意力全部集中在他的话语上，他说出的每一个字都没有在我脑海里停留，而是直接飞入了我的记忆深处。直至到了后来，我又将它们调出来，一个字一个字地细细品味。

这时候门口刮进了一阵冷风，头顶上的月亮也仿佛晃动起来。我不由自主地打了一个寒噤。关羽轻轻地走过来，替我挡住风口，这一下风明显地小多了。关羽问：“夫人，你冷吗？要是冷，赶紧回去吧。”我摇摇头，微笑着说：“没关系，我不冷。”我扬起头，他就像一座高大的山一样横亘在我面前。我用左手抓住关羽的胳膊，我感到他的手一阵僵硬，我冰冷的小手不由自主地滑进了他宽大的衣袖。我感觉到关羽的手碰到了我的手臂，那一下轻触，就像睫毛相碰一样。我情不自禁地握住他的手，他的手真大，像蒲扇一样宽大，又像棉绒一样温暖，我更感受到了他是多么的强壮。我需要这个男人，不仅仅是需要他的保护，更需要他的怜悯和爱意。我的身体突然起了暖意，变得饥渴，非常希望眼前这个人给我以拥抱。我已很长时间没有得到真正的拥抱了，就像旱久了的沙漠一样，渴望水的浇灌。往昔的岁月里，我被男人们的阴谋诡计挟持着，像风中的纸人一样随意飘荡身不由已，现在我终于逃脱了他们。我突然有了自主意识，强烈地向我面前的人发出征询——我悄悄地对关羽说："关将军，你能抱抱我吗？就像你当初对待胡氏一样。"关羽迟疑了一下，说："不……"他在抵抗着，也在迟疑着，我知道那样的抵抗，软弱得像一张棉纸一捅就破。我踮起脚尖，将头努力靠近他的面颊，悄悄地在他耳边上说：

"关将军，其实曹丞相让你带我上路，不就是将我托付于你吗?"

关羽的手掌松了一下，他似乎在想什么。

我继续说："关将军，既然我已是你的人，你又何必拘泥于形式呢?"

关羽继续沉默着。

"等到了河北……"关羽开口说话了，"我想先征求大哥意见，再明媒正娶你……"

我的心里有些感动，也有点酸楚：像我这样的女人，还能指望明媒正娶吗？只要能不嫌弃，就足以让我安慰了。我的话音不自觉地变得妖娆起来，"其实关将军不必考虑得太多，像我这样的女人，已经不指望明媒正娶什么的了……关将军你知道吗，上天把我们塑造成男人和女人，让一个整体分成两个部分，其实就是让我们互相寻找的。"

我感觉到关羽的身体在颤抖，就像一座山在大地上颤抖一样。我继续说："关将军不要想太多，人其实很渺小可怜的。关将军你说呢?"

关羽犹豫了一下，然后，用力把我拉进怀里，用斗篷罩住。我们拥抱在一起了，我嗅到了他身体上有一股铁器的味道，冰冷的带有点腥气。这是一个男人的味道，是一个君子的味道，他结实、雄伟而有力，我倚靠着他，感到心满意足。我的颈背在发痒，乳头在发颤，喉口变得干涩；我感觉仿佛回到了老家：盘根错节的石榴树，开花的山楂林，青石上长满青苔，小河水蜿蜒清冽；还有，就是庭院的长廊上布满藤蔓，藤上有白蝴蝶般的小花开放……真的，一切都源于童年，记忆也是这样，当你快乐时，你倏地一下就会回到童年。那样的没有来由，那样的不可思议。生命的价值就是童年，自童年之后的一切，其实都可以无足轻重。我的眼泪不由自主地落了下来。我觉得关羽就是我的童年英雄，而我是一个真正的美少女。我们俩的拥抱，是自古以来最恒远美丽的音乐，幸福得就像是春天和秋天伸出手臂缠绕在一起。我感到整个世界都浓缩在这小花园之内，那一种美妙的感觉则像夜幕一样四处蔓延。

……我心满意足，也有点小得意：当一个人在微风吹拂的波浪上，他就是另外一个人了，关羽也是这样，这让我更觉得安全和踏实。一种不可动摇的笃定感注入了我的身体，如同第二条脊梁。有了这个山一样强壮和缄默的男人，生命中应该不会有大事发生了，即使有了我也不怕。我只是有点担心，我爱上的男人，或者爱上我的男人，都曾遭受到难以觉察的磨难。这是上天对我的警戒吗？

第三章 洛阳关

关　羽

来洛阳的前一天晚上，我们歇息在离城十多里地的禹庙之中。我们是在暮色中到达的，在安顿好二位嫂嫂以及貂蝉休息并处理完一些杂事之后，已接近二更时分，我不敢再耽搁，只好匆匆就寝了。第二天清晨醒过来，发现室外雾霭缥缈，院落里苍劲的松树与柏树隐隐约约，太阳犹如破碎的蛋黄一样，悬浮于庙檐的上方。稍稍洗漱一番后，我没有吃饭，就在走廊上诵读《论语》，这是我每天必须要做的功课。我越来越喜欢孔子这一本书了，每一次读，都有新的感受。虽然孔子讲述的是最简单的常识，不过最简单的，往往是最根本的，也是最难实现的。在很多人看来，我之所以与众不同，或者说，与那些舞枪弄棒武将们的不同，在于我身上有一种沉静的气质，我想这都是我勤于思考和自律的结果。那些文韬武略之人，大都只满足于自己的技艺，满足于争斗中胜出，当然不可能有幽远的情怀沉静的气质。这样想着合上书的时候，太阳升起来了，一群白色的鹭鸟从大梧桐树的上空低低掠过，围绕着禹庙的朱廊黑瓦盘旋片刻，留下数声哀婉的啼鸣和几片羽毛重新飞走了。

吃早饭的时候，甘、糜二夫人犹犹豫豫地来到我这边，她们显得心事重重，看了看我，又看了看不远处的貂蝉。我知道她们想谈论貂蝉，便问：“二位嫂嫂有事吗？”甘夫人看看糜夫人，糜夫人压低声音对我说：“关将军，我们一直不明白，为什么曹操要貂蝉与我们同行呢？”

我沉默不语，不知道该怎么回答，不如让她们进一步表白。糜夫人又说:“关将军，我一直觉得这事蹊跷，只是不知当说不当说。”

“夫人有事尽管吩咐关某就是，哪有什么当说不当说的呢!”

糜夫人朝貂蝉那边看了看，压低声音说:“关将军你要小心，我觉得这个貂蝉不是个好人。我们在想，吕布当年不是皇叔建议杀掉的吗？杀了她的男人，她心里不忌恨？我总觉得这个妖精此来必不怀好意，说不定是要找机会报仇的。”

“她为什么要报仇呢？据我所知，吕布在得到她后，对她并不是太好。”

“外人哪能知道呢？俗话说，一日夫妻百日恩，她与吕布，应是有感情的。”

我笑了笑，说:“貂蝉只是一个弱女子，她要报仇的话，会很困难吧?”

糜夫人的眼神有点异样，有一条微小的水蛇倏尔从中飘过，她讪讪地笑着说:“那可不一定，女人嘛，可以用女人的方式……”她似乎想进一步说些什么。我有点不太高兴，不想多听，便岔开她的话题说，“夫人，要不我们先赶路吧，前面不远，就是洛阳了，到了洛阳之后，可以好好地休息一会，你们也可以去洛阳的大街上逛逛，买点东西。毕竟，在这一路中，只有洛阳还值得看一看。”

见我这么一说，甘、糜二夫人不再说什么了。我翻身上马，让马弁传达指示:众人起程，向洛阳进发。

为了排遣心中的郁闷，我跟马弁谈论着目前的形势。我对马弁说，虽然袁绍军队数倍于曹操，不过曹操挟天子以令诸侯，帐下谋士众多，战将如云，仍有一些优势。以目前袁绍与曹操相峙的情况来看，虽然袁绍多出曹操数倍，又处于进攻态势，不过袁绍人马的构成较为复杂，既有公孙瓒等人的大批降军，又有羌氐乌桓等族的骑兵，人心不齐。如果袁绍不能速战速决的话，时间一久，胜利的天平肯定会倾向曹操。因为曹军上下齐心，能同甘苦共患难，善打硬仗。在我看来，袁绍要想获得官渡之战的胜利是很困难的，并且，时间拖得越久，就对袁绍越不利。马弁赞同我的说法。我说在目前的形势下，我们得赶快过关渡河找到刘皇叔，迅速脱离袁绍才是正途。他跟我的想法一样，将来的中原和北方地区，肯定将由曹操一统天下。

“接下来我们怎么办呢?”

怎么办？我只有苦笑笑。我也没有什么好办法，北方毕竟不是长久之计，只有南下，南下只有两条路，要么去荆州投奔刘表，要么去江东投奔孙氏兄弟。不过以刘表和孙氏兄弟的实力，估计很难抵挡曹操的进攻。到时候该怎么办呢?我陷入了沉思。

“依我看，我们找到刘皇叔后，应联合荆州刘表，再伺机往西进军，进入益州和汉中。我觉得巴蜀之地倒是一个好地方，有钱有粮，正好休养生息。当年汉高祖就是在这里韬光养晦，然后伺机奇袭中原。以目前的状态看，益州太守刘璋软弱无能，汉中王张鲁粗鲁愚笨，都没有能力治理好巴蜀汉中地区。我想刘皇叔如果拿下易守难攻的川地，虎视眈眈中原，就有希望了。”

我承认马弁一段话让我茅塞顿开。后来刘皇叔带着我和三弟三顾茅庐，与诸葛亮隆中对谈的内容，实际上与马弁的想法有着异曲同工之妙。只是我当时并没有在意马弁的一番言语。当然，当时的形势跟后来的形势也不一样，在我骑着马向洛阳关进发的时候，迫在眉睫的任务就是如何过关，又如何渡过河去找到刘皇叔。至于其他的，当时的我根本没有精力考虑太多。

过多地谈及眼前的事情，会使得人紧张而沮丧。随后，我们的话题变得轻松超脱起来。马弁说，一个完美的人应同时具有老人、孩子和女人的某种习性：既有老人的清醒、平衡、反讽、超脱，又有着孩童的天真、自由和渴望；同时还要有女人的细致、敏感和温柔。而在汉朝，大多数人都是势利的中年人，他们既不是老人，也不是孩童，更谈不上是女人。我若有兴致地点点头，我觉得他的话说得相当有道理，他总是觉察到人们通常忽略的一些东西，每当他说出来时，总给人以共鸣的惊叹。那种感觉，就像他时不时地从地下挖出美玉，让同行者一阵欢喜。我告诉马弁，以我对历史的回望和了解，我觉得人类最惊叹的应该是春秋战国时期，那么多英才良将层出不穷，老子、孔子、庄子、孟子、惠子、韩非子……他们那么有智慧，彼此之间经常碰撞出思想的火花，真是让人匪夷所思。

我继续说，与其他族群相比，汉人善良而谨慎，他们温和、谦逊、实在，比较容易满足，喜欢诗意的生活。比如说庄子，他是春秋战国时期的蒙人，生活在淮河岸边。庄子虽然是一个小人物，不过一直乐观地生活，钟情于思考。有一次庄子做梦，在梦中他自己变成了一只翩翩起舞的蝴蝶，醒过来之后，忽然感到非常悲哀，便大哭起来。别人感到诧异，问庄子为什么哭泣。庄子答道，不知是自己变成了蝴蝶，还是蝴蝶变成了自己？实际上庄子的困惑，是人类普遍的困惑。还有老子，晚年的时候，骑了一头青牛西出函谷关而去。守关的士兵看他太有学问了，不想让他走，要求他将自己的学问写下来，否则不让他出关。老子无法，只得作了五千言的《道德经》，阐述了自己的一些观点。老子的学问是太深了，他知道靠单纯的五千言是怎么也阐明不了自己的主张的，在文章的开头，他就开门见山地说："道可道，非常道；名可名，非常名。"意思是说，真理是可以阐明的，但又不是像人们通常所揣度的那样。用语言下定义是可以的，但又不是人们通常理解的那些东西。这实际上也是说真理的不可以言说，人们一谈论真理，实际上就已经出现偏差了，就像我在这里谈论的一些事情，你们理解起来，肯定会跟我的原意出现偏差。不过后来老子的形象变味了，在民间的道教中变成一个白胡子的老仙人，只会天天炼一些长生不老的丹药，他的每一件东西都有着神奇的魔力。大多数人已经将本来的老子忘记，只把他当作一个法力无边的神仙。这就是世俗的力量，让人无可奈何。

"你知道老子为什么要出关吗？"马弁突然问我。

"为什么？"

"因为他是要回自己的老家啊！老子本人，就是从西边进入中原的。他老了，要回自己老家了，所以出关了。"

我这是第一次听到这样的说法。我一下子怔住了，难道老子是异族？思前顾后，我忽然觉得马弁的说法有一定道理。我忽然觉得，我先前的谈论，在这个深不可测的马弁面前，有一种班门弄斧的感觉，我说的都是表面的知识，而他说的，才是跟事情的本来相接近的东西。

不知不觉中，我们来到了洛阳关下。洛阳关离洛阳不远，是位于南香山和西山之间的关隘，由洛阳太守韩福负责把守。我当然知道韩福，他曾经是朝廷的名将，曾经在玉门战役中大败匈奴，刀法和箭法相当了得。我感兴趣的不是他的武艺，而是他那段独特的经历。毕竟，能在异域他乡走一遭，也是一个难忘的经历。不知道他现在究竟怎样？但愿他能够放我们过关，尽量避免干戈。到了城门之下，我看见大门紧闭，便在下面高声叫喊。过了一会，城门大开，一队骑兵像一阵风样地驰骋而来。领头那个全副武装骑在马上的老者应该就是韩福了，像一座小山似地慢腾腾地移到我的面前。他的头盔上插有一支野山雉的长羽毛，阳光一照，闪烁着五颜六色的光芒。他将大刀搁在马背上，手紧握住马的辔绳，胖大的身体不停地摇摇晃晃。他那一副牛皮铠甲倒是上品，虽然有些岁月了，却油光发亮而少有划痕，一条极细的灰色滚边缝合得极为严密，一看就是上品。只是盔甲已不太合身，胖大的身躯从里面挤出来，将甲胄挤得歪歪扭扭的。看得出来，这个曾经的西征名将，在岁月的侵蚀之下，已不适应马上的日子了。那一匹马看起来也很羸弱，一直在不堪重负地喘着粗气，四脚都有点颤颤巍巍了，这样的状况哪能打仗呢！引人注目的在韩太守的边上，有一位年轻的小将，身材瘦削，面色严峻，手臂虽细却肌肉结实，身体绷直了像一面弓。他右手持长枪，左手持一块盾牌，上面画了一只黑色的老虎。这是他的图腾吗？看得出来他有点紧张，这样面对面的搏击，想必他肯定经历得很少。

我有点怜悯韩福，实在是不想跟他面对面厮杀。这一个战功卓越的老将，在西部大漠征战了半辈子之后，已到了晚年享清福的时候，实在是不得已被逼上了战场。我不忍让他死在我的手中。我本想放他一马的，却没有想到他竟苦苦相逼，更没有想到他竟使出如此诡计：让那个小将跟我正面比武，自己却躲在后面突施冷箭。堕落啊，堕落！当年的猛将韩福竟然堕落到靠阴招取胜的地步了。难道一个人步入暮年，就可以不顾荣誉，以阴谋和世故作为最后的杀手锏吗？至于那个小将，虽然相貌不俗，不过以他倨傲的态度来看，这一个故作聪明的年轻人很难成大器。叛逆就像气血倒流，偶尔为之可以活血化淤，如果一味倒行逆施，必定走火入魔难成大器。这个道理年轻人往往不懂得，等他们真正明白的时候，就已经付出血的代价了。

既然针锋相对，我只有任手中的青龙偃月刀尽情发挥了。对于结果，我想大家已经知道，知道谁将克敌制胜，谁将一败涂地；谁是英雄，谁是懦夫。任何事情都是可以转化的，英雄可以转化为懦夫，美人可以转化为丑女，生命可以转化为死亡。一切都很正常，不经意间，白云苍狗，沧海桑田。

韩　福

关羽将来洛阳关的消息传来之时，我正在城楼上一边纳凉，一边跟一帮年轻的手下胡吹乱侃着自己的陈年往事。我现在的生活，就是

整天坐在硬邦邦的椅子上，听那些百姓们怨东怨西，要么稀里糊涂不着边际，要么故意说谎破绽百出。每当我坐堂审案之时，那些乱七八糟的生活琐事总是不绝于耳，就像数十只红头苍蝇萦绕着我耳边嘤嘤嗡嗡地乱叫，一直听得我浑身发软、脑筋麻木、屁股酸痛……年纪大了，就贪图清闲了，不喜欢担心事，喜欢复杂问题简单化，还喜欢回忆，像老牛反刍稻草一样翻来覆去回忆陈年往事。我还喜欢一个人爬上城楼，躲在一个凉爽的墙垛下，用上了油的皮革轻轻擦拭着我的佩剑，直到它闪烁着暗沉的光泽。这一天，孟坦发现了我的行动，他呼啦地带着一帮人围过来，嚷嚷着要我给他们说一些西域风情故事。也难得这孩子善解人意，他肯定知道老人怕独处，喜欢一大群孩子围在自己身边。我有点感动，便一边擦拭着我的剑，一边打开话匣，说起西域往事。说到兴起时，我感到全身燥热，不由自主地把甲胄脱掉，只穿着斜襟褂子站在风口，甚至拔出佩剑激动地比划着：

其实，当年的很多事情，我已经记得不是很确切了——那时候我还是一个年轻的后生，因为受班昭的事迹感召，报名参加了出使西域团，深入边塞跟匈奴谈判。这是深入虎穴啊，不过我们知道，不入虎穴，焉得虎子。当时我年轻力壮，武艺高强，不仅力举千钧，还有一手百步穿杨的箭法功夫。有一天，到了车河地界，在一家客栈里栖息下来时，已是深夜时分了。数百名强盗突然骑马而来，把客栈团团围住，架上梯子想强行攀进院落。我急忙爬上屋顶，拿出弓箭，借助于月光，箭无虚发，凡是想闯进来的强盗，都被我射死了，院墙内外全是尸体。强盗头子看到我太厉害了，大叫要跟我谈判。我说讲和可以，得先退兵。于是强盗们撤退了，第二天一早派人送来一个帖子，约我在本地最好的羊肉馆吃饭。那时我年轻，也不知道害怕，认为不入虎穴，焉得虎子。既然强盗人多势众没法驱赶，就只好跟他们谈判，也可以放我们一条生路，更何况我们一行还有更重要的事。于是我孤身带着剑赶到那个羊肉馆。到了羊肉馆之后，我看到一群强盗围坐在一起，中间留着一个空位，我过去，大模大样地在那坐下了。强盗头子用匕首挑起一大块羊肉，站起来，咿里哇啦对我说了一通，然后把带着羊肉块的匕首直送到我的嘴边，想趁着我张嘴之际将匕首插入我的喉咙。我不慌不忙，张开嘴巴，一口噙住那块大羊肉，用力一咬，只听“咔吧”一响，我用牙把那把插羊肉的匕首咬成两截。强盗头子一下子惊呆了，愣愣地看着我不知如何是好。我咀嚼着把嘴中的羊肉吞了下去，然后，我看了看天花板，上面正好有一只燕子在窝口处呢喃。我随口一吐，嘴中的匕首尖飞了出去，燕子被击中后，扑啦啦地落在面前的桌子上。几个强盗面色发白，面面相觑，扑通一声齐刷刷地跪倒在地，要拜我为师。我哈哈笑着将他们一一搀扶起来。就这样，我在西域一带名声大振，那些强盗每每见到我都竖起大拇指，有时还很自觉地给我们站岗放哨，给我们送来粮草。

听完我的故事后，孟坦不失时机地在故事的停顿处插话道：“真是没有想到，太守功夫如此之强，我看当今天下，真是无人能及将军了。”

我当然听出了他话语中的恭维，摆了摆手说：“不能这样说，不能这样说。好汉不提当年勇，毕竟，这都是很多年前的事情了，况且我现在年事已高，不要说刀法，连弓都拉不满了。”

孟坦很认真地说：“太守真是太谦逊了。以太守为榜样，小将一辈子都学不到。我觉得老将军正值壮年的文韬武略，完全可以担当更大的重任，只是机遇不好罢了——蛰居守关，实在是太浪费将军的才能。曹丞相若用将军冲锋陷阵，天下早就打下来了。”

我喜欢孟坦，这是一个俊美而精瘦的武士，眸子精亮，笑容像星辰一样闪烁，他总是用崇拜的眼神看着我，把我当作一座不可逾越的高山，看得我不由自主地觉得自己高大起来。他的四肢强劲有力，身体瘦硬得像一把尖刀似的。当他穿一袭紧身的黑色铠甲，蹬一双黑色的马靴，肩着黑缎长披风，手握长枪飞身跨上枣红色高头大马之时，还真有我当年大漠征战胡虏的影子。人老了，就喜欢回味一些美好的东西，不管是人还是物，是真实还是幻象。虽然我知道孟坦颇有心机，言语中带有虚假和奉承，可我一笑了之。没办法，人老了，就是难得糊涂，有时候不由自主地喜欢好话，就像不由自主地喜欢年轻女人一样。

孟坦问：“韩将军，我一直想不明白，不知道当说不当说？”

我摆了摆头说：“哪有什么当说不当说的呢，你说就是。”

孟坦说：“我一直没有闹明白，想我大汉兵强马壮，国力强盛，为什么就被那些匈奴们搞得没有办法呢？这些匈奴不就是草原上的一些夷狄吗？以我大汉的强大，还打不过他们？”

这个孟坦，还算是问到根本问题了。我想。

“那些彪悍的西域人，像匈奴等，我一直就没有明白他们是怎么回事，将军能跟我说说吗？”

我想了想，这一个复杂的问题要想清清楚楚地弄明白，还真不是件容易的事，“我原先跟你一样，糊里糊涂地上前线打仗，打了半天，也没明白跟谁打仗，就知道是跟匈奴。匈奴是谁？他们究竟是怎么回事，我也是后来慢慢才明白的。匈奴自古以来，跟汉人就有扯不清的关系。你知道‘千金一笑’的故事吗？周幽王为了讨褒姒的欢喜，以点燃千里烽火来博她一笑。那个千年烽火台，就是用来防范西北戎狄的。这个戎狄，就是现在的匈奴。匈奴人夏称之为獯鬻，意思是未开化的糊涂虫；商代被称为鬼方，意思是孤魂野鬼；西周称之为猃狁，意思是凶恶的野狗；战国时候被称为匈奴，还是恶狗的意思；秦汉以后一般统称为‘胡’，意思是胡作非为。匈奴由很多部落组成，一直在我们的北方，不断地南下侵略我们，可以说是我们的老对手了。”

“哦，这样啊！”

“你知道黄帝叫什么名字吗？”

“轩辕。”

“对，黄帝名叫‘轩辕’，是司马迁在《史记》里记载的，可是在先秦古籍中，匈奴被记作‘猃狁’。‘轩辕’与‘猃狁’读音相同，应该是同一个族名的异写。《史记·五帝本纪》中记述：‘（黄帝）邑于涿鹿之阿，迁徙往来无常处，以师兵为营簪。’这一句话是什么意思呢，意思是黄帝轩辕原先住在涿鹿一带，是入侵中原的游牧民族。这表明轩辕黄帝是戎狄南下的一个分支，与炎帝逐鹿中原，最后又南下打败蚩尤的。”

“啊？”孟坦显然第一次听到这样的说法，一下子变得目瞪口呆。

“你现在可以明白，我们跟匈奴之间的关系了吧？我现在告诉你，匈奴一点也不弱，也不像我们所说的野蛮无知，他们跟大汉一样，兵强马壮，并且，由于没有那么多的繁文缛节，他们议事高效行事干脆。你千万不要小觑他们，他们不仅会畜牧播种，对天文地理学、医学、工程学等等，包括对河流、桥梁、湖泊、洞穴、云、海等，认识也很深入……至于日常生活，你看到过他们的穿衣了吧，做工精致讲究，兵器也更锋利。这样的国度哪能小觑呢，与大汉互有胜负很正常啊！”

孟坦连连点头，仿佛茅塞顿开。我知道在之前，他们对于匈奴的了解只有仇恨，依朝廷的说法，这些族群野蛮而残忍，只会烧杀抢掠茹毛饮血，连基本伦理礼仪都没有。我的话让他陷入了思考。当然，我没有进一步谈及我的思考，我在想的是，为什么根本没有孔孟之学的“蛮族”竟然活得如此坦率豪放，这不能不说是一件很奇怪的事。

我又说：“其他的不说，你只要从一件东西上，就可以看出匈奴人的水平。”

“什么？”

“音律。”

我告诉他，匈奴人不仅有各式各样的弦乐器，还有整套乐谱，此所谓胡笳。这些东西，都不是偶然诞生的，必须是人类智力达到一定水准后的产物。如果看一个民族的智力水平，最好看他们的文学艺术，看他们的诗歌、绘画和音乐。尤其是音乐，从那些琴、瑟、丝、鼓、笛之中，是可以看出心智的阶段。匈奴人的乐器箜篌、胡琴等，一点也不比我们的乐器箫、笛、钟、鼓、琴弱，甚至综合表现力更强。万物由心生，只有具有充分的理解力和感悟力，有足够的音乐表现方式，才能发现那些复杂的乐器，才能把情感暗藏在虚玄的音乐之中。还有绘画、编织和建筑，智力上没有对于图像的把握能力，没有色彩的辨别力，没有付诸实际的能力，既不可能画出物体的图像，也不能按照绘图的方式制造出实物。看一个族群发展的水平，只要看这些就可以了。至于诗歌，诗歌的韵律实际上是一种节奏，这是语言中的“道”。从语言过渡到诗歌，是一种升华，也是一种标志，说明人类得“道”了——也许是我的话太深奥了，孟坦听过之后有些木然，眼神里飘忽空泛的白光。我知道那是一种怯懦——真难为这个年轻人了。

谈话之间，探子慌慌张张地报告，说关羽杀了孔秀，正向洛阳关进发。我问探子：“你刚才说是谁杀死了孔秀？”探子又重复了一遍：“将军，是关羽，就是那个杀死了河北名将颜良、文丑的关云长。”我这才反应过来。我当然知道关羽，也知道刘备关羽张飞三兄弟，他们“三英战吕布”的故事早传遍江湖了。我知道他们是英雄，也知道他们跟曹操之间的瓜葛。问题是关羽为什么要杀掉孔秀呢？我有点不太明白，这时候孟坦过来悄悄地在我耳边说：“是这样的，韩将军，我已探明，关羽此次过关是要去河北找刘备。虽然关羽放言此次出行得到了曹丞相的批准，不过据说他手中一直没有关牒。孔秀不放他过关，他硬要闯关，两人发生冲突，关羽就杀了孔秀。现在关羽正往洛阳关来。将军你看这事怎办?”

我这才想起了自己的职责，终日沉耽于诗与酒，几乎将我的武功和气力耗得一干二净了。如果关羽没有丞相的关文，按规矩是不能让他过关的。可是我用什么来阻拦关羽呢？我赶忙召集着众将商议。牙将孙越说，关羽既然没有丞相签发的关牒，属于私自出行，若我们不阻挡他，上面若怪罪下来，我们也担当不起。我沉吟了一会，说：“关云长勇猛难挡，大家想必也是知道的了，连河北名将颜良、文丑也不是他对手。如果硬要阻拦他，多半难成功……”我把话说到这里，就等人来接，以我的意思，干脆睁一眼闭一眼放关羽过关罢了。没想到下面一片沉默，谁也不敢提议放关羽出关。我只好收住口，没往下说了。

孟坦站出来说：“我有一个计策：不如先用鹿角拦定关口，待关羽到时，小将上前索要他的关文，若他拿不出来，我即和他交锋，佯败诱他来追。将军可站在吊桥上，用箭射他。若能射中更好，若不中，将军可以退回城内，让人拉起吊桥，将关羽阻挡在城外。以韩将军百步穿杨之箭法，必定是精准无误。只要关羽中箭，我们就可以一拥而上，一举擒住关羽。到时候送到许都，曹丞阳也不会说我们为事懈怠了。”我想了想，孟坦的计谋的确不错，关键是我比较安全，射得中很好，射不中的话，我没有什么危险。说实话，我现在对自己的射术一点信心都没有。不管怎么样，我都必须阻止关羽过关，否则的话，曹操怪罪下来，那是谁也担当不起的。

中午时分，探马来报，关公及一行车队已到城下要求进关。不得已，我开始全身武装准备应战了。因为多年没有穿过重甲，我的动作看起来有些笨拙——得先套上头盔与胸甲，将腰部以下和胯部空出来，腿部先穿上裤子和袜子；最后骑上马后，才能套上腹甲、护腿和护膝。我在做这些时，铁器的碰撞和摩擦声仿佛昆虫的鞘翅扇动，听得我全身布满鸡皮疙瘩。一切装扮好之后，我让随从拿来一面铜镜，我从镜子中看到自己，无论是晃动头盔的模样，还有伸曲手臂时臂甲与掌甲的联动，就像蟋蟀或者蚂蚁似的。真是个丑陋的怪物！我已不习惯目睹这样的尊容了，更习惯自己一派天然的样子。我带着五百人马出了关，马跑动之时，我身上的盔甲哐当作响，肩膀和后背因负重酸痛不已。出得关后，我看见关公横刀跃马立在那里，在他身后不远，散布着好几部马车，大约是甘、糜二夫人和貂蝉吧？待关云长走得近了，我大声说道："来者是关云长吗？"关羽在马上欠身说："本人即是汉寿亭侯关某，现要去河北，请将军放行。"我问："有曹丞相签署的关牒吗？"关公沉吟了一会，慢腾腾地说："因为走得匆忙，也忘了向丞相要通行证，不过确实是曹丞相同意的。"我一扯马缰，掉转马头冷冷地回答："我奉丞相之命，镇守此地，不认人，只认文，既然将军没有通行证，那么就请回吧，待到许都讨得关牒之后，再来也不迟。"

说完话我正准备离开，关公在后面冷笑一声，说："韩将军且慢！若韩将军一意孤行，不放关某过关的话，那么，关某同意，关某的大刀不会同意！来洛阳之前，东岭关的孔秀，因为强行阻拦我过关，已被我的刀劈死。老将军如此不讲情面，是想跟孔秀一样下场吗？”我听后非常生气，这个关羽也太倨傲了，即使你武功天下第一，我等守关的将领也有自己的职责，岂能是说放人就放人的。按照事先的安排，我故意大叫一声：“谁替我把关羽给擒下？”孟坦应声从队伍中冲出，挥舞着双刀直取关公。我勒住马站在吊桥口，静观孟坦迎战。关羽看见孟坦飞身出列，也拍马来迎。他们的兵器一相碰，我便觉得胜负立判——关羽那把大刀就像一架巨大的风车一样，将孟坦的双刀弹射在一边，孟坦人与马都失去了重心，随时都可能跌出几丈远。我心一紧，冲着那边大叫一声：“孟坦你不要打了，赶快跑吧！”孟坦听到了我的叫声，立即抽出刀来，打马向城门方面狂奔过来。我看见关羽一拉缰绳，那匹如猛兽一般的高头大马箭一般地追赶过来。我连忙张弓搭箭，对准关羽，只要我握住箭羽的三根手指一松，他就会立即中箭落马。可没有想到的是，正当我拉满弓弦准备放箭的时候，一声巨响，我左手的虎口差点裂开——最令人失望的事发生了，那把一人多高的弓背断裂了，箭矢在失去了后力之后，像一根稻草般有气无力地飞行了三五米，然后在空中滑落在地。可怜的孟坦看到我射出的箭后，绝望的眼神中尽是哀怨和愤懑。在他身后，那一匹马如熊熊火焰一般燃烧过来，巨大的风车立即将孟坦卷入了其中，一团热血喷薄而出。接着，关羽像闪电一般又冲到我面前。手忙脚乱中，我连忙抢过一个军士的弓箭，张弓搭箭对准关羽射出一箭。这一把弓箭的劲道太小了，虽然箭正中关羽手臂，不过关羽只是微微颤动一下。他勒住马，看了看自己的手臂，冷笑一声，一扬手，把那支插入手臂的箭矢生生地拔了出来。随后，他一拉马辔，像沙漠里的龙卷风带着巨大的尘埃疾速而来。我又惊又乱，还没来得及再拉弓弦，就感到一阵冰凉的狂风刮到面前，眼前的世界顿时换了一番模样。

我想说话，不过声音却卡在喉咙里绵软无力；我想努力吸进空气，结果却咳出细得吓人的嘶嘶声。我不知道是怎么回事，这是从未有过的现象，仿佛天崩地裂——当关羽呼啸的大刀掠过后，我感到时光倒流，连孩提时私塾会馆的情景也清晰地呈现在眼前：烈日灼人的夏天，知了在树上疯狂地叫唤着，我们悄悄放下《孟子》，扒在师爷的窗棂上向里窥视，只见平时严肃而刻板的师爷正在一个女人的身体之上剧烈地喘息着，像猫捕获了老鼠一样低低咆哮着，而那个女人呢，同样剧烈喘息，像一条蛇一样死死地缠住师爷。两个人一丝不挂，眼神失去光泽，都有一种中了蛊似的迷乱……这样的情景，怎么会在此时再现呢？

我应该是死了。陡然间，就像之前人们说的那样，眼前所有一切不再色彩斑斓，万物变得非白即黑。痛苦的眼泪从我眼中滑落，最后一口呼吸变得袅娜依稀，就像冬天的雾霭一样艰难散去。我觉得我对不起孟坦，对不起他的崇拜和信任，其实这个世界哪有老人呢？都是不谙世事的孩子罢了。我就是一个长不大的孩子，连生活的世界都没有明白的孩子。我一点也不知道自己老了，刚觉得四肢长成了就老了。恍惚之中，我仍忘不了一个哲学问题——记得前些年几个老友在一起谈论心性，一个老友提出问题：当你看见太阳或者月亮上升的时候，是太阳或者月亮上升了，还是你下降了？我当时的回答是：二者都不是，当看见一个东西的时候，我们就在自己的心中形成它的影像；当我们谈论或者想起它时，我们会不自觉地将贮存的记忆影像调动出来。听到这话，那个人从他的座位上站起来说：这就对了，换言之，你已经创造了一个新太阳，一个新月亮，用同样的方法，你还可以创造更多的东西。现在我突然懂了，当我说到死亡的时候，我根本调动不出来影像来进行想象和表达，因为我从未有过如此经历。同样，现在我已死了，我也无法告诉你，死亡确切是什么样子，因为我无法让你明白我所看到及听到的，我又找不到一种比喻让你明白它。我只能告诉你一种感觉，让你自己去想象。我看着孟坦，他也倒在地上，像雨淋过的土块一样松软无力，我想跟他说的是，到了最后，所有的人都会是失败者，在这个世界上，失败是每一个人的终究命运。包括现在威风凛凛站在那里的关云长，包括不可一世的曹孟德。

“梦幻空华，五十九年；天晴月圆，白鸟高飞。”我怎么突然想起了这一句诗，我想不起这首诗是谁写的了。我蜜蜂般纤小的灵魂，我躯体中的客人，终于弃我而去，它像羽毛一样飞翔起来，升腾到高空，然后不知所踪。

孟　坦

我承认尽管我装扮得无比谦虚和专注，可还是经常听不懂韩将军的话。他的话玄之又玄，就像一个七十岁以上老者说的话，这可能跟他

的身世、年龄、经历和性格有关。不过我还是从韩将军智慧温暖的眼神中，看出他的真诚和实在。并且，对于那些说出来的话，我感觉只要稍稍能听懂，就会有石破天惊之感。比如那一段有关匈奴历史的谈话，跟我平时接受到的，以及朝廷的说法大不一样。我现在才意识到，其实有关大汉历史，各色人种的血缘问题，要比想象的复杂得多。有些事情如果了解不深入，倒是有着原则和纲要；只要稍一深入，反而会失去原来的清晰，变得模糊起来。就像有些绘画，你第一眼看过去，会认为它稀松平常，可当你细细追究它的笔法，认真察看色块和布局后，你会觉得它不同凡响。好的画不仅仅美丽绝伦，还应是一张迷宫图，可以提供各种各样的阐述。我知道韩福将军一生都在为朝廷开疆扩土，作为一个保家护国的军人，朝廷给予他的太少了。当他戍边数十年回到中原时，一切天翻地覆，刘家宫殿摇摇欲坠。因为韩福不属于任何势力，既不属于先前的董卓，也不属于后来的袁绍与曹操，因此只能依靠曾经的军功，好不容易谋到这个无足轻重的职位。作为一个年轻的后生，我需要学习的东西还太多，无论怎么说，能倾听到一个年长一二十岁的肺腑之言是幸运的，那不仅能让你吸收很多营养，还会让你避免人生旅途中的坑坑洼洼。

当我第一次看到韩福将军的箭法时，我几乎是惊呆了：他能箭无虚发将数百米外的葫芦一一射落在地上，至于头顶上的大雁，韩将军也是箭无虚发。这样的箭法，应该不输于前朝著名的戍边将领李广吧？韩将军长相也让我感到惊异：虽然高大魁梧，脸形却憔悴坚毅似枯骨，至于肤色，苍白得如剥了皮的树根一样。这是天生的异人异相异秉。我曾经装着虔诚无比地问韩福将军:“一个人怎么可以将箭术练得如此神出鬼没呢?”韩福将军的回答是:这是从军的要求,和匈奴作战最重要的就是箭法,要求在马上善射,因为在草原上打仗,双方一开始都是拉开阵式射箭,等箭射完了,才提刀趋马冲上前去。至于箭法的练成,这其实是一件很简单的事情。如果你想学,你就去练,不断地练,就能慢慢地进步。我问:“练箭法有窍门吗?”韩福将军语重心长地答道:哪有什么窍门啊,一切都是水到渠成,只要工夫深,铁杵磨成针;当然,悟性很重要,你要学会观察,学会琢磨,自然界的一切,都是我们的老师——比如冬天的时候,竹林的叶子上布满积雪,可那叶子并没有动,等到天晴了,阳光出来了,积雪自然会落下来。你将弓拉满,就像叶子等待自动弹射:最初的时候,它是一动不动的,静静地等待,等待着最合适的状态,它就弹射出去了。射箭也一样,如果你的弓拉满到最圆满的状态,你就放下心来,箭一定会自动弹出。箭在射手完全不动心思的情况下,是最为准确的,你只要等待最好的时机,一切做到自然而然就可以了。

我承认韩将军的说法很有道理,他的话充满玄机,就像他射出的箭一样,看似缥缥缈缈,却都能一击中的。韩将军射箭是一种“大拉锯”的射法,他的弓据说有一石五斗,比一般的弓大而长,弦长,箭也长,每一次开弓,都要用力开到最满,然后,将拉弓弦的手轻轻贴在面部,三根手指一松,箭就射出去了。韩将军向我解释说,当箭随弓拉到这样一个位置时,会感到身体的所有部位都打开了,一切都是水到渠成船到桥头，我所要做的，就是轻轻放开指头，至于中不中目标，已不是我考虑的了。

我问韩福将军："韩将军，虽然我的武器是长枪，不过我对刀法同样感兴趣。关于使刀，你有什么心得吗？"

韩福看了我一眼，目光中透露着兴奋，我知道他喜欢这样的话题。一个人，如果拎不动大刀的时候，可能是最爱谈论大刀的时候。韩福告诉我："刀是最简单的武器，它的要义，就在于密集，如果你的刀法，像铺天盖地的暴雨一样，那么，是没有人可以抵挡的。有一种刀法叫'梅雪逢夏'，这是什么意思呢，就是在霎息之间上三刀、下三刀、左三刀、右三刀，连砍一十二刀。你只管砍就是，根本不用管对方如何出招。这样的刀法就像暴风骤雨，在暴雨中，即使一个人有着遮雨工具，也很少不被淋湿的。我的意思是，只要你将这十二刀使出来，很少有人能抵挡得住，再有本事也不行。"

他继续说："虚虚实实，实实虚虚，刀法的奥义同样也是这样。像'怀中抱月'本是虚招，下一招是'闭门铁扇'，才是实招。这两招是一虚一实，但在使用'怀中抱月'时，也可将'怀中抱月'变为实招。这套刀法的诀窍是与其以主欺客，不如以客犯主。嫩胜于老，迟胜于急。缠、滑、绞、擦、抽、截，强于展、抹、钩、剁、砍、劈。以主欺客，以客犯主，均是使刀之势，以刀尖开砸敌器为'嫩'，以近柄处刀刃开砸敌器为'老'，磕托稍慢为'迟'，以刀先迎为'急'，至于缠、滑、绞、擦等等，也都是使刀的诸般法门。"

我又有点听不懂韩将军的话了。韩将军可能意识到了，笑着看了我一眼，转开话题说："我说得太多了，你慢慢消化就是。"然后迟重地走过来，拍了拍我的肩膀。我注意到他的双手，指关节布满老茧，呈铁锈色，像裹着一层厚厚的牛皮似的。韩将军告诉我：悟道和琢磨当然是重要的，不过苦练最为重要，以前在大漠边关时，每天光练箭就得花三四个时辰，要射出七八百支箭，而且都是三尺以上的重箭。不管风吹雨打，烈日暴晒，都要像桩子一样站在那里，心若止水般一支一支打箭。打得久了，就熟能生巧了。

有一次，曹丞相部下的大将曹洪路过洛阳关。我知道曹洪是曹丞相的族弟，也是他的心腹爱将。我劝韩太守找机会在曹洪面前展示了一下自己精湛的刀法和箭法，也向曹洪陈述自己曾经的战功和韬略。当我吞吞吐吐地把想法说给韩太守听时，韩太守摆了摆手，说自己这么大年纪了，一切唯求心安，实在是没有必要去证明自己了。我不服这口气，只好私下向曹洪推荐韩福。当我来到下榻的驿站，面对曹洪准备聊及韩太守的"华山大刀法"以及百步穿杨的箭法时，粗放鲁莽的曹洪显得心不在焉，他一边打着哈欠敷衍了事，一边把话题转到洛阳美女上，色眯眯地盯着我问："据说洛阳女子就像洛阳的牡丹一样漂亮，是这么回事吗?"没奈何之下，我只得中断有关韩太守的话题，领着曹洪去了城中心的"牡丹坊"，让他们快乐地玩了一通宵。一直到第二天离开洛阳的时候，曹洪还意犹未尽，不停地唠叨洛阳女子肤色如白牡丹，热烈如红牡丹，邪恶似黑牡丹。在我看来，如此不知自我节制的朝中大将，比起韩太守来说，不知要差多少倍，更让我觉得一身绝技的韩太守生不逢时了。

当关羽来洛阳关，韩将军似乎很迫切地想跟关羽交手时，我虽然替韩将军担心，不过觉得这是件好事。我想这位曾经的征西将军是想以这样的方式，来抗争和抵御无情的岁月。既然韩福决定跟关羽比试一下，那么，我就有好戏看了。

当韩福踅身而退的时候，我挺枪跃马冲向关羽，用力向他刺去。关羽用大刀轻轻一挡，我顿时觉得虎口撕裂，那哪是一把刀啊，分明是一个重达千钧的城门大闸！连我胯下的马，也不由自主地趔趄了一下，差一点就马失前蹄了。我抽出长枪，拼着命再次向关羽的面部刺去，关羽一牵坐骑，轻巧巧地避开了，然后，大刀横着向我腰部劈过来。我慌忙将长枪竖起，想抵挡住他的大刀。结果“咣”的一声，我的胳膊震得发麻，全身骨头都像散了架似的，我的马也发出一声痛苦的嘶鸣。我这下明白了，强中自有强中手，我哪里是关羽的对手啊！我一扯缰绳，掉转马头便往回跑，一边跑一边冲着立在城门口的韩福将军大叫。韩福将军大约是听到我的叫喊了，我看他张弓搭箭，向我这边瞄准。很快，一支长箭向我这边慢慢飞过来，这哪是射出的箭啊，轻飘飘地，像掷出的一根枯枝一样松软无力，刚从左边滑过我的身体，就无力地一头栽在地上。我惊呆了，这就是传说中的“小李广”韩福射出的箭吗？那个当年百步穿杨的“飞将军”就是如此水准？我没有想到韩福的武艺竟堕落到如此程度，或者说他一见到关羽之后，就武艺全失？我突然想起一个年老的士兵曾经跟我说过的：高手只有一个，当高手见到高手，肯定有一个人会原形毕露。看样子，今天原形毕露的，就是平日里莫测高深的韩将军了。我苦笑一声，一个人真的不可以盲目崇拜或藐视某一个人，盲目地崇拜和盲目地藐视，肯定会给自己造成无法弥补的伤痛。

我正这样想着，突然感到身体一股疼痛，感到自己被撕扯成两半。我的左半边摇摇晃晃地跌倒在地，我的右半边却端坐在马上，笔直兀立像一具僵尸一样。从我躺在地上的左眼看过去，端坐于马上的我只剩下一只眼睛，一只耳朵，半边脸，半个鼻子，半个下巴和半个前额；只有脖子是完整的，并且完整地系着斗篷，有风吹起来了，斗篷挂在半边身体上，就像船帆挂在光秃秃的旗杆上一样……直到关羽如一道闪电般从我身旁掠过，我看到韩福残缺而苍老的手臂和双腿在地上不自觉地抽搐时，我这才恍然大悟：眼前的韩福就是我的镜子，我从镜子中认清了自己——原来我就是这样死的呀：身体被一剖为二，连胯下的马都未能幸免。我现在知道死是怎么回事了。我极其后悔给韩将军出了如此主意，故作聪明一定会害死人啊！这是我们血的教训。

直至意识全无，我终于明白了一个道理：所谓的名垂青史，实际上根本不是自己的选择，而是上天的安排。有些人之所以无声无息地消失，并不是他们本身失败，而是上天没有给他们机会。荣誉之所以属于某一个人，不是因为他们应该得到，而是因为他们仍然活着；只有活着，他们才会有这样的机会……我这样说，你们明白了吗？如此的表达绕了几个弯，连我自己都有些糊涂了。我再好好想想该怎样说得更清楚，只可惜我已说不出话来了。这是一个简单的道理，你只要知道到人生和命运的不可捉摸就可以明白了。我还是不愿意承认失败，如果说必然是上天的话，那么，偶然就像魔鬼，它总是神经兮兮突如其来。比如说韩福，他的箭法一点也不弱于关羽，他的刀法也是如此。韩太守只是在错误的时间遇到了错误的人，因为这一点，韩将军甚至没有机会让关羽看到他曾经无敌的刀法和箭法。上天曾经赋予他的能力，在此之前就召回了。这时候的韩将军哪是当年的韩将军呢，他只是一个躯体，留存着某些记忆和荣光而已。

貂　蝉

进入洛阳的当天晚上，天下起了雨，我枯坐车窗边，凝视外面枯树上的飘零的叶子，心情糟糕透了。我不知道关羽为什么要如此匆忙地赶路，每天在颠簸的马车里不见天日，我的心绪烦躁复杂，念头层出叠起，有些甚至是秘不示人的。

到了市区之后，我特地掀起一角车帘，仔仔细细地观看窗外的景色。这是我曾经待过的城市，屡遭战火和兵燹后，显得空旷而凋敝，好像不时有烟雾藤蔓一般从破旧的宫殿残壁中渗出。无所不在的杨树已开始落叶，叶子飘过坍塌的城墙，撒满废弃的庭院，也落在皲裂的街道上。不过到了城中心后，大街小巷到处都是人头攒动，两旁鳞次栉比的是大宅、凉亭、谷库、客栈、摊位、酒馆和妓院，一点也看不出数年前那一场全城大火的影响。我不禁感叹生命之蓬勃，人们已习惯绝处逢生，在枯骨之上重建家园。我鄙夷地看着外面的古城，觉得它到处都是麻木、闭塞和罪过，若不是人来人往，所有的房子都是坟墓。穿过城区，我们在城北停了下来，准备找间客栈憩息。我走下马车，没有急着去房间，在院子里松动一下僵硬的身体，我看见那个年轻的马弁站在门口，肩膀上扛着那把青龙偃月刀，像扛着一面硕大的旗帜一样。关羽又不在，他为什么每时每刻扛着那一把大刀呢？我狐疑地看着他，就像看着一个魔术。我不得不承认，这个马弁很特别，不仅仅是他的长相，还有那诡异的气质，跟一般的下人完全不一样。在路途上，他总是不断地往前跑一小段，停下来等待队伍跟上；一会儿又转到后面去，查看是否有人落下。他一直忙前忙后，惦记着行军的秩序、路程、天黑前应该到达的地点。有时候凝神不语，举头看着太阳，仿佛根据日头离地平线的高度来判断时辰。这个人让我一无所知，也让我惶恐不安。我知道他曾是个太监，太监的世界跟一般人不一样，因为眼中无所谓男人和女人，阴与阳的平衡肯定会随之改变。一个世界如果没有白天也没有夜晚，那会是怎样的一个世界呢？

我对他笑了笑，示意他走过来。他看到了，走过来轻轻地对我说："夫人，有什么吩咐吗？"

我说："没事，我想到附近走走，能陪我吗？"

他迟疑了一会，说："以安全起见，最好不要出去，省得被人认出，惹出麻烦。尤其是夫人……"

"为什么？"

他笑了笑，说："以夫人的天姿国色，只要一出去，立即会被别人围观，到时，怕夫人都回不来了。"

我开心地笑了，已有很久，我没有听说类似的话语了。虽然明知有恭维的成分，我还是喜欢听这样的话，尤其是枯燥地坐了很久马车之后。

我只好说：“那……我们就在附近转转，可以吗？”

他笑着说：“如果就在门口走走的话，当然可以。”

他还是扛着大刀，跟随我来到了门口。门口有一株大柳树，大柳树的边上，是一大片池塘，茂盛地长着大片荷叶和荷花，绿的绿，白的白，红的红，清风从柳条和荷叶上袅娜地吹过，隐约地到处都是荷花香，让人心情一下子变得放松起来。

我问：“我们还要走多远呢？”

“我也不知道。”

“是去北方吗？找刘皇叔？”

“是的。”

“然后呢？”

“我哪知道呢？”他苦笑了一下。

我也笑了，我知道自己很想了解一些事情，这愿望都有些急切了。停顿了一会，我又问：

“我一直有些想不明白，为什么那些男人们，一天到晚打打杀杀，今天是你打他，明天是他打你，后来又是他打他，他们究竟是为什么呢？不嫌厌烦吗？”

他笑了笑，说：“男人嘛——可能是为了土地、城池、财富吧……”

“可一直没有赢家的，董卓那么强大，不也死了？吕布武艺那么高强，不也死了？现在曹操强大，可谁知道以后的结局呢？”我的眼泪差一点流出来了，我想说的是，那些男人们只知道打仗，可知道女人们跟着遭罪吗？其实何止女人呢，每一次战争，让多少人妻离子散，又让多少人流离失所呢！

我没有追问下去了。在我说话时，身边女贞树上的小果子不断地落下来，碰到我的肌肤，像冰凉的水滴。女人的肌肤如内心一样敏感，一般是心里有了情，身体才会有情，不过也有例外，有时候是身体有了情，心里才变得放不下。我情不自禁地想起了小时候，家的附近有大片的黄花菜地，有一天，我坐在黄花菜丛中，突然发现每一朵黄花菜都长得不一样，跟人类一样具有个性的脸。并且，我听见那些花争先恐后向我倾诉，声音越来越大，像冻雨打在屋瓦之上。我一直以为只有人类才会说话，不过我却听到了这些黄花菜的声音。我打心底感到非常吃惊，一阵恐怖袭来，我战栗不已，不知所措。这时候马弁打断了我，像是鼓足了勇气似地问我："能告诉我你的生辰八字吗？"

"哦——我也不知道。我很小就离开了父母，他们也没告诉我。"

"哦。"

"怎么？"

"没什么。"

我突然想起了甘夫人那个小布人，他问我的生辰八字，该不会跟那一件事有关吧？我知道那些谶纬之学，神秘而阴毒，虽然我一点也不相信那些，不过我还是对此感到忌惮。甘夫人那个小布人被我捡到，有可能她还会再做一个，只要我对她有威胁，她就会不放弃她的坏念头。不过我的确不知道自己的生辰八字，我的身世就像一片羽毛，自己都不知从哪飘来，又向哪飘去？我看着马弁，心里咯噔一下，如果一个人，眼中闪烁着聪慧，脸上又笼罩着一抹灵魂的阴影，那么这个人很可能是一个危险的人。可又不知道为什么，在他的身上，有一种若隐若现的东西让人感到既亲又疏。

我不想再提这个话题了，于是问那个健壮、白皙、深沉，却显得有些捉摸不透的马弁，“你不是中原人吧？可以跟我讲一个你们家乡的事吗？”

马弁莫测高深地一笑：“说什么呢？我是在长安城长大的。关于家乡，我也不知道在哪里。我小时候由师傅安伽带大。打很小起，我师傅就跟我讲过他们那里的很多故事，他说他们那里的狼很多，尤其是晚上，人们在走夜路的时候，后面总跟着许多盏绿莹莹的灯，都是狼的眼睛。有一次，师傅安伽走夜路，走着走着，想小解了，于是就站在路边小解。忽然，感觉到有两只手搭在他肩膀上，他正准备回头，看谁跟他打招呼。猛然又一想，不好，有可能是狼！眼睛斜着一瞟，果然，左右肩膀上搭着两只毛茸茸的爪子。那头狼正直着身子爬在他肩上，等他回头，立即咬断他的喉管。师傅说他的寒毛都竖了起来。只好镇定地把裤带系好，然后猛地用双手分别抓住两只狼爪，一弓身用力，将狼硬是从后面提起来，重重地摔在地上。我师父真是神力，那狼经他那么一摔，骨头粉碎，一命呜呼。我师傅惊魂未定，心想真是万幸，要是自己一回头，死去的就不是狼，而是自己了……”

“你师傅真厉害！”我说。

“那当然，我师傅武功超强，智慧过人，只是死得太早了。”马弁非常忧伤。

“哦，他死了吗？”

“牵扯进了王子服一案，被曹操杀了。”

“王子服案？”

“就是御医吉平给曹操下毒案。”

“哦。”

我当然知道这事，可并没太多关注。我知道有一段时间曹操整天铁青着脸，说有人要杀他。连来我这里时，都显得小心翼翼。可我一直不完全了解这事，也懒得去打听。沉默了一会，我想转移话题，想了一想，决定大胆地问马弁一个问题：“你能告诉我，你为什么会被净身吗？”

马弁怔了一下，似乎没有想到我会如此尖锐地问他这样一个问题，他苦涩地笑了笑，然后幽幽地说：

“其实也没有什么。那是很多年前的事情了，当时我才十四五岁吧，有一天雨过天晴，从一个无聊的睡眠中醒过来之后，我走出了屋外。我看到不远处的老槐树下，有两个少年举着长长的竹竿围着几棵老槐树转悠，也许他们同样感到无聊吧，竟然恶作剧地用竹竿去捅树上的鸟巢。那只用树枝和草搭就起来的鸟巢终于在他们的恶作剧中跌落了下来，除了几只鸟蛋摔成稀巴烂之外，里面还有两只没有长出羽毛的小鸟无助地叫着。我实在看不下去了，冲着他们大喊。那两个少年害怕了，怔了一下，立即掉转身体一溜烟地跑了。”

我继续聆听着。

马弁继续说道：

“于是我漫无目的地在田野上随意走着，突然，我看到了一个二十多岁的女人睡在一个干草垛边上，她睡得那样香，嘴角甚至流出了涎水，熟睡的模样活脱脱就像是一头健壮的母牛。我看着这个熟睡的女人，突然感到全身燥热，全身像充满了气流一下变得肿胀难忍。我情不自禁地走上前去，细细地打量着她：她谈不上漂亮，身材短短的，很健壮，也谈不上姿色；不过她修长的眉毛边上长有一粒醒目的红痣，在阳光的照射之下泛着红晕，就像春天树上挂着的樱桃果子似的。我像中了魔似地走上前去，俯下身来，不由自主地凑近那颗红痣，想亲一亲它。那个村妇一下子醒了，她睁开眼睛看着我。我看到了两颗明亮的眸子，笑眯眯地看着我。此时此景，还有什么东西可以控制住我呢，我扑上前去，像一头笨拙的狼扑向一头绵羊。那个女子没有反抗，发出一声快乐的呻吟声。我想在那一刹那，她也被自己的身体战胜了。我无师自通地草草做完了一切，直到我从她的身上下来时，她都一直没有反抗。我终于明白男人是怎么回事，女人又是怎么一回事——男人，或者女人，有一种力量操纵着他们，就像线牵曳的玩偶。当这种力量在你体内爆发时，人是很难抵御的。那种魔鬼附身般的肆意、狂喜、恐惧以及欲罢不能，非得是身陷其中的人才能感受到的。”

我听得毛骨悚然。不过我愿意继续倾听，我静静地看着马弁，听他的言语像烟雾一样缥缥缈缈。

“那件事情发生之后，我害怕极了，整天忐忑不安。在很长时间里，我无地自容。我沮丧于我所做的一切，沮丧于自己的人格，沮丧于上天的智慧和意志，沮丧于自己身体的无可救药。曾经在长时间里，我一直为我的莽撞和丑陋感到羞愧。不过我又欲罢不能，我发现在性事的边缘上存在着一种快乐，一种极致的快乐，一种无法抵抗的快乐。在那一刹那间，就像到达天堂一样。请允许我用这样的词句来亵渎上天，我实在找不到一个适合的方式来表达。”

“有一段时间，安伽看我的目光也变得有些异样，我更紧张了，我想是我荒诞的行为，被他发现了什么。不过他并没有多说什么，只是反复地告诫我：女人是九分脏乱，一分奇谲，如果人生要快乐和安全的话，一定要远离女人。他的言语对于我没起到什么作用，反而让我对女人更加好奇。我的好奇心让我的脑袋隐隐作痛，同时也使我的身体变得肿胀难耐。在很多时候，我就像是夏天里一条燥热的狗一样坐立不安。有一次，我甚至将布条塞进了我的衣服，想知道拥有乳房是什么样一种感觉。我甚至不知道自己应该是男人还是女人，我只是想知道男人和女人真正融为一体的滋味。我也尽量控制自己不去那个地方。不过我的脚似乎一直不受我的控制，有好几次等我恍过神来的时候，我发现我已置身于那个麦秸垛附近了。有一次，我看到那个女子仍旧怔怔地站在麦秸垛边上，似乎等待着什么。她是在等待我再次来到吗？我连忙躲在了一棵大树后面，悄悄地偷窥着她：我这下看清楚了，她其实相貌相当平常，粗壮、有力、丰乳肥臀，她的穿衣毫不讲究，破旧不堪，上面沾满了不洁的尘土。她应该是一个农妇吧？附近村落的农妇。我突然明白性之于女人也是无可抗拒的，只是她们不像男人那样表露于外部罢了。不过眼前的这个女子使我感到乏味，我怎么也想不透为什么我会在这样的一个女人的身上挥霍着我的精力。我感到无力，感到自己的信心顿失，以至于长久地陷入了一种淡淡的悲哀之中。”

我继续沉默着倾听。

“我真正发现我的无可救药是我再一次在情欲面前败下阵来。那是一个幽秘的黄昏了。我再一次鬼使神差地来到了那个女子面前。我看到了那个女子嘴角绽放了一丝难以觉察的微笑。我再次冲上前去，准备拥抱她，我还没有碰到她，她就迫不及待地倒在麦秸秆里了。我又一次进入了她的身体。她表现得急不可待，故作夸张地呻吟着。这一次我没有显露出过多慌乱，我有意识地体悟着自己的感受，我发现我的人格分裂为两个部分：一个狂乱的肉体以及一个冷静的灵魂。我目睹着我的身体在动作着，由慢到快，由慌乱到乱热，最后一阵抽搐和战栗，我看到我的身体重新恢复了平静。我看得惊心动魄，然后慌乱地躲进了我的身体。”

我听得心惊胆战。

“在一切都风平浪静之时，我们都起身收拾着自己的装束，我感到羞愧极了，我再一次败给了我的身体，彻底地失败了。但那个女子却一点也没有羞愧的成分，我听见她粗哑的嗓子如发情的公鸭一样说道，她喜欢我，喜欢我健壮而充满活力的身体，喜欢我的笨拙和羞赧。说着她用她那结满老茧的手掌抚摸着我的脸庞。我本能地躲开了。我看着她那粗壮的，几乎可能称得上是丑陋的身体，听见她窸窸窣窣穿衣服的声音。我感到无地自容。最后我拔腿逃遁了。”

“后来呢？”我问。

马弁看着我，继续说：

“在那一段时间里，我就这样沉湎于性事难以自拔。我感觉到了自己的无可救药，书读不进去，武功也不练了，一直到这事被官府发现。官府将我关入大狱，给我师傅安伽的选择是：要么处死，要么被净身送入宫中。安伽选择了第二种。他沉静地告诉我，应该把这样的经历看作尤其难得，看作是上天对于自己的磨砺。当他告知我他的选择时，我号啕大哭。在送往蚕房净身的那一天，我大声哭喊着，拼命挣扎。我恨死了安伽，也恨死了官府，我痛恨他们夺走了我的快乐，也毁掉了我的人生。"

我的眼泪已经夺目而出了。

马弁看了看我，继续说：

"虽然在最初的时候里，我感到耻辱，感到失去自尊，都不想活下去了。不过在平静之后，我只好无可奈何地接受了现实，我已经学会以另外的方式来对待此事——那种忧伤与痛惜的心情，引领我进入了一种敏感而纤细的心灵世界；那些本来云雾般笼罩于我头顶的情绪，慢慢蒸发得无影无踪。我意识到这一辈子只能远离激情，远离肉身的快乐，只能安静而理智地享受智慧之乐。现在，我可以心平气和地说起我的净身，就像发生在别人身上一样。我已习惯于从热爱上天创造的具体世界，过渡到热爱上天本身，以及上天眼中一切。我将全心全意地侍奉上天！"

我不说话了。

很长时间里，我们就这样默不作声地面面相对。想着彼此的心思，想着人类各种各样的遭遇，以及作为个体人的无可奈何，我们都有种悲凉酸楚的心通。后来，马弁长吁一口气，起身道："我该走了，"一边从口袋里摸出一个锦囊，从里面掏出一个晶莹发亮的琉璃球，递给我看，问："你知道这是什么吗?”

我一愣，那是一个晶亮的球体，里面有一个黑如瞳仁的图案，整体看起来像极了人的眼睛。我诧异地问:“这是什么?”

马弁说:“这就是蜻蜓眼，听说过吗?”

我听说过蜻蜓眼，据说从西域波斯和大食那边过来的很多商人，都会在身上藏有这个宝物，好象能祛灾避邪。马弁说:“这个蜻蜓眼，是安伽长老送给我的，把它带在身上，可以让人幸运。”

我点点头。

“喜欢吗?”

“喜欢。”

“送给你吧——”马弁把手上的那个闪烁着神秘光芒的圆珠子递给我。我一下子愣住了。我没有接他的东西。

马弁说:“拿着吧，这东西是吉祥的象征，它可以一直看着你，说不定它会保佑你呢!”

我忐忑不安地接过来。我看着眼前这个人，聪明得像一个魔鬼。这样的高人，昼行夜伏于乱世之中，压抑自己的身体和灵魂，应有很多难言之隐吧？我想起了一个故事，说是有一个高人，前知未来，后知历史，中通人情世故，可以预言很多事情。连皇帝都经常向他请教，咨询对一些事情的看法。有一次，皇帝问他:你这么善于预言别人的事，对于自己的前途和命运，是不是也很了解呢？他的回答是:当然啦！我不知自己，还能知道别人？皇帝就问:那你算一算，你哪一天会死去？高人掐指一算，然后说:我会死在两年后夏至这一天，到时候请求陛下派人来给我厚葬。两年很快过去了，到了夏至这一天，早晨一起来，高人就进香沐浴，跏趺打坐静候死亡的到来。到了傍晚，还是发现自己的身体和神志一点都没问题。这一下怎么办呢？再过一会，皇帝派来的收尸队伍就要到了。自己生死是小事，失信倒是大事。要是因此失信于皇帝，毕生积累的名誉和所为都前功尽弃。想到这，高人一冲动之下，拿起一条丝巾，就在院子里的大树下自缢而亡了。

每次想到这样的故事，我总是心有戚戚——为什么人喜欢卖弄聪明呢？真实的，甚至笨笨地活着不是很好吗？我见多了太多的聪明，也害怕聪明人。想着一个人比我了解那么多我不了解的事情，他知道我，我不知道他，我就有点害怕。

糜夫人

女人的敌人一定是女人。我不知道这句话是谁说的，可我知道这句话说的一定是事实。现在，我终于意识到我的敌人是谁了。

虽然一路同行，不过路程之中，我跟甘夫人一直没跟貂蝉说话。也只是在快到洛阳城外的李镇憩息时，我们之间才有几句对话，并且话不投机半句多。那一天我们去了一家小小的饭店，那个小饭店里只有一张桌子，这使得我们不得不跟貂蝉坐在一起。我起先没有说话，貂蝉也没有说话，我们都感到别扭无比。寂静总给人以压迫，让人心慌意乱无所适从，甘夫人大约是有点忍耐不住了，她看着貂蝉挤出一丝笑容赞美貂蝉道：“妹妹你的脸色真好，白里透红，一点也不像我们，蜡黄蜡黄的。”

我有点生气，贱人如此谦逊，把自己说成黄脸婆也行，干吗把我也连带进去呢？貂蝉听到甘夫人跟她说话，有点受宠若惊，忙欠身回答说：“姐姐你这说的，其实姐姐的面色真的很好，水红水红的，我这脸色，哪能谈得上白里透红啊，我这是搽的胭脂。我的皮肤哪有那么白里透红啊，我只是有比较好的胭脂罢了。”

“你那是什么胭脂？”甘夫人憋不住了，问道。

“我们老家的胭脂啊！就是米脂，那里的胭脂很有名啊，跟中原的胭脂不一样，不是用炼丹物掺杂牛髓牛脂制成，而是用红蓝花熬出来的，有很好的水色。往脸上一抹，还真是跟一般的胭脂不一样。”

“是吗？”

“在我们老家那，到处都有红蓝花，花朵有两种颜色，一半红，一半蓝。红蓝花开过之后，被整朵摘下，放在石钵中反复杵槌，再淘去蓝汁，滤干，就成红胭脂了，这种由红蓝花制成的胭脂，涂的时候先以胭脂调于掌中，施以两颊，浓者为酒晕妆，浅者为桃花妆。效果当然好啦！”

“难怪——”甘夫人幽幽地说，言词意味深长。我听出了她言语中的一股恨意和嫉妒。

“只可惜我走得匆忙，胭脂带得不多，下次，我有机会送姐姐一盒。”貂蝉笑着说。甘夫人连忙说：“不用不用。”真是假来假往，一个假装要送，一个假装客气。我这样想着，关羽和马弁走了进来。我们的话题戛然而止，一个个沉默着吃着饭，谁也没再说一句话。

事后，我愤愤地告诉甘夫人，貂蝉那个小妖精多虚伪啊，明明是个黄脸婆，却弄虚作假，弄点上好的胭脂涂抹来骗男人的喜欢；明明不愿意将自己的胭脂送人，却假模假样地说没有了。这样的女人，哪会是什么好东西呢！甘夫人面露不快，却什么也没说，恨恨地沉默着。我知道她的心思，她是比我更恨貂蝉，只不过她以为自己是正室，要装一装自己的言行而已。

关羽杀了韩福和孟坦之后，我们进入了洛阳城。关羽以汉寿亭侯的身份紧急安排了韩福的副将代理维持秩序，也封杀了韩、孟死去的消息。当天晚上，洛阳的大街小巷的百姓们如往日一样太平，有人甚至在街上敲起了锣鼓。到了驿站休息一段时间之后，我跟甘夫人商量了一下，决定晚上去洛阳的街上看看。在我这个年纪，自然是对于什么都感兴趣，对于千年古都洛阳，我一直心存向往，我对这里的一切都感到好奇，我感兴趣的是洛阳到底有什么好玩的和好吃的，尤其是女人，这儿的女人漂亮吗？在我的感觉里，自从我嫁给了刘皇叔之后，生活好像离我已经很久了。我的生活除了提心吊胆颠沛流离之外，就没剩下什么了。男人们的世界像眼前高耸的城墙一样，挡住了清风明月，也挡住了生活的色彩，让我们的底色变成了黑白色。现在，为了去除旅途的乏味，我劝说甘夫人跟我一道换上普通衣着，像一对最要好不过的姐妹一样漫步在洛阳的街道上。虽然这一座古城像被砂轮一样磨砺掉了繁华的光泽，不过相比下邳，洛阳城的街道要宽敞得多，宽敞的石板路在夏日的夕照下泛着洁净的光泽。街道上人群拥挤，至于漂亮女人，也比下邳要多得多。

出了朱雀门之后，除了两座教坊之外，几乎都是酒肆和杂货店，既卖衣物、字画、古玩、玉器之类，也卖着羊头、猪肚肺、红白腰子、牛百叶之类，更有一些酥蜜食、枣饼、香糖果子、蜜煎雕花等甜点。我和甘夫人进了一家酒肆，点了两碗瓠羹汤，又叫了一些枣糕、饽饽、杏仁饼之类的点心。吃完后，我们沿着东华门街一路走一路看。街上正好有着龙蛇舞，一大群人舞着龙蛇穿行而过，每到一处，围观的人都人山人海。龙蛇都是用白纸糊起来的，一个人舞一段，接起来，像连在一块似的。当然，白天舞龙并不好看，要是在晚上，每一截龙蛇中都放着一根蜡烛，天黑舞起来，一段段的灯火连接起来，真像一条龙蛇在黑夜中穿行。后来，我们在一个捏泥人的摊点上停下脚步，那个摊点上摆放着很多泥人，一个个栩栩如生，不仅五官分明，唇红齿白，穿着各式各样的衣服和铠甲，有的手里还拿着各种各样的兵器。我仔细一看，那些大都是历史人物，有项羽、虞姬、韩信、樊哙等等。那个人的手真是神了，一块面泥在他手中进进出出，一会儿就变成有鼻子有眼的小人了。甘夫人看得有些痴迷，东摸摸，西挑挑，一直舍不得罢手。我知道笨女人就喜欢那些小玩意，她们装不下别的东西。趁着甘夫人看得入神，我悄悄地溜了出来，在一个异域风格的店面前停了下来。这片店卖的东西特别多，既有波斯地毯、毛毯、丝巾、象牙、长袍、银烛台，各种各样的首饰和银器等，也卖一些茴香、无花果、藏红花、麝香之类的香料和药材，店的里面，还放有一排非常漂亮精致的大小宝剑、刀具和匕首。店主是一个波斯人，长相异常奇特：秃头闪闪发光，满脸络腮胡子，只穿一件小得离谱的镶钉背心，一把极长的波斯弯刀插在沾染汗渍的黄肚兜里，如树干粗壮的手臂、长满胸毛的胸膛，以及厚实的肚子上，到处都是横七竖八的旧伤疤，让人看得心悸无比。我鼓足勇气，指着那一排镶满宝石的匕首对店主说："有好刀吗？给一把最好的。"

波斯人用生硬的汉语对我说："这刀都很好，都是花刺子模钢的——你买刀干吗？""我不告诉你，我干吗要告诉你？"

波斯人笑了，说："这刀很贵的，你买得起吗？"

我说："我不怕贵，我就要最好的。我要最漂亮也最锋利的。你给我刀，我不付你铜钱，我付你金子。"

波斯人情不自禁地笑了起来，如魔鬼一样可怕，听得我浑身起鸡皮疙瘩。他拣了一把小巧精致的匕首给了我，我拔出刀壳，只见寒气四溢，让人浑身起鸡皮疙瘩。我伸出拇指滑过刀锋，想试试它的锋利，没想到立即见到血。我惊呼一声，手一松，匕首掉到台子上。

"小心，"那家伙一脸坏笑着说，"这刀有吸力，会自动往人的皮肉里钻。"

我一边吮吸着渗出血线的拇指，一边点点头。我知道这是一把好刀，一把削铁如泥的宝刀。我将匕首递还给他，示意他包起来。我给他两枚金币，只要我想要的东西，我是不在乎价格的。

波斯人摆摆手，他看着我，伸出手掌，我明白了，他是要五枚金币。我差点惊呼起来，这怎么可能？这把小小的匕首，怎么值五个金币呢？

“这刀，还有一个用处，”波斯人狡黠说，“它不仅能杀死人，还能去除人的记忆。”

“啊？”我差点尖叫起来，我从来没有听说过一把刀能掠走人的记忆，这是什么样的刀呢？

“一般的刀属于日光，这一把波斯刀，属于月光。这一把刀是阴寒至极的，只要一沾上血，就让失血者失去记忆。”

“真的？”

“当然是真的。”

我把那把匕首悄悄地塞进我的包裹，然后若无其事地又回到了泥人摊。甘夫人还在那里挑挑拣拣，像所有没出息的女人一样拿不定主意。我走上前，让老板把那个泥塑的韩信给我包好，说：“我最喜欢韩信了，是个君子，有智慧——给我拿一个。”甘夫人见我这么一说，想了想，说：“我买一个吕后吧，这个女子是高祖最好的帮手，我喜欢她！”我心里咯噔一下，韩信是被吕后杀死的，甘夫人买吕后，不是冲着我来的吗？我不动声色，故意装着什么也不懂，让老板将泥人分别包好。到了付钱的时候，甘夫人悄悄问我：“要不要替貂蝉买一个呢？她一直待在院子里没有出来。给她买一个吧？”我看出她的做作，故意把脸一虎，说：“干吗给她买，那个小妖精，以后还不知道会怎样对我们呢？”甘夫人摇了摇头说：“也不一定，一个小女人，也挺可怜的。她也是刘皇叔的人了，咱们也算是姐妹了，今天不见明天见，也得互相照应才是。”

我说：“谁说她是刘皇叔的呢？她不是曹操馈赠给关羽的吗？”

甘夫人酸酸地说：“那就要看皇叔自己了。那样一个美人儿，皇叔要是想要的话，关羽会不给他？”

我没话可说了。很长时间，我们都没有开口说话，估计甘夫人会跟我一样，想着刘皇叔见到貂蝉的情景吧？我和甘夫人都有点沮丧——见到貂蝉这样的妖精，男人都会丧失心智的。“那不行！”我说，“我们得为刘皇叔着想，想当年吕布武艺多高强啊，三英战吕布，只能打个平手，后来娶了那个妖精，本事一下子就差了很多，连张飞也打不过了……”

我说：“我们得管一管，不仅皇叔不能要这个女人，二叔也不能碰她。”我狠狠地说。我看见甘夫人频频点头。

走累了，我们在街道边的一家羊肉馆歇息了下来。羊肉馆里有几个倒霉鬼已在那里，他们鬼鬼祟祟地瞟着我们，一身衣着好像马贼或死刑逃犯；一个年轻的书生远远地避开他们，独自坐在角落上。我们互相看了一眼，在门边的桌子旁坐了下来。我们各自要了份烙饼和辣脚子，又叫了一碗羊肉汤。我们一边吃，一边谈论着此行的风险。那几个家伙一边看着我们，一边无聊地向我们吹着口哨。我们没有理睬他们，店老板把羊肉汤送过来了，有话无话地对我们说：

“你们两个女人也真胆大，晚上还敢出来找东西吃，兵荒马乱的，不怕强盗把你们抢了做压寨夫人？”

我说：“我们才不怕呢！他们要是找上门来，等于送死。”

羊肉馆老板故作神秘地说：“外面开战了，曹丞相和大将军袁绍在官渡一带打起来了，知道为什么开战吗？”

我和甘夫人互相看看，不知道他是什么意思。

“为了女人!”

“怎么说?”

“知道貂蝉吗?听说美若天仙，跟历史上的西施、王昭君和赵飞燕齐名，号称四大美女。这个貂蝉，原先吕布的女人，在此之前，是董卓的小妾。吕布当年不是董卓的干儿子吗?结果吕布和貂蝉好上了。董卓要杀吕布，吕布先下手为强就杀了董卓，夺走了貂蝉。吕布兵败之后，貂蝉归了曹操。袁绍不服气，问曹操要貂蝉。曹操不给，袁绍就调集百万兵马南下，跟曹操开战，一定要把貂蝉夺过去……”

我和甘夫人情不自禁地“哼”了一声，没好气地反问他：“你这是从哪听说的，那个貂蝉，你见过吗?”

“大街小巷都在传，都那样说。那个貂蝉，我哪有福分见到啊，听说倾国倾城闭月羞花，眼睛大大的，奶子挺挺的，腰细细的，美得就像天上的月亮似的!”

“哪有那么漂亮的女人啊，瞎说!不都是两只眼睛一个鼻子和嘴巴，这么美那么美，都是你们男人想出来的。”

老板诡异地一笑，说：“我就知道你们女人都不相信这事，我们男人都信。女人啊，嫉妒心最强的了。男人，在这个世界上，最喜欢的，一是权力，二是女人。至于其他，倒没什么重要的。”

我们都不做声了。

老板兀自叹息说：“哪天我能远远地瞄一眼貂蝉，就是死，也瞑目了。”

我情不自禁地翻了他一个白眼。真想说我马上带你去瞅一眼，然后你挺尸给我看，不死的话，我一刀宰了你。不过我强忍住情绪，没说出来。

老板又没话找话地说：“你们要是没事的话，可以去隔壁看看傀儡戏，我知道你们女人喜欢这个。那些许都来的杂耍班子搞的傀儡戏还真不错。”

“什么傀儡戏？”我问。

“你们没看过？”老板说，“傀儡戏可好看呢！听说是西域那边传过来的，我也是第一次看。那个杂耍班子里有很多波斯人粟特人呢，一个个鹰眼钩鼻神神怪怪的。他们的傀儡戏跟中原的不一样，是用上等的驴皮剪成各种各样的人物，背后用灯光一照，把影子投到白幕上。在白幕之上，各种各样的人物以及妖魔鬼怪都在上面，就像活的一样。”

“听你这么一说，这个傀儡戏还真值得一看？”

“那当然，你们要是没看的话，就太可惜了。”

“哦——”我应了一声。

“快去看吧，这支傀儡戏班子，可是从许都来的，这几天上演的剧目也好看，《关公斩颜良》，说是真人真事呢！”

“谁？关公？”

“是啊，关公就是曹丞相手下的大将关羽啊，也叫关云长。他手持一把青龙偃月刀，重八十二斤，一刀就将袁绍手下的大将颜良砍死了！”

我惊讶地大叫：“什么？关羽上傀儡戏啦？”

“是啊，这个傀儡戏讲的就是关羽斩颜良的故事。这个关羽好像原来是刘皇叔手下的，后来投降了曹丞相，成了曹操手下的第一大将。”

老板又说：“河北袁绍虽然兵强马壮，不过看样子是很难打得过曹丞相了，你看曹操手下的大将多厉害啊。颜良是袁绍手下的第一大将，可见到关羽怎么样，一刀就砍翻了！”

匆匆地将羊肉汤和烙饼吃完，我和甘夫人赶快出了羊肉馆来到街上。刚到街角，我就看到有个人踩着高跷，像一只巨型怪虫一样大跨步行走在人群里，一边走一边大叫：“跟我走喽，看傀儡戏去喽，看关云长斩颜良文丑喽！”在他的身后，跟着一大帮光着脚丫的小跟屁虫。我们尾随着他，一直跟了数百步，感觉到自己走路的姿势越来越像他。到了街角的拐弯处，一阵热烈的锣鼓声音传来。我们伸头向屋里望去，只见不大的院落里放着十几排长凳，前面有一个小舞台，上面拉了一个白色的帷幕，陆陆续续已坐了不少人。看来，纵然是屠杀和饥荒的时代，人们照样可以寻欢作乐，或者苦中作乐。我们在前排找到了位置坐下。不一会，院子里坐满了人。这时有人拿着一个篓子一边嚷着一边过来：“收钱了收钱了！每人一枚，先收钱，后开演！老规矩啊。”我们向那篓子里掷了两枚五铢钱。等每个人都交完钱后，门窗关上，傀儡戏开场了，首先亮相的是一个几乎裸体的胖木偶，露出个大肚皮，满脸笑容地冲着大家鞠了个躬。接着，人旗招展，一条金龙从白幕上出现，在弥漫的白气中腾云驾雾一般舞动；两只狮子随着锣鼓的节拍争夺绣球。接下来白幕上出现了各种各样的剪纸人物，其中骑着一匹高头大马，长须飘飘，挥一把大刀的，看起来很像关羽。雨样密集的锣鼓声中，关羽和另一个看起来戴着头盔，穿着铠甲的人物进行打斗。最后关公一挥刀，那个影子从马上跌下来，算是死了。围观的人们一片喝彩，“关公斩颜良”算是结束了。

回到了客栈时，在门口，我们碰到了关羽。我们对他郑重地施了一礼，关羽狐疑地看了我们一眼，不知道我们为什么如此客气。甘夫人莞尔一笑，对关羽说：“关叔叔你都上傀儡戏了，真是了不得了啊！”

关羽狐疑地看了我们一眼，说：“什么傀儡戏？”

我抢着说：“就是白马坡斩颜良啊，外面有杂耍班子在演傀儡戏，演的，就是你白马坡斩颜良的内容。”

关羽有点吃惊，继而表情有些尴尬，他的脸变得更红了。我们连忙对他说：“叔叔你不要介意，我们只是出去稍走了一下，算是活动一下身体，这段时间长时间坐在车里，身体酸痛得不行。”

“你们吃了吗？到处找你们吃饭呢！”

“吃过了，在外吃的，一碗羊肉汤，一个烙饼。好长时间没吃羊肉汤了，只是不好带，否则也给将军带一碗来了。”

“二位嫂嫂还是要注意，不要乱跑，外面到处都是麻风病人！要是染上了麻风病，那可真麻烦了！”

我们听了，一下子倒吸一口凉气，身上不由自主地打了一个寒战。

晚上，我一个人睡在东屋。夜半时分，我醒了，窗外的树枝上悬挂着硕大的月亮。我突然想，每个人都是月亮，都有一个阴暗面，从来不示于人。借着窗棂外射进来的月光，我悄悄地从包裹中抽出了那把镶嵌着玛瑙的匕首，仔细地摆弄着。我把一条丝手帕往上一抛，下落时轻轻一沾刀锋，手帕立即变成两半；我又用一张金箔放在上面，割下来的金箔像尺子量得一样平滑。我玩得兴起，用拇指和食指夹起刀刃，举过肩头，手腕一抖，熟练地将匕首朝房门掷去。匕首正中房门中心，深深地插入，伴着残余的劲道晃动不已。我知道这是一把好刀，它有好匕首具有的一切：轻盈、锋利、中正、合手。在这个乱世之中，拥有一把好刀是幸福的，它使人勇气倍增。一刀在手，不仅能决定别人的生死，也可以决定自己的未来。

马　弁

沿着黄河的驿道上灰尘蔽天，从东北部官渡方向过来的逃荒的人群，像过街的老鼠一样充满恐慌，又像慢腾腾的牛一样麻木不仁。对于走马灯似的战争，这些可怜的生灵们哪里会明白呢——一会是朝廷们打张角，一会是各地的军阀联手征董卓，一会是李傕打郭汜，一会是袁绍打袁术，一会是曹操打吕布，一会是曹操打袁绍……身居黄河两岸的百姓，就像扬谷机中的稻谷一样，被八面来风吹得晕头转向。他们不知道是谁跟谁打，又是为什么而打？难道那些将军刺史们，无事时总在找仗打吗？的确是这样，战争让权贵们获得了各种各样的利益，包括官职和爵位，包括金钱和土地，包括美女和荣誉；而百姓们呢，不仅什么没有得到，反而流离失所痛失亲人。在道路的两旁，房屋变成了残垣断壁，田地烧成黑色的焦土，火光四溢的村庄里，经常有衣不裹体的女人和孩子哭泣着逃出。每当这时，我就不自觉地看一看关羽，但见他端坐在赤兔马上，低垂着眼睫视若未见。我知道像他这样生死度外的大将军，不可能像妇孺老人一样心软，不过我还是忍不住为那些百姓感到怜惜。

那一天，我们在一个名叫马桥的小镇憩息下来。小街的两侧陆续有一些店铺，我沿着半掩的店铺依次向里面看，希望能看到一张舒服一点的脸。可所有的面孔看过来，都是厌倦、疲惫、怨恨和悲伤。辗转了很长时间，我们终于找到一户大院。一个大户在我们敲开了院门之后，看到如天神一样骑在马上的关羽，以及他手里拎着的风车一般的大刀，面露恐惧地同意了我们的要求。我看见甘、糜二位夫人和貂蝉都显得非常疲惫，尤其是貂蝉，原先白里透红的脸上，也呈现出黄色的倦容。自从貂蝉加入我们的队伍后，我总是忍不住窥视她。我不知道是嫉妒还是羡慕，反正我喜欢看她，注意她的容貌、穿着、佩戴什么的。她的姿态一直那么妖娆，举手投足间，总跟一般的女子不一样。不过我挑剔的眼神很快也发现她的一些不足之处，譬如她年纪轻轻也有眼袋，她的鼻梁稍稍高了一些，她的牙齿也不够整齐等等。当然，所有的挑剔最终归结于我的人生观，在我的眼中，所有的事物都是不完美的，即使是这样的绝色美女，也是可以发现她们缺点的。

关羽下马后，我将赤兔马牵去了马厩，添了一些黑麦草和豆荚秆放入马池，又匆匆地去厨房搞了点吃的。然后，我来到关羽的屋子，将行李安放好。我一转身，就看见关羽直直地看着我，脸上若有所思。我问道：

“关将军有事要吩咐吗？”

“没——”关羽说。

“那我告辞了，将军休息。”

“等等——”关羽示意我留下，想了想，问道：“你以前在宫中，见过貂蝉吗？”

“没。”

“她说她曾经进过宫的。”

我沉默不语。说实话，我最不想提及的，就是我在宫中的那段岁月。那是我曾经的噩梦，在丧失了我的生理功能之后，我也丧失了自己的荣誉。我甚至因此变得阴骛和乖戾。你明白一个人的健康对于心理的影响吗？我转过身，不太想继续深入下去了，那一段灰色的时光就像巨蟒一样，勒得我喘不过气来，我至今仍感受到那种窒息。

“我一直困惑，也没好问。你说曹操让貂蝉跟我同行，是将貂蝉给我呢，还是馈赠玄德大哥？”

我怔住了，我没想到关羽会问我这个问题。我张口结舌，一下子答不上来。

“我也不知道该怎么办，”关羽说，“要是给我的吧，我会娶她；可要是给皇叔的话，那么，这事就复杂了……”

“不如你见到刘皇叔后，由他来定夺。”我试探着说。

“可是……可是……”关羽说，“我就是想听听你的意思。”

我突然有点明白关羽了，在我面前的这个人，一下子变得不神秘了。因为突然了解，我也变得轻松起来。我觉得在关羽与我之间，变得前所未有的平等。如果在此之前我曾经因为生理丧失而感到自卑的话，此刻我突然因为我的异于常人而感到自傲。只有超越，才能自由。我突然发现我居然可以居高临下俯视人世间的苦恼了。这样的方式，是由于我更趋向于精神性了？

我告诉关羽，智慧不在于对外部事物了解多少，而在于对自己的深入，在于多大程度克制自己的欲望。我进一步说：

“每个人都有自己的想法，也有很多符合想法的理由。这很正常。将军与貂蝉，的确如英雄美女般配，以我的意思，将军干脆向二位夫人说明，曹操就是将貂蝉赠予将军的，这样，也可少了些麻烦。”

关羽迟疑着说：“可我总觉得对不起大哥。要是大哥知道了曹操有另外的想法，那岂不是忌恨于我？”

我说：“将军是想要貂蝉呢，还是不想要貂蝉？如果关将军觉得貂蝉可有可无的话，正好将貂蝉转赠予皇叔，如果将军想将貂蝉留下，那就是另外一回事了。”

“我觉得貂蝉挺好的，我不想她离开我……可皇叔是我大哥……”关羽吞吞吐吐地说。

我像一个过来人一样释然笑了起来，眼前的关羽虽然高大威武，智慧过人，可在这个问题上，却像孩童一样无助。这都是身陷其中的缘故啊！我说：“我理解关将军，天下英雄爱美人，这很正常，不过这想法，只是这不一定是你真实的想法，你应该先明白你真实的想法，然后再去行动。”

“这句话是什么意思？”关羽有点不明白。

“关将军你告诉我，你喜欢貂蝉吗？”我问。

关羽没想到我问话这么直接，一时有些无措，说：“……其实貂蝉一点……一点也不像外面传说的那样。”

“关将军知道貂蝉是天下第一美女吗？”

“知道啊，怎么了？”

“因为貂蝉是天下第一美女，男人们都想占有她，不为其他，因为如果得到她，会是一种荣誉，可以算是‘第一男人’。冲着这一点，不管是曹操也好，董卓也好，吕布也好，都会千方百计想得到貂蝉，不为其他，就是为了那个‘第一美女’。其实名声都是身外之物，曹操得到了貂蝉，为什么又送给你？那是因为曹操已是一人之下万人之上，就不在乎名声了。凡是得到的，就不稀罕了；没有得到的，就想拼命得到。人的欲望如果细细分析，会有很多虚假的成分。所以在做一件事时，应认真考虑是不是自己的真实想法，如果确认是真实想法，就可以付诸行动。”

我滔滔不绝地说着，关羽变得默不作声了，看得出来，他对我很信服。他只是不敢肯定自己对于貂蝉的感情是否真实。他心里还是有疑问的。

“我知道作为男人，都想得到貂蝉，问题是如果真正地娶她为妻，就是否值得了。将军这样想过吗？”

关羽沉默不语。很明显，他在下着某些决心。

我顿了一下，说，“将军是过来人，经历的也不在少数，当然知道这世界上所有的情谊，包括男女之间燃烧的火焰，终究会有一天冷下来。”

关羽点点头，似乎有点对我刮目相看了。

我暗自得意。在这一刻，我终于意识到身体残缺拥有的好处。我有点兴奋。我原来以为困顿和迷惑，只是存在于我这样身份低贱，无所功名的人当中，让我没有想到的是，集中了仁义礼智信的关羽，也陷入了如此深重的烦恼。

“依你的意思——”关羽露出苦恼人的笑。

我微笑着说：“其实，男女之事，都不应是人们的真正目标。”

关羽一怔，问：“哦？”

“真正的目标只是快乐，男女之情，以及他们之间的婚姻，都是双方想得到快乐而做的第一步。其实人们追求的并不是男女之情，而是快乐。只不过人们看不清这一点罢了。如果你能够直接得到快乐的话，又何必纠缠于男女之情呢？”我说，“其实，就将军而言，你还有更重要的事要做——”

关羽问道：“什么事？”

“成为一个神，让人们永远不会忘记。”

关羽苦笑地说：“算了吧——你好像扯得有些远了。”

在拐弯处，我遇见了貂蝉，她主动地跟我打了招呼，示意我陪她走走。我看着她，因为心事重重，她的目光明显老了，宝石般的异瞳暗淡了不少。它们也可以随着心情的变化而变化吗？也不知道为什么，我很难拒绝她的要求。我滔滔不绝地跟她讲了之前听来的普绪克的故事，也情不自禁地告诉她我的隐秘。我从未跟别人说过我自己的经历，而我在她面前，却毫不隐瞒地把一切都告诉了她。我告诉她，在我最初的时候，我也是有着极端的烦恼的。我的烦恼往往来自于我与我身体的背离。确切地说，在我成长的过程中，我发现我根本控制不了我自己的身体，控制不了身体中暗藏的欲望以及无法压制的情绪。我总觉得我的身体内有一个魔鬼，或者游走着一头头小狼。我经常为自己无法左右自己感到恐怖，甚至从我的身体中发现了人们终究衰败的原因。每一个人都会在强大的撕扯中溃败下来，或者同归于尽，或者四分五裂。这样的秘密使我感到羞愧，也使我更加看不起人自身。因为人一点也不比奔跑的动物，甚至游走的蚯蚓高妙到哪儿。

在向貂蝉吐露出自己的困惑之后，我感到轻松了不少，就像身体蜕去一层坏死的皮肤似的；又仿佛坐在一个高高的亭子上，敞风向阳，眼光越过旷邈的平原一直望到黄河——自从净身之后，我感到身体变得越来越轻，思想占据得越来越多。原先我可能会将百分之六十的愿望用于生活，而现在，只需有百分之五就可以了。净身使我超越，自十三岁起开始生活于我体内的魔鬼，慢慢消失得无影无踪，我变成了一个游离于性别之外的人：既是个男人，也是一个女人；既不是一个男人，也不是一个女人。我具备男人们不具备的女人的优点，又具备女人们不具备的男人的特质，与此同时，那些来自女人和男人的麻烦，都将离我而去。我现在明白，人世间最大的麻烦来自你的另一面，如果你是男人的话，麻烦必定来自女人；而如果你是女人的话，那种缠绕你一辈子的负担，必定来自男人。

上天让我与众不同，或可以让我成仙，或让我幻变成鬼，就看我自己的造化了。命运交给了我自己主宰，我将如何行动？我想过如隐士般销声匿迹，可我能逃过外部的喧哗，能逃过内部的骚动吗？百无聊赖的我曾经在一段时间近乎疯狂地爱上了汉字，就像当初迷恋性事一样。我喜欢那些印在纸上，刻在木牍、竹简、龟壳和骨头上的一切文字。在我看来，所有的文字都是一个谜，就跟人类本身一样神奇，它们有着生命，也暗藏着这个世界的无数秘密。我尽可能地将宫中的典籍一一阅读下来，琢磨每一个字的来源和意义，比如说“狄”，为什么汉人会说西狄东夷呢？“狄”是那些游牧族群，常常带着牧犬在原野上照顾牛羊，在夜晚，他们篝火围居；“夷”呢，那是淮河中下游挟带长弓的渔猎族群。种植粟的人群，有刀耕火种的习惯，到处焚烧山林，在林木的灰烬上种植粮食，这就是“烈山氏”。至于神农氏，也是一个道理，说的是农业族群，他们刀耕火种，在耕耘之前，总是放上一把火，乘着草木灰烬，播下种子……文字就是河流，可以溯源而上，一直可以找到人类的源头。后来我慢慢发现，在这个历史长久的国度中，由文字编排出的一系列故事中，也藏有阴谋和谎言。文字足以将人们的行为奴役，将很多丑陋的东西变得冠冕堂皇。我们不应完全相信文字，而应该相信生活本身。多多注意文字的无可奈何，感受到文字之外的诡秘和传奇，警惕与文字相伴的种种邪恶、诡诈、祸端与教唆，以及超越文字的男欢女爱。与此同时，我也发现了汉语的弱点：它大而化之，仿佛于事物之上笼罩着一层薄雾，缺乏幽微和细密；表述模糊欠准确，也很难口语化，很难亲切动人，很难表现情感。这些，既是语言的不足，也是族群思维方式的不足，族群的思维方式往往隐藏在语言文字之中。察觉到文字的秘密，让我感到兴奋，我突然明白，我的第一层智慧是因为文字而起的，而我的第二层智慧，是为我不相信文字而生。在那以后，我拼命阅读着各种各样的书籍，目睹各种各样的文字在我面前起舞，与此同时，一股包罗万象无所不在的东西漫漶在我身前左右。是的，我似乎能觉察到这个世界所有的秘密。

语言和文字跟人一样，在触及未知领域时，都有点力不从心。当你知道文字和人一样，都有力不从心之感时，说明你已经很强大了。不知道我这样说，大家是否能听懂？

回房间憩息时，我碰到了甘夫人，她一个人坐在花园的栅栏上，左手里攥着一个小东西，右手好像拿着一根针。看见我，她怔了一下，慌忙将手中的东西藏在身后。我对她施了一礼，正准备走，甘夫人叫住我，问道："你知道貂蝉的生辰八字吗？"

我摇了摇头，"不知道。"我回答说，同时对她的问询感到莫名其妙。她显得有点失望，对我说道："你帮我打听打听。"

我点点头。我有点困惑，对于那些不显山露水的女人，我总是不知道她们会做些什么。

赤兔马

过了虎牢关之后，到处都是我同怜的同类们，它们拉着辎重和粮草，一起向黄河下游方向行进。车上装满了战事必备的补给品：粮食、兽皮、布匹、生铁条，各式各样的草药等。我的同类们驮着它，累得上气不接下气，连稍稍休息吃点草料的工夫都没有。这些本应该由牛和骡子所做的事情，却让我们马来替代了。对于一匹马来说，宁愿战死在沙场，也不愿夜以继日地驮东西。有一天，当我站在三岔路口，茫然不知下一步的方向时，一辆牛车拉着沉重的货斗从官渡那边走过来，车夫赤裸上身，胸膛上横七竖八布满刀疤。他狠狠地盯着我看了一眼，大声嚷道："不要再往前了，前面都在打仗呢，不要命的就往前走！”然后，牛车继续沉重地从我们身边走过。我瞄了货斗一眼，里面装着满满一车尸体，胡乱地挤在一起，有稚嫩的面孔，也有苍老的容颜，更有一个十来岁孩子的尸体，全身千疮百孔，手中还紧紧地攥住一把剑柄，剑身也不知去了哪里。他们都穿着曹军黑色的服装，像一堆凝固的大血块。我知道官渡大战还在继续，惨烈的战争中谁付出的代价更多？除了人类，就是我们马类。

我喜欢驰骋战场，可我一点也不喜欢血腥的厮杀。战争的间歇，我喜欢去水边的草地放松自己，嗅着战场上飘来荡去的复杂气息，思考世界万物的根本关系。在我看来，真理就像岚气一样，总是在夜深人静时悄悄出现，白天里人来人往熙熙攘攘，它们躲犹不及。只有在繁星之下，才能聆听到神的呓语，让你不再困惑和迷茫。

还是在长安的时候，马弁曾带我去了汉家皇帝陵墓园。刚一进入，我即被这里具有的宏大气象震惊了。这里雄浑、坦荡、一览无余，埋葬着曾经的功名和光荣，也埋藏着曾经的耻辱和龌龊。时值秋天，辽阔原野上的树木呈现出金黄的颜色，一些高大的牌坊，镌刻着一些温情和荣誉，以此来纪念那些死去的人，可那些深埋在地下的人已毫不知晓；诸多年代久远的庙宇已倾损颓败，不过仍保持着过去的姿势，像奄奄一息的老者，虚弱地喘息着。那些曾经甚嚣尘上的王侯将相，从黑暗中来，又重新归于黑暗，在地底下埋藏了多少英雄和豪杰呢？面对荒凉，我跟马弁只剩下惆怅。巨大的黑洞中间，哪里有一种明晰的方向呢？世上只会有错误，不断产生错误，不断叠加错误。历史就是一系列错误乱七八糟地组合在一起。

这个世界最大的困惑是什么呢？我想还是时间吧——作为一匹马，我所感觉的时间，当然跟人类所感受的不一样。关于时间，我现在的看法是：当你不把它当做问题时，它就不是个问题；当你把它当做问题时，它就是最大的问题。我这样说，不知你明白没有？长安的皇宫中曾有一座天象台，天象台里面有一个浑天仪，这一架浑天仪，模仿的就是星空和宇宙运作的轨迹。作为一匹马，我当然没有机会去观看这架浑天仪。有一次，我听见看管这架浑天仪的太监告诉另外一个太监说：这一架浑天仪制造得非常精密，有很多小机关，一旦转动起来，就像是整个宇宙在运转，真是令人害怕啊！太监说他有一次曾把手放进那些嵌着齿轮、机械结构和平衡锤的部件中，那些东西突然咿咿呀呀地转起来，他惶恐极了，感觉自己的手就像探入了一个恐怖无比的蛇穴，吓得他尖叫一声，赶紧把手缩了回来。我在一旁听了忍不住冷笑。有好几次，我都抑制不住好奇心，想从马厩偷偷地溜出来，进入天象台去看看这架神秘的仪器。不过作为一匹马，在壁垒森严的皇宫中达到这一目的是很困难的，我的愿望一直都没有得逞。

尽管那一台浑天仪蕴含着惊天的秘密，不过历代的皇帝，以及那些皇亲国戚王侯将相们对它少有兴趣，它只能落寞地被封存在天象台里。我知道最主要的原因是人们不敢正视自己，他们不肯也不敢承认人只是宇宙中的小小粉尘，包括自己在内。每次日蚀将要来临的时候，天象台的国师们总是如丧考妣，他们穿着黑色的祭袍，肃穆而悲伤地敲打手中的铙钹，伸长着脖子向上天喊话，一直喧嚣着到云破日出。在他们看来，天与地是共通的，天象昭示着上天的态度，这也使得天象成为最大的秘密。

与汉朝人接触的过程中，我慢慢了解到他们的历史和风俗。在汉朝人的眼中，地是方的，天是圆的，他们的历史很长。在一个地方待得久了，便以为自己是世界的中心，汉人也一样。从远古时代起，汉人就有一个习惯：每逢改朝换代，新的统治者总是绞尽脑汁启用一个吉利称谓。比如说“汉”，意思是广袤的星汉，意味国土如银河般浩瀚广大。汉之前的“夏”、“商”、“周”，都有雄伟和完美的意思：“夏”应来源于夏朝，意指地域广大的部落；《诗经·商颂》曰：“天命玄鸟，降而生商”，“商”是什么意思呢？从字面上看，是一个大大的门楼，下面有人走过；至于“周”，本意是田野，意味土地的辽阔……汉朝的文字言简意赅，有时候却铺陈过多，像是一个衣冠繁复的贵族官僚，拿腔拿调，装模作样。就语言风格而言，汉语似乎不够细致，也不够贴切，更不够平民化，当它深入探讨某些深奥问题时，有点力不从心。语言一直代表着人心，具有族群的某些特质，有利也有弊，有长也有短，很难说哪一种语言有绝对的优势，或者说拥有语言就拥有优势。这个问题很难有正确答案，就像我们马类，基本不靠语言，却靠直觉和会意，我觉得在与世界的沟通上，一点也不比人类逊色。

在汉朝所有的物件中，我最喜欢丝绸和瓷器。它们如此美妙，仿佛凤凰涅槃，有着绝境逢生的意味。比如说丝绸，柔软而滑腻，带有着生命的魔力，就像是从树叶中抽出的精神的绒毛。它能让一些字词变得生动，比如，什么是轻？什么是细？什么是柔？什么是华丽？什么是梦？什么是轮回？什么是虚无缥缈？什么是似是而非？等等。丝绸明显是阴性的，它具有女人的优美品质：高雅、轻柔、体贴、灵性。身着一件轻柔的丝绸服装，感觉就像有一个美丽女子小心翼翼地搀扶你。我后来知道，蚕与桑还有神圣的性质，很多年前，汉人就喜欢在桑树林中幽会，在这里祭天求雨求子。在早期诗歌集《诗经》中，就有很多记载。汉人把蚕看作神，不仅出生时忌室内扫尘、忌炙爆鱼肉、忌油火纸吹灭、忌室内哭泣、忌敲击门窗、忌污言秽语、忌未满月产妇、忌不洁之人等等，连送葬风俗上，也有模仿蚕蛹化蛾的因素——死后直接用丝绸包裹起来，等于做成一个人工茧子，在泥土和寂静中等待新生。至于瓷器，脏兮兮的泥土经过高温的烧制后，薄如翼，轻如丝，晶莹剔透，纯净单纯，同样具有脱胎换骨的魔性。它们都是这个古老国度里最有魔力的东西，从某种程度上说，是丝绸和瓷器吸引了西域人对东方趋之若鹜。

如此枯燥的讲述让你迷离半天了吧？那么，我来告诉你一个秘密。你不可轻易告诉别人，只当作是一堂枯燥哲学课中的一则花絮吧——知道关云长为什么追上文丑并且轻而易举地杀了他吗？我告诉你，就在文丑准备掉转马头施展回马刀的那一刹那，我看出了他的阴谋，倏地飞奔上前咬住了青鬃马的尾巴，让它马失前蹄，把文丑掀翻在地，随之关羽挥刀砍下了文丑的头颅。你知道我跟别的马匹不一样了吧？我不是一般的马，我不仅跑得快，还能凶猛地投入战斗，不管是用嘴还是用蹄。在那些关键时刻，我可以变成一头狼或者狮子。其实文丑的武艺一点也不差，只可惜他没有一匹好马，没有一匹像我这样有着倨傲神情，生长着优美的腹部、修长的腿，以及像人类一样思考的赤兔马。

第四章　汜水关

貂　蝉

憩息在桥头镇的那天晚上，我就像睡在水面上一样不踏实，断断续续的梦境持续了一整夜：我梦见了关羽：我和他单独行走在一种密林之中，不断听到树枝被折断的咔嚓声音；后来天色已暝，在依旧清绿的樟树林中，我看见一只褐色的梅花鹿一闪而过。雄健的躯体如同闪电般弹开，一对华丽惊艳的犄角，在树叶之间若隐若现。关羽策马上前，弯弓搭箭要射，我大叫一声：不要！然后从梦中醒过来了……我一直在床上辗转反侧，到了鸡鸣时分再也没有睡着。后来，我只有起来梳妆打扮，准备新一天的赶路。我本不想去吃早饭了，打招呼让婢女给我带几个馒头和烙饼路上吃。后来我叫停了她，走进了有天井的客厅。关羽早已吃过走了，正在八仙桌上有说有笑的甘、糜二夫人，看见我踏进客厅，互相瞄了一眼，表情古怪地站起身走了，只丢下我在空荡的大屋里。我不理会她们的态度，让婢女小婧给我盛了碗粥喝。老屋子里很寂静，天井的上空不时有燕子掠过，间或落下来几声呢喃。阳光透过天井斜斜地照下来，屋子里的安静让我感到愉快。我看见我住的屋了里有一面大大的铜镜，还专门配置了一个镜架，便把它端过来，对着它认真地照起来。这些天由于赶路，我都没有真正地照过镜子。遇见这一面大大的镜子，我的心里愉快极了。我站远一点照镜子时，只要轻轻地摆动，就可以一块一块地看见自己的全身。我的红色丝绵背心穿在身上还挺相称，不过那一件厚的棉裙似乎有些脏了，我换了一件紫色棉裙。换装的时候，我感到一阵寒意，打了一个哆嗦，蜡烛的火焰也随之微微地颤抖。最外面，我当然想穿那件红色的狐皮里子外套，然而我还是改变了主意。我不知道关羽喜欢什么样的颜色，如果从他自己穿的衣服来看，他似乎更喜欢绿色，那么，我还是穿着那件绿色的丝绵裙吧，对，就穿那一件，我想跟他穿着一样的颜色，我赶紧从箱子里找出了那件绿色的裙子。这样，我就跟关羽穿得一样的颜色了！就在这时，我听见马弁在门口招呼，我飞快地换上了那件绿色的裙子，又拿了一把漂亮的孔雀翎羽毛折扇，然后走了出来。

我注意到我走出大院门外的时候，看见众人张口结舌地看着我，好像我是天外来客似的。我看见关羽正准备上马，我故意走到他的旁边，浅浅一笑看着他。大约是众人都看出了我们衣衫的颜色，脸上都呈现出奇怪的表情，想掩饰，也掩饰不住。然后，我看见甘、糜二夫人走了过来，看见我跟关羽并排站着，她们似乎察觉到我们衣服的颜色，两人面目一沉，我看见甘夫人立即转过头去，看着别处。而糜夫人则大叫一声："马弁，还在等什么，赶紧出发啊！"便使劲地一转身，钻进了那辆罩着帘子的马车去了。

我心生得意，我故意地问关羽："呀，关将军，我才注意到，你这件绿锦袍真好看，跟我穿的裙子颜色好像。"

关羽看了看我，也看看了自己，突然变得有些尴尬，也有些羞涩。他没有正面回答我的问题，喃喃地说："衣服就是保暖而已，我都没注意这衣服是什么颜色。"

想了想，关羽又说："这袍子还是曹丞相馈赠的，里面有一件，是刘皇叔送的。"

我明白关羽说话的意思。

随后，就是继续行进在路上了。坐在晃晃悠悠的马车上，我百无聊赖地看着车外阴沉沉的天，在西边的天空，不断翻卷着一片黑云。天是不是要下雪了？雪是从北方开始下吗？我想到了米脂的天，米脂的冬天经常下雪。那是真正的鹅毛大雪，雪片大如松鼠尾巴，它们从西北方席卷而来，散发着草原和沙漠的气息。松散、潮湿的雪片从天上软软地坠落，落在城墙上，落在精致的楼阁上，落在小河、草地上，也落在纵横的河渠里；天和地连成一体，到处都弥散着白雾……下雪的时候，是米脂最有诗意的时刻，那个时候，都分不清米脂是在天上，还是在人间。

没有男人在身边的女人心境大约都不太好。我回到客栈后，看见甘夫人一直板着脸，坐在堂前不发一言，像北方屋舍的外墙一样焦黄而呆板。几个女佣大约是觉得有些冷了，也感到无聊，于是在院子里捡了些树枝树叶烧，想烧一个火堆取暖。一股焦烟味弥漫开来，糜夫人的窗口砰地打开，女佣们看见糜夫人的脸因憎怒而涨得绯红。她抓着一把木梳在窗台上敲着，谁让你们烧树叶的？好好的树叶烧得那么难闻。女佣们受了惊吓之后，一个个收起了笤帚箩筐，一个胆大的女佣说：我们想烧点火，然后爆豆豆吃！糜夫人眼一瞪，把手中的木梳从窗里砸到她的身上。她大声说：不准烧就是不准烧！然后她砰地关上了窗子。不过事情还没有结束，糜夫人的抱怨声不断传来，她一会说面饼里有沙，一会又说给她们洗漱的水太凉了。

因为是很迟才到，晚上我们一起坐着吃饭。我和甘、糜二夫人面对面地坐着。我看见糜夫人坐在饭桌上，始终不动筷子，一副不可侵犯的样子；而甘夫人则不停地海吃海喝，我从没有看到过一个女人吃东西如此没有教养。虽然我也没有什么胃口，但我强迫着自己吃一点。我吃了一碗羊肉汤，又吃了一个馍。关羽看见糜夫人一直不吃，便问："夫人，您不太舒服吗？"糜夫人面无表情地说："我已经饱了。"关羽诧异地说："你吃过了？"糜夫人鼻孔里哼了一声，说："我不想跟妖精在一起吃饭，看着她，我就饱了。"我当然听到了她的言语，不过我一直忍气吞声，假装听不到一样。我已习惯于息事宁人，习惯了被人嫉妒。甘夫人并没有就此罢休的意思，她佯装不知地问关羽："关将军我们此行是要去找刘皇叔吧？"关羽点点头，"是。""那我们干吗要带着这个妖精？"糜夫人故意抬高嗓门说。我看见关羽有点不悦，他脸色一沉，不卑不亢地说："夫人，这……这是丞相的意思，既然是丞相的意思，关某只得遵从。"

糜夫人似乎也不示弱，她的头偏向甘夫人，高声问道："甘姐姐你听听，关将军竟然说是曹操的意思。我就不知道关将军到底是听曹操的呢，还是听皇叔的呢？要是听皇叔的，对于这个妖精，那就根本不必带她。"

糜夫人又说："关将军，我知道曹操封你为汉寿亭侯，这个官，看样子不小啊！不过皇叔对你可是恩重如山啊，他一直把你当兄弟看待。"

关羽的脸更红了，看得出来，他很是生气，也有点尴尬。我看见关羽猛地站了起来，不过可能是碰到了受了箭伤的手臂吧，站立之后，他情不自禁地用右手捂了下左手臂，一字一句地说：

“夫人，您要是这么说，关某就难堪了。关某虽然跟刘皇叔桃园结义成为兄弟，不过关某一直知道，关某与皇叔的关系，其实是主子和奴才的关系，这一点关某还是清楚的。刘皇叔才是关某的主人，至于夫人所说的汉寿亭侯，那并不是曹操封的，而是献帝封的，关某也从不把这当个事……皇叔对关某恩重如山，关某也跟定了皇叔，这一点，请嫂子们放心，关某绝不是那种蝇营狗苟之徒。”

话说完之后，关羽本来赤红的脸变得黑紫，随即虎着脸离开了。甘、糜二夫人见关羽离开了，自觉无趣，被晾在一边不知怎样回答才好。过了一会，两人先后讪讪地去歇息了。我也站了起来，回到了房间。呆坐了一会后，我又走到门廊上，此时的后花园寂静无比，离开的人把先前的热闹都带走了，只剩下茂盛的紫藤，在风中发出凄迷的絮语。我坐了一会，觉得似乎在虚无中听见了某种启迪的声音。

晚上，我悄悄地来到了关羽的住地。关羽一个人坐在那里，手上仍拿着那一本《春秋》。在桌子上，还堆有一些其他的书籍，比如《史记》、《汉书》之类。我站在门口盈盈一笑，轻声问道：“关将军，箭伤不要紧吧？”

关羽抬头看了我一眼，放下书，说：“没关系的，像我们这样长年在外征战的人，一点小伤，就像蚊子咬一样，不碍事的。”

“我们还要赶路？”

“是啊，等找到皇叔，一切就好了。”

找到皇叔就好了？我不明白关羽到底是什么意思。我没有再说话了，后来离开关羽屋子，我仍是一如既往地忧郁着。我觉得一种根本的悲苦如水雾一样从心底泛上来，像春天早晨的雾霭一样。忧郁不是极致的悲伤，却是一种淡淡酽酽的，带有三分甘甜三分凄凉的苦味，让人欲罢不能。靠在颠簸不断的马车上，我在想的是，人世间之所以有爱情，并不是阴阳的力量，而是在这个虚空的世界里，只有它才让人觉得稍稍有点意义。就像月亮，月亮有什么用呢？它的用处，就是在黑夜之中给人以安慰和梦想罢了……我这样想，是悲观于爱情呢，还是对爱情抱有希望？

我想起了一件事，那时候我还是跟曹操在一起，有一天，正好是在这种心情状态下，曹操来到我的居所。我问他：为什么人们喜欢把“英雄美人”放在一起，而把“才子佳人”组合在一起，有什么用意吗？

曹操呵呵一笑，说：“还真是这样——英雄美人，才子佳人。我也不知道为什么会这样组合。你说，我们算是英雄美人呢，还是才子佳人？”

“当然是英雄美人。”我笑着说。

“呵呵，为什么不说我是个才子呢？我在十六岁的时候，诗与文就写得很好啦！我是个诗人，也是个才子。”

曹操感叹地说：“为什么人们不说我是才子，而是英雄呢？还是因为我杀人太多，是一个杀人犯，也是一个枭雄。才子有什么用，我要只是个才子，早就被人杀了。我之所以没死，就是因为我由才子慢慢变成了一个枭雄，一个杀人犯。再说，哪有才子长成我这样的！”

我当然知道曹操是一个才子，可这跟我印象中的才子不一样，我印象中的才子是瘦高文弱、相貌英俊的，除了这个，他还带有几分天真、浪漫、多情；至于佳人，则是静谧、贤惠、端庄、多情，还有些书卷气。曹操既不高大，不英俊，还有点丑陋，并且不浪漫，哪个会把他当作才子啊！我想起了别人跟我说过的一个故事，说是匈奴有一次派使臣来见曹操。曹操认为自己的相貌丑陋出不了场，就让长相儒雅身材高大的崔琰装成自己接见匈奴使，自己则扮成一个佩刀卫士。崔琰扮作曹操会见之后，曹操派人问匈奴使对曹操有什么印象。匈奴使说“曹操”虽然儒雅非常，不过气度不行，倒是那个身边带刀的人像一个真英雄。曹操立刻派人把这个匈奴使给杀了。这一个故事，我是听别人说的，我小心翼翼地想起了这个故事，唯恐曹操看穿我脑子里的这个故事，更谈不上向他求证了。

“要说才子，小儿曹植倒算一个。不过这孩子一直沉湎于诗文，成不了太大的气候。至于其他的，你见过什么才子吗？”曹操不屑一顾地说。

我摇摇头。在我身边的，除了那些好恶斗狠粗鲁莽撞的将军们以外，只有那些阴鸷乖戾的谋士了，他们或许很有才华，但一个个工于心计诡计多端。如果他们也称之为才子的话，我才不要这样的才子呢！

“丞相既是英雄，也是才子，而我呢——当然既是美女，也是佳人。”为了讨得曹操喜欢，我说了一句漂亮话。曹操开心地笑了，他笑起来很难看，不过我还是喜欢他笑起来的样子。

到了离荥阳关不远的赵庄后，我们憩息下来了。我看见甘夫人走下了马车，从她的衣服里面，落下了一个鼓鼓的小白布包。她似乎没有注意到，兀自走了。我走上前去，捡起了那个小布包，我打开一看，里面是个小布人，小布人的胸口刺着三枚细针。我起初觉得好笑，以为甘夫人还喜欢布娃娃，不过我很快发觉小布人的眉眼很像我，再细细一看，小布人上还写有两个字：貂蝉。我差一点昏死过去，心如被细针刺中一般。我怎么也没有想到，看起来温顺寡言的甘夫人竟然以如此方式诅咒我。旁边的婢女也看到了，目瞪口呆地看着我，不知该如何是好。我发狠地瞪了她一眼，示意她不要说话。我把那个小布人掷得远远，我才不相信那个东西呢！或者说，我才不怕死呢！我早已是一个死人了。在这个世界上，所有的女人都喜欢我死去，而男人希望我永远年轻美貌。我忍住不让自己哭出来，让一行热泪瀑布一样无声流淌。在这个世界上，为什么可怜的女人们要如此相残呢？

卞　喜

我不相信万事皆有灵验，万物皆有必解之谜。我相信奇迹肯定不会发生，肯定不会出现在我身上。所以当初有人对一些奇门遁甲疯狂执迷趋之若鹜之时，我表现得胸有成竹不屑一顾。我少年的时候生活在乡村，经常看到这样一种人：他们没有文化，也谈不上智慧，不过他们确实能够通神，当他们全神贯注于某些事件时，奇迹就会在他们身上发生：他们握在手中的筷子，可以在米堆上写字；他们会画出神秘的符号，然后可以正确地解释。他们还可以预测雷雨，让死人复生，让女子怀孕……诸如此类的神迹，在乡村中还有很多。不过我后来知道，诸如此类的东西，都是事先安排好的行动。后来我还曾在黄巾军待过一段时间，领教过各种各样的旁门左道，也学会很多奇门遁甲。每当我看到那些方士们站在高台之上，右手执七星宝剑，左手摇黑风旗呼风唤雨之时，我总是暗地里窃笑，静候着他们露馅。我就知道这些人都是蹩脚的戏子，他们哪里会有神通呢？只会胡言乱语骗吃骗喝，或者别有用心偷梁换柱，他们以神迹的骗局，以期得到世俗的追求，这样的人是难以成事的。当一队人马的核心层都由这样的江湖骗子组成的话，你不能指望他们会拼死搏杀，他们会随时随地溜之大吉。所以当“五斗米教”的张角张宝们一直执迷不悟痴迷法术的时候，我选择了离开，拉了一队人马投奔了曹操。我喜欢曹丞相干净利落的处世方式，在我看来，像曹丞相这样的人其实是有神迹的，在他的身上，一直有一种奇妙的力量，只是他没有自觉地运用这种神迹罢了。

真正的“神通”是什么？是意志。那是在大冬天雪地里的冥想，当你在冰天雪地里冥想赤日炎炎的夏天时，你的身体就不会觉得冰冷。还有一次，当我在一棵古松下运气打坐之时，一只苍鹰竟然飞翔在我的头顶上，盘旋着久久不愿离去。这是不是“神通”？我认为就是“神通”，这还是某种程度的天人合一。“神通”还是意志专一，当你专注你的全部心力于你的手指时，“一指禅”就会产生。当你调动你全部的生命能量期望某件事情发生时，一切都不可避免，它真的就会发生。

当我听到关羽轻而易举地斩杀了河北名将颜良、文丑的传说后，我感到十分震惊，那两个武艺高强的河北名将，怎么会被关羽如此轻飘飘地杀死了呢？我相信每个经历过鏖战的人都会明白，要杀死一个人并不容易。在很多时候，当你杀你一个人时，你已经半死了。你必须得耗尽最后一点气力，才能置对方以死地。当然，运气是当中至关重要的因素。我觉得关羽能轻松地杀死颜良和文丑，运气是其中最重要的。这运气就像神秘的气流一样，来无踪，去无影。不过它又可以结结实实地左右着结果。

我一点也不怕关云长。探马来报关云长连闯三关即将来到汜水关的时候，我一点也不慌乱。我让探马退下，又接着读了一会手中的《易经》。我希望能借助一种扑朔迷离的力量来打败关羽。我一直纠结于这个问题，是因为我到底放不放关羽过关。这更增加了我的忐忑，毕竟，关羽身怀绝技，如果要杀他，得冒很大的风险。不过此时，我已打定了主意，我一定得杀死关羽，不为别的，是为了貂蝉。我从未见过貂蝉，不过我听说了有关她的所有的故事。对于任何一个男人来说，这样的女人就是梦想。我想让貂蝉留在这里，或者，如果她同意的话，我们可以一道离开汜水关，去天涯海角。

如果你要问我为什么如此胸有成竹的话，那么，我告诉你，那是因为我有智慧，我不相信神通。我相信人和人之间相差不大，顶级的高手之间绝不会出现不堪一击的现象。我知道对付关羽这样的人，靠蛮力是不可能成功的。既然一个人爱荣誉，那么你就给他荣誉；如果一个人爱虚荣的话，那么你就给他虚荣；或者金钱，或者地位。我知道关羽并非无懈可击，因为人性都是有弱点的。相信人的弱点，比相信神通和奇迹，更具有智慧。

探马再次通报，关羽已到城下了，大声叫嚷让我们放他过关，说他只想通过去河北。我当即让军士打开大门。然后，我一骑冲出城，大叫一声：“请问关将军在吗？”只见一个骑枣红色高头大马、长须飘飘的人高声应道：“我就是关某。”我立即翻身下马，抱拳敬礼说：“久慕关将军名声，小将卞喜等您多时了。”

关羽哈哈一笑，说：“没想到关某在这个地方，还会有人知道俺。”

我高声说：“今日能见到关将军，算是小将的福分了。关将军还记得吗？汜水关原叫虎牢关，将军先是在这里温酒斩了华雄，然后又和刘皇叔、翼德将军‘三英战吕布’。真是一仗成名啊！一直到现在，百姓们仍还记得将军的风采，多次请求要为您立功德碑呢！将军再临这里，真是汜水关的荣幸啊！”

关羽听了很开心，说：“一晃很多年了——当年这里还叫虎牢关，什么时候改的名字？”

我回答说：“也就是前些年，曹丞相嫌虎牢关这个名不太好，就自己拟了个名，改汜水关了。”

关羽若有所思，没有再说话了。

我问：“听说将军一行，除了刘备的二位夫人之外，还有天下第一美女貂蝉。小将孤陋寡闻，身处偏僻之地，也没有见过什么世面，更谈不上见过什么美人。关将军能让小将见一见貂蝉吗？”

关羽的脸上掠过一丝不快，不过还是努力克制住了。他带着我来到那个三匹马拉着的马车前，上前说：“夫人，汜水关守将卞喜求见。”

马车的布帘拉开了，露出一张美丽绝伦的脸。我承认我自第一眼看到那面孔之后，就电光火石般被击中了。我从来没有想到美丽如此富有力量，就像带着轰鸣的闪电一样。我像被击中一样呆若木鸡，不知该如何说话才好。貂蝉对着我盈盈一笑，声音像金铃似的悦耳动听：“谢谢将军款待，此番到此，给将军添麻烦了。”然后，布帘放下，马车辚辚地走了。我呆若木鸡地站在原处，一时竟不知如何转过身来。

努力平息了内心的激动后，邪恶像蜘蛛一样顺着心思攀援而上，我打定主意，转过身来对关羽说：“一切都安排好了，关将军你们今晚就住在镇国寺，那是一个古刹，清雅幽静，没人打扰，诸事都很方便。”关羽很高兴，说：“既然到了汜水关，就一切听从将军的安排，将军只管做主便是。”

进城之后，我即带着关羽一行前往镇国寺。这一座寺院就在汜水关边的山坡之上，巍峨庄严，很是醒目。门前的放生池里种满了荷花，两旁生长乌桕榆木苦楝等树木，葱茏地将寺院笼罩在一片绿荫之中。下了车马后，镇国寺的主持普净带着一帮僧人来迎，我和普净一道，带着关羽一行人在寺中看了一圈。关羽很高兴，他的兴趣很高，竟然跟普净谈起了佛法。我伺机说道：“真的感谢将军，能从我这里经过，小生感到非常荣幸。时辰不早了，不如让随行人员先行休息，小将在旁厅备了晚宴，过一会请关将军过来稍稍吃喝两杯。”

“我看不必了吧，关某不善饮酒。”

“关将军千万不要推辞，我们看见关将军，就像看见天神一样！能够跟将军在一起吃一顿饭，是汜水关众将士一辈子的荣耀啊！”

关羽不说话了。

我暗自得意。谦卑是一种暗器，它总是让人难以抵挡，尤其是对关羽这样的半人半神，它不仅是最好的武器，还可以说是唯一的武器。从禅房退出之后，我即召集了手下的亲信二百多人，让他们持短刀短斧四处潜伏。等酒宴开始之时，让他们伺机躲避于幄幕之后，听我号令将关羽缚住。我特地交代，关羽天下无敌，千万不可小觑，必须一拥而上才能将他擒住。

然后，就是擒获关羽的过程了。待关羽就座之后，我让人端来了事先调好的药酒，而我事先服好了解药。我郑重地斟满了酒盅，又示意给关羽斟上，我站起身来，走到关羽面前，恭恭敬敬地弯腰致礼。我端着酒杯说：“一直慕关将军英名，今天能亲眼目睹，实是三生有幸！卞某就是死，也值得了。”完毕，我将杯中的酒一饮而尽。关羽十分高兴地看着我说：“将军太客气了，此次来汜水关，算是故地重游，又遇到将军，着实很高兴，此次过关，有劳卞将军了。”关羽说着抿了抿杯中的酒，似乎不太肯喝。我问：“关将军不饮酒？”关羽答道：“一路保护二位嫂嫂，责任重大，关某一直不敢饮酒。”我说：“将军一路走来，人困马乏，到了汜水关，算是重回故里重见故人，正好饮几杯酒后去憩息。”在我的力劝之下，关羽勉强喝了两小口。只一会，我就看他双眼迷蒙，变得无精打采，伏在案上睡了起来。当门外五十多个黑衣人听到我的召唤闯入之时，关羽只是抬了抬头，迷离地看了一下眼前，嘴里咕噜了一句，挥舞起那一把大刀砍向我们，我们只得避让。好在一会工夫之后，关羽开始变得气喘吁吁，那一把青龙偃月刀在促狭窄小的环境里，像一个喝醉的巨人一样跌跌撞撞。就在关羽趔趄着差点摔倒的时候，一个黑衣人从大梁上拿着渔网突然落下，将关羽罩得严严实实，众人一拥而上，将关羽擒获，然后，结结实实地绑缚于大殿的柱子上。

一切如此顺利。感谢上天赐予的智慧和能力，我没有想到这事做得如此轻巧。当关羽被五花大绑地拴在镇国寺堂前的柱子时，他仍是没有醒悟过来。当然，我不会忘了让手下把关羽那把青龙偃月刀收好，我知道只要关羽跟大刀在一起，就是很大的危险。

半个时辰之后，关羽醒了过来。当他看到自己被紧紧地捆绑在柱子上时，显得非常愤怒，他用力挣扎了一会，见没有效果，便不再挣扎了，而是安安静静地站在那里，什么话也不说，用眼角睨着我，眼神中充满着鄙视。我讪笑着说："关将军，缚虎不得不紧，你就暂时委屈一下。成者为王败者为寇，你既然被我捉住，你就要听我的。我不是想杀你，我们俩毕竟无冤也无仇，杀你，我也得不到什么好处，而且极可能曹丞相还会杀了我。因为他那么喜爱你，肯定会杀我以示对你的喜爱。所以我不会杀你，我只是想跟你做一笔交易。你看怎么样？"

"卑鄙小人！关某从不跟无名鼠辈打交道！"

我咂咂嘴，笑着说："关将军错矣！千万不要小瞧任何一个人，大人在明处，小人在暗处；明枪易躲，暗箭难防，关将军总知道这个道理吧?”

关羽不做声了。

“其实下某想说的是，将军不要忽视任何一个人，哪怕他是小人物，就像下某。关将军应该知道这个道理啊……”

关羽听到我的话之后，稍稍地平静了些，他看了看我，似乎想进一步听听我的话。我说:“闲话不说了，我知道关将军过关是为了带着刘备的二位夫人去找刘备。我跟关将军商量一下——你将貂蝉留下，尽管带着甘、糜二夫人去河北怎样?”

关羽说:“关某从来不跟别人商量事情，都是别人求我办事。至于你这种卑劣的鼠辈，更得向关爷爷下跪才行。”

我不再言语。我知道关云长的高傲，也知道他有高傲的资本。我在想的一个问题是，凭什么你就能如此高傲地对待万事万物，就凭你有一把无人能撼动的青龙偃月刀?我转过身来，试图摆弄一下那一把大刀，可是我用劲全身气力，只是让这一把刀稍稍地离开地面，心脏也咚咚跳了起来。我只好放下刀，等心跳平息后，自嘲地拍了拍手，说:“还真是没有想到，这把刀还真是沉。”

关羽冷笑一声，说:“我会让你见识这把刀的分量!”

我的心一凛，关羽丹凤眼中透出的寒光让我心生恐惧。

我装作若无其事，又问:“怎么样，关将军?”

关羽冷冷地问:“为什么?”

“为什么?鸟为食物死，人为美女亡。我早就不想做这个关长了，如果你把貂蝉给我，我会带着她远走高飞。人生一世，得风流时且风流。”

关羽不屑地说："就凭你？要杀就杀，关某是绝对不跟无名小辈谈条件的！"

我一边笑一边说："关将军我知道你还是看不起我——很小的时候，当农夫的父亲就跟我说，上天对所有人都是公平的：当他没有给你过人之处时，会让你变得不引人注目。没有什么会比一个人在明处，而他的对手在暗处会更有优势的了！我现在算是真正明白他的话了。"

我继续说："关将军你知道吗，打自小起，我就跟戏班子巡回卖艺。我学会的一件事就是，每一个人都应该努力扮演好自己的角色，不仅戏里是这样，戏外也是这样。我当上军士之后，有人教我：你想在战场上不死吗？记得在冲锋时，一定要躲在高个子的身后，因为敌人的箭矢一定会瞄准他。我这么做了，还真保住了自己的命。我是那样聪明好学，绝不迂腐，所以我从军时间不长就当上了一关之长。以我的经验看，智慧最重要，它才是决定成败的重要因素。就像现在，作为一个籍籍无名偏远地区的偏将军，我竟然擒获了汉寿亭侯，这是多大的荣誉啊！我还将拥有貂蝉，这又是多大的幸福……"

关羽怒目圆睁，气急败坏地怒斥我："你这个三流戏子……"

我撇了撇嘴说："关将军你这就不对了，别瞧不起戏子啊，其实人在世上，谁不在努力演戏啊？老百姓如此，为朝廷做事的也如此：军中监事必须凶神恶煞，财政大臣必须克勤克俭……纵使他胡作非为，表面上也得装一个好形象。你关羽不也如此吗？看起来忠义诚信，其实哪会那样呢，如果刘备让你把貂蝉给他，你会拱手相让?”

我一边说话，一边哈哈大笑:“其实关将军将貂蝉留给我，可少了不少危险啊，不说这一路上强盗坏人看到貂蝉会起异心，你若是带着貂蝉去河北，刘皇叔看上了，想要，你又不能不给。他是你兄长啊！你不给，他就会忌恨在心。不如你将貂蝉留在这里，你带着二位嫂嫂见你的大哥，既省事省心，又合情合理，岂不更好?”

关羽沉默不语。他大约是觉得我说的有些道理吧，有些事情，他可能早就想过。我有点得意，想着若是能抱得美人归，此生算是不白活了。身处乱世之中，如果还有什么东西不让我心灰意冷的话，拥有一个绝代佳人肯定是首选。至于其他的，黄金美玉豪宅也是不可缺少的。人生既苦又短，若有金钱美女相伴，也算是对得起自己的臭皮囊了。

关羽闭上了眼睑，似乎懒得理我了。我凝视着他，这一个高大、威猛、中正、缄默的人的确像一个天神。这个智与勇的化身者，却败在我的手中。一想到我的成功，我就不由自主地感到得意。正在我犹豫着如何处置关羽时，房梁上突然落下来一个人，站在我面前把我吓了一跳。没等我反应过来，他已用短刀割断了捆缚在关羽身上的绳索。我定眼一看，此人眉清目秀，分明是在此之前见到的那个马弁。我以为在我擒到了关羽之后，他们一定会树倒猢狲散，没想到这个人还如此地忠于关羽，这是我没有考虑到的。

好在关羽此时还加入不了战斗，此时的他，踉踉跄跄甚至举不起他的青龙偃月刀。我想应尽快杀掉这个马弁，再去杀掉毫无抵抗力的关羽。我带领黑衣人将马弁团团包围在中间，我挥舞着我的长剑直取马弁。我用的是一把很长的宝剑，可以削铁如泥，是我从一个道长那里花重金买来的，它用人们罕见的金属制成，剑身上下散发一股诡异的蓝光。我不相信任何传说，我只相信自己手中的这把长剑。我注意到马弁那不一样的眼睛，眼神中仿佛有火，如玄冰一样冷冷地燃烧。马弁看着我，面目平静，突然地我就看他舞动那一把短刀，像一阵旋风般席卷过来。

剑与刀相交之时，我听到的并非金属碰撞的声音，而是一种人类听觉极限的声音传来，如惨白的厉声一样破空。声音又尖又细，像是动物凄惨无比的哀嚎，从身体中快速脱逃，然后破空向前。我觉得很奇怪，又用自己的长剑闪击马弁那把短刀，凄婉的声音再次传出，就像刀剑相碰里蓦地跃出一个鬼魂。我感到毛骨悚然。马弁的短刀继续像狂风暴雨似地攻击我，我变得手忙脚乱。刀光剑影中，我不得不再度后退，我身边的黑衣人不断地仆倒。如果说我的宝剑尚可以抵挡得了马弁短刀水银泻地般连击的话，那么，我的耳朵已经受不了兵器碰撞的凄厉声。我不由自主地松开一只手，去捂住自己的耳朵，不想再听到尖厉的叫声。我的呼吸开始急促，呼出的气息在月光下飘散如烟。让我感到奇怪的还有：马弁那把原先黑沉如墨的短刀，此刻已结满白霜，在月光之下闪耀着苍蓝色的光芒。

……后来，应该是我慢了一拍吧，银色的月光穿过了我的身体，我手中的长剑裂成千百碎片，如碎雨一样四处散落。我的手中只剩下剑柄，眼神也变得游离。我感到身体一分为二，上身竟像丝绸般飘浮在空中。我想找到长剑的残骸，把它们重新黏在一起，然后继续抵御马弁的短刀……我这样想着，只觉得自己的下身“咚”的一声跌落在地面上。我听见关羽的马弁说了一句话，声音如冰湖碎裂，充满着嘲弄：“怎么样？没想到关云长的马弁也有如此本领吧？”我的确是没有想到，我以为马弁只是牵牵马干些杂活的下人，没想到眼前这一个人竟然是令人恐怖的侠士。我摇了摇头，想说话，可我的嘴唇已发不出声音，我的喉管已无气息流过，就像冷冰冰的铁管一样。

我早就听说了，当死亡化作人形，伸长手臂攫取尘世已终结之人的灵魂时，周身会有一道赤色的光芒萦绕。现在，我看到了死神，它其实就是关云长。我看着他冲着我大笑，用那把巨大的大刀向我劈来。我要早点知道关云长是死神就好了，我就可以远远地躲避他，把大门敞开让他呼啸穿过。

关　羽

汜水关寂寞而孤独地呈现在我面前时，我不由自主地心生感慨：这一座古老的关隘，真算是我的福地——那时候汜水关还叫虎牢关，正是在这里，我先是温酒斩华雄一战成名；不久，又跟刘备、张飞“三英战吕布”，奠定了兄弟仨的江湖地位。当年大战，地动山摇，我甚至没顾得上好好打量这座古老的关隘，而现在，它看起来如此破烂不堪，像一个颤巍巍的老人一样孤坐在太阳地里。原先在它的左边，似乎有一片连着山势无比辽阔、盘根错节的杨枫林，现在也不见了，大约毁于兵燹和砍伐；城墙硕大的砖缝中，很多都长出绿色的植物，有乌柏树枝，有不知名的野草。这些，都使得古老的关隘更显古老而颓唐。与关隘相连的，是那座汜水小镇，塔楼、宅院、屋舍、桥梁、店铺等挤在一块，诠释着古隘的日常生活。

当卞喜带着我走进了镇国寺的大门时，一股凉爽的气息扑面而来，引人注目的是大雄宝殿前有一个一丈多高的浮屠寺，巍峨地屹立在那里。塔为九层八角，上有金盘，下有重楼，每层皆有飞檐，每面镶有铜镜，塔顶亦有一面铜镜朝天。我正细细地看着这座“九镜塔”，寺内方丈普净带着众僧迎了出来。卞喜先是安排二位夫人及貂蝉一行去别院憩息，又示意主持带着我去后寺看看。我回绝了卞喜的安排，车途劳顿，我想早点安歇下来。卞喜见我不肯去后寺，说：“关将军你知道不知道镇国寺后院有一宝，一定是关将军所没有看到过的。”

“哦?”

“有一棵千年银杏树。料想将军没有看过吧？”

“啊，那我是要看看。”

我极想看看这个银杏树。于是在卞喜的带领下，我来到了后寺。一进院门，即看见一棵硕大无比的树立在那里，树干直冲云霄，树叶茂盛无比。奇怪的是这株树的树皮呈灰白色，像人的骨头一样。此时正是夏天，千万只银杏的叶子手掌一样伸出，把天空挡得密不透风。更奇怪的是，在树的主干上，赫然长着一张人脸，容貌深长而忧郁，像一个老人一样意味深长。

方丈普净走过来，在一旁介绍说：“这一株银杏树在寺院修建之前，就长在这里了，当年法门禅师来到这里出家修行，看到这一株树，觉得万物皆有佛心，此树更有佛意，便有意把它修入寺中。之后，寺院扩大，依着银杏树的长势，把这一块地方变成后院，这棵树就一直在这里了。”

攀谈之中，我从普净的口音中，听出了家乡的味道。一问，普净果然是我的同乡。让人惊异的是，我跟普净当初所住的地方，只隔一条小小的河流！不仅如此，普净还与我同庚，并且是同一年离开山西解县。这真是一件奇事！普净在解县时，曾是当地的一个孝廉，也是卷入了一场官司，让他家破人亡。他一开始并未出家，只是一个偶然的机会，见到了传道的和尚，交谈过后，突然有一种明心见性的感觉。于是豁然开朗，出家为僧。

天下起雨来，我们一边聊着，一边在报国寺的屋檐欣赏着一面墙上的壁画。壁画是新落成的，内容是佛教各色神祇的故事，线条优美生动，人物栩栩如生，安详喜悦，颇有情趣。我笑着说好的作品一定得画师和时光共同创作才行，就像壁画，最好是旧的，新的壁画总显一览无余。普净频频点头。我们又谈起了儒与佛的问题，我问普净，佛法在东土落地即生根开花，究竟是什么原因呢？

普净笑着说：“缺什么补什么，关将军不觉得华夏之地，大多数人都是稀里糊涂地活着，争权逐利，痴心妄想。佛教，就是最好的良药，只有病人，才如此需要啊！”

“佛最大的好处在什么地方呢？”我试探着问。

“最大的好处，就在于让人有所忌惮。一个人无法无天，什么都不怕，无论如何都不是好事。当然，这是对众生而言，对另一部分人来说，佛教可以是说是通天之途，你沿着它走，就可以避免三界轮回，脱离苦海。”

我承认普净对于佛法的回答出乎我意料，我有点不太明白，但我似乎感觉到了那么点意思。

接下来是普净反过来问我了，他大约是知道我对儒学有一些研究，便问：“据说将军对于‘仁’有着很好的见解，不妨说来听一听。”

“仁者爱人，我想，应该是自我修正吧，这个自我修正，不是来自外部，而是来自内部，是先觉察，才能修正。修正克己，就是仁吧？”

“其实是一样的啊！”普净笑道，“佛家也讲深入自己的内心，从自己的内心去发现‘佛’。”

话匣子一打开后，我们越说越兴奋。由“仁”，普净谈到了“佛”，他说“佛”其实就是什么都不是，不是人，不是神，不是仙；不是男人，也不是女人……词汇其实都是由经验而来，没有经验，便很难理解别人所做的词。所以对待佛所说的话，你不能用既定的经验去想象和判断。我承认普净说的话有点超出我的理解范畴，不过我依旧表示理解。普净告诉我，佛法浩瀚无边，幽微至极，想用文字来进行表达，是一件非常困难的事情。佛法不重文字，这一点跟儒家不一样。因为文字也是一种不准确的东西，几乎所有的东西，用文字一来表述，就已经是错了。文字是有局限的，那些不太好表达的真理应该是在文字所阐述的东西后面，必须用心去感觉。虽然佛法有佛经，也有一些偶像和故事，不过千万不要被故事和偶像所迷惑，最应该明白的是他背后阐述的道理，明白掌握佛法的路径，这些才是最重要的。在这个世界上，垃圾总是胜过黄金，通往佛法的道路，就是在垃圾中去寻找黄金的过程。

佛学博大精深，真是一点不错啊！我感叹地说。难怪佛学东传，让汉朝人无比震撼，多少人趋之若鹜。张辽就对佛学兴趣颇大，他曾经跟我说，凡是与佛有缘的人绝对不能小觑，我还真是明白了。如果一种知识体系，能站在生与死的边缘上进行思考，冷静地面对人性和社会，就绝对不敢让人小觑。普净与我交谈之际，报国寺内雨声四溅，廊檐下的凤仙花被水柱冲淡了颜色，一只鸟笼中的红嘴八哥在大雨中烦躁不安，不停地扇动着翅膀。普净突然面色一沉，左右看了一下，悄悄地告诉我，说：

“关将军，关于佛学，我们下次再谈吧——你最好尽快离开这里，卞喜虽然年轻，心术极其不正，将军最好早点离开汜水关。”

普净正说着，卞喜走了过来，冲着我们呵呵一笑说：“真是缘分啊，没想到两位师尊谈得如此投缘，小将也想听一听。关将军，饭菜已准备好了，普净师傅若不嫌弃，可以一道边吃边聊。”

我正想挽留，普净连忙说道：“老僧不善酒力，也不善荤缘，就此告退。”

在此之后的事情大家都知道了，我喝了置于酒中的毒药，四肢变得无力。当卞喜带着一帮黑衣人将我团团围住之后，我尽管挥舞着青龙偃月刀杀死了很多人，不过我很快晕倒在地。等我清醒之时，我已被绑缚在厅堂的柱子上，面前是卞喜和一群黑衣人。他们一个个手握短刀，有一个还拎着一个大大的渔网，冲着我露出得意的神情。我冷冷一笑，冲着卞喜说：“卞将军，你这是要关某的命吗？”卞喜说：“关将军，其实卞某也没有其他意思，就是想跟将军讨教几招，我一直听说关将军天下刀法第一，卞某年轻气盛，有点不服气，所以想请关将军不吝赐教一番。”

我说：“卞喜，关某跟你无冤无仇，为何使此卑劣手段，跟关某过不去呢？”

卞喜哈哈一笑，说：“关将军知道吗？现在传言吕布死了之后，关将军已是天下第一高手，我若擒获了关将军，一来可以一夜成名，到时候卞某也不用在此小关度过聊生了；二来我就可以将天下第一美人貂蝉留在身边，这一举两得的事，真是让人无法拒绝啊……”

我冷笑一声，说：“小子厚颜无耻，既然想讨教关某的刀法，何不如放马过来，让关某陪你大战几回合。”

卞喜一脸坏笑，说：“那我可不敢，对待关将军，小将认为不能力取，只能计谋，还望关将军海涵。”

我没想到天下还有如此不顾道义和廉耻之人，更何况卞喜如此年轻。当卞喜涎着脸皮提出如果我将貂蝉留下，只带着二位夫人去河北，他便可以放我出关的要求时，我简直气急败坏。这样的要求，简直对我是极大的耻辱，对貂蝉也是。我大声说：“我是不可能答应的，你要杀就杀，这样的要求，对于关某来说，是不可能的。”

马弁在关键的时候救了我。我看见他从银杏树上一跃而下，身姿如猿猴一样灵敏，步伐之快，简直让人匪夷所思。在马弁杀死卞喜之后，我感到心花怒放，觉得气力恢复了不少，我在树下大叫："马弁！快给我刀。"马弁听到了，飞也似地提着靠放一旁的青龙偃月刀向我奔来，待临近了，一扬手将刀向我掷过来。我看见一条龙张牙舞爪地奔向我，我高兴极了，飞身迎上去。有刀在手，眼下的一切，就该由我做主了。

我抡起了青龙偃月刀，像是在夏日西瓜地里挥舞着"板凳龙"一样，那是农耕时代的丰收舞，是天地日月与人的狂欢。大刀所到之处，那些浑圆和不浑圆的脑袋如西瓜一样绽开，我听到了此起彼伏的"哧哧"声，看见鲜红的瓜瓤汁水四处飞溅。有此音乐相伴，我觉得身轻如燕，仿佛驾云腾雾的感觉。等到我徐徐吐出一口长气的时候，面前尸横遍野。我差一点就死在卞喜的刀下，假如结果成了那样，还会有人知道关羽吗？历史真是剩余的东西，或者说，是剩余下来变成文字的东西。当马弁一身血迹来到我面前时，我已经完全清醒过来，我拎着青龙偃月刀对他说："关某多谢小兄弟了！"马弁看着我，垂下眼帘，恭敬而腼腆地说："将军太客气了，这些小毛贼，哪里有劳将军动手呢！"

我朝他感激地笑了笑，这个时常沉浸于无限内心体验中的年轻人，就像是古时颜回一样沉静深邃，让我没有想到的，他还如子路一样武艺高强。我现在知道他的出现是上天赐给我的一个帮助，就如同青龙偃月刀以及赤兔马一样。

马　弁

我可以从人肢体的运动，看出人的心思，这是我的特长之一。当卞喜提出来要见貂蝉之时，我一下子就判断出他的企图——他显然是

图谋将貂蝉占为己有！我当然能看透一般男人的心思，这是因为我本身曾经是一个男人，我曾经有跟他们一样的心理。一般的男人很难抵挡貂蝉的魅力，这也不能怪他们，只能怪貂蝉太美，而美又是带有蛊惑力的，就像蜜蜂天生带有毒针似的。当卞喜向关羽提出安排我们居住在镇国寺时，我从卞喜游离的眼神，以及略为紧张的四肢动作上，看出了他似乎别有企图。当关将军爽快地答应了卞喜的安排后，我看到卞喜的嘴角上露出了一丝不易察觉的微笑，就像水波一样泛起。人的表情跟很多东西一样，也是有着层次的，如果最上面的是油，那么，下面就是水。你不能被表面的油所蒙蔽，重要的是你要看出水的流动，甚至要看出水之下的心的流动。

其实我的这一些直觉，都是当年安伽长老训练出来的。在我小时候，除了跟塾师学习儒家和道家的经典外，安伽还教我天文学、数学、物理学、音乐和绘画。安伽告诉我，文学代表语言极限，数学代表思维极限，数理代表做事的能力，至于音乐和绘画，一个是对空灵的探求，一个是影像的复制能力和感受力。安伽能以细密的线条勾勒出一个个栩栩如生的形象，这在当时是不多见的。众多的汉画与之相比，更像是远古笨拙的写意。安伽还培养了我一个习惯：每到一个地方，都要细心地进行观察，不仅仅观察一个地方的风土人情，观察当地人，还要对这个地方总体上呈现的颜色进行观察。在颜色中，可以发现很多潜在的东西。他告诉我，颜色其实是人体对光线的反应，上天以光线为媒介，调节人世间的很多事情，因而颜色富有寓意，与上天的旨意有着某种联系，与当地的气候、土地的颜色、人们的思想以及生存关系有关。我注意到在汉朝，人们更喜欢红色、金色和绿色，大约是因为红色意味着生命，金色意味着财富和权力，至于绿色，那是植物的颜色，对于这个农业国度而言，绿色意味着生命和生长。当然，汉朝人并不完全地排斥黑色，虽然在他们的丧礼上都使用着黑色作为主色调，但他们的年长者都喜欢穿黑色的衣服。这可能象征着一种岁月吧？黑色囤积了时间，代表着庄重、神秘和无限。除此之外，黑色还是汉朝人眼瞳的颜色，我发现眼瞳的颜色，往往在族群的生活中占据极其重要的地位。

至于对于汉朝人的看法，安伽告诉我，汉朝人很聪明，我所接触的几乎每一个汉朝人都很聪明。他们似乎敬重一切不可证实的东西，又似乎对这一切怀有戒备，他们更愿意在一些生活小事上花费自己的精力。不过汉朝人大部分聪明只停留在算计的层次上，因为他们的思维不够开阔，流于小气。安伽告诉我，聪明是一个点，是一点星火，最多是由点到线，而智慧呢，是一个空间。聪明是偏执的；智慧是平和的，智慧之所以高过聪明，是因为它兼有内在和外在，能将许多看似毫无关联的东西联系起来，借助于诸多力量来壮大自己。

跟我在一起时，安伽长老不仅教我知识和武功，更一直不忘训练我的直觉。他经常跟我说：知识是重要的，不过一个人因为知识的增加失去直觉的话，这种成长是得不偿失的，就如同得到了一桶水而失去了海洋，得到了一枚金币失去了宝藏，得到了一抹绿色失去了草原。安伽长老经常让我在最短的时间里，不借助于任何知识和思考理性进行判断。在他看来，知识是人类建立起来的，是有局限的；直觉的力量则来自上苍。作为上天的子民，一定不要忘了上天所给予人的最本质的东西，那才是值得依托的。我喜欢听安伽长老说话，他的语调淡定而从容，就像山岚般缥缥缈缈。安伽长老有着一副高大而瘦削的身材，泛着红润的白皮肤；除此之外，他还有着一双瘦薄而细软的大手，宽阔而硕大的鼻子，翘下颌，一双清澈而明亮的蓝眼睛，眼神里透露着坚定和智慧。我懂得他，这是一个可以为着某种理想而矢志不渝的人。

想到安伽，我总是禁不住想多说几句——其实安伽长老并不太善言谈。他从未告诉我属于何门何派，不过，我却可以从他的言语中，感到浓郁的宗教感。当一个人能将活着放在天与地的背景之下，他就已经是宗教的了。安伽告诉我，来汉朝之前，他曾是波斯国的一个富有的商人，三十岁那一年，他的妻子以及两个孩子先后死于天花。悲伤使他绝望，也让他觉得有必要将余生交给上天，以前往新世界布道的方式，来消除自己的罪恶。在他三十二岁那一年，他响应了神的号召，来到了汉朝。到了长安之后，他期望把汉朝人引荐给上天，以得到上天的关照。这个国家的饥荒很多，安伽时常将稀饭和馒头放在街头，让饥荒的人排队领取。每当他拿起那个大勺舀起稀饭救济饥饿的人们时，总是安详地半闭眼睑，嘴里念念有词，面部像烛光一样明亮。安伽还教那些贫困的孩子们唱歌，“神与我同在，他给我食，他给我衣，神的声音就是福音……”安伽神父的声音颤抖，就像一架破旧的马头琴一样，眼中却有神圣的平静。

安伽就这样坚韧地行动着，努力伸长自己的翅膀，给予心诚的信仰者安慰和庇护，自己却忍受着长钉插入身体的痛苦。当然，从另一个意义上看，他所做的一切也慢慢有着结果，尽管脚下土地贫瘠，也能长出一点小花小草。当每天太阳升起的时候，那些面目平静，从事各式各样生计的汉朝人在重复他们的日子时，我已感觉到，他们的脑子开始慢慢潜入我们的思想、词汇以及思维方式。当然，如此占领是上天的方式——信仰和理性其实是上天的军队，是一群不拿武器的力量。信仰更是弱者的武器，因为上天从不嫌弃弱者，并且更愿意帮助弱者，以爱和关怀让他们强大。在这一过程中，安伽始终和蔼可亲，以自己的智慧和温暖去感召身边的人。他几乎对所有人有求必应，为的是让神一步步地进入他们的生活，让人们得到皈依。安伽做这一切的时候，泰然的模样让人猜测他是不是夜夜梦见到神的训示，从而获得无穷无尽的力量。

……当关羽在卞喜的引导下参观镇国寺时，我悄悄地离开了人群，没有人注意我，谁会注意一个貌不惊人的马弁呢？我来到前院，眼见着周围无人，便顺着门口那株巨大的银杏树一直攀援到屋顶之上。我伏在上面一动不动，下面的一切尽在我的掌握之中。不一会，我看见一队人马穿着黑色的夜行服鱼贯而入，大约有五十多人，一个个手执短刀，有一个人还拎着一副渔网。他们先是埋伏在大殿之外，从窗楼的缝隙中向里面观望。接着，我听到了卞喜发出的呼哨声，那些黑衣人发出一声喊，一起冲了进去。下面大殿里响起了乒乒乓乓的打斗声，间或有一两个人头抛出来。我掀开楼顶的屋瓦向下看，关羽挥舞着青龙偃月刀，像切菜瓜似地砍杀着扑向他的黑衣人。不过因为大殿较小，关羽的大刀有些抡不开，那些黑衣人如飞蛾一样在他身边飞舞。一段时间之后，关羽变得气喘吁吁，那一把重达八十二斤的青龙偃月刀在促狭窄小的环境里，并不是件完美的武器。又过了一会，大约是酒中的药力发作了，关羽的脚步变得踉跄，手中的大刀也变得缓慢。就在关羽趔趄着差点摔倒的时候，一个黑衣人从大梁上拿着渔网突然落下，将关羽罩得严严实实，众飞蛾一拥而上，将关羽擒获，然后，结结实实地绑缚于大殿的柱子上。

在此之后，卞喜的话道出了他的动机——他不仅想谋害关羽，他还看中了貂蝉！一切都在我的意料之中，一个普通人是很难抵御貂蝉的魅力的，就像很难抵御奇珍异宝的光芒似的。除非他是一个舍弃了光明的瞎子，就如同我舍弃了阴阳的身体一样。问题是，渴望是一回事，攫取又是另外一回事，当渴望变成攫取的行动时，他就摇身一变成了亡命之徒。与此同时的问题还有，这世上的万事万物，都是有缺陷的，可貂蝉没有，她只有极致的美，处处体现上天的意旨。她不仅是美的事物，还是美的观念。我感兴趣的，其实是貂蝉形象后面的观念。只有蕴藏着美的观念的完美形象，才能称得鬼斧神工，才代表着上天的意志。

接下来的事情无人知晓，因为现场的每一个人都已死去，除了关羽。在关羽被卞喜下了迷药捆绑在寺中之后，夜半时分，我像一只蝙蝠一样从屋顶俯冲而下。看守关羽的两个护卫还没来得及反应过来，就被我用短刀削断了脖颈。

我的动作一气呵成，其中一人像只未开叫的仔鸡一样，身体一歪瘫倒在地，鲜血从脖子喷溅出来；另一个没来得及反应，就被我切下了脑袋，正在踱步的他浑然不觉有异，顶着无头的身子走了三五步后轰然倒地。我的身手之迅疾，连关羽都看得目瞪口呆。当将缚住关羽身上的绳索挑断时，卞喜带着一队黑衣人赶到了。我将撂在不远处的青龙偃月刀掷给了关羽，然后我慢慢走到寺院的大门，将大门拴上。在我关门的时候，两个不知死活的黑衣人妄图袭击我，我挥舞着短刀，漫不经心地将他们一劈为二，就像劈开一个熟透了的西瓜似的。随后，我跃入人群，像凌空跃入水塘，激起水花四溅。不，这不是水花，而是血流成池。我挥舞着短刀，就像大风车一样在草地上飞旋，到处都是头颅落下皮开肉绽，到处都是瓜瓤般的肉末横飞。只一会儿工夫，我将卞喜身边的黑衣人赶尽杀绝，只留下卞喜一人，像孤零零的黄鼬一样撂置在院落之中。卞喜发狠地咬着嘴唇，像一头鳄鱼般缓缓地移动着脚步，也许，他唯一的希望就是以自己百分之百的斗志去赢得生命。可是他只有百分之一的机会，这一点我深信无疑。我们比拼着刀剑，每一次互击，都让镇国寺紧张得一激灵。看得出来，卞喜也是一个剑法高手，他的步伐轻盈从容，出剑准确有力。可我知道失败者肯定是他，这样的感觉，在我的短刀第一次碰到他的剑尖的那一刹那就深信无疑。我的自信绝不是无端的，这样的剑法我见得多了，我熟悉他们迈出的每一步，不仅熟悉他们的剑法和步伐，还熟悉他们的思维，熟悉他们内心的活动。我之所以没有一招致命，只是因为我不想过早杀死他罢了。我不想骄傲的关羽惊叹我的刀法。我调整好自己的位置，倚靠着古老的银杏树，阻击着卞喜的进攻。一直到卞喜变得上气不接下气，身形变得摇摇晃晃，准备跃上古树边上的石桌时，我决定结束这一场比拼，如果一个人已经踩到了坟墓的边缘，那么，就送他下地狱吧！我向前送出了我的短刀，卞喜一个避让，我用膝盖顶住了石桌，一用力，重达数千斤的石桌轰然倒下。卞喜根本没有想到我会如此用招，身体一下子失去平衡，从石桌上侧身摔了下来。我像一只飞隼一样猛扑过去，用短刀刺穿了卞喜的胸膛，我听到了铁器穿透皮肉的钝响，声音就像扯断了枯萎的南瓜藤一样。卞喜重重地摔在了花坛之中，眼睛惊愕地望着黑漆漆的屋顶，血从胸口涌泉般溅出来，悄悄地渗进了脚下的泥土。

关于我孤身救关羽，以及我杀死卞喜一事，是绝不能外传的。我的师傅安伽告诉我，暴力从来就是怯懦的表现，而不是强大的标志。至于武功，就像性力一样，是不值一提的。我希望所有的荣光和名誉属于关羽，至于他人，包括我在内，一切都无足轻重。像我这样的人，以真理、悲伤、快乐和苦痛为借口，维持着永恒孤独的忧郁之人，生命已不可能成为华丽的篇章，更不可能成为世间的偶像。我只是想将关羽塑造成一个神，一个接近于传说的神。我赋予它以意义，赋予它使命，并且寄托我无以存放的情感。

赤兔马

你知道为什么马会不知疲倦拼命地向前跑吗？那是因为，我们一直以为前方就是我们家。我们想回到自己的老家，想回到草原，就是生

长着无数紫色簇状苜蓿花的地方。我想起了孩提岁月，当我从山坡的草地回到马厩的时候，突然，我感到我的心剧烈地跳动起来，我的全身充满了喜悦，也充满了温暖，我的内心当中豁然开朗。在一刹那间，我似乎感到了我与自然之间的一种牢不可破的联系。我似乎明白了自己，醒悟到自己内心当中的一种情绪。从那天起，我发现我的内心并不是属于我的，它是属于这个世界的，属于这个世界永恒的一部分。在它的内部有一些声音，这些声音是不属于我的，只是属于一种控制我们的力量的，属于永恒。在我看来，这个世界真是充满着阴差阳错，它让你明白，却让你无法说出来；它让你主宰真理，却让你受人奴役。就这样，对于万事万物已达到一种彻悟状态的我，不得不成为人们的奴役，我不得不被那些充满贪婪的人所掌握，即使我有着周身的力量，有着高于他们的智慧，我也不得不听从他们的发号施令。我现在知道，这一切是因为我们还处在肉身阶段的缘故，只要我们有着肉身，这个世界就是不公平的。我的躯体是一种羁绊，它使得我无法脱离它们，也始终遭受人类的奴役。这是世界的错误之一。这个世界的错误还在于，我自始至终得以一种悲悯的姿态注视着人类，我得宽容他们所犯下的罪行，甚至与他们同流合污。所以，如果说人的希望是获得成功的话，那么，对于一匹马来说，它的希望就是获得自由。一种脱离躯体的真正的自由。

不要以为马在没有注意的时候就低下头来啃食脚下的青草，也别看我时常表现出无动于衷的神情，其实对于身边发生的一切，我一直是洞察至微的。只不过作为一匹马，我的方式跟人类的不一样，我们不喜欢夸夸其谈，也不喜欢故作聪明，我只是默默地思考，像反刍着青草和时间一样，反刍着我的想法。我们的直觉更准确，更到位，也更沉默。这一点与我们一直寡言少语有关。比较起人们不停地争斗和杀戮，马与世界、马与马之间的关系更加宽容、平和和默契。这应该跟马的拥有的智慧有关，不要以为马没有智慧，它们只是不像人一样过于表露自己的小聪明罢了。聪明是外在的，智慧是内在的。智慧需要向内思考，把万事万物思考清晰，再分门别类地摆放好，不让它们发生不必要的冲突。不要以为只有人才有智慧，人只是相对聪明而已，智慧并不是跟复杂相伴，而与单纯紧密相连。只有最单纯的人或动物，才能达到最智慧的境界。这一点毋庸置疑。

错误就是世界的一部分，这点是我的感悟。古代的老子也曾说过“道无是非”的话。他是骑着青牛离开了这个世界，我理解他应是吹着牧笛离开的，那笛声悠扬而动听。悲情到了极致的时候，就不再是悲情了，而是一种喜悦，一种平静的喜悦。喜悦也是一样，喜悦到了极致，就不再是喜悦，而是悲情。悲情与喜悦的本质是相通的。大悲若喜，大喜若悲。就如同道教的太极鱼标志，那也是一种转化，无所谓头，也无所谓尾，负负必能得正，而正正的结果必然是负。我曾经认为真理隐藏在数学中，在那些数字中，蕴藏着一种神机莫测的东西。数字是上天的符号，它跟语言一样，能导引我们听到上天的声音。

人在夜晚时总会情不自禁地想起很多东西。也许上天制造夜晚的目的是为了使人们反思和思考。因为在夜晚的时候，人们所自以为是的眼睛、耳朵、鼻子都尽可能地消失了，只剩下感官和思想变得异常敏锐。那往往是与上天心通的时候。当然也是魔鬼出没的时候。我永远不喜欢人群，虽然在很多时候我总是跟人群在一起，但我知道人群永远离真理很远。一个优秀的人他必然尽可能地躲避人群，必然离人群很远，这应该是一个基本的法则。汉朝似乎是一个群体主义的国家，也可以说是一个集体主义浓郁的国家。汉朝人似乎有着相当浓烈的群体意识。这是一种可以称之为“团伙主义”的一种东西，群体也往往会让人忘却道德，忘却自身的约束。总而言之，群体并不是一个好的方式，好的方式是个人的，只有意识到自己是一种个体，意识到自己的孤立无援，才会有心中的“上天”。而汉朝的群体主义更多的成分上是一种王权的意识，个人没有觉醒，心灵没有打开，所以才会有着相同的起哄，相同的旁观，相同的思想。在这种群体方式中，真正倒霉的是个人。在汉朝，我见到了过多过于相似的人，不仅他们的相貌，而且他们的言语和思想，他们的行动，这使得他们从某种意义上只不过是一种重复，没有其他的什么意义。在这种群体意识的渗透下，大多数汉朝人特别怕寂寞，害怕独处，他们总是找着各种理由群居在一起，有时候他们自己都不由自主地被自己的行动所蒙蔽，发现不了隐藏在自己内心深处的动机。因为过多的人与人相处，这使得他们几乎没有与神接触的时间。神只有当你独处的时候才会出现。

独处的时候，我时常感到在自己内部的一种力量。这种力量是由衷的，是上天赐予的，也是神人相通的一种东西，它与这世界的万物所拥有的力量是同一种源泉。有时候我感觉到这种力量如同魔鬼一样在我的内部啮咬着我的外壳，在我的身体的虚点上蠢蠢欲动。我知道它一直在左右我，左右我的行动，通过我的身体来控制我的思想。我明白它，却对它无可奈何，我只有在一定程度上顺应它，根本谈不上去跟它斗争。内部的那种力量无所谓善，也无所谓恶，它应该是自然不可分割的一部分，这种力量，与河的流淌，云的变幻，以及一切运动的东西，是同一个意义。他可能使我如野兽般存在，绷紧着我的身体，但它并不是可怕的，我们应该尊重它，尊重它的意义。而不是被它无原则地控制。我是个牧师，在很多时候，这种力量对于我而言，是一种巨大的危险。那会使人暂时地脱离这个社会。而在黑暗中，这种力量尤其可怕，在很大程度上，我几乎对它是无可奈何的。我只能在黑暗的掩护之下，对它进行着必要的宣泄，每次宣泄完毕，我的情绪都异常沮丧，我知道这是一场持续旷久的战争，是一个人与一个人的战争，对手和战友都是你本人，而在我们之间也无所谓胜，也无所谓负，胜负都是你本身的事情。我知道这可以叫作本能，一种跟我同时存在着的本能。它是我的一个组成部分，与它的相处，是我这一辈子的事。

我还想跟你们说说时间。当一匹马跟你们说起形而上的问题时，你们会不会觉得奇怪？不要以为动物不会思考，其实我们在大部分时间，就是不停地思考。我在前面已经说过，实际上就马或者其他动物而言，它们的智慧水平，早已超过了人类。这不是因为马类聪明，而是因为马类单纯，比较起人们花费百分之九十以上的精力去追逐财富和权力，我们不停地思考足以保证生命的时光不入歧途。智慧的基础不是复杂，而是单纯。对于时间，马有马的感受，人有人的感受，猪有猪的感受，甚至树和草，感受应该都是不一样的。时间才是这个世界的主宰，相较于时间，看似主人的人类算什么呢？我要告诉你，我的生命其实包括两部分：一个生命，我用来养活自己，以完成人交给我的任务而度过世上的光阴；另一个生命，我把它用在遥远的、宁静的、严肃的、神奇的、划不清时间和空间界限的地方。相对于人来说，封锁我们灵魂的，是更低级的躯体，以及更低级的语言方式。这使得马类的思考和智慧，只能结束于自己的内在转化，它很难传递和交流，也很难传承下去。关于这一点，我不想说得太多，我只想说的是：内心是一种感觉，这种感觉是你处于高度放松和静谧时自然而然显现出来的东西。大多数时候，人类总是找不到自己的内心，他们自以为是地依赖经验，被各种各样的道德和规则所掩蔽，被一些纲常和伦理所左右。他们不是按照自己的心愿去行动，却被一种无形的力量所左右。另外一个原因是，汉朝并没有纯粹意义上的信仰，绝大多数人都在混乱的世界里丢失了本心，也很少有人关注这样的缺失。这不能不归结于暴力的强大，以及人们追求财富的偏执，那些至高无上的王权所需要的，就是一些失去本性和内心的机器。其实人类更应该学会用自己真正的眼睛来看世界，而不是妄自尊大自以为是，他们更应该怀有自觉的本心，在门背后或者隔壁房间，去找到真正的天堂。

我这样说着我的心思，不知道你们会不会介意。我觉得我是一匹有灵魂的马。我觉得自己的可贵之处在于忠诚，以及有着飞翔的愿望。我自觉对主人负责，对存在的世界负责，对美的理念负责。我希望街衢所至，一切辉煌灿烂空气清新，没有污染的水浇灌人类和一切生物；我希望世上的人们，身体不会因劳役而变得丑陋，不会因极端的腐朽而变得肿胀；我希望孩童们以清澈透亮的嗓音阅读喜欢的课文；我希望女人优雅和沉静，支撑着世界安稳与平和；我希望青年都热爱艺术，超过对女人的追逐；我希望果园长出甜蜜的水果，滋润人类的心脾；我希望每个人都意识到尊严，追逐与上天步调一致；我希望区域不再画地为牢，人们的脚步自由而潇洒；我希望边境的士兵们互相交流族群舞蹈，以摔跤游戏的方式炫耀强壮；我希望家庭以圣殿和庙宇作为自己的休闲场所。我希望这个世界最受尊重的人是智者、史家以及改善社会和生活的人，至于那些会做美梦的理想家、沉郁深刻的出家人、天真狂妄的诗人……他们都是世界上精力旺盛的人，是美丽的色彩和声音。我希望他们能传颂美好的诗句，让不爱做梦的人做梦，让做梦的人清醒，给人提供便捷，让人获得幸福。如果这样，上天就会愉快地消失，把世界交给我们自己。我们便可以成为自己的神灵。

我还要说的是：灵魂像鸟，智慧如翼；众生平等，人马相同。如果能冶炼出足够的智慧，马匹同样有足够的资格从污浊的尘埃中飞向永恒。相反，人如果沉耽于肉身的满足缺少精神的提升，就会像一只飞不高的苍蝇，跌在尘埃里彻底消失。行文至此，我突然想起了那一本胡说八道的《相马经》，上面竟然臆度着马匹的寿命，说马匹目中有五彩，且眼箱下有字形者，寿九十；鼻上纹如王、公，寿五十；如火，四十；如天，三十；如山，如水，二十；如个，十八；如四，八；如宅，七……这种说法纯属胡扯！我的眼箱下面什么都没有，又说明什么呢？再者，马匹跟人不一样，因为我们自身跑得快，我们会格外感到万物的缓慢。我们干吗要跟很多人一样，指望蝇营狗苟地寿终正寝呢？尤其是一匹战马，如果能跟主人达到二位一体的话，整个生命也是属于主人的。主人若是死了，马活着还有什么意义呢？

第五章 荥阳关

貂　蝉

夜是静谧的，只有一些不定型的影子无声地扇动着翅膀，诡异地胡乱飞舞，毫无方向地转来转去，这是一些蝙蝠。那种介乎老鼠与飞禽之间不确定的混合真丑，就像糜夫人的体型一样，到底是男人呢，还是女人？我已经从甘、糜两人的眼神中感到敌意，她们从我身边经过的时候，总是有意无意啐上一口，含糊不清地骂骂咧咧。我甚至听到甘夫人骂了一声“妲己”！我当然知道妲己，可那一个祸国殃民的狐狸精跟我有什么关系？我要是妲己的话，谁是纣王呢？

千万不要把我看作水性杨花，我像桥梁一样在男人面前延伸，那根本不是我的意愿，只是我的命运。我对男人一点也不感兴趣，无论是王允、董卓、吕布还是曹操，甚至还有眼前的关羽。最初我听从王允来到董卓身边，是因为我感激王允在乱世之中收留了我，他是给予我生命的第二人。我只是想着如何报答他，根本没料到卷入如此的阴谋和杀戮。我喜欢上吕布，是因为我欣赏男人的英武和阳刚，哪一个少女不怀春呢！与吕布相比，董卓就像是快要散架的水车，周身有着吱吱呀呀的腐朽。我还受不了他睡着时讲梦话、骂人，以及像老鼠一样叽叽咕咕的磨牙声，那声音在夜半时候尤其瘆人。跟董卓在一起的日子，我经常整夜不眠，除了思念吕布，我还会不由自主地想念家乡米脂，想念那里的风清月朗秀丽河山。至于吕布，刚开始认识他时，我以为他会跟我一样，对于爱情坚贞不一，我相信他海枯石烂般的誓言。很快我就知道，他就像一个善变无比的孩子，从不晓得珍惜眼前的一切，无论是器物还是女人。你甚至想象不到，当吕布牙痛之时，竟然像个孩子一样又哭又闹，把家里的东西砸得七零八落，甚至把乖巧的波斯猫都重重地摔在地上。你永远都不知道吕布下一步会怎么样，会赐予你硕大的宝石，或者杀掉你另寻新欢。至于曹操，当他第一次进入我身体之时，我就以女人的直觉明白了一个事实——他完全是为了自己发泄而使用着我的身体，对于女人，曹操既缺乏耐心，也缺乏了解的欲望……男人就是这样充满着不确定性，就像命运本身一样。想想这也很正常，谁让他们主宰着世界，也掌握着女人呢？我因此更加想念一个地方，这地方不一定是我的家乡——如果说一定要说出心中所愿的话，我想那是一个没有男人的地方。

我经常跟婢女小婧感叹：我这一辈子就像金丝雀一样生活在一群淫荡的野猫之中。这些年我在这些野猫爪下辗转，每当易主之时，那些新的野猫总是迫不及待地一口咬中我，随之噙着我到处乱窜……我从未看到过大红灯笼为我高挂，从未穿戴过凤冠霞绫，从未听过专门演奏的竹丝琴瑟。那些野猫把我深藏于闺阁之中，就像秘密地收藏着一件无价珍宝一样，只有在心情大好或者感到无限安全时，才像炫耀和氏璧一样炫耀我……我知道我是一只漂亮的金丝雀，可为什么金丝雀总摆脱不了猫的魔爪呢？我所处的环境也是千篇一律，我已习惯了身边不会流动的发绿的池水，假模假样的小山和亭子，也习惯了屋檐上越长越高的蒿草和瓦松。我总是搞不清上面一个个瑞兽的区别，它们的名字太复杂了，字形也太难认了。为了打发无聊的时光，我曾经试图认识它们，也分辨它们，可总是辨认不出来，我现在都懒得去分辨了。我随处可见的，是仆佣们不怀好意的笑容，布满着嘲弄和鄙夷，也充斥着恐慌和谨慎，我现在同样懒得去分辨了。对于我来说，这么多年来，我似乎从未离开过城市一步，也从未走在乡村的大道之上，我的脚步只是在楼堂馆阁中绕着圈，已几乎不会大步走路了。

在不知名的小村庄里憩息下来后，半夜里，我被吓醒了，我清楚地记得我在迷迷糊糊之中所做的梦：我嫁给了关羽——花烛之下，我头顶凤冠，身着霞帔。隔着红绸，我看见旁边的关羽身着乌纱绛袍，胸口戴着大红花，笑呵呵地看着我。为什么关羽会是我的新郎呢，难道我爱上了他？这时，张飞突然出现了，环眼圆眼，须髯横竖，大声对关羽嚷道：“你怎么在这儿，刘皇叔在找你呢！”又看了看我，厉声对关羽说：“你怎么敢娶貂蝉，这是皇叔的女人啊！”随后抓着我的手就往外拉。我大叫起来，这时候吕布出现了，他执着方天画戟赶过来，大声叫着：“不得无礼，貂蝉是我的！”张飞大叫一声，拔出宝剑，与吕布缠斗在一起。我站在一边无助地哭起来。过了一会，吕布走过来，轻声告诉我，他并没有死，而是逃出了下邳，躲藏在森林之中，这一次特地到处找我接我回去，说着过来拉住我的手。我哭着叫道：“我不想回去，我厌恶天天打仗的日子。”吕布气急败坏，一赌气骑着马一溜烟跑了。我看见关羽骑着赤兔马从面前经过，我的目光一直跟随着他，看着他走进了树林中的林荫小道。突然，有绊马索弹起，赤兔马大叫一声跌倒在地。从森林里杀出一队人马，领头的将军是一个大胡子，着一袭铁甲衣，领着一帮人一拥而上擒住关羽。那个大胡子见缚住了关羽，哈哈大笑，随后一回头，看见我，大叫一声：“貂蝉在那！”冲着我一拽马辔口直冲过来。我尖叫一声吓醒了，胸口咚咚地直跳。从窗口望过去，静寂的街道空无一人，月亮之下一片银白，就像是童话世界一样虚幻。

我站起身走出厢房，走到屋子的正堂前，四壁的青铜雁鱼灯仍亮着，关羽躺在椅子上睡着了，膝上有一本打开的《春秋》。月光透过窗棂映射在他的身上，他的脸如婴儿一般的恬静，一点也不似白天那样威严。我的心中有了些暖意：男人都是孩子啊！虽然看起来如此强大。我怕他着凉，轻轻地把长衫给他盖上。关羽咕咚了一声，《春秋》啪的一声落到地上，他一下子惊醒了，看到我，窘迫地站起身来。我有点窘迫，忙问道：“关将军，手臂好些了吗？”关羽明白过来了，说：“好多了。几乎不再痛了。”

我点点头。关羽看着我，问道：“很迟了，夫人怎么还不睡？”

我有点不好意思地说：“做了好几个梦，吓醒了。”

“哦？”

我忧心忡忡地说：“有好几个梦，还跟你有关，也不知怎么回事。将军想听吗？”

关羽看着我，然后点点头。

我有点不好意思，将先前的梦改头换面说给关羽听。当我将关羽遭遇埋伏的事情叙述给他之后，关羽面色一凛，似乎触动了某种心思，他问我：“那个大胡子长得什么样？”

我想了想，那一个人的面容又很清晰地呈现在我面前：

“很瘦，瘦得像一把刀，脸也是刀瓦脸，个子很高……”

关羽仔细地听着，脸上的表情很凝重，他想说什么，不过忍了忍，还是没说了。夜晚重归寂静，我听到屋外的墙角处有野猫打喷嚏的声音。关羽说：“快到黄河了，我跟你说一个黄河的故事吧——”

“在黄河边，常有一些孤独的老人，他们常常是妻子病死了，儿子远走高飞了，或者被征去打仗了，或者是女儿嫁人了。反正，他们后半生是一个人生活在一起，这些老人身体还很康健，如何打发下半辈子的孤独呢？于是他们便想着去做一个艄公，一个黄河边上的摆渡人，做这个摆渡人有一个好处，就是既可以做些善事，挣一点钱，同时也跟南来北往的人打打交道，说说话，打发无聊的时间。”

“是说艄公的故事吗？”我问。

“是的。你先听我说——有一年秋天，几个年轻人在黄河南岸的沙滩上逮到了一只很大的乌龟。这几个年轻人很高兴，想把乌龟拿到北岸去卖，于是几个人上了老人的船。船到河中间之后，老人看那只乌龟受了伤，左脚那一块都出血了，就劝年轻人把龟放掉，可是没有一个人听。老人没有办法，就跟那些年轻人商量，出了些钱，也免了几个年轻人的船费，把龟买了下来。一连很多天，老人都在黄河岸边的小破屋子里，精心地照料着这只龟，他不仅采来草药给龟疗伤，还弄来一些小鱼小虾给龟吃，让它恢复体力。一段时间之后，龟完全康复了。老人就把这只龟放在沙滩上，让它回去。这只龟就一步步向黄河爬去，等它要进入水面时，突然地就转了身子，朝老人深深地磕了几个头。老人一下子呆住了。”

“这是个神龟啊?”我饶有兴趣地问道。

“冬天到了，黄河结冰了，老人无事可做了。无事可做怎么办呢，就躲在屋子里下棋打发时间，可是下棋要两个人啊。于是老人就左手跟右手下，算是自得其乐吧。有一天晚上，来了一个黑衣老人，看样子七十来岁，跟老人的年纪差不多，长着稀稀拉拉的胡子。看见艄公下棋，就提出来跟他对弈。艄公高兴啊，有人说话了，也有人下棋了。于是就跟这个黑衣人下上了，两人的棋艺水平差不多，互有胜负。到了吃饭时间，黑衣人说我出去一下，等会就来。只一会工夫，黑衣老人就拎着个筐子，里面放着好几种好吃的鱼，还有馒头什么的。艄公高兴坏了，将遇良才，棋逢对手，又有好吃的，真是天下最快乐的事了！就这样不知不觉一天过去了，到了晚上，黑衣老者回家了。第二天一早，黑衣老者又来了，同样是到了吃饭的时间，出门一下子给艄公带来很多鱼啊虾啊什么的。就这样冬天慢慢过去了，两人下上了瘾，棋艺也进步很多。此后，每年冬天，当黄河结冰之后，这个黑衣老人就会赶来，陪艄公下棋，也会带来一些好吃的。如此五六年过去了，老人一晃也是八十多岁的人了。

又一年冬天来到，这年冬天的雪太大了，一连下了七七四十九天，把黄河边上的所有道路都封住了，连黄河也看不见了。也可能是大雪的缘故，那个黑衣老人失约了，没有按时来到老人的屋子里。老人不仅没有对手，连吃的也没有了。冬天快要过去的时候，老艄公终于抗不住严寒和饥饿，一命呜呼了。正在这时，那个黑衣老人出现在门口，看到这个场景，大声哭道：恩人，我来晚了，这个冬天生了一场大病，没能及时来，实在是对不住你啊！”

“那个黑衣老人就是那只乌龟？”我问关羽。

“是啊，它就是黄河里的乌龟精。”

“哈，我怎么想起了田螺姑娘的故事呢！”我笑着说。

“是有点像呢。”关羽若有所思。

我一边听故事一边想，田螺姑娘的故事，应该很遥远了吧，每一个上辈都会为他们的儿女讲这个故事。为什么男人们说的故事都如此平淡粗糙呢？不像女人，只要说事情，肯定就有爱情在其中，精细敏感像朵花。男人与女人，看起来完全是不一样的生物，为什么又会彼此吸引呢？我这样想的时候，一切都变得寂静起来，这寂静总得需要一些东西打破，比如一只蝙蝠从堂前掠过，一个东西掉在地上，一声讨厌的玩笑或者一句轻句，一声呵斥或者一顿责打……或者关羽走过来，再次拥抱着我。想到这，我的心开始怦怦跳起来，我不再敢看他，而是幽幽地说：

“野狗还在吠个不停。”

关羽没有回答。我们再度陷入了寂寞。我的想象准确而奇妙，他真的走过来，将我拥在了怀里。那样的行为不光是打破了寂静，还使我们内在发生轰鸣……等到我们又合而为一的时候，我有点抑制不住的兴奋，我深情地看着关羽，喃喃地说：

“关将军，如果上天要赐你一个愿望，那么你最想要的是什么？”

“此去河北，马上找到刘皇叔。”

我有点颓唐，也有点失望，我对男人更失望了。我搂着关羽的手臂不由自主地松懈了下来。我突然感到眼面前如山一样壮实的男人如此陌生，就像山一样陌生。

从关羽那里出来时，我遇见了马弁。马弁看了看我，我知道我们的秘密一点也瞒不了他。不知怎的，这个年轻的下人让人感到更深层次的东西。

王 植

亲家韩福被关羽杀死的消息传到荥阳关之时，我正在荥阳城内的夫子庙中静养。年过五十之后，我越来越不愿意接触那些同龄同僚了。他们有的沾沾自喜，自以为人生智慧足以应付万般难处，对于地位和金钱，有着猎犬般的敏感；有的愤世嫉俗怨天尤人，不停地抱怨命运的不公，总觉得上天亏欠他们，一点也没有想到如此遭遇是因为自己的愚顽和懒惰造成的。人到中年，如果没在战场上伤痕累累，也会在人与人的相处中遍体鳞伤，或许在我自己身上，也有着类似的毛病吧——就说我身边那些同僚吧，他们极少有侠肝义胆之人，一个个充满贪婪和心机，即使是最小的事，他们也玩弄心眼，煽风点火唯恐天下不乱。这样的人又何必相处呢？身处其中，我的心情一天到晚被各种各样的繁文缛节、错乱复杂的人事关系，以及刀光剑影的明争暗斗严重损伤着。只有远离他们，才能得到宁静。我宁愿像蚕一样作茧自缚，把自己关闭在自己的生活里。当我推磨盘运转到这个小地方担任关守之后，我表现得安之若素。其实我对什么事不清楚呢？人过半百知天命，只是不愿意提及而装着糊涂罢了。随着岁月的增长，我的感受还有：生命就像是从童年开始的滚雪球，随着越滚越大，会变得越来越相似。我的意思是，人的生长毫无意义，随着年纪的不断增大，反而是各种毛病如老年斑似地增多，以致最后灰心丧气，不知不觉地就变成了自己曾经讨厌的人的模样。

到了我这个年龄，已基本没有嘴，没有鼻子，没有表情，没有性，没有动作，有的只是思想，空乏的思想。思想是一种化实为虚的东西。实际上整个人生，也就是一种由虚到实，而又由实到虚的过程。就像人的面相，少年时是眉清目秀的，到了老年，往往是一片模糊，模糊得成一种氛围，根本不知道鼻子眼睛的具体模样了。我这样想，是缺失激情，还是因为一种清醒？我经常警示着自己。这种状况的突出表现是我已经失去了求知愿望，我曾经是一个充满好奇心的年轻人，我的眸子精光四溢，我的身体如野狼般健壮。而现在，我就像坟墓边的一棵老槐树一样无欲无求。没有了好奇心，一切都停止了。我只是在等待，耐心地等待，心若止水地等待，等待着最后谜底的出现——从我三十岁开始，我的心中就一直存在一种悲伤，我不知道是该用浓烈还是素淡来形容它，它既浓烈，也素淡；既不浓烈，也不素淡。或者，这两个词加在一起，才是我真实的感觉。我认为人生是一个谜，而我期盼着能知晓它的秘密。在等待过程中，时间忽长忽短，让人难以把握。

中年之后的烦恼还在于，除了精神上的沮丧之外，另一个沮丧就是来自身体。我一直注意着我成长的一些经验，喜欢观察自己，咀嚼着一些忽隐忽现的想法。比如我就注意到，春天是属于身体的，而不是属于头脑的。春天的时候身体萌动亢奋，像一条活泼灵动的鱼；而春天里的头脑呢，则显得低迷混沌，也像一条迷蒙而呆板的鱼，这一点与冬天相反，在冬天的时候，人们更适合摆脱各式各样的诱因，专注地在思想的海洋中遨游。这样的抑扬顿挫，似乎是上天早已安排好的。就像人生，丰富的岁月可以让人变得智慧，不过却让身体变得颓唐，精神变得颓废。当然，中年难言之隐的，还有性的问题，一方面是对于性伴侣的厌倦，那种乏味的、一成不变的性事和对象，在很多时候不仅没有激情，更让人感到尴尬和无趣；另一方面，那种油然于胸的对于性本质的厌倦和洞察，阻碍了我对于性的追求。在我看来，上天赋予的性事，除了生殖之外，最主要是调节人枯燥无比的生存状态的，可是，在中年之后，它就很难起到这个作用，它更像是欲望对人性的折磨。社会对道德的过于强调，以及身体本身的退化，使得这一生存的润滑剂就像掺入沙子一样变得无聊和生涩。

人从什么时候开始死亡的？就是从出生之日起，人一生下来，就开始死亡了。生与死就像孪生兄弟，或者像身体与影子一样分不开，就像那幅著名的太极图，有人说这个意义那个意义，而在我看来，那一阳一阴两条鱼，一条是生命，一条是死亡，生命追逐着死亡，死亡追逐着生命。它们就在那里游啊游，彼此追逐，渴望融入，永不停息。死亡不是突如其来的，它一直就在那儿，在你的身体里，只是你从未正视过它，从没把它当回事罢了。少年的时候是一腔元气，全部的存在就是生命，而到了我们这个年纪，身体已基本死去，剩下来的，只有鳞片般闪着光亮的记忆。

当我步入到五十岁之后，从第一抹曙光射过光棂照射到我的眼睛开始，就有一种浓烈的疲惫感，一直伴我晚上在卧榻上昏昏沉沉地睡着。这种疲惫感就是死亡。我感觉面对我的，已不单单是具体问题了，更多的是那些不成为问题的问题纠缠。比如我的父亲王腾，当年的兖州刺史，曾经的中原才子，琴棋书画俱佳，兼有万夫不当之勇，当年在中原地区一直声名显赫，可他现在呢？到了晚年之后，竟然忘却了所有的事情，什么都不放在心上。到了最后，他不仅认不出他的妻子——我的母亲，甚至连自己的名字也忘了。有时候他竟然像两岁的小儿一样，呀呀叫着爬到凳子上把尿撒得很远。这一切真让人啼笑皆非，他曾经看得比生命还重的荣誉和尊严呢，此时就像身上散发的气味一样，变得隐约而散淡。一个人变得如此荒谬，是因为他年轻时欠下大量的孽债，还是受到了命运的蛊惑和作弄？生命真是具有悲摧的意义，悲摧得让人不忍卒视。我现在明白，每个人从父母那里学到的，不仅仅是如何生存，还有如何死亡。父母真的是你的老师，是一个让你切身感受到生命无所意义的导师。

还是不想这些了吧，哪个人没有自己的软肋？就如同再貌似幸福的家庭，也有属于自己的狗血之事。各自的生命轨迹，还是让各人独自体会吧——既然来到这世上，有些事情就无法回避。这些，暂且放下，我还是先处理关羽要来的事情吧——当关羽杀了孔秀和卞喜的消息传到荥水关之时，我急忙召集手下议事，将关羽要过关的消息告诉了他们。那些平日里聪明异常的手下们听完我介绍的情况后，一个个面面相觑，不知道如何是好。有人提议，干脆睁一只眼闭一只眼，放关羽过关算了，就当我们不知道关羽要从这经过。说实话，这个建议极合乎我的想法，我为什么要跟关羽拼个你死我活呢？再说，年轻力壮的卞喜和武艺高强的孔秀都不是关羽的对手，我又何必想着去送死呢？我正想表明我的态度，已有一些人立即态度坚决地驳斥道：万万不可，这是对曹丞相的态度问题！万一曹丞相知晓，我们会全部掉脑袋的！抵抗不抵抗，是忠诚问题；抵抗到什么程度，是能力问题。另外一部分人提议：干脆关起城门，闭门谢客，关羽难道能长出翅膀飞过去？这个想法当即招来了反对声：虽然觉得这主意有些道理，可实行起来有难度，现在军需辎重每天都要过关向官渡方面调动，关了城门，误了战役大事，曹丞相一定会大加责怪……就这样，一直到上午结束，仍没有拿出好办法来阻止关云长通过。到了后来，大家面面相觑，一起看着我，都想让我来定夺。说实话，我也拿不定主意，心里一直忐忑不安：曹操的真实想法到底是什么？他是真放关羽渡河去河北呢，还是明里答应暗里阻拦？我正踌躇之中，手下一个年轻偏将叫胡班的站出来说道：

“王将军，依小将看来，此事一定要慎之又慎，因为这当中有很多疑点……”

“怎么说？”我问。

“关羽出走许都，依小将看来，一定是曹操答应的。可曹操既然答应关羽去渡河去找刘备，为什么又不给关羽关牒呢？”

“是不是忘了呢？”另一位偏将小声说。

“应该不可能，”胡班胸有成竹地说，“曹丞相足智多谋，心细如发，怎么会忘了如此重要的事呢？再说如果发现忘了，会立马派人送过来。以信使快马加鞭的速度，想赶上带着一大堆家眷行军的关羽，其实是很容易的。曹丞相为什么不派人送关牒，这其中应有玄机。”

胡班的分析提醒了我。这个年轻人聪明冷静，一向有过人之处。我猛然想起了曹操杀粮草官王垕的事：建安二年，曹操在寿春大战袁术。战斗进行了一半之时，曹军缺粮，军士难以吃饱，军心极为不稳。掌管曹军粮食供给的粮草官王垕很着急，便请示曹操怎么办。曹操叫他以小斛发给士兵。王垕说：“这样做，士兵们会埋怨的。”曹操回答说：“你只管去做，其他不要管。”王垕只得按照曹操意图去办了。一段时间后，曹操的士兵们怨声载道，纷纷议论粮官克扣军粮，差一点要造反了。于是曹操密召王垕入帐，对他说：“我想问你借你的人头用一下，以压伏众人之心。你的妻小我会善待他们，你不要担心。”于是叫刀斧手将王垕推出辕门外斩首，悬脑袋于高竿，张榜公示道：王垕故意用小斛分粮，谨按军法斩之。于是军心稳定了下来，被省下的粮草自然也就没人追究，而且大家还认为曹操是个为士兵做主的好人……这样的故事让我心悸：既然曹操不派发给关羽过关的关牒，那么，曹操极可能是想借各路关隘守将的手杀了关羽。只是，当我们杀了关羽之后，曹操又会不会采取对待王垕的手段，把我当作替罪鬼给做掉呢？

想到这里，我不禁倒吸一口凉气，仿佛此时不是夏日，而是身处冰天雪地似的。我只觉得眼下这事，像一个烫手的红薯一般，接不得，也咬不得。考虑再三，我还是觉得杀了关羽更稳妥一些——我杀关羽有充分理由的，因为韩福是我的亲家。即使曹操怪罪下来，我也有充分的理由为自己辩护，曹操完全可以以此理由下台阶，对我从轻处理。曹操实际上也是想杀关羽的，只是顾全义气罢了。要是有人替他杀了，又有完全的理由，即使他表面愤怒，其实也是暗地喜欢……如此想法很是周全，我为自己的智慧感到得意，只是同时感到无比心累。

我拿定了主意，故意当众对部属们说："我们还是不要惹关羽为好，既然前面各关隘都阻挡不了他，我也不想蹚这摊浑水，还是放关羽进关吧。待他进关之后，将他安排在驿站憩息，好好招待一番，明日放他们出关就是。"

待众人散了之后，我把偏将胡班叫到一边，我悄悄地问他："关某背丞相而逃，又一路杀太守及守关将校，死罪不轻！你有什么办法能擒住关羽吗？"胡班想了想，说："关云长有万夫不当之勇，如果以力制力，硬拼硬打，必定很难抓得了他。"

我问："你有什么想法吗？"

胡班想了想，说："不如让关云长先进关，让他憩息下来，再想办法。"

我说："让他进关？要是丞相怪罪呢？"

胡班又想了一下，说："那只有一个办法，就是放他们进来，等他们憩息了，下半夜锁住驿站的门，一把火烧死他们！"

"啊——这样行吗？万一曹丞相真是想放关羽过关渡河，会怪罪下来。"

“可以说是关羽一行失火呀!”胡班说道,“这样,曹丞相一方面会感到满意,一方面也能交代过去,毕竟他出于大义是想放关羽过河去找刘备的,只是路上出了个不测之祸……如果丞相心知肚明,肯定会赏识王将军的足智多谋的。”

“好!”我脱口叫了出来。我注视着胡班年轻英俊的脸,心里觉得有些害怕,我突然有些看不透他了,江山代有人才出,真是一代比一代心狠手辣啊!都说老年人心机重,不过论狠毒,还是年轻人更胜一筹啊!我怎么就没有想到这一招呢?我知道驿站的情况,全部都是木质建筑,因为年久失修,已经发生过好几起大小火灾了。把关羽一行安排在那里,一把火付之一炬不失一招妙计。我已顾不上感慨了,悄悄地吩咐胡班:“此事一定得万分谨慎小心。你今晚带一批人马过去,小心埋伏在驿站左右,待三更时分,将关羽驻地放满柴火,悄悄点火,不论是谁,全部烧死!到时我带着人马来接应。”胡班沉默着点点头。待来人报告关羽在外叫关时,我不慌不忙地脱下锦袍,换上罩衫与衫衣,先穿上护胸甲,让胡班给我绑紧盔甲的系带;依次穿上护肩、护臂、手套、羊毛编织的剑带等,最后戴上一具金箔装饰的头盔,我极喜欢这一副头盔,它会反射出灿烂的光芒,让敌人感到心慌意乱。然后,我骑上马,带着数百人马全副武装地冲出城门。我看到了关羽如一尊天神一样端坐在那匹赤兔马上,高大威猛不怒自威,就像庙宇中的神像似的。我装作异常谦恭的样子,将关羽一行迎接到了驿站。关羽并不多话,只是稍稍地询问我一些情况,强调只在此地逗留一晚,明天一早即启程赶路。我没有看到貂蝉,可能她坐在马车之中。在将关羽一行安顿好之后，我回到了府中，重新陷入莫名的思索之中，我在想的一件事是，万一曹操为关羽被杀一事怪罪下来的话，我可以让胡班去顶罪，说胡班是私自做主。此事考虑如此周到，连我自己都对自己赞叹不已了。

到了深夜时分，我看到了驿站方向火光四起，心想这事成了，我终于替韩福报了仇——老亲家，我没有什么可做的，就做了这事，你终于可以瞑目了！我带着五六个亲兵赶到现场，看见驿站全部起火，一队军士围绕失火的驿站乱成一团，根本就没有看到胡班的影子。我一了解才知道，是胡班放了关羽，他先让关羽从北门走了，然后一把火烧了驿站，自己也逃之夭夭。我气急败坏，我更没有想到胡班会如此，小小年纪，出尔反尔，竟玩弄我于股掌之中，着实让人气愤。自以为有着人生智慧的我，根本没有想到竟然栽到了胡班这个孺子的手上。好在我仍全副武装盔甲整齐，便立即骑上马，带着五百骑兵追出城门。一段时间后，我看见前方大道上有一队人马正在匆匆赶路，我一马当先追上去，大叫一声："关羽休走！速速就擒！"那一行人马停了下来，我看见黑暗中有一影子横刀立马挡在路上，分明就是关云长。我有点害怕，大声对左右说："给我拿下关云长，死的活的都要！"身后的那些军士，听到前方是关云长，一个个龟缩在后面，谁也不肯上前。无奈何之下，我只有手执长枪硬着头皮上前了。只见关羽在马上大骂道："王植，我与你无冤无仇，如何想到用此卑劣手段，令人放火烧我？"我哪里解释得清楚呢，只能拍马挺枪冲向关公。我的长枪还没有刺出，就看见一个粗黑的影子自左前方飞来，像一只巨大的鸟一样。我本能抬起左手阻挡，只觉一阵刺骨的疼痛传遍我的全身，我一侧目，看见我的手臂飞了出去，在半空中流畅地转着圈，像掷出去的一截木棍一样；然后，我感觉到自己被一撕为二，可怜的身体往前踉跄了一下，脑袋却骨碌碌地滚到地上，只落下茫然困惑的身子悬空在马上。我的右手还提着那杆长枪，奋力挥舞，像一个色厉内荏的稻草人一样……重击的力量使我踉踉跄跄地向前跌出，我感到一阵恐怖的剧痛，感觉不只是我碎裂的脑壳和脑子了，好像身体的各个部位都纠缠在一起，全都融成了一团，在痛苦地扭曲着。仿佛我的疼痛连接了整个世界，这世界也变得一片苍白。好半天之后，我才明白过来，是关羽的那把青龙偃月刀迎面砍断了我的手臂，又贯穿了我的脖子，切下了我的脑袋。我感觉脖子里的鲜血喷溅而出，就像掘开的温泉出口一样。

我突然明白过来，这就是人们所谓的死亡啊！一切都太出乎意料了，我这才想到，我读那么多佶屈聱牙的竹简、木牍与线装书，竟然没有一本提到死亡是怎么回事！真是奇怪，那些先人们，是疏忽了死亡，还是不重视死亡呢？是那些圣哲先贤们不敢谈论，或者回避着死亡吧？他们不是弱者就是骗子，人生的根本问题都不去涉及，那些繁文缛节又有什么价值呢？死亡让我全身好痛，哪里都动弹不得。我多么想动一动，哪怕张开嘴唇说句话，我有那么多的话要说，关于自己的，关于别人的……这么多年来，我一直把很多事情压抑在胸中，不能说不便说也不敢说，现在，我想把它们都说出来，不仅说出来，而且大声说。可是我什么也说不了了，我的嘴唇无法嚅动，我的脑袋落在泥泞的地上，我根本无法控制它。我的眼睛已看不见关羽，也看不到那些呆若木鸡的军士们，我只能看到自己的半个身体悬挂在马上，歪斜着慢慢瘫倒，像一棵被砍伐的树一样。我的一只脚仍挂在马镫上，无助地挣扎着，鞋后跟上还挺着新购的马刺，刺眼地泛着白光。我的眼睛变得无力了，它将要合上，我再也不想看到这个世界了，它们如此丑陋，如此虚幻，一点也不值得留恋。我抛开了它们，任凭席卷过来的风带着我离开。

最后的那一瞬间，我突然感觉到一种更深层次的东西：真实、单纯、至简……原来真实的世界就是这个样子啊！原先的嘈杂纷纭原来如此虚假——末日真的寂静，一如我们来之前的世界。并且，死亡根本不应横眉冷对，而是老友相逢。它原来就在你的身体之内，酣然入眠，呈胎儿状。它与你早先的困乏，你心中喜好的安静都是一个东西，它与你的生命的活泼与灵动，也是同一个东西。我现在才知道，魔鬼和上天也是同一个东西，只是一个东西的两个侧面；我现在知道，人即是上天与魔鬼的统一体，他们是那样的密不可分，紧紧地捆绑在一起。

眼前的这一刻变得永恒，定格在我的眼中，空气般跟我融合。我知道这就是临终之眼，先前我一直听说过，那是一生中看到最美的东西。在那一刹那，我突然明白了人生的循环是怎么一回事了，因为带不走记忆，所以不会叠加生命，所以生命才能延续——我就是空气的一部分，我还在这个世界上。要是我惦记着谁的话，我会在他头顶上凝聚成云飘落成雨。可我还能记得起那些人吗？

关　羽

暮色降临了，黑漆漆的城墙像巨大的帷幕一样横亘在我们面前。我这才意识到，荥水关到了。抬起头，我能看到城墙上的火光，以及从城楼后面映射出来的灯光。行至关口，我刚让马弁报上名字，就听见铁链滑动的声音，吊桥咔嗒咔嗒地降了下来，城门的铁闸也随之升起，一位身材矫健的中年将军全副武装骑着马带着一帮人鱼贯而出。过了渡桥之后，他一拉缰绳骑着马向我跑过来，右腰上佩带的印绶像一个小动物一样跳动着，很是引人注目。我仔细地观察来将，只见他穿着精工金线白鳞甲，护膝、护喉、护手，连长靴都是闪闪发光的铁铠，罩一件高级的双鹤菱纹绮纹样锦衣，引人注目的是那只高高矗起的黄金日芒盔，一直闪闪发光。在他身后，紧紧跟随两个步行护卫，身披长长的皂色披风，几乎垂到了地上。两个护卫的护甲、长靴和手套也是黑色的，一人腰际佩长剑，另一人则执一柄狼牙棒。在来将王植的身后不远处，还有一个骑马的年轻人，应该是一个偏将吧，年轻英俊，气度不凡。穿一身华丽盔甲，镶有金线，披风也是用货真价实的金镂缝就的，远远看去，闪耀着金属的光泽。

虽然荥水关守将王植满脸堆笑自我介绍慕我英名，说着三生有幸之类的恭维话，不过我还是从他的表情和装扮中看出一些不寻常来：夜色已暝，如果只是迎我进关，又何必全副武装呢？一路上，王植的两队士兵手持火把为行路照明，虽然王植骑在马上显得精神抖擞，不过近距离观察，却能看出他相当疲倦：铁锈似的头发中夹杂着几许灰白，面部表情呆板，凶狠的眼睛下有两个大眼袋，一张宽阔的嘴显得乖戾无常。驿站离关隘不是太远，去驿站的路上，一股诡异的黄中带绿的光芒笼罩着我们，沿途的石墙、木屋、铺着石子的道路全浸淫在这片光芒下，弥漫着一股令人不安的气息。我们杂乱的脚步声不断引来一些奇怪的目光，在一间破屋子的门口，有一个头戴小圆帽的男人，目瞪口呆地看着我们，仿佛见到了鬼一样；我们看着他，就像看到古堡中突然出现的一个幽灵。

荥水关的驿站是一排破旧的木屋，杂乱简陋。门口有一排杨树，安详平静，充满着神秘。不过屋舍倒也干净，既然夜色降临，也不必再挑剔了。王植向我们交代了一番之后，带领人马离去。小小的驿站在走了诸多人马之后，立即显得静谧多了，除了附近池塘青蛙的鼓噪之外，几乎没有其他声音。不过我仍是不放心，带着马弁把驿站周围巡视了一遍。直到确定没有危险，我才走进屋子洗漱上床。一切完毕之后，我仍旧捧起《春秋》读起来，我喜欢这一本书，每当我捧起它的时候，就觉得眼前一片阒暗，历史与现实合而为一，幽远而宁静的景象会在眼前浮现。我喜欢这样的感觉，仿佛我眼前的杯子，以及杯中之水，都会跟我一起进入时间的隧道。当我被慢慢置身于文字描述的场景之时，忽然觉得屋外有黑影一闪而过，我大叫一声：“谁?”外面有人应答：“我!”我开门一看，原来是关守王植手下那个青年偏将。他依旧一袭铠甲，全副武装神情肃穆。我狐疑地看着他，问道：“小将军有什么事吗？夜半时分，还不回去休息?”

“关将军，”偏将抱拳示礼，说：“我是关守王植手下的偏将胡班。一直慕将军的名声，知晓将军的英名，今日见到将军，实在是三生有幸！将军白天长途跋涉，夜晚还捧读《春秋》，真是一个君子啊！”

我说：“哪里哪里，只是睡不着，随手翻翻书而已，多年来手不离卷，已养成习惯了，实在不值一提。”

胡班想了想，说：“将军谦逊了，其实将军此行，是去找流落河北的刘皇叔，大家都知道。很多人赞赏将军富贵不能淫的行动，我身边不少人对将军一直心仪，今日一见，果然名副其实。”

我突然想起一件事：离开许都不久，曾在一个村庄短暂停留，庄主胡华曾任桓帝时的议郎，让我带一封信给他在荥水关谋职的儿子胡班。这一个胡班，莫不就是胡员外的儿子？我连忙问：

“你叫胡班？你是不是有一个父亲，叫胡华？”

“正是在下。”胡班答道。

我连忙打开包裹，将信交给胡班。胡班读了信之后，收起信，表情变得更加严峻，他看了看四周，悄悄地对我说：“关将军，我来这里，就是要告诉你，你赶快离开驿站吧，现在就离开。王植已命令我，待你们睡着之后，让我放一把火，把你们统统烧死。”

“呀——”我倒吸了一口气。

胡班着急地说：“王植心狠手辣，你们快点走吧！”

我答应道：“好，我马上就带着他们出城。那你呢？”

胡班回答说：“我不急，我会见机行事。”

我叫醒马弁，让他火速带领众人离开。待我们慌慌张张地走出北门，踏上去往黄河的大道上没多久，我看见身后火把通明，杂乱的马蹄脚步声叫喊声在身后响起，这应是王植带着追兵赶过来了。我让马弁带着二位夫人和貂蝉一行先走，一个人横刀立马站在路中间。过了一会，数百骑人马赶到，火光照耀处，王植一马当先跑在前面，看到我之后，对左右用手一指，说："丞相有令，不管死活，拿下关羽！"王植身后的那些军士，听到前方是我，一个个龟缩在后面，谁也不肯上前。王植见叫不动，只好手执长枪硬着头皮上前。我在马上大骂道："王植，我与你无冤无仇，如何想到用此卑劣手段，令人放火烧我？"待到王植临近，我一抡青龙偃月刀，我看见风中扬起了一个东西，划了一个弧线后，重重地砸在地上。我闭上眼睛，我不要看，也知道那是王植的狗头。我讨厌这样的家伙，他们从不敢面对面跟我搏斗，只会在背后使着坏招。对待他们的最佳方式，就是把他们从这个世界上赶走，一点不留痕迹地赶走。

第二天晚上我们憩息在路途之中的一个村庄里，晚饭过后，我坐在院落的屋檐之下，依旧安详而宁静地读着《春秋》。我的周围一片寂静，只有翻书页的沙沙声，以及身边龙爪槐被风吹拂的瑟瑟声。看书看到困倦时，我靠在椅子上假寐了一会。半睡半醒中，我看见一个身影悄悄地来到我面前。没有抬头，我便知道她是貂蝉，只见她披一袭深色的披风，头裹在一个大大的兜帽里面。她在我旁边的凳子上坐下，静静地凝视着我，不发一言。我故意装作刚醒过来，看了看她说："你怎么在这？"貂蝉笑了一笑，问道："关将军的伤好些了吗？"

“好多了。”

“我看看。”

她走过来，撩起我的袖子，又解开裹住伤口的纱布，认真地观察着我的伤口。她身上散发一股香味，似一种花香；卷曲的褐发轻微地颤动着，像一条黑暗的河流从身后泼洒开来。我瞄着她，觉得心里暖暖的，身体也变得僵硬起来。我从未有过这样的感觉。

我稍稍动了一下，大约是碰到了伤口，情不自禁地“哎哟”了一声。她感觉到了，抬起头，问我：“怎么啦？痛吗？”

“不痛。”

她笑了笑。又说：“我真的是有点好奇，对关将军的一切好奇，我在想，关将军这样一个顶天立地的英雄，不知会喜欢什么样的女子？”

她看着我，不一样的两只眸子像颜色不一的蝴蝶一般飞来飞去。我有点心猿意马：貂蝉为什么会问我这样的问题呢？她会是向我暗示什么吗？我想到少年的时候，我曾经喜欢的一个女孩娇儿。那年她刚刚八岁，梳两个圆圆的小环髻，穿一件红布衫，走起路来像一只轻盈骄傲的幼狐，倚门独坐的时候像池水里含苞待放的红莲花。有一段时间，我们曾在一起玩耍，漂亮而可爱的娇儿，也成了我第一个暗恋的对象。不过没多久，在一次匪徒对村庄的袭击后，娇儿全家不知所踪。

“其实，也没有考虑这些事情。一直在打仗，哪有机会去想这些东西啊——”我苦笑着说。

我们就坐在那里聊天，聊及梦和一些故事。夜越来越凉了，貂蝉不由自主打了个寒噤。我们不约而同地站起身来，无声地进了我的房间。我们没有点灯，就在黑暗中彼此凝视。我喜欢在黑暗中看到貂蝉，在黑暗中，诸多事物会熄灭，她的异瞳会像不同颜色的钻石一样泛着光亮。想着如此异禀的一个女子属于了我，我会情不自禁地骄傲，内心的虚荣也得到了极大的满足。这样想着，我的身体不由自主地肿胀起来，忍不住向她走去，她也向我走来，我们就像两片叶子，被一股神秘的风推动，不知不觉地紧紧粘在一起。她呻吟着，战栗着，身上散发着一股杏仁的气息，像经历磨难，也像享受着苦难。我已有很长时间没有碰过女人了，我有点心慌意乱，不知道如何下手。她似乎意识到这一点，聪明地用灵敏温柔的手不动声色地导引我。我轻缓地为她脱去披风，里面是一袭带有印花敷彩纱纹样的多色锦衣，再里面，是轻巧无比的素纱蝉衣。她的皮肤那样白，水嫩水嫩的，仿佛吹弹即破。她依偎着我，任我轻解衣裳，像把全部生命托付给我。当我除去最后一件蝉衣时，她不由自主地打了一个寒噤。我问："冷吗?"她摇摇头。我抱着她的腰，轻松地像抱起一个孩子。我把她放在床上，用棉被替她盖上。她睁开眼睛看着我，眼神中尽是渴望。她伸出手来抚摸我，穿过我的衣服，贴着我的肉体。我能感到她的手在轻微滑动，感觉到她手指中的急切。我开始抚摸她，沿着她耳朵的曲线，滑过她的面颊，然后，是她的身体。当我抚摸到她的乳房时，我的心狂跳不止，我分明感觉到她面红耳赤气喘吁吁。我用双掌托着她俊俏无比的小脸，看着她略显立体的脸部轮廓。我托着这一张脸，就像托着月亮一样兴奋不已。

她握住我的手，引领着朝向身体中间最湿润的地方。“我要，”她一边低语，一边引入我进入。当我全部进入她的身体时，我感到身体发抖，一切化为朦胧，世界仿佛不存在似的，只有彼此的灵魂在空中飞蛾一样啪啪飞舞。当欢愉到达顶点时，我狂叫一声，如同我斩杀颜良文丑那一刹那发出的声音。想到外面屋子可能有人听到这一声叫喊，我有点害怕，也有点得意，这样的感觉，比我驰骋疆场更令人开心。

事后，我仍抑制不住自己的开心，得意于举世无双的美女已归属于我。我一反常态地不再深沉，看着她不停地傻笑。

“真的很谢谢你，我已经有很久很久，没有这样了。”

“我知道。”

她就说了这三个字，莞尔一笑不再说话。过了一会，她又用葱根般的手指撩拨着我额头前的长发，还大胆捏了捏我的耳垂。先前从没有人碰过这个地方，我感觉到全身一麻，又变得亢奋起来。我们不得不再次相拥在一起，感觉自己像一艘鼓足了风帆的船，拼命地航向未知的海域。

后来我想，那一晚我与貂蝉的合而为一，真是地动山摇——当悬浮在半空的幻象，确切地变成真人，又让你充分地享用时，该是多么美好的一件事情啊！这是什么，就是人世间的完整和美满吧？

曹　操

王植被关羽杀死的消息传来时，我惊魂未定，刚刚从一场针对我的谋杀事件中逃了出来。那一天，我带着一干人马到达南阳，布置官渡

方面作战，检查南阳一带粮草运营情况。我派徐晃督守官渡一线，直接对抗袁绍主力；派于禁、乐进从延津西南，顺着黄河至汲县、获嘉二县，从侧面集击；派夏侯惇屯军敖仓，孟津为接应；派夏侯渊为压粮官督办粮草；派曹仁驻阳翟，守护许都地区；派曹洪驻宛县，以防刘表；派李通、满宠驻汝南以防孙策；派李典去东部地区大量征集粮草、衣服供应军队……战事如此复杂无常，我们几乎是四面遇敌，也许一个小小的细节考虑不周，就会导致整个战事的失败，不过我自认为关于战局的谋划还是比较周全的。傍晚时分，我召集将领和谋士议事，郭嘉报告：官渡前方来报，将士们被袁绍的队伍团团围住，救兵又杀不进去，城内的马匹早被吃光，猫狗也烹食殆尽，守军只剩下树根和鼠肉可以吃。郭嘉还报告：驻扎在青州、徐州的臧霸也派人送信说，袁绍派出长子袁谭率十万大军攻击青州和徐州，他感到压力很大，请求丞相派军支援，若青州和徐州失守，许都门户必定大开。对于臧霸，我倒是不担心，这位吕布的旧将跟张辽一样有勇有谋，遇事胆大心细，相信他自己会处理好的。

到了晚上，南阳太守李扩邀请我观看南阳“七夕节”灯会。南阳灯会自古以来很有名，家家户户会自发制作各式各样的灯笼悬挂在门口。除了有传统的灯会之外，还有一个来自羌地的大型杂耍班子，表演各种各样的杂技和舞蹈，还有妖娆无比的肚皮舞等。说实话，我并不是很喜欢这样的杂耍演出，不过旅途太单调寂寞了，我看着随行几个女人露出的羡慕眼神，想了想同意了李扩的建议。毕竟，在男人打打杀杀争名逐利的世界里，女人更显寂寞和孤单。权力是男人的春药，总不能要求女人也照此服用吧？出发之前，我交代刘夫人和杜夫人注意用丝巾遮住自己的脸，我不想她们美丽的颜容引起市井的骚动。当我到达城墙边圈就的临时戏场时，并没有引起太多的注目，人们的注意力都集中在各种各样漂亮的灯饰以及帷幕高挂的戏台上。我端坐在戏台的前方，刘夫人和杜夫人分居我的左右。她们很开心，毕竟有很长时间没有如此放松地看一场戏了。到了戌时，锣鼓琴瑟大作，来自羌地的杂耍班子粉墨登场。当中有男有女，男的健壮，女的妖娆。他们或穿着色彩艳丽的衣服，有的干脆只用一点小布遮住关键部位。这一群域外的江湖艺人本领的确不俗，钻着火圈，头顶碎石，用刀砍着鼓胀的肚皮，用咽喉将绷直的枪尖顶弯。下面的观众不时发出尖叫，我身边的刘夫人竟吓得捂住眼睛。我端坐在那儿，一动不动，说实话，这些马戏对我来说都不足为奇，像头顶碎石之类的，我在少年练武时，就曾练过这个功夫。其中的奥秘是石头放的位置，以及大锤敲击时力量的收发。要是喉尖真的可以顶弯长枪的话，岂不是刀枪不入了？如此这般只要招募几个江湖术士，就可以横行天下了？

“这个杂耍班子最拿手的节目——高空走索该上台了。”演出接近尾声的时候，坐在我前排的李扩转过头来告诉我。果然，只见一根拇指般粗细的麻索从城墙的垛口那边拉过来，一直拉到我左侧方的大树上。观众热烈的欢呼声中，我看见一个白衣白裤的艺人从城墙那边走上绳索，双臂平伸，面含微笑。他先在绳索上做了几个动作，不时一个趔趄，装着差点掉下来，引得下面张着嘴巴观看的人一阵惊叫。这绝技危险又优美，把人们的注意力全都吸引过去了，我身边的刘夫人和杜夫人也情不自禁地站起身来，一边观看一边惊叫。那个走索艺人在悬空的绳索上一边走一边唱，唱着唱着，从襟下摸出一把短剑来，在绳索上舞起剑来。人群中一下子达到高潮，呼喊声口哨声此起彼伏。那个艺人越来越接近我身边的大树了，我一下子警觉起来，就在我幡然醒悟到行刺的迹象时，那个艺人从绳索上直接跳到我前方的人群中，高举着短剑疯狂向我奔来。

其实对于这一场行刺，似乎我早有准备。我最初的疑惑来自李扩的装扮——既然请我去看马戏，又何必穿着甲胄呢？纵然是轻便的软甲，似乎也不太应该。于是在看马戏的时候，我也长了个心眼，我在锦袍里面穿了一件细软甲，又特地将那把鱼肠剑放进了袖子里。这一把鱼肠剑，据说是当年专诸刺吴王僚的那一把。那的确是把好剑，沉郁古朴，削铁如泥。它是我的故友、左中郎将蔡邕送给我的。当那个刺客执剑刺来之时，我本能地拔出腰中佩带的青虹剑架开他的剑身。说实话，多年未亲自征战沙场，我的剑术退步得很厉害，手臂僵硬，脚步也跌跌撞撞，相对于灵活的剑客，我的身体笨拙而庞大，尤其在杂乱拥挤的空间里，我感到狼狈无比。我急了，干脆踢翻面前的八仙桌，用力将一根桌脚卸下来用作武器。这样一来我感觉到好多了。我左手执鱼肠剑，右手挥舞着沉重的桌腿抵挡着剑客的袭击，算是勉强能抵挡得住，我的力气毕竟比他要大。不过我仍旧很着急，毕竟在我的身边，还有两位女人，我有点投鼠忌器，怕刺客伤了她们。如果她们遭遇不测，即使我斩杀那个刺客又有什么意义呢？这时候李扩也持宝剑冲了上来，招招都想置我死地。我急了，将左手中的鱼肠剑用力掷向他，正中他的右臂，他“呀”的大叫一声，手中的宝剑咣当落地。这时候李典和许褚及时赶到，虽然那个刺客算是一流高手，不过在李典和许褚面前，他的本领就要逊色很多了。许褚一个箭步上去，用自己手中的大刀将他连人带剑砍成两半。至于李扩，尽管他身穿高级软甲，还是被李典的长枪捅了个大大的窟窿。

我已记不得这是多少次针对我的谋杀了，那些可恶的敌人机关算尽，动用了一次次不同的手段企图杀死我：行刺、美人计、下毒等等，不过我每一次都从鬼门关上逃出来了。我第一次被行刺，是我在洛阳北校尉的位置上，那一年我才二十来岁，当我在洛阳北城的小街上孤身巡察时，一个持刀的人叫喊着向我冲上来。我轻而易举地制服了他，将他打翻在地，又夺下了他手中的刀。这个男人身材瘦小，几乎没有什么气力。我当时非常惊讶，想不通为什么会有人对我下手，因为我来此上任只有几个月，我如此年轻，似乎也没得罪什么人。我很认真地询问刺客原因，那个家伙支支吾吾地答不上来，只是不停地骂骂咧咧。从他提及的一些人物来看，我估计是上任之后的一些小事惹恼了他们，或许是有一些人觉得我占了他们的位置，搅乱了他们的生活。我不由感叹人间的残酷：我只是做了一些我不太愿意做的小事，就惹恼一些人要取我性命！我岂是甘心当这个小小校尉的人？如果我碰巧被这样一个无名小卒杀死，那么我真是死得莫名其妙，死得一点价值都没有。我的人生才刚刚开始啊！我这样感叹着，也将那个可怜的刺客给放了。我知道他只是受人雇佣，很难谈得上他对我有什么仇恨什么的，那些杀我的人，无非是我阻碍了他们的利益罢了。不过从那一次起，我觉得每一个人都暗藏着危险，他们都有可能威胁你的生命。如果你在街上看到一个人，他的眼中闪烁出一丝聪慧，脸上笼罩着一抹灵魂的阴影，那么他都可能是一个隐藏的刺客，成为你生命的结束者。你不可相信任何一个人，每一个在你面前的人，都可以成为凶险。除了白痴，只有白痴是清白无辜的。

最初在洛阳城北校尉位上的工作，可以说对我一生的影响很大。每天接触的各种各样的杀人放火偷窃事件，让我明白了人性中抑制不住的恶，以及人性无法控制的不确定性。孟子说“人之初，性本善”，实在是破绽百出的判断，善恶裹挟在一起，怎可能鲜明地分开呢？尤其身处乱世，人性之恶更是大行其道，不是你杀死别人，就是别人杀死你，你又如何施展你的良善呢？至于是暗杀和明杀，已显得不重要了。很快，我也成了一个刺客，这是我自己都没有想到的。关于那一次刺杀董卓之事，江湖上已经传说很广了。为了阻碍董卓的乱政，少年气盛的我决定亲自做一回刺客去杀死他。那一次未成功的刺杀差一点让我丢掉性命，我也差一点成为新的《刺客列传》中的人物。我没想到董卓的力气如此之大，当然，这也是老天让他命不该绝。我之所以成功地逃脱，既得益于董卓的愚蠢，也得益于我临危不乱的镇定。当然，刺客永远是弱者，刺杀也是不得已，因为面对的是强大的力量，只能指望出奇制胜地赌一把。当我成为强者之后，我很快明白了这个道理，同时再也没有机会充当刺客了。刺客是属于黑暗的，既然白天属于我，我可以在白天里为所欲为，又何必钟情于在黑暗中图穷匕首见呢？我在成为强者的同时，局面也随之转化，我成了一个被刺的对象，不得不承担时时被刺的恐惧。我一直没有从角色转化中真正地安定下来，夜深人静时，我常常以刺客的角色胡思乱想，这使得我经常失眠，并且头痛得异常厉害。这当中最为惊险的是那一次美人计，为此我失去了我最钟爱的大将典韦——其实有典韦在，我又何必对关云长如此钟情呢？在我看来，关云长就是刘备的典韦，我之所以对他敬若上宾，其实只是想试一试关云长与典韦的高下。最终的结果是，典韦不会背叛我，关云长不会背叛刘备。至于吉平的那一次下毒，我一眼就看穿了。我讨厌如此的方式，我宁愿面对面地被人刺穿，也不想死得如此不清不白。所以我恨透了吉平，他不该采取如此的方式，更不应该利用自己的职业。如果一个医士都想着去杀人的话，那么，这世界上哪有一点安全感呢？我不知道董承这位汉献帝的老丈人，他们那一帮人有什么信念和理想支持他们，但我觉得他们以如此的方式来对待我，是我所不能容忍的。我的还击很简单，用刀和斧劈下了他们的头颅，这是男人的死法。至于董妃，因为她是一个女人，就让她用一匹白绫去结果自己吧！

这样的事情总让人沮丧。每一次当我遇到这样的事情时，我表现的不是害怕，不是愤怒，而是沮丧。它一方面让我感到了那种反对势力的莫名，另一方面，对我骄傲的自尊来说，也是一种打击。在我的愿望中，我希望自己所到之处，或是山呼海啸般欢呼，或是痛哭流涕的呼喊。在我看来，我的确值得百姓崇敬，我为他们做了那么多，也牺牲了那么多，我不仅牺牲了自己，也牺牲了整个家族。如果不是我，百姓承受的苦难要多得多。当然，这也是我一时的想法，我的想法会经常摇摆，在另一个时间地点，我可能会为我的不可救赎感到可耻，我暴殄天物，我残暴杀人，我阴险毒辣……我经常因为掌握不了自己而感到伤心，从某些方面来说，我一直进行着自己与自己的战争，这种战争阴鸷猛烈无法左右，但我却一直抗拒不被这种力量所捕获。不过我越来越感到力不从心，我已接近控制不住局面了。

夏侯惇的探子来报关羽的消息时，我刚从乱哄哄的现场撤离。我担心南阳一带离袁绍的军队太近，连夜带着人马不停蹄地赶往许都。在半道上，我跳下马，一边让郭嘉念着夏侯惇的来报，一边站在路边小解。身体每况愈下的情形下，我的一个最深的感触就是：随着年纪的增长，我的小解声远远不及先前那样斗志昂扬了。原先，每到风景优美的地方，我会情不自禁地有小解的欲望，我喜欢郑重其事地褪下裤子，迎风站立进行一次小解。我的小解一直强劲威严，我尿得又直又准，既可以迅速浇灌某枝小花小草，又可以冲毁某一个大大的蚂蚁窝。我经常看着小解像甘霖一样将地面湿透，心里会油然升起自豪感，就像我征服这一片土地似的。而现在呢，随着岁月的消磨，不仅小解力道减弱，准头也不远不如以前，经常是歪歪斜斜击不中目标，有时候还淅淅沥沥分成诸多条线，最终成为一股无法驾驭的虚幻之泉。尽管我每次做出极大努力想让它走直线，憋住气下沉什么的，可它们就是中途而废，经常会不争气地淋湿我的鞋子。我感到沮丧，这不是为小解沮丧，更是为岁月的无情沮丧。不过我很快想起一个旧事，想着我都忍不住笑了，我一下子振作起来，转身向着随从们说：

“哈哈，好玩好玩。”

“丞相想起什么，怎么如此开心?”郭嘉放下手中的信，笑呵呵地问道。

“我突然想起了我跟袁绍之间的旧事，我说给你们听——”

我说：“你们不知道吧，其实我跟袁绍一直都是好朋友，小时候，我们在一起长大，经常在一起玩。袁绍的年纪稍大一些，他父亲的官也比我父亲大。不过袁绍母亲是小妾，在家里地位也差一点。我们在一起玩的时候，都不计较这个。有一次，有个做官的人家娶媳妇，听说那个新媳妇很漂亮，跟我们的年纪也差不多大。我就跟袁绍商量，要把这家人的媳妇抢出来。那一天晚上，我们悄悄溜进这户人家，埋伏在后院旁边的菜园地里。到了半夜，我们蹑手蹑脚地走到新婚夫妇的屋子边，我先在窗外大叫一声：‘有小偷!’结果这一户人家惊慌失措，全跑出来了，新郎也跟出来了，在外面四窜找寻。我和袁绍趁机进入新娘房内，用匕首胁迫新娘让我们一个人亲一口。目的达到后，我就跟袁绍一边笑一边跑，那家人发现我们了，跟在后面就追。我们跑啊跑，慌乱中一下子迷路了。袁绍的双脚陷在泥里，怎么拔也出不来，急得哭了起来。袁绍这么一哭，还不会将追赶的人引来?我急中生智，突然大叫一声：‘小偷在此!’袁绍急了，竟然一蹦，就从泥淖里蹦了出来。哈哈，于是我们两人这才离开了是非之地。”

众将士全笑了起来，许褚憨厚地说：“丞相真是少任侠啊，没想到也做过那么多的恶作剧，看来跟我们也没两样啊！这一个故事，比‘望梅止渴’还好听。”

听着许褚词不达意的恭维，我的心情一下子好了许多。

只有郭嘉郑重其事地说：“丞相你这仗是一定能打赢的，你看袁绍那智力水平，哪能跟您比啊，他少年时比不上你，现在，就更不能望你项背了。”

赤兔马

我觉得现实越来越像梦境，或者像不远处的黄河一样，越来越不可捉摸。自数月前离开许都的经历，也变得不可确定甚至荒诞了。我时常不知不觉地走神，即使驮着关羽走在黄河故道上的时候，我仍一半警觉，一半迷蒙地想着我远在万里之外的家乡，想着我天苍苍地茫茫的草原。在我的感觉中，那一片平坦辽阔的草原，就像一片绿色的汪洋大海。风起之际，长长的草叶轻柔地摆动，一如绿色的波浪云涌。春天的草原是最好看的，除了大片暗红色的花之外，还有几百种各种颜色的花草，有的黄如柠檬，有的暗如靛紫，更有蓝色和橙色的，就像无数彩色的星星遍布。我们吃着这样的花草长大，至今想起来，我的嘴边仍有一丝甘甜。我思念那些青草的味道，它有一种特别的甜味，像奶一样芬芳，不像这边的草，总带有一股腥味和苦涩。那时候我们自由自在地生活在草原上，有时驰骋，有时漫步。草的那边还是草，草原的那边还是草原。我们也议论草原的边缘会是什么样？有其他马说：靠近北方的阴影之地，据说还有一片鬼草海，那草长得比马还高，茎秆白得像白璃；虽然那种草非常肥美，却不能食用，如果有马吃了这种草，就会发狂乱性，一路狂奔下去，直至吐血身亡。那种草还会杀死其他的草，在暗处借着被诅咒的灵魂发光，会长出满山遍野暗红的花，活像一片血海。我们听得毛骨悚然……一匹马的童年，会跟人一样，充满希望，也充满恐惧和诗意。

在我出生之后，母亲告诉我说：你要记住，梦境就是自己的家。我知道母亲所说的这句话的分量。在梦境中，那些飘忽不定的东西虽然恐怖，但却让我们由衷地感到亲切。梦往往是令人亲切的，也是艰涩的，它有着一种神秘，却没有一种力量让我畏惧。梦给我一种归宿感，有很多次，我在这个世界上所见到的一切，我都能想着在梦中曾经出现过的，它经常地给我一种提醒，让我昭示着梦似乎了解一切东西，而我的存在则受着一种东西的掌握。但这种东西似乎是不确切的，人对于很多东西都是不确切的，就像有限对于无限，己身对于世界。梦往往会给人这一种感觉。给人感觉到自己的有限，在自己身边所发生的一切东西都是有限的，这样的梦总给人以隔膜，让人意识到梦与现实尽管存在着一丝联系，但明显地，已然是两个不同的世界了。

那天，在憩息下来之后，我被拴在马厩里吃草，我的旁边是貂蝉的那匹紫骍马。我们边吃边聊，我们都有一个共同的看法，人类为什么那样好恶斗狠呢？是因为他们缺少食物？或是天生暴戾的性情？或是因为他们有着强烈的嫉妒心，非得毁掉别人的生活才感到满意？就物质和精神来说，人类似乎远远在我们之上，但他们似乎很难满足，总是不停地索取，他们的贪婪远胜那些草原上的狼。当然，贪婪的胃口导致了他们拥有复杂的世界，以及复杂的生活……想起来也觉得好笑，两匹关在马厩里的马，煞有介事一本正经地议论着人类的事情，的确有点荒唐和可笑，但人类不要以为自己的聪明和有力，就可以忽略其他种类，其实，聪明是复杂的，智慧是简单的。人类当然比我们聪明，不过他们并不比我们智慧。聪明和智慧是不一样的，聪明能解决现世的问题；而智慧解决的，是出世的问题。在我们看来，即使人类再聪明，就世界的本质的认识这一点上，它一点也比不上马、牛、羊等很多动物。聪明是一种歧途，它离本质很远。这也是为什么相对于儿童，成年人却要显得愚蠢得多的根本原因。

接着，我们又谈到了人与马的关系。我跟紫骍马的一个同感就是，人类各族群的强弱，跟我们有很大的关系。人之所以成为世界的主宰，那是他们很好地利用了我们马匹的作用。凡是产骏马的北方草原，都是力量强大的族群。当人骑上了马，就拥有了原先没有的力量和速度，就能以大欺小，恃强凌弱。北方族群所向披靡的战斗力，绝对跟我们马匹有关。谈到这一点，我们都感到非常兴奋。我甚至自以为是地认为，汉朝人的祖先轩辕黄帝，就是依靠我们，从北方征服中原的。他先是跟黄河下游的炎帝在阪泉大战中取得了胜利；然后，又不断地南下，征服了蚩尤，完成了中原的统一。这一点可以从人们对黄帝的称呼上看出，为什么叫黄帝为“轩辕”呢？那是因为他经常乘着马匹拉着的战车四处出击。这在当时的中原十分稀罕，所以人们就把他叫作轩辕了。

夜半时分，没有睡意的我们又谈起阴阳和性。无论是动物还是人类，我想，一个基本的共同点，就是对此事表现出足够的好奇和困惑。紫骍马把男性和女性，公马和母马归结于阴阳的互相吸引，它以为，阳是阴的另一半，阴是阳的另一半，它们是被神劈开了，终究很难完美，所以互相吸引。我想了想，它所说的很有道理，可是神拿什么来把这个东西一刀两断呢？如果说人和动物只是世界上等同于尘埃之类的东西，那么情欲就是尘埃与尘埃之间的互相寻求。这是多么美妙和愚蠢的一件事呢！

上帝让阴阳彼此的寻找，是通过什么呢？当然是性。性体现在哪里呢？除了欲望之外，最重要的，就是身体了。我们共同认为，生殖器官是身体中最奇妙的部分，它们最能体现上天的完美设计，它就像是一个单独体，有时候甚至人们自己对它也是无可奈何的，它具有可以牵扯住人们行动和思想的力量。它左右着思想，而不是被思想左右。无论是人是马还是其他种类。我们的共同看法是，性不仅仅给万事万物带来奇妙、快乐以及生育繁衍，它还会更多地给人带来困惑，而这种困惑如性一样挥之不去，弥漫在人世间。

让人奇怪的是，在谈论性的时候，我们都有了奇妙的生理反应，像是一阵热风无形地渗入身体，从毛孔进入皮肤，又从皮肤进入五脏，直至让你全身肿胀起来。我们知道那是神秘的力量在涌动，不过现在不是发情期，力量尚不足以让我趴到紫骍马的身上。我们只是彼此深情地对望，我们感到困惑的是：为什么上天赋予人无所不在的情欲和功能，对于我们马却吝啬时间和季节呢？那是因为对于人类格外关照，或者是对马类格外关照吗？

一匹马是快乐的吗？我知道很多人会问这个问题。相比较于人，我觉得马是快乐的。马之所以比人快乐，那是因为马的欲望要比人少很多。人的欲望太多了，他不仅有成功的欲望，占有的欲望，甚至还有爱情的欲望。人幻想爱情，也无中生有地制造爱情，那是因为他们实际上是想占有对方。他们表面的付出，实际上是索取，并且排斥他人。这不是爱，而是自私和虚伪。相对于人的心思，马的心思要平静得多，我们从不奢望，不奢望过多的食物，也不奢望占有对方，所以我们会更快乐。因为过多地考虑得失，人经常处于矛盾之中，而我们从来就不矛盾。虽然人类在很多时候表现得比我们风光，不过在这个世界上存在的人，从没有一个是绝对坚强的。他们一直摇摆不定，犹豫不决，坚强是虚假的，软弱才是真实的。这样的本质，决定了人的存在从本质来说只是为了解脱自己存在的痛苦，让自己找到一条自己解脱的道路。而对于我们马来说，显然不是一种问题。

……过了洛阳关之后，路途上显得越发肃杀了，在白天，大道两旁随处都是摇摇晃晃的难民，每当我们经过，他们便驻足看着我们，狠狠地咽着口水，恨不得一口将我们吞进肚子。至于晚上，土匪成群结队，进进出出的呼哨声尖厉刺耳。一天半夜，我们住宿的客栈大门被砰砰敲得直响，甚至有两个毛贼跳进了马厩，看见了我，吃了一惊，一个毛贼企图来抓住我的缰绳，想把我牵出马厩。我趁着他不注意，扬起蹄子，狠命地给了他一脚，把他踢晕在地；至于另外一个，我一口咬住他的衣领，直接把他掷出了矮墙。马弁闻讯赶过来之后，轻而易举地把那几个毛贼赶走了。我讨厌这些毛贼，一不小心，他们会给你造成麻烦，让你本来顺畅的事变得复杂。此后关羽也小心了，每到达一个地方，会安排一两个人放哨，这样才稍稍安全一些。总的来说，我们这一路还算行走得顺畅，虽然天气炎热，我们经常被晒得汗流浃背，有时候大口大口地喘着粗气，不过我们还是能够应付过去。终于有一天，我看到了前面一片漫漶的黄色，听到一片哗哗的响声，我知道前面就是黄河了。这是一条奇怪的河流，从古以来，它就似乎没有固定的河道，像一条任性的巨龙，随意扭动着身体。与其说它的轨迹是一条河道，不如说是它在一条宽达数里的洼地上随意流淌。在此之后，我们沿着黄河流淌的方向行走，有时道路就在河流的边上，有时道路转入宽大的洼地。极目望去，一片烟云，我们像是跟黄河一起行走似的。在满是鹅卵石的河床上，车队时常被巨大的石块挡住去路，陷入深坑，或碰上一块大石头。马弁只好调动人马拼命去拉，有时候一帮人推得满头大汗，车也纹丝不动。关羽只好亲自过来，让二位夫人或者貂蝉下车减轻负担，自己亲自参与推车。每当这个时候，貂蝉便会落寞地走到一边，默不作声地看着不远处的黄河。至于甘、糜二夫人，她们会在一旁对貂蝉表示出不屑，唧唧咕咕地议论，或者干脆对着貂蝉的方面吐着唾沫。虽然我听不清她们的言语，不过从她们的指指点点，以及她们挤眉弄眼的方式来看，我就知道她们一定是在说女人的坏话。她们不会说别人，肯定是在说貂蝉，原因很简单，因为貂蝉比她们漂亮。

人类就是这样，既自私自利，又充满着矛盾和嫉妒，还是对他们敬而远之吧。

第六章 在渡口

秦　琪

我永远忘不了我跟糜萍告别的那个场景。当我听到她即将嫁给刘备的消息时，我像被雷击中一样目瞪口呆。我从没有想到分手竟然出现在我跟糜萍之间，就像从没想到山会崩地会裂一样。在此之前，我一直以为我们俩的人生是自然交叉合而为一的，就像并蒂莲一样天生应该在一起。我记得糜萍嫁给刘备的前一天晚上，我潜入了糜家大宅，当我翻越围墙跳入后花园时，不远处几条狗忘我地打闹嬉戏，兴奋地狂吠一气，我穿过花园的假山与回廊，又走过长满蒲公英的野草地，当我突然进入糜萍的闺房时，她大吃一惊，询问我为什么会来到这里。我不理她的问话，几乎提不起勇气问她：为什么她会答应嫁给刘备，一个落魄的中年男子。

“我当然会嫁给刘备，因为我只——能——这——样，”她板着面孔说，在漆黑的屋子里，她的话一字一顿，每个字都像尖锐的钉子一样刺在我的皮肤上。“我只有这样，我的两个哥哥让我嫁给刘备，陶太守让我嫁给刘备，刘备也渴望得到我，我还有什么选择吗？我不嫁给刘备又嫁给谁？”我知道糜萍是明显对我失望才这样说的，我既无功名也无官位，只有破落贵族的名分，虽然我写的一手好书法，可是字写得好又有什么用呢？至于我的散漫和不驯，就更不值得一提了。我有点沮丧，不过我还是想尽可能打动她，我所能凭借的，只有跟她一样的年轻，以及曾经的缠绵悱恻。于是我跟她讲述如何爱她，如何在寂静的夜晚、外地凄清的客栈里思念她；夜里，她的形象又如何幽灵般地出现在我的梦里……这些曾经是我最私密最深沉的痛苦和甜蜜，而我一直无法向任何人倾诉。虽然这痛苦和甜蜜如此真实，不过话一出口，我突然惊讶地发现，它听起来一点也不真诚，就像满口的花言巧语似的。糜萍听了我的话之后，根本没像以前那样感动，只是脸上冷冷地挂着笑意，像张贴在门面上的一张旧年画。我看着她脸上的笑，一时竟不知如何是好，是继续忘情地倾诉，还是尴尬地强行中断。这时候外面的狗再度狂吠起来，既声嘶力竭，又莫名其妙。叫得我们都变得心慌意乱起来。糜萍不安地说："你走吧，他们已不让我跟你来往了。"她没有说是谁不让我们来往，我当然知道是她的两个哥哥，以及她身边的所有势利的人。

"等会兄长们可能还会找我商量明天婚礼的事。"

我固执地说："我不走，我就在这里，等会你哥哥来，我要说服他让你嫁给我！"

"你凭什么去说服他？你才是个小小的偏将军，刘备却是个皇叔。"

"我比刘备年轻，我的武艺也不差，我会去打仗，我的战功会让我不断升迁。"

糜萍不说话了。

我继续说："跟我走吧，我们这就离开这里，找一个地方，我们生活在一起。"

糜萍说："那怎么可能，一个男人什么事都不做，就厮守着一个女人，那样，他会感到乏味的。"

"我不感到乏味，只要跟你在一起，一生一世，什么事都不做，我都愿意。"

刚说完这一句话，我就觉得心里发虚。我感觉到我的这一番言辞如此虚假，就像声嘶力竭地呼着某种口号似的。我能保证跟一个人厮守一辈子吗？我一点信心都没有。这是一件太困难的事，就像在春光明媚的季节里，把一个人关在黑漆漆的小屋子一样。我绝对不敢保证我一直有这样的定力。想着自己的信心不足，连我自己都感到了沮丧，我一下子沉默下来。

糜萍大约是看出了我的心思，冷冷地笑了一声，说："不可能的，一个人不可能会爱一个人一辈子，我从未看到过这样的情景，我只是在古代的传说中听说过——很明显，那都是一些人编的。"

夜更沉寂了，外面的狗也不叫了。我无话可说了，不由自主地走上前去，抱住她。只要我们拥抱的时候，快乐就能回到我们中间。她的身体开始松软，声音也变得温柔起来：

"告诉我，刘玄德为什么一定要娶我呢？是不是因为我很漂亮？"

我告诉她，你当然很漂亮，不过我宁愿你不漂亮，这样刘玄德就可以不要你了。

"我不要这样。我宁愿漂亮，宁愿多一点男人追求。"糜萍半真半假地回答道，女人是如此虚荣，虚荣得让人无话可说。

糜萍大约是突然想起什么，她挣脱我的拥抱，后退几步，站在我面前摆了一个姿势，问："我的衣服好看吗？"

她解释说，这一次的袖口相对改小了一些，别人看不惯，可她才不管呢，只要觉得好看就行。我啼笑皆非，女人真是如此无心无肺吗？我在这里对她难舍难弃时，她却想着自己的衣服是否好看，她是在想着婚礼的出场吗？

“我闻起来香吗？”她又说。

她开始絮絮叨叨地说新的腮香是从波斯商人那买的，比原来从山西买来的那种闻起来更加幽香，并且香气持续的时间更长。我听着她专注地谈着香料，差一点彻底崩溃了。我突然觉得眼前的女人一点也不值得我留恋，在我满脑子想着如何避免事态的发展时，她却已默认了命运，并且愉快地接受事情的结果了。这让我说什么好呢？我只有走上前去，再次抱住她，把她抱得更紧，以证明我对她的情感，让她回到面对的问题中来。我发现我的热烈引起了她的反应了，她的呼吸变得急促，脸变得潮红，眼神也变得迷离起来。我们吻在了一起。我发现身体升腾起一股强烈的爱意，一股欲望涌入我们的心脏、胸口和腹部，就像老鹰扑闪着翅膀一样令我们震慑不已。安抚爱情的最佳途径是什么，不就是做爱吗？我把她抱起来，平躺着放在床上，我开始为她褪去那件美丽的衣服。我看到她仍迷顿着，喉咙里发出呻吟声。一直到我进入到她的身体，直至大泄如注时，她才有着如梦初醒的感觉。

“你走吧。”她说。

我默默地站了起来，既羞愧又无助，好像我来这里，就是贪婪做一次爱似的。我无言地穿上衣服又踏上鞋子，想问我们还会见面吗，可糜萍一直躺在那里，背身对着我，一动不动，像睡着了一样。我只好丢下她，一声不吭地掩上门离开。我依旧是翻墙而出。我没有留下任何脚印，就这样头也不回地走了。

在此后的日子里，你完全可以想象我的忧伤和沮丧。我离开了徐州，辗转了好几个地方后，我投奔了夏侯惇的部队，当上了帐前偏将军。我跟随夏侯惇经历了许多大大小小的战斗，有好几次，我都栽倒在鬼门关差一点回不来了。我一直没有见过糜萍，不过一直关注刘备的消息。当刘备与曹操联手时，我知道我没有机会。当刘备参与密谋除掉曹操又被曹操打败，我知道形势开始对我有利。直至关羽离开许都带着糜萍等人上路去找刘备时，我知道机会来了。我想夺回糜萍，不为别的，只是为了男人的荣誉。虽然我知道糜萍浅薄任性水性杨花，但我还是不想放过她，毕竟我们有着肌肤之亲，有着曾经的美好回忆。所以当夏侯惇询问何人愿意充当先锋去追击关羽时，我率先站了出来。

“将军，让我去吧。”

夏侯惇那一只独眼中闪现出一丝迟疑，像一只小鸟从高空掠过，不过他还是点头同意了。我拿着令牌出帐的时候，夏侯惇叫住我，虎着脸地对我说：“秦琪将军，此行一定要小心才是，关云长武艺高强，不是一般人所能抵挡的。”

我木头木脑地问：“关云长武艺与将军比如何？”

夏侯惇的空眼眶里闪出一丝幽暗和不快：“你怎么可以这样问呢？要知道，只要一上战场，作为军人，只相信自己手中的刀。他必须全神贯注，傲视一切，去专注地对付眼前每个对手。”

我羞愧地意识到了不妥，尴尬地连连点头。

夏侯惇继续说：“这么多年来，我至少杀死了上千名对手，我不知道他们的武艺究竟如何，哪些比我强，哪些比我弱。我认真地对待每一个人，决不懈怠，也决不害怕。即使是面对关羽，我想我也会如此。”

听着夏侯惇将军的话，我突然变得热血沸腾。我看着他，充满着恐惧和崇敬。这是一张生来与皱眉、怒容为伍的脸：苍白、坚韧、紧绷，随时可以大悲大喜；胡须杂乱，像一堆茅草一样覆盖着方下巴和两颊的凹陷颧骨；一双浓眉之下，一只眼睛细小得就像一道伤口，至于另一边，眼窝空空荡荡，遍布皱纹和疤痕，像一个恐怖的黑洞。这是我此生见过的最为心惊的伤疤。想起一直流传的夏侯惇吞食自己眼珠的故事，我不由自主打了一个激灵。我铿锵激昂地说：“谢夏侯将军教导。小将此去，若见着关羽，也将不信天，不信地，只信手中的刀。”

夏侯惇哈哈大笑着拍了拍我的肩膀，一直把我送到辕门之外。我飞身上马，在那一刹那间，所有的汉字都涌入我的脑海——汉字本身，就是刀剑的组合啊！汉字的横竖撇捺，哪一笔不像刀与剑呢？横像端着的长刀；竖像直着的剑；至于撇，你都能听到呼啸的风声；而捺呢，分明是将刀隐藏在身后，以完成致命一击……不是说做任何事情都有神来之笔吗？那么，我何不将书法与武功联系在一起呢？隶书更像刀法，我可以将隶书的波荡笔触，来得更加直接一些；将蚕头燕尾变成铁钩铜折……我想起了汉字的“殺”，《说文》解释为：殺，戮也。从字的形状来看，第一刀自右上方斜劈下来，第二刀自左上方斜劈下来，第三个招式是拦腰一刀……我突然顿悟，这一个“殺”字，何止是一个字，它其实就是一套武功秘籍，隐藏着无限的秘密。汉字的一切都是神赋予的，仓颉当年造字之时，惊天地，泣鬼神，那是因为神的秘密开始被人们窥视，让人类混沌初开，就如同旭日东升的万丈光芒。汉字有完美的形，也有隐藏的完美的意义，我为什么不可以借鉴神的旨意，以“殺”为形，借神的力量来跟关羽决一死战呢？我将以我的刀，在战场上写就一个完美的“殺”字。神的汉字会招来神的力量，在我挥舞着大刀写就“殺”字时，关云长必定会成为刀下之鬼。想到这里，我突然精神抖擞起来，我感觉到神似乎就站在我身边，默默地看着我。我在内心中默默祈祷，神啊神，你终将以一种不同寻常的方式，给我启迪，给我战胜强敌的力量。

我终究为自己的年轻和笃信付出了代价。我原以为文字代表冥冥的神灵授意，结果事实证明我只是一厢情愿痴心妄想，文字或许还是有力量的，只不过我没有读懂它的密码。当我挥舞着大刀在半空中潇洒地写就“殺”字时，我看见关羽先是怔了一怔，随后退后一步，冷冷地看着我。当我的大刀带着呼啸的风声写出第三笔拦腰一刀之后，关羽出手了，那一把刀斜向砍过来，就像一只巨大的鹰隼从半空中飞翔而至，翅膀铺天盖地遮云蔽日。那不是一把刀，而是巨大的风车在旋转！我几乎没有看清他是如何出手的，也没有看清那把刀的模样，就感觉自己尸身两段。我极度沮丧，没有想到自己如此不堪一击，我甚至连那个“殺”字都没有完成。这一切都暴露在糜萍眼中，我不仅丢了自己的脸，连她也会感到颜上无光。当然，让我唯一感到安慰的是糜萍的旧情，那从山坡那边过来的马弁，悄悄地跟关羽所说的话，应该是糜萍托付的。要是糜萍真的为我向关羽求情，我也能死而瞑目了。

我现在死了。死亡原来是这样啊，就像墨汁滴入水中，慢慢地洇开去。透过未闭上的眼睛，我感到眼前的一切都违反原则，变成另外一个世界的模样：天空变得灰暗，像一张绷紧的大网一样颤抖；倾斜延伸的道路在慢慢坍塌；老槐树上的乌鸦用嘴噙拔着腋下的白羽毛；地洞里的老鼠挥动着利爪在石头上打洞；蚯蚓用嘴咬住了自己的尾巴，不知道洞在何方；至于马蜂，它们在树枝上撞断了蜂刺，发出鸟儿般的啼鸣……所有的东西都在经历一场痛苦的裂变，都在反对自己，想变化出新的模样。引人愁思的斜坡，咫尺天涯的槐树和榆树，破烂不堪的石墙和屋顶，在天空下一起摇晃起来……不远处黄河也开始翻腾，它们像大海一样冲击堤岸，波涛声和天上雁群的叫唤声杂糅在一起，让人无法分辨。这就是我回眸看到的人间。一切都是这样，世界很难完美，到处都是缺陷和遗憾。我将头也不回地离开这个世界，不想让人打扰，也不想让人挽留——而你们将跟泥淖中我的头颅和躯体一道，留在这个世界上。日复一日，年复一年。

我最终才知晓，苦难和欢乐的本质是一样的，就如同男人和女人，其实他们的本质也是一样的。

关　羽

离开许都三个月后，我终于看见了黄河。当我看到一条黄色的巨龙摇头摆尾横亘在我眼前时，我的眼泪差一点流了出来。三个月了，历经坎坷和危险，就是为了接近这一条河流，然后安然渡过。如今我终于如愿了！虽然我一点也不喜欢袁绍这个人，不过能将甘氏和麋氏平安地送还大哥，也算是了却我的心愿了。我勒住马，静静地站在河岸边，看脚下的黄河汤汤地流淌。这声音如此美妙，千万年不变，听着让人悦耳。河边的天空一半苍黄一半洁白，从我这里看过去，芦苇在风中飘飘欲飞，芦花在暮色中泛金泻银，更令我感到惊喜的是水边栖落着一群羽毛明丽的野鸭，它们被木轮和马蹄声惊动后径直飞向我们头顶的天空。我张弓搭箭，一箭一只，一下子射落了好几个。马弁兴奋地大叫起来：这下可以喝野鸭汤了！连貂蝉也从马车中出来，兴奋地跑来跑去，拾捡中箭的野鸭，她明媚的脸上映照着夕阳，更显得美丽动人。

在渡口边，一个背着包袱的人在不远处一直盯着我们看。过了一会，他急奔过来，一边跑一边冲着我：“是关将军吗？”我认出来了，这不是孙乾吗？他怎么到了这里。孙乾最初是徐州牧陶谦的幕僚，陶谦死后，跟麋竺、麋芳一起投靠了大哥刘备。曹操进攻徐州时，孙乾一直随刘备守护小沛。刘备突出重围去了河北之后，孙乾没有音讯，没想到在这里遇到了他。我哈哈一笑说：“原来是孙先生啊，你是跟皇叔在一起还是？怎么到了这里？”孙乾激动地喘着粗气说：“关将军，终于见到你了，奉皇叔之命，我到处在找你，现在好了，找到了。这里有一封信，是皇叔交给你的。”他解开包裹，将一封信递给我。我接过信，连忙让马弁给他弄点吃的。马弁递过去两个馒头，孙乾就着水狼吞虎咽，就差没把舌头吞下去了。我打开信，只见上面写道：

云长吾弟：

欣闻弟已离开许都，赶往冀州，兄十分欣慰。二弟一路奔波，悉心照顾二位嫂嫂，兄感恩不尽。曩者兄不幸，早失父母，无兄弟之亲，独身孤立，今得云长翼德，此生足矣！

官渡方面，本初正调集大批军马与曹孟德决战。从实力来说，袁本初肯定强于曹孟德，若袁军能够获胜，我兄弟可伺机重新收回徐州。届时兄弟聚首，大喜之日也！

另外得知，曹操托二弟照顾，将貂蝉馈赠予兄，是想示好乎？兄当笑纳之。

书不能悉意，故略陈固陋。谨再拜。

玄德

当我读到信件结尾的时候，心里不由自主地“咯噔”一下——难道大哥认为貂蝉是曹操送给他的？也有可能是大哥有意这样说，先表明自己对于貂蝉的态度，然后坐等我的态度。我该怎样回答他呢？貂蝉是曹操馈赠予我的，我可不想任何人掠走貂蝉，即使是大哥玄德。可我不知道该如何解释，我能说服大哥玄德吗？想到这里，我的心情糟糕极了。我抬起头来，看到甘夫人和糜夫人不知什么时候已来到身边，她们向我投来询问的眼神。我没有理睬，只是冷冷地问孙乾：“皇叔现在哪？”孙乾说：“不太清楚，听说已离开了冀州，跟刘辟一起去汝州招兵买马去了。袁本初喜怒无常，身边一帮谗言小人，加上您又曾杀了颜良和文丑，皇叔觉得在袁绍身边太危险，一直想离开冀州。这一下去了汝南，算是安全了。”

我“哦”了一声。孙乾说：“二将军能否给皇叔写封信，我好回复皇叔，就说见到二将军了。”

我摆了摆手，“信就不写了，一路上各路军马盘查不断，万一被人发现了，会危害先生。你回复皇叔，就说见到我了。我这就找船过河，渡过河再说。”孙乾点点头，说：“那我就告辞将军了，我先在这里办点私事，然后赶往汝南，找到皇叔后向他禀报，将军速速带着二位嫂嫂跟来。”我让马弁拿了点盘缠和干粮交给孙乾，孙乾接过后向我一抱拳，转过身离开了。我有点闷闷不乐，一点也不想说话，也没有搭理二位夫人，策马独自向前沿着黄河岸边溜达了一会。马弁跟上来，默不作声地走在我的边上。我突然想听听他的意见，便问：“如果你有一件心爱的东西，非常喜欢，不过你敬重的人一定要拿走，你会怎么办？”马弁的目光闪烁了下，聪明无比的他肯定明白了言语之下的意思。马弁想了想，说：“我会取舍，如果我要成大事，必须得借助这个人的力量的话，那么，我会让他拿走。”

“哦？”我狐疑地看着他。

“关将军我就实话实说了吧——虽然您跟刘皇叔是桃园结义的兄弟，不过我认为你们不单纯是兄弟关系，还有君臣和主仆的关系。如果将军明白了这一点，处人处事就好办了。”马弁的话说得有些直接，也难以让人接受，不过我觉得他说得非常在理。在外人来看，刘关张情同兄弟手足，可我一直明白，也不敢忘记，刘备与我以及三弟翼德的关系，更多的是一种君臣关系。既然关系如此铁定，当刘备表明自己的想法后，我怎么可以将貂蝉留在身边呢？不过我心犹不甘，我不想失去貂蝉。我同时在想的是，貂蝉也不想失去我，她跟我说过她一点也不喜欢刘皇叔。如果真要是刘皇叔要貂蝉的话，我将怎么跟貂蝉说呢？我的内心变得幽愤起来，我绝不能让他人染指貂蝉，我得跟大哥禀告，让他把貂蝉赐予我。

当手下人告知找了一圈也没有找到渡船的时候，我有些焦急了。我知道黄河下游的官渡正在打仗，也可能那些渡船全被调集到那边去了。或者，战役时期，对于渡船从严控制，让它们隐藏在某个地方。我找到把守渡口的曹军将领刘延，他看到我，异常惶恐。我知道他肯定听说过有关过关斩将的故事。我好言向他借船，他一脸沮丧地告诉我：手上的确没有渡船，都给抽调到官渡前线去了。不过他答应帮我全力在民间搜寻船只。我估计他说的是实话，也就没难为他了，毕竟，人人都有身不由己之事，不宜过多乱杀无辜。我只好吩咐马弁带着一行人在附近找个村庄歇息下来，同时抓紧机会找渡船。

这个时候，我看见远方尘埃再起，显然有大队追兵将至。我让马弁赶紧带着车队离开，我一个人横刀立马站在大路当中，静候追兵的到来。我看见领头的将领一身白衣白甲在阳光下闪烁，黑色的旌幡在他的身后猎猎飞扬，旗帜上有一个大大的“秦”字。很快，那个将领在我面前“吁”的一声勒住马。我这才看到，这个将领很年轻，坐骑是一匹高大威猛的红鬃马。也可能是行军太急促的缘故吧，只见他脸色苍白，说话也气喘吁吁。

我厉声嚷道："来将何人？报上名来。"

"我是夏侯惇手下的偏将秦琪。现奉曹丞相之命，要将关羽擒回许都，请将军速速下马就擒，免得让我自己动手。"

我气不打一处来，小小偏将，竟然用如此口吻跟我说话，你的主将夏侯惇也是我手下败将。我气得骂了他一句："小子乳臭未干，竟然如此口吻跟我说话，我会打得你满地找牙！"

秦琪听了我的呵斥之后，变得如青蛙一样气鼓鼓的，脖子也红了起来："关云长你不要狂傲！你们刘关张就是强盗！刘备夺了陶刺史的徐州，又夺走了我的未婚妻，我一直想找他算账，今天他不在，我先把你拿下，然后再去找他。"

我忽然记起来了，这个秦琪还算是故人了，记得刘皇叔在徐州娶糜夫人时，有人议论糜氏曾许配给别人，是一个叫作秦琪的年轻偏将。刘备没有理睬，我也没往心上去。没想到糜夫人的故人竟在这里，对此还一直耿耿于怀。我不由自主地向糜夫人走的方向瞟了一眼，只见马弁骑着马飞也般地赶过来，到了我身边后，悄悄地对着我耳边说了一句："关将军，糜夫人让你千万不要杀秦琪。"我听过之后，心中不由自主地升腾起一股火焰。说实话，我一点也不喜欢那个糜夫人，粗鲁狂傲，不懂礼貌，虽然她是我的嫂嫂，但我只是看着皇叔的面子才尊敬她的。我冷冷地对面前的秦琪说："你走吧，有人替你求情，趁着我还没下定决心，你赶紧逃命吧！"

我没有想到一个人竟然如此不识时务，真是跟糜氏绝配啊！在听到我的言语后，秦琪气急败坏地跃马横刀向我砍来。我冷冷一笑，只好操起青龙偃月刀准备迎战。让我大吃一惊的是，这一个年轻人看起来几乎不会刀法，他的刀胡乱地在空中挥舞，像是以刀代笔写就某个字似的。我不知道他在做什么，这是他的奇门遁术吗？我有点紧张，先退后观察了一下，当我确信他的所谓刀法只是一些不着边际的花架子时，我一拉马辔，上前一刀砍翻了他。他是如此不堪一击，我砍翻他，就像砍翻一头乳臭未干的小鹿一样。我看见鲜血随着他越来越衰弱的脉搏向外汩汩流出，日光照射下，他折断的双臂宛如两条蹿动的火苗。他的披风颜色是夏日晴空的天蓝色，上面绣着道道新月，由于鲜血渗透，颜色转暗，上面的月亮也一个接一个变成了血红。我扭过头去，我再也不想看到他，这是我过五关所斩的第六个。我知道这一切都是在糜夫人的注视下发生的，但我实在是不得已。我只想说，这个年轻人不该在我最郁闷的时候挑战我。并不是我想杀他，他只是在错误的时间错误的地点送上了我的刀口。

糜夫人

一路上不确定的消息就像下雨后车轮压过的水凼一样，不断地泥花四溅：传言关羽在杀了颜良文丑后，袁绍一气之下，将刘皇叔打下了大牢；传言说刘备并没有入大牢，相反，袁绍还将自己漂亮的妹妹许配给了他；传言袁绍的谋士郭图和许攸们互相内斗，都来争取皇叔，皇叔将此事告诉袁绍，结果那些谋士们联手陷害皇叔，皇叔被打入大牢；传言皇叔从狱中逃了出来，逃到北方乌桓之地，冀州军正到处通缉他；传言有人看

见刘皇叔的头被插在枪尖上，挂在了冀州城上……每一次听到这样的消息，对于我和甘夫人来说，都是一次巨大的考验，就像是我们的心壁上不断长出阴郁的蘑菇一样。女人和男人终究是不一样，如果关羽失去刘备的话，他还可以投身曹操、袁绍、刘表或者孙策，他依然是一个香饽饽，会遭遇各式各样的优待，或者他干脆自立山头，拉起人马自立为王。而女人就不一样了：自从我们嫁给了刘备，我们的命运不自觉地就跟他联系在一起了，即使你心中一千个不愿意，人们还是把你看作他的人，你无法洗净与一个人的干系。当然，不自觉地，我们也把自己当作他的人，虽然满打满算我跟刘皇叔在一起的时间，甚至还没有我跟秦琪在一起的时间长。我甚至还不熟悉刘皇叔的体味，不熟悉他的音容笑貌，而我每次想起他，就像想起一个纸人或者容像似的。想到我的悲欢离合竟然与这样一个熟悉的陌生人紧密联系在一起，我就觉得心悸。我这是怎么啦？难道女人生就如此可怜，如此依附，她们终究是把自己当作男人的影子吗？

自从貂蝉加入我们的队伍后，每到一个地方，甘夫人就会匆匆地走到我的边上，皱着眉头唠唠叨叨地诅咒着貂蝉，她不断地说貂蝉是一个狐狸精，只会勾引男人；又说我们路上遇到那么多的麻烦，全是因为貂蝉的缘故。甘夫人说：带着这样的骚女人，就像带着一个臭咸鱼一样，当然会引来无数苍蝇和蚊子，难怪那些关隘的守将们不让我们过关——要是没有貂蝉，我们早就到河北了！

我当然明白甘夫人的真实想法，女人不嫉妒女人，那还叫女人吗？不过我以为跟貂蝉之间的矛盾，可以暂且放下的。最关键的，是必须确认刘备活着，如果刘备都死了，我们各奔东西，哪会有跟貂蝉之间的矛盾呢？并且我以为，如果刘备已死，以甘夫人那样相貌平平年老色衰，至多也只能改嫁一个种田佬；而我，能找到稍好一点的人家吗？我都有点不敢想下去了。命运如此多舛，充满着不确定性，就像马车一样，走着走着就跌入一个水凼。有一次憩息在一个小镇上，我问关羽："关将军，我们此行北上，你有刘皇叔确切的消息吗？"

"之前是有，现在没有了。"关羽说。

"你听到那些难民的说法了吗？"我问。我是指有关皇叔被杀以及逃跑之类的传言。

"听说了。"

"假如皇叔真的死于袁绍的手中的话，我们干吗要匆忙赶路呢？不是羊投虎口吗？"

关羽沉吟了一会，说："我也不知道，我只是想，我们还是赶快过河吧，过了河，可能会有确切消息。"

我不再做声了。我在想的是，如果刘皇叔真的已经死了，我该怎么办呢？

我沉默着走开了。我不清楚关羽的具体用意，也许此行北上算是开弓没有回头箭吧，不去河北冀州，又能去哪呢？沿途休息吃饭时，我看见村庄的大柳树下有一个算命的瞎子，我踱步上前，给了他两枚钱，请他测算我的夫君在什么地方。他摸了摸钱，把他抖抖索索地放进了身边的布袋，然后掐了掐漆黑的手指，口中念念有词，猛然间，他翻了一下白眼，露出狐疑的表情，冷不丁地问了一句："夫君，你是指的哪一个夫君？”我吓了一跳，冷冷地回答了一句：“你不要多问，你管你测就是。”这个瞎子手执一堆蓍草忙了半天，最后告诉我：“你想知道的人在河之旁，即将殒命。”然后，就什么都不说了。

我悻悻地重新回到马车之上。队伍重新出发，我坐在马车中，就像阴郁地坐在一个巨大的黑匣子当中一样。匣子外面车轮辚辚，人声嘈杂，我什么也不想听不想看，我就像一粒花生米呆呆地住在花生壳里一样。到了下午，有欢呼雀跃的声音从匣子外传来：“到了，到黄河了！到渡口了！”我撩开丝幔，我看见前方烟雾朦胧，汤汤的流水声像密集的雨点一样扑过来。我下了车来，眼前豁然开朗，我是第一次看到黄河，它横亘在我面前，看不到边际，甚至看不到对岸，我感到无所不在的水汽升腾漫漶。夕阳斜射，河水闪着光芒，就像一条披着金色鳞片的巨龙一样。

就在这个时候，我们后面的大道上，灰尘蔽天，一干人马急急地赶来。黑色的旗帜，黑色的装扮，一看就是曹操的人马。领头的将军身形好熟悉，只见他一身华丽的银色甲胄，盔甲擦得银亮刺眼，上面还镶了黑色的野兽标志，像是纵身一跃的猎豹。待人马走得近了，齐刷刷在我们面前一字排开，黑色的旗帜在风中啪啪作响，我大吃一惊，看到走在最前面的竟然是秦琪！我看着他，他的前额还是跟前几年一样宽阔，他的手臂还是跟前几年一样有力。我的心怦怦地跳动起来，他怎么会在那？他这是要干什么？这时候关羽骑马走了过来，他让我们先走，留下他和几个亲兵断后。我极不情愿地跟随着队伍前行，在不远处的山坡之上，我让马夫把车停下，掀开马车的布帘，远远地看着秦琪。我远远地看着他，他却不知道我在车中。这一个曾经的英俊少年，料想已不知道我现在的情形了——当年下邳的那位羞怯少女，已变成一个时而傲慢、时而忧惧、时而残忍的喜怒无常的妇人了。

我不由自主地沉浸于往事的回忆之中——那一天我异常难过，晚上，秦琪来到我的住地，我正准备悲怆地把事情的原委告诉秦琪。没等我开口，这个单纯的年轻人就兴高采烈地告诉我，他的书法现在进步很快，尤其是由隶书演化出来的章草，自认为跟蔡邕有得一比了。他说，隶书真的到了应改革的时候——隶书的横向布阵，不宜四方伸展；结构扁平，缺少纵横活力，蚕头雁尾也过于臃肿、钝滞、笨拙，一点也不流畅。他眉飞色舞地告诉我，有人评价他的书法古雅浑朴、圆润遒劲、古风醇厚、笔法精简、自然天成，一点也不亚于钟繇。这评价空洞而枯燥，一听就是客气话。对于秦琪的话，我一点也不感兴趣，现在迫在眉睫的问题不是讨论隶书和章草，而是如何解决我迫在眉睫的问题。光字写得好，又有什么用呢？如果你能像钟繇一样，除了字写得好外，还能当上一个太守，我也很满意。我勉强地笑了笑，告诉他，刘玄德准备娶我了。秦琪好像没有听清楚，又跟我说着书法，说他现在以天地万物为师，见到花草树木虫鱼鸟兽等自然景物，也会跟笔法联系起来。我听得不耐烦了，大声地告诉他，我准备嫁给刘玄德了！说完我就哭了起来。秦琪这一回听清楚了，一下子愣住了。明白过来我不是跟他开玩笑之后，秦琪问我的态度。我告诉他，我哪有什么态度呢，那是陶谦的主意，我的两个哥哥已答应了，我只能听从他们的。秦琪听过之后，气急败坏地问我是否爱他。我没有说话，心里想：我爱他吗？如果我爱他，我只是喜欢他英俊的面容，以及一笔漂亮的书法罢了。现在想来，这些华而不实的东西有什么用呢，连我也保护不了。我的心情糟糕极了，拒绝开口回答问题。秦琪见我一直沉默，便气急败坏地跑开了。

婚礼前夕的那一天晚上，秦琪穿一身黑色的夜行服，半夜时分来到了我的住宅。当他突然出现在我面前时，把我吓了一跳——他从头到脚都是黑色，高筒黑马革皮靴，粗布黑长裤黑外衣，无袖黑皮革背心，厚重的黑丝绸披风，就连长剑和匕首，也包在黑色的刀鞘里。我差一点叫了出来。秦琪示意我不要紧张，解释说想带我私奔，去周游全国，哪怕是天涯海角也可以。我有点害怕，也有点兴奋，我没有想到秦琪会如此依恋我，这让我感到开心。我说我不能走，毕竟父母死后，两个哥哥成了我唯一的依靠，现在他们做主让我嫁给刘备，我要是跑了，刘备陶谦拿他们问罪，我岂不是辜负了两位兄长？秦琪听完后，脸阴沉下来，说："那你是决定嫁给刘备了？"我没有直接回答他。我一直拿不定主意，尽管我一直喜欢秦琪，可我实在不知道跟他在一起会不会有幸福。秦琪在各方面都似乎没有我成熟，他就像一个少年后生一样元气十足，也一样鲁莽简单。我没有回答他的问话，只是劝他快走，如果被刘备的军士们抓住了可不得了。秦琪说他不怕，说自己在经过一段时间的拜师学武后，技艺大长，一般人根本不是他的对手。我有点生气，说你武功再好还能是关羽张飞的对手吗？他们都是当今的绝世高手，如果不是因为他们武艺高强，陶太守怎么会如此执意留下他们呢？陶太守怎么没有看中你呢？如果看中你的话，我也不会不得不嫁给刘备！我一系列的责问让秦琪深受伤害，秦琪咬牙切齿地说那好吧，我就离开这里去投奔曹操，我要带领人马杀过来，先杀了关羽张飞，再杀了刘备陶谦这些老贼。我带着哭腔对他说：你别想着杀他们，你永远也杀不了他们，你只要过好你今后的日子就行，你千万不要想着复仇，你根本就复不了仇！秦琪走过之后，我奇梦不断。我梦见自己像鸟雀一样在树枝上跳跃，跟其他的鸟儿在一起啾啁；我梦见一片闪着模糊白光的空地，聚集着黑压压的人群，每个人都没有面孔；我梦见一个声音在人群和天空之间回荡，可我一点也不知它在说什么……后来我才知道，秦琪在当天晚上离开下邳后不知所踪。

第二天，在刘备下邳的寓所，我们举行了隆重的婚礼。那一晚的红烛之光将婚典上的人群描上了朱砂色，透着头上顶着的红纱巾看过去，陶谦和一帮王公们肥胖的身影形同鬼魅，他们的峨冠博带和诸多裙钗香鬓交叉在一起，散发着油腻腻的欢乐气息。而刘备呢，松弛发福的脸上，荡漾着得意和淫荡。在人群中，我还看到了甘夫人，落落寡欢地站在人群之外，涂满脂粉的脸上挂着僵硬的笑容，长满赘肉的颈部左右摇晃着，故作大度地对人们笑脸相迎。我知道她会本能地把我当作对手，当作她一生的敌人。说实话，以我当时的想法，我一点也不喜欢刘备这个人，我不喜欢英雄，也不喜欢豪杰，尤其不喜欢玩弄心眼有奶便是娘的政客们。我宁愿像普通人一样生活，享受鱼水之情，享受天伦之乐。

现在，我在黄河岸边的高坡上眺望远处的秦琪。他一身盔甲威风凛凛地骑在马上，像皮影戏中黑色的纸人一样，我根本看不到他的真实面容。他似乎长胖了些，也似乎更强壮了些。他在跟关羽说着什么，我听不见他的声音，也听不清他在说什么。我看着关羽一动不动地看着他，并不想跟他多说话。关云长你凭什么如此孤傲，是因为你的武艺天下无敌吗？哪有永远的常胜将军呢，总有一天你会遭遇失败。后来，我听到秦琪略显洪亮的声音夹杂在风中传来，不过我仍没听清他在说什么。我很着急，大叫一声："马弁！"马弁没有听见，他骑着马，在离我不远处聚精会神地注视着前方。我又大叫一声，这一回马弁答应了，他看了看我，骑着马走了过来。我俯身让他传话给关羽，请他务必告诉关将军，千万不要杀了秦琪，因为他是我在徐州的故人。马弁迟疑了一下，没有马上应允。我狠狠地瞪了他一眼，他只好 拉缰绳，让马撒开蹄子，"嗒嗒"地向关羽方向跑去。我看着他跑向关羽，贴近关羽悄悄对他说了些什么。我的心稍稍放下来了。我看到秦琪似乎冲着我们这边看了过来，我的心跳再一次加速。不过接下来的事出乎我意料——秦琪一拉缰绳，手提大刀向关羽冲过来。我的心拎在了嗓子眼，我不知道秦琪为什么如此鲁莽，他哪里打得过关羽呢？虽然他如此强壮，也如此自信，但我知道，关羽是不可战胜的。我看见关云长先是退后了两步，仔细地端详着秦琪舞着大刀。秦琪每一次挥刀，他并不还手，而是轻松地跃开，认真地看着。秦琪才砍了两刀，我就知道他不是关羽的对手。我的心悬到了嗓子眼之中——关羽终于出手了，一切不出我意料，关羽的大刀像巨大的风车一样向秦琪砍去，秦琪抬起手中的大刀试图抵挡，刀断人亡，可怜的秦琪应声倒下，像一只纤弱的蚂蚱般跌落在地上。

围观的人响起了一片惊叹之声，我的眼前一片模糊，我眩晕着，感觉仿佛离开了自己，成为另一个完全不相干的人。我的脑子乱成了一锅粥，心思却转得飞快，我一下子想了很多，想得我头都要炸裂了。我没有想到这一场争斗结束得如此迅速，就像晴空突起霹雳，忽然有大雨倾盆而下。我曾经的秦琪就这样死了，一切都不敢想，那一个单纯、透明的小伙子就这样撒手人寰了。我唯一渴望的，就是找个僻静的地方，痛快地哭上一场。我看着甘夫人在不远处仔细地盯着我，似笑非笑。我故作镇定地放松自己，只是呆呆地看着不远处的黄河，河中的雾霭已袅袅散去，夏日的阳光升上了天空，像即将爆炸的火球一样光芒万丈。

我看见关羽跟了上来，我努力噙住自己的眼泪，下了马车跌跌撞撞地追上去对关羽说："关将军，你为什么要杀秦琪？"

关羽冷冷地看了我一眼，居高临下看着我说："我没法不杀他，他说他可以让我们走，但你一定要留下来。"

"他是这样说的？"我的眼泪流下来了。

"是。"

"所以你就杀了他？"

"谁让他苦苦纠缠……我必须把你们安全送到皇叔那里。"关羽阴沉着脸说。

我沉默，不知该说些什么。

关羽冷冷地说："他说你曾经答应嫁给他？"

我噙着眼泪点点头。

"那我更不能让他活着。"

我的心一凛，一下子无话可说了。

那一晚在一个叫作葛楼的村庄里憩息下来后，我将自己彻底地投入黑暗。我锁上房门，拉上窗帘，蜷缩在被窝里大哭不已。虽然房间的墙壁上长满青苔，虽然灯芯草席老旧而开裂，虽然被褥闻起来有一股霉味，不过我全然顾不得了，我哭得死去活来，哀恸伤心，为秦琪，也为我凄惨的命运流泪。后来哭得累了，没有脱衣和洗漱我就昏沉沉地睡去。我睡了醒，醒了哭，哭累了又睡。"我也死了算了"，我对自己说。想到秦琪死得如此悲惨，我就感觉到无法活得下去。我该如何结果自己呢？最方便的方式是自缢，我可以用床单、丝巾、绳索中的任何一种结束自己的苦难。如果那样的话，会不会有行吟诗人歌颂我们的爱情，就像那首乐府民歌《孔雀东南飞》一样？假如有歌曲传唱还好，假如没有呢，我纯洁无瑕地死去，又有何意义呢？

婢女过来送饭时，曾试着跟我说话，我一概置之不理。甘夫人也过来了，询问我怎么不去吃饭，是不是病了？我说还好，只是有点稍不舒服，不想吃饭罢了。她摸摸我的额头，又让我张开嘴，看看我的舌苔，我都照她的吩咐去做了。她说了一通脾虚受凉之类的话，心事重重地走出了房间。过了一会，又端着一罐蜂蜜和药草调成的药水转回来，叮嘱我每餐饭前喝一小口。我故作温顺地点点头，一再感谢她的关心。她满意地走了。她走过之后，我又陷入了悲伤之中，感到自己精疲力竭头晕目眩。那一晚我的睡眠就那样沉重如铅，整夜梦魇不断。第二天早晨，我强打着精神起来准备梳妆洗漱之时，关羽走过来，面无表情地问我：

“听说嫂嫂病了，严重吗?”

“昨晚只是稍有点不舒服，让叔叔担心了。”

“嫂嫂要是感到不方便的话，可以多休息一天，等嫂嫂病好了，再赶路也不迟。”关羽说。

关羽的口吻中明显有虚情假意的成分，我一眼就看穿了他。我冷冷地回了一句：

“叔叔费心了，不必这样的，我们还是赶路，早一点找到皇叔为好!”

关羽没再说话，低着个头走了。

坐在异常颠簸的马车之上，我想着秦琪的事，有好几次又差点失声痛哭起来。“我不能这样死去!”我突然想，既然关羽毁掉了我最心爱的东西，让我生不如死，那么，我同样也要毁掉他心爱的东西，让他无法忘怀。这样的想法让我有了活下去的勇气，也有了活下去的信念，我又开始有事做了，我开始计划，如何以一种以牙还牙的方式，完成自己的复仇。

青龙偃月刀

赤兔马跟我说它代表西方，而我代表东方。我不知道是否该同意它的说法，因为所谓的西方和东方，只是人为的划分，它们都是人类活动的地方，都在这一片星空之下。所以这样的分类，不够严谨甚至别有用心。当然，对于东方，我更怀有亲切感和接近性，因为它是我生命的能量。

秦琪还真有点不同凡响，这一点，当他冲过来挥舞那一把大刀时，我就看出来了。我看见他的刀在空中划着奇怪的弧线，那不是在打仗，而是在写字。我仔细观察，发现他刀法的线条是一个“殺”字。这真是一个奇怪的年轻人，是因为他如此忘我地钟爱书法吗？

我当然知道汉字的创史人名叫仓颉，这是远古时代黄帝的大臣。据说他制造汉字的时候“惊天地，泣鬼神”。也可能汉朝人格外崇拜文字，所以有这样的说法吧。在任何一个朝代，掌握文字都可以看作是一种权力，这使得那些熟稔文字的人有一种莫名其妙的优越感。人们崇拜文字的另一个表现就是，他们热衷于文字本身，对文字的精神并不了解，对文字所导引的道理摸不着边际。在汉朝，一个人学习和掌握文字需要很长时间，因为他们的文字读写分离，要花更多的工夫。对文字投入过多的精力，显然对其中传达的道理有所削弱，在我所见的汉朝人当中，迂腐的读书人总是很多，他们不能将生活与书本很好地连接起来，知识不能让他们聪明，却让他们变得愚蠢，这真是一个奇怪的现象。像我眼前的秦琪，我一眼就可以看出，这就是一个迂腐教条的读书人。

我有时候想，为什么这片土地上的人如此重视文字呢？我想了很久，后来终于明白，那是因为文字在统一和强权中的作用。这一块区域尤其广大，几乎每个地方都有自己习惯的发音，称之为方言。方言区别如此之大，就像不同鸟儿，彼此听不懂对方的叫声一样。只有文字才能将他们联系在一起，就像锚拴住船只一样。历代君王都明白了这一点，他们是将文字当作锁链，将那片土地牢牢地拴住，不让它们如船一样漂走。由于格外推崇文字，又延伸成一定的规矩和格式，就变成一种艺术形式了——人们用动物的茸毛做成笔，蘸上墨水在一种精致的纸上写字，像神符一样把它们挂在墙上。当然，汉字是漂亮的，它有着漂亮的间架结构，就像一个精壮的小伙子一样漂亮。在我的感觉里，那些来自西方的拼音文字更像是扭来扭去的女人，一点也不如方块字那样富有阳刚之气。

在我面前的这一个秦琪，据说他的书法已接近当今一流水准，而我杀了他，毫不犹豫地杀了他。对于一把刀来说，才不管你是不是书家画家还是诗人呢，我们只服从主人的命令，从不缠绵，也从不犹豫。缠绵和犹豫，只会给人造成更大的痛苦。在刀的眼中，一切事物的本质，都是可以一分为二，甚至可以支离破碎的。在十八般武器刀、枪、剑、戟、斧、钺、钩、叉、鞭、锏、锤、挝、镗、棍、槊、棒、拐、流星锤中，刀之所以排在前面，就是因为它果断和干脆，给死者造成的痛苦最少。像枪与戟，迎面刺穿都可能不会致人死亡，凄惨的叫声可以一直持续到奄奄一息，那岂不是一件悲惨的事情？至于锤，它致死的画面如此凄惨——如果锤子砸在脑袋上，就像打碎的西瓜一样，红色瓜瓤散落一地，让人不忍卒视；要是砸中了身体呢，模样没有改变，骨头和五脏六腑会全部打烂，身体会淤血变得紫红……我曾看见一个人中锤而死，他活着的时候相貌堂堂，死的时候却很丑陋无比，肿胀得像一头乌黑的狗熊一样。每当看着那些可怜的人类各种各样的死法，就觉得还是刀好，一刀两断干净利落。简单是死亡中最美的旋律。

世界如此荒凉，难怪我有一颗冷漠的心。在很多时候，我只能以梦的方式和人进行交流，以梦的形式让关羽明白他的责任，让他意识到自己的坚强有力。我要让关羽感觉到自己是战无不胜的，没有任何东西可以摧毁他，而他会终将取代那些古代传说，成为新的神灵。有一天，我钻入了那个马弁的梦中，与他进行了一场对话。我很喜欢这个牵着赤兔马来到关公府上的年轻人，在我看来，这个来自异域的马夫受过良好的训练，不仅有着很好的武功，还具有一般人不具有的特质：神秘、浪漫、聪明、理智，尤其擅长读心术。他不仅能读出众人的想法，甚至能细细地读出我的心思，把我当作一个人来看待。第一次跟他对话是杀死颜良的当天晚上，他将我带到月光之下，借着月色细细地擦拭我身上的血痕和擦痕。我能清楚地感觉到他的轻柔、细心和爱意。我喜欢在月色之下轻轻被抚慰，这时候我的身体内拱动着强烈的倾诉愿望。我问他：你是什么人？为什么会来到这里。他告诉我，我来自西域的一个国家，很小的时候就生活在汉朝，后来，一直在宫中养马。之后就一直陪伴着赤兔马，先是跟着吕布，然后跟着曹操，最后跟赤兔马一道，来到关羽这里。

“你怎样看待我的主人关将军？”

“关将军应该是一个神，他会不朽的。”

“为什么？”

“因为这世上需要一个武神，而至今，一直都没有。我想，只有关将军才可以成为神。”

“我同意。”

“我希望我们能共同努力，让关将军成为一个神！”

虽然在这世界人分为：男人、女人、老人、小人、大人、聪明人、愚蠢人、官人、商人、学人、军人、俗人、不俗的人、正派人、伟人、庸人、伶人、僧人、儒人、坏人、好人、富人、穷人、粗人、细人、肉人、骨人、红人、阳人、阴人、阴阳人、懒人、巧人、笨人、中间人、媒人、真人、假人、情人、狂人、阉人、痴人、文人、武人、活人、死人、两面人、病人、健康人、美人、丑人、套中人、能人、鬼人、猫人、妖人……可是在我看来，他们全都是血肉之躯，他们的身体内流淌的都是殷红的血。分别心是属于人类本身的，至于刀，我们只会复杂问题简单化，当主人的命令下达后，我们的任务就是不折不扣地执行。在我们的世界，没有邪恶，也没有美德；没有罪行，也没有正直；没有失望，也没有希望。你听说过一个传说吗？说是周文王曾经有一把宝刀，一把至善的刀，它希望天下的善都伫立于人们心中，所有的恶都远离人类，而它自以为是扬善除恶的最佳工具。最后的结果成了什么样你知道吗？最后它只能完全锈蚀，成为一块松软的废铁。因为它无法判断绝对的善与绝对的恶，它根本派不上用场！刀锋挥舞之处，是没有善与恶的，它不可能左边是善，右边是恶；也不可能右边是善，左边是恶。作为一把刀来说，我没有能力和义务来判断着善行和恶行，决定它们的生死存亡。我只是自认为：为了避免人们遭受更大的痛苦，一把刀的职业道德就是让自己更加锋利一些，使得自己在挥舞之中，让人们少受或避受痛苦。当然，就一把刀来说，我还象征着权，有刀在手，就是强权在手。我可以送你离开这个世界，虽然你一点也不想离开。

有人说生命的意义在于体验，各式各样的体验，不在于思考。对于这样的说法，我是不赞成的，生命的意义当然在于体验，不过思考从来就不应该否定的，因为个体的价值就在于思考。不思考，还有什么存在的意义呢？至于体验，没有思考的体验，从来就是虚假的，就像我，经历了各种各样的血，殷红的、腥臭的、咸的、甜的、酸的、咸中带甜甜中带酸的……它们溅满了我的刀刃，让我兴奋的同时，也让我恶心至极。我一点也不想体验它们，甚至想远离他们，我想追求的，只有思想，思考事物的本质，思考世界的本质。虽然我知道在这个世界上，真相如此难寻，但我还是想以自己独特的方式，劈开皮相，直入事物本质。在我看来，这个世界上有那么多刀，看起来奇形怪状，看起来凶猛异常，但它们一柄柄色厉内荏，那是因为它们从不会思考，只会跟主人一道同流合污。

一把真正的宝刀是什么呢？是勇气、荣誉、希望、自豪、同情、怜悯之心和牺牲精神。你同意我的说法吗？

曹　操

每天晚上睡在床榻上，我总感觉身体内部像熟睡的猫一样哼叫，脾在闪闪发光，肾在拼命喘息，血液就像一条瀑布一样嗡嗡作响；至于头，经常痛得如爆裂似的。我经常像一条喘不过气来的鱼一样醒来，觉得胸腔里积满了水。不仅是身体让我恐慌，同样让我感到恐慌的，还有我的记忆，很多时候我竟然想不起手下大将的名字了。我看着他们，本来是想布置某件事情的，却不知道怎样招呼他们，以至于张口结舌，半天也说不出话来。这真是一件烦人的事情。我只能时常告慰自己，或许这种杂乱无章的失忆，正是全能上苍的秘密旨意。

我对这个世界充满着困惑。这困惑是全方位的，不仅是人的生命、世界、星星、月亮、山河、海洋等东西，还包括更多抽象的概念，比如时间、阴阳、性别、美丑等等。有一段时间，在我的征服取得节节胜利之后，我突然对金钱的本质产生了浓厚的兴趣——其实钱和权力一样，也是有道的。权力的背后是暴力，金钱的背后呢，应该是财富。像五铢钱，它不单单是一枚圆形方孔的铜铅混合物，它本身应该隐藏着某种力量。老子说：道生一，一生二，二生三，三生万物。钱就是属于一和二之间的东西，钱不是一，便是二。我在想的是，金钱也是载道，它不仅体现欲望，也能满足人们的欲望。钱能起到润滑的作用，能使各种表面的欲望化为无形，化矛盾的尖锐性和对立性于平和和间接。人如果拥有大量金钱，他的欲望比如食、色、性、衣、住、行等，都可以得到满足。在这个世界上，只有金钱和权力才是最根本的，没有了这两样东西，一切都是忧虑、别离、嫉妒、孤独、悲伤、仇恨、谣言以及无休无止的贫穷。至于美色，如果有了金钱和权力，同样是可以获得的。即使是爱情——爱情就像是金子的光泽，如果有了金子，还担心没有迷人的光泽吗？

曹洪向我报告关羽过关斩将一事时，我正在寓所里跟神医华佗说事。华佗是我的老乡，我们同为沛国谯县人。在杀死吉平之后，我准备向献帝推荐华佗进宫。不过自视甚高的华佗说他根本不愿意在宫廷中消耗掉自己的生命，何况伴君如伴虎。华佗还背诵庄子的话说："宁生而曳尾涂中！"我听后不太开心，我当然知道这一句话的来历，昔日楚威王派人恭请庄子为相，庄子严词拒绝：我不愿意做一只供奉在庙堂里的死龟，虽然高高在上；我更愿意活在尘埃之中，在泥土中爬行，快乐地拖曳着尾巴。可我还是从庄子优美的文字中看出很多虚假的成分，那一个看起来乐观豁达的蒙国漆园小吏，更像是浅尝辄止的自恋者——一个人在吃不饱又穿不暖的情况下，凭什么如此开心呢？他的身体会给予他折磨的，当你无法好好安置你的身体时，痛苦肯定是不可避免的。我半开玩笑地对华佗说："刘协怎么是虎？你真是高看他了，他连猫都不是，只是一只兔子——我才是虎！"不过既然华佗不愿意，我也就不勉强他了。毕竟，深锁宫内的日子是压抑的，作为一个医士也充满着危险——既然疾病如这个世界一样充满着未知，危险必然时刻存在，我指的是那种视医士为刀俎鱼肉的危险。华佗听我这么一说，才算是放下心来。随后，我们开始天马行空地交谈。我们的谈话不乏各种歧义、影射、反语、隐喻和暗示。我问他：就药补的关系来说，吃什么补什么正确吗？他点点头。说万物诸事相连，形与质密不可分，世界的秘密，往往隐于形之中：何首乌与人参都有人形，对于人体，必大有裨益。西域传过来的萝卜也是，切开横断面，外面有圆，里面的圆则长得像瞳仁，必对眼睛极有好处。华佗还得意洋洋地对我说："你注意到那些植物了吗？凡是叶子是对称长的，都可以成药；而叶子交叉错生的，都不能成药。”我诧异地问他：“是这样吗？这是为什么呢?”华佗告诉我：“人体和万事万物一样，都是讲究平衡的，凡是对称生的，就一定是平衡的，因而一定对身体有利。”华佗还告诉我：万物由心而发，尤其是世界发展成这个样子，完全是由于人心的原因。他举例说，比如说衣服，最初人们是想找一个东西来抵御寒冷，于是衣服应运而生。我觉得他说的有一定道理，只是我要想觉察到世界的本质，真是太难了！

我问华佗，任何事情都有自己的“道”，作为医者，你们的“道”是什么呢？华佗的回答是：医者，意也。这个“意”不是指的天马行空，而是准确的想象，猜测和直觉要在“道”之中，还要有很好的手段。比如头颅里面，要是生了东西怎么办，药物根本达不到，只有劈开它。我不太同意他的说法，他说用斧头来劈开头颅，说法是可以的，但用什么样的斧头，是一个值得商榷的问题。你能保证用斧头劈开头颅，切掉头里面的恶瘤之后，能完全恢复成原样？万一不能恢复呢，是不是直接致人死亡？我从华佗的说话中，看出了很多破绽。这破绽不是他的破绽，而是一种思维方式的破绽，只是我不知道如何去破除他的破绽，又如何去说服他。就像很多医士，他们甚至将古人留下来的带有文字的甲骨和竹简拿来治病，将它们烧成灰烬，用水吞服。不过我还是很赞赏这个家伙，在他的身上，有一种天真、热忱和大胆。我喜欢他发亮的瞳仁里那团执著而阴沉的火，仿佛他们自己就是可以长生不老似的。

那一次谈话我们又涉及了人生的根本问题，也就是人的生死问题。我问华佗：作为医者，就是整日站在生死边缘的人，你对死亡了解多少呢？

“说实话，我一点也不了解死亡。”出乎我的意料，华佗这样跟我说。

“为什么？”

“我不想了解死亡，我想了解的是永生。”

我反问他，既然你一点也不了解死亡，为什么你拼命地把那些病者从死亡的边缘拽回来？你又如何了解永生呢？就我接触到的医士来说，他们一个个如此热爱永生，也坚信永生，我觉得有些不可理解，即使他们再满怀热情，他们也应该面对现实——在现实中，永生是一种幻想，而死亡才是实实在在的。

“我的脚站在生命线的这边，所以我得维护生的利益。”华佗的话语让我更不满意了。

我当然对永生感兴趣，想听他进一步的解释，可是，没有了。我产生一个疑问，患者很可能不是因为头颅内的异物而死，而是死在医者的斧头下……我习惯于一切持怀疑态度，并不是我不相信别人，也不相信神。我相信神，不过神也有黑暗的一面；我相信道，道也有未涉足的地方。虽然众口铄金说华佗是一个神医，但我还是有自己的看法。医者这一行，故弄玄虚的太多，何况病不都是可以治好的，要是都能治好的话，世界上又何止这么点人呢？我想起了部将们跟我说的一件事：有一段时间广陵太守陈登身体不好，症状为面色赤红心情烦躁，便有下属给陈登推荐华佗，说神医华佗这一段时间正好在广陵，何不叫他来给大人看看。于是陈登命人去请华佗。华佗到来之后，先请人准备了十几个脸盆，然后为陈登开了一味药服下。一段时间后，陈登吐出几十盆的红头虫子。华佗告诉陈登说，这个病是吃了太多的鱼导致的，告诉他这病三年后还会复发。到时候再服一剂这个药方，病就可以根治了，临走时华佗告知了自己家的地址。三年以后，陈登果然旧病复发，手下人连忙依照地址找华佗。可华佗的药童告诉陈登的使者说：华佗上山采药去了，也不知什么时候才能回来。陈登等不及了，一命呜呼，时年只有三十九岁。这一个故事，我没有当面问询华佗的真伪，我在想的是，如果华佗真能将陈登治好的话，就不应该采取这种故弄玄虚的方式，哪有那么多红头小虫子呢？治不好我当然不怪罪华佗，我不喜欢的，就是他那种信誓旦旦的态度。后来，让我没有想到的是，这一个问题还真的摆在我面前，若干年后，我的头痛病入膏肓，当华佗提出要用斧头劈开我的头颅时，我选择了对他的不信任——用斧头劈开后如何缝合完整呢？你用什么刀来劈开？准备用几刀？你用什么方式将它缝合？我只是问了几个细节问题，华佗就嗫嚅着回答不上来，说你不相信我就算了。既然他的说法没办法让我信服，我不得不怀疑他别有用心。最后我不得不将华佗下了大狱，在我眼中，他只是一个略有方术的医士罢了。世界如此神秘，你为何自诩掌握了世界的秘密呢？我从来不相信神，也不相信神医，就像我不相信人可以不朽一样。

那一次我们的话题又转到渐渐从天竺和西域传过来的宗教。对于外来的佛教拜火教之类，华佗表现得不屑一顾，他说这些都是以生死来吓人，逼迫人臣服很不地道；其实它一点用处也没有，不能治病，也不能让人长生不老。我不完全同意他的意见，我对那些外来之学谈不上了解，不过我对于佛教突如其来的震慑力表示震惊——有一次，我在离洛阳不远的龙门山见到了这样一个修行者——他像野人一样生活在洞窟之中。洞口早已封闭，只留下个小孔，有时路人们给他送点干粮食物。我在洞口曾与他有过交谈，这个人看得清我，我却看不清那个人，只看见一个小洞穴里黑漆漆的一团。这个修行的人告诉我，起初，他曾在五台山寺院里修行，每天以念各种各样的经书打发光阴，不过诸多经书并没有告诉他确切的答案。于是他先选择了云游天下，到了洛阳龙门山之后，他发了一个毒誓：决意将自己幽闭在后山的一个山洞中，不证得自己的心性，不明白人在世界上到底是怎么回事，便不再出来。我问他可证得结果，那个人一下子沉默了。说实话，我对那些修行者完全不了解，我不相信通过如此自我折磨方式能够了解另外一个虚空世界。我是不太相信所谓的绝对真理的，我认为凡是自以为掌握通天之途的人其实都是一种自欺欺人，首先是自欺，然后又自觉不自觉地欺人。人不可能真正地明白自己，这是一个永恒之谜。我感觉这些人有一种暗藏很深的隐忍，也有一种极度的贪婪，想掌握人不可能掌握的东西。过了一会，那个人反问我是什么人？我诓称自己是个医者。那人说：你们医者，只能医人身体，不能医人灵魂。我一笑，说：你把灵魂找出来，我来医给你看。那人便没有话可说了。过了几日，我再次去龙门山，看到有人在抬尸体，说是从山下那个洞里找到的。我看了看那个人，三十多岁，全身惨白惨白，像是很多日子没有见过阳光似的。我没有问他姓甚名谁，因为姓名对于这个人来说，已没有意义了。

就在这个时候，曹洪来了。他一头闯了进来，面红耳赤，气喘吁吁，应该是刚下马的缘故吧。曹洪看了看华佗，匆匆走近我俯身吞吞吐吐地告诉我：关羽已过了五关，斩了六将，马上就要离开汜水关去渡口过黄河了。他问我怎么办？要不要号令夏侯惇把他抓回来？我看了他一眼，没好气地说：“你说怎么办？谁让你们当初忘了给他送关牒了——还不快派人给他送关牒！”当初关羽离开时，我的确只记得赐他貂蝉，把关牒交给他一事忘了。后来想起来，我也不急，想看看那些关防是怎样处理这一件事的，我可以让关羽去检验那些将领的忠诚，看看他们当中有没有人可委以大任。不过我是聪明反被聪明误了，那些守关的将领们，不仅没人捉得了关羽，还让他一路斩将过关，真是丢人现眼。想到这，我对曹洪说：“你把张辽叫来，让他赶快将关牒送到关云长手上，以免他杀戒大开。我看这一路上，是没有人能敌得过关云长了！官渡前线的事已经够麻烦的了，关云长这一边，就姑且放他一马吧！”我的确是有些精力不济，关羽那边，我就做个顺水人情吧。我总预感我跟关羽的事还没了，也许哪天我们还会见面。曹洪有些不情愿地离开了。很快，张辽来了，我将关牒交给了他，命他迅速追赶上关羽。我不担心他人，我只是担心夏侯惇，要是夏侯惇跟关羽发生冲突，死在关羽刀下，那就让我伤心欲绝了。夏侯惇不仅武艺高强，而且跟曹仁曹洪一样，都是自家兄弟。从骨子里，我喜欢这些武将，简单、愚蠢、一根筋，不过对我都一腔忠诚；而那些颇有智慧的谋士呢，虽然他们也放浪形骸，以各种双关语、比喻或文字游戏自娱娱人，但我不得不时刻提防着他们。智慧永远是一把双刃剑，你在杀死人的同时，还要防止剑刃割伤了自己。谋略就像刀刃，你经常地擦拭它，它自然会变得锋利。一个有着谋略的人，是很难有赤子之心的。

貂　蝉

我们一行人还没到渡口时，天就飘起了雨。这雨真是奇怪，细细凉凉的，刚碰到皮肤就无影无踪了，像一阵轻柔的羽毛掠过似的。到了黄河边上，雨一下子下大了，大团大团的雨倾泻而下，我的身前左右雾气重重。大雨很快覆盖了一切，只剩下黄河无法覆盖，在大雨中，那一只巨大的游龙仍然呈现出黄色，只是更神秘和空濛了，那是一种茫然无边的空。

大约过了半个时辰之后，雨突然停了，头顶上有一只老鹰在不停地盘旋。我从马车中伸出头来，一条大河重新横亘在我面前。我从未看过如此宽阔的河流，就像生死之间的茫茫界线一般。我激动地跳下马车，快步地向沙滩走去，那些大大小小的鹅卵石硌得我脚生痛。路过甘、糜二位夫人的车子时，我意识到从里面射来的冷冷的眼神。我才不管她们呢！我只要自己开心就好。河滩上没有了卵石，沙子又细又软，我真想脱去鞋袜踩在上面，可我还是忍住了。这时有一只五彩羽毛的翠鸟飞了过来，落在我面前褐色的大石头上，它晃动着脑袋，晶亮的眼珠盯着我，嘴里发出异常好听的啼鸣。我忍不住问它：你叫什么名字？它继续晃着小脑袋，冲着我叫了一声。我笑了笑，想接近它，它倏地一下飞走了。我走到水边，黄河的水是浑的，可我却忍不住低下头来，捧起来洗去脸上的尘土和汗水。水稍稍有点凉，闻起来是泥土、植物和秋天的味道。季节就是这样，总是喜欢暗藏在水和植物中，悄悄地露面。我抬起头，小水滴滑下脖颈，从衣领处流下去，感觉很是舒服。我真想脱光衣服，像只粉红色的小水獭一样游入这清凉的河水，河水自西而下，溯源而上的我说不定可以游回到自己的老家呢！

一直到马弁大声地叫我，我才依依不舍地从沙滩上往回走。这时候雨又下起来了，因为没有船，渡河自然不可能。关羽勒住马，犹豫着是否立即找寻船只。马弁提议在附近的村庄借宿过一晚再走，一来兵士们累了，二来雨下个不停，连艄公们影子也未见。关羽想了想，看着附近冒烟的村庄寻了过去。这个村庄叫牛角庄，大约有几十户人家，除了村口几间屋子是用黄土垒成，屋顶铺着麦秸之外，其他的，都是又高又大的砖瓦宅子。村中的道路也好，都是用石块或者鹅卵石铺成的，村中的空地上，还有好多棵粗大的古树，有槐树、杨树、苦楝树等。马弁敲开了一个有着高大门楼的屋子，门房开门之后，看到马弁，本想发作，一低头看见马弁肩上扛着的青龙偃月刀，顿时吓得哆嗦起来。马弁说了留宿的意思，门房说主人不在，避难去了。马弁说我不管，我们明天渡河，只想在这里住一晚，钱可以照付。门房看着马弁，又看看不远处的关羽，只好点点头。于是我们一起搬进了大宅之中，二位夫人各住一间，关羽住一间，马弁住一间，我住一间。至于其他人，这一家正好有一个很大的库房，便全都住在里面了。

我住的那一间厢房在西头，比较安静。一进门，是一幅落地的大屏风，上面画着山水，既有青、绿颜彩的施色，又有水墨的皴擦晕染。两侧的折叠屏风上，画有艳丽的牡丹、牵牛花、蔷薇花，花前有蝴蝶飞舞，花下有鸟儿啁啾。靠着墙，大屏风的后面，放着一张精雕细琢的大床，木雕上刻有很多典故。在大屏风后面，横放着一面蛇跗琴，那是一种黄黑色的古琴，漂亮的木头有蛇背一样的斑纹。我不由自主走上前去，握住那把琴，随手拨动了琴弦，声音幽远而静谧，像我的心思一样。我想着一些事，眼泪不自觉地流下来，自己也浑然不觉。这时候正好关羽看到了，惊异地问：

“你怎么了？”

“没什么，只是想起一些事。”

“哦？”

“我曾有一把琴，不是古琴，而是蟒皮蒙成的琴。那蟒皮是金色的，是一头非常大的蟒蛇，那琴弹出的声音，既幽远如月光，且回荡着金属的声音。你知道吗，那竟然是用我的救命恩人的皮做成的。”

我幽幽地说：“我小的时候，跟父母住在一片树林边上，我们家的门前，有一个不大的水塘，水很清，喝起来也很甜。树林里经常有一条大蛇来塘边喝水，那蛇很漂亮，尤其是脖子那一边，长着黄金一样的斑纹，像很多金叶片连在一起。大约是看到我们对它很友善吧，每次在水塘里喝完水，它都要对我们点点头，然后游回到树林里。有时候父亲打来野味，故意把一些内脏之类的抛在它行进的路上，给那一条蛇吃。我虽然很小，也不怕它，每一次它走过来时，我都会对它笑着，亲切地跟它打招呼。”

“然后呢?”

“这事是我父母跟我说的——有一天，突然我家门前来了好几条野狼，看见我在门前玩耍，戴着一只红肚兜，就不顾一切地冲过来。我父亲当时不在，母亲看到这个情景，急忙从屋里赶过来，结果被狼一口咬住咽喉。另外几只狼又向我冲来。正在这个时候，那条蟒蛇不知从什么地方赶过来了，盘起身体把我围在当中，高高探起的头颅盯住那些狼，咻咻的信子一伸一缩。就这样，这一条巨蛇为了我跟几条饿狼大战，等到我父亲回来时，那条巨蟒躺在地上奄奄一息，而在它的身边，有好几只狼死去，而我则在巨蟒的边上睡着了。”

“真是太惊险了!”关羽感叹说。

“大蟒蛇死后，父亲找了一个好的制琴师，用它脖子上的那一段‘金环扣’皮，做了一面琴。每当我遇到什么不开心的事情，就会弹起这面琴，想起我曾经的救命恩人。一直到后来，我被强行抓进了宫，这一面琴也不知到哪去了。不知道它现在是否还能发出优美的声音。”

我说完之时，关羽默不作声，怔怔地站在那里。我挽起右边的衣袖，轻轻地抚了一下琴弦，琴弦发出了一声中和浑圆的声音。“月出鸟栖尽，寂然从空林；是时心境闲，可以弹素琴。”我想起了一首诗，只是不知这首诗是谁写的。我对关羽说：“你知道吗？琴有十四宜弹，遇知音，逢可人，对道士，处高堂，开楼阁，在宫观，坐石上，登仙草，憩空谷，游水湄，眉舟中，息林下，值二气清朗，当清风明月。”我突然有着抚琴的冲动，我干脆坐下来，“关将军，我今日为你抚一曲《平沙落雁》，让你听后一笑。”

关羽微笑着说：“夫人，您太谦逊了。”

我静气凝神，轻拢慢捻，琴声从我指间像泉水一样淙淙流淌出来。都说琴曲有中和、冲淡、浑厚、正大、良易、豪毅、明丽、缜栗、简洁、朴古、哀怨、激愤、峭直、高远、奇崛、高妙……我不知道我的琴声中是否有这些，不过我感觉手指间流出来的声音一点也不单纯，它淡雅忧伤一如我的心思。我说不清世间的幽微，也说不清自己的心思，不过琴声却可以，它会带你走向一种更深层次，仿佛会当凌绝顶，所有的一切都展示在你面前。

一曲如梦。每一次抚琴之后，我都感到自己处于一个全然不同的存在层次，我的灵魂仿佛刚刚濯洗，一种博大的寂静扑面而来。世界末日前的一刹那，想必也是如此吧？过了很长时间，我恍过神来，关羽也恍过神来，轻轻对我说：“夫人不要想太多，还是早点休息吧。”

我点点头。然后我轻声说：“其实……其实我什么也没想。”

我继续说：“……又好像想了许多，我现在才知道，其实想很多，与什么都不想，好像差不了多少。”

关羽看着我，什么话也没说。

我喃喃地说：“我学琴，只是喜欢，所以一直学了下来。世上万物皆有盛衰，只有音乐没有。也不知什么原因，之前很多东西都有厌倦，却依然对琴耿耿于怀。”

“……我知道。”

关羽怔怔地看了我一眼，然后转身离去了。

那一天晚上，我一直没有睡着，我的心情有些焦躁。夜化一切为寂静，我听见风声，听见了红墙上的青草随风战栗。我感到我已不是一个人在活着，而是有另外一个我身在远方。

第二天上午，我们在渡口找到了船只。听马弁说，他是花了三两金子才从当地一个大户那里租到的。渡河之时，雨仍没停，船沿着水面无声地穿行，四周极静，只能听见船桨击水的哗哗声。大家都没有说话，关羽也抱着青龙偃月刀坐在船头，把眼睑合上了。他的沉默更让我们无声。我们都在河流之上沉默着，跟这条古老的河流一样沉默，时间是那样的长，长得足以让我把这变幻莫测、不尽如人意的一生想了一遍又一遍。雾霭之中河水的湿润气息裹住了我，恍惚着仿佛觉得，船好像正载着我向初始的混沌，向着人生初来的方向回归。

我睁开眼，北岸到了。我们一个个陆续上岸。卵石在马蹄下碎裂，声音脆如断骨。河滩上有一排杨树林，密密匝匝地，热风吹拂，落叶沙沙作响，像有无数炽热的手在你背上抓挠。经过那里时，我突然闻到了树的味道，是的，是树的味道，一路上看到那么多树，我一直没有闻到树的味道，好像它们都没有味道，那是因为灵魂已溜走了吗？只有这里的树，扑面而来传达着熟悉的气息，我贪婪地吮吸着，使劲地吸了好久。一直到马弁跑过来催促，我才示意马夫抓紧赶路。黄河已在后方，前方一路迷离，我们还是不知道去何方。

马 弁

我该如何设计一个神呢？或者说，我该如何把关羽制造成一个神呢？我几乎无时无刻都思考这个问题，在去河北的沿途中也是如此。作为关羽，他考虑的是如何过五关去河北找到他的大哥刘备；作为马弁，除了在一路上照顾好关羽的衣食住行，以及赤兔马的食居外，我的全部身心，都调动起来思考自己要如何不动声色地打造关神。

首先，他应该高大威猛，具有鲜明的男性特征；他的相貌应该是独特的，在人群中较为罕见。这一点关羽并不缺乏，并且占据很大优势。关羽本身就是一个高大威猛气宇轩昂的人，他身长九尺、面如重枣、须长过胸，我可以将他定格于长髯过腰。这一点并不困难。

其次，他应该武艺高强，有万夫不当之勇。这一点，关羽完全符合。虽然关羽的武艺可能比不上吕布，不过由于有了青龙偃月刀和赤兔马，至少在当下无人能敌。有了这一点，就已经足够了。

第三，他应该不近女色。虽然每个人都是好色之徒，不过对于偶像，尤其是对于一个英雄的要求，却是至高无上不近女色的。亲近女色最大的问题是会激起人们的嫉妒心，人们就两性关系而言，是极度敏感的，而嫉妒是妨碍崇敬的。这一点是基本原则。本来以关羽生活的简单和纯朴，是足够引起人们敬重的，他一直在仁、义、礼、智、信、勇六方面表现得无懈可击，几乎接近完美的偶像。可是貂蝉的出现，让事情变得复杂。女人就像醋酸，它能腐蚀一切东西。我没有想到曹操会出如此招数，难道是他对于貂蝉感到厌倦了吗？或者是，曹操赋予了貂蝉更重要的使命，就像当年昭君出塞，或者像勾践将西施送给夫差一样。乱世之中，什么都有可能，阴谋与伟大相伴，崇高与卑鄙合一，它们本来就是难舍难分的，现在更是紧密地联系在一起。我必须阻止这事情的发生。这一块土地是需要一个神的，用一个神来凝聚很多东西，就像在一片沙土之上，需要一个石头来定位方向，成为地标。我现在发现，自然界的道理和社会的道理在很多时候是相同的，我们完全可以用自然的现象来解释人类社会的很多东西。

有一天，当我吞吞吐吐地把我的打算告诉关羽之时，关羽很惊喜地看着我，就像不认识我一样，然后犹犹豫豫地对我说："我怎么可能成为一尊神吗？神是上天制造的距呀！"

"其实都是一样的。像三朝尧舜禹，可能并不存在，他们都是周朝的那些老夫子造出来的。他们可以，将军为什么不可以呢？"

"一个人，为什么要成为偶像呢？"

"可是，只有把人神化，才能让人们敬爱。"

"你不应该将我，应该将大哥刘玄德塑造成神才是。"

我应了一句，并没有往心里去。我想跟关将军说，由人为神，从来都不是自己的选择，而是他人的选择。以刘备的相貌、气质和本领，他怎么可能变成一个神呢？他只能成为一个帝王。当今世上，只有关羽才具有成为一个神的条件，不过要想成为一个神，还得附会很多内容和观念。我看着关羽的眼睛，我看出他有点迫切，但不太渴望。他好像因此变得心事沉沉，仿佛陷入只有真正恋爱中人所特有的那种恍惚和哀愁。我看着他的眼睛，忽然发现有一种情绪已经使这个男人迅速地苍老了。其实哪有神呢，都是活生生的人，都有着生老病死喜怒哀乐。关羽也一样，他其实只是一个活生生的人，真是那种不可能完美到所有意愿和心事都可以写在纸上变成文字的神。

当一个人不想做一个神的时候，应该怎么办呢？只能让这事情悄悄地进行着。我相信每一个人都渴望千古流芳，只要他尚有追求的话。那是另一种意义上的长生不老。

我还是喜欢想自己的事情——我的师傅安伽曾经告诉我，人生更像是一个椭圆，它是有着两个焦点的：一个是现实的焦点，是以人的生活经历和现实轨迹来说明的；另一个则是思想的焦点，以思想游弋的轨迹和心路历程来说明。安伽说：在他很小的时候，祖父就告诉他，说他属于东方，因为他的星座旁有着一条或隐或现的尾巴，不断地试图移动，朝向东方。祖父总是絮絮叨叨地说东方遍地黄金，遍地美女，人们都穿着丝绸做的衣服，品尝各种各样的美食。按照祖父的观点，星星就是人们的灵魂观照，体现着神的意志，预示着人们的运气。安伽说在祖父的身上，经常有着一些奇异和诡秘的想法，这种想法并不成熟，不过这种跳跃变化的思维方式，使得人生更具扩展意义。安伽说，在他祖父这个年龄，一般的老头都变得沉默寡言了，祖父却落下了老太太们的毛病，从早到晚喋喋不休。祖父还有一个爱好就是酗酒，尽管祖父说酒会给他带来灵感，经常在狂饮之后赤红着双眼等待着灵感，却一直没有等到灵感，只等来魔鬼。他曾预言镇长漂亮的老婆将产下一个大胖小子，结果不久人们都看到镇长年轻漂亮的妻子抱着一个猕猴般的儿子。因为这一点，祖父一直遭到当地人的嘲笑。

安伽还跟我说到他的父亲，说他父亲是一个被浓重的道德感压得喘不过气来的人，一生平淡无奇，整天谨小慎微地做着买卖，每赚一枚钱币的时候，都会因为钱的来历是否干净而扪心。这样的人细微而琐屑，缺少欢乐，也缺乏幽默，甚至连祖父也瞧不起他。曾经有一段时间，安伽试图解剖父亲，也曾尝试理解和沟通，不过很快失败了。一个人要理解和变成另外一个人，是极其困难的。父亲在安伽十二岁的时候就离开了他，而更早离开的，则是他的母亲，他的母亲在他五岁的时候就因为感染上天花去世了。安伽说对她的印象，就是她有着一头柔软的棕色头发，以及在她的身体里，散发着一种石榴花的味道。

“这样的家庭能带给我一些什么呢？只会带来忧愁、厌倦以及衰败的气息。”安伽苦笑着告诉我，“只是当我不断读书，又不断地思考，直至将很多东西通透起来时，我才算是找到了自己的回故乡之路。”安伽说，阅读会告诉你很多：会告诉你天地、道德以及自由的法则，告诉你智慧的美妙、爱情的排他性，告诉你决断、生活以及死亡……安伽说他尤其喜欢阅读诗歌，诗歌能使人心旷神怡，让人游历于各式各样的迷宫，而认识、喜欢、研究以及出入迷宫都是人生美妙的一部分……这个世界包罗万象，对一切不可知怀有崇敬和接受的态度，是最理想的方式。读书让安伽聆听到了上天的教导，世界也慢慢变得美好起来，再不如以前那样隐藏着太多的悲伤。

安伽告诉我，他是一个商人，不过从来就不是一个死心塌地的商人。当他跟随骆驼商队来到这个东土的时候，突然感觉自己有一种神圣的使命，极度渴望发现被人们忽略了的上天的痕迹与脚印。安伽说他不喜欢世俗的宗教，世俗的宗教隐藏了太多的骗局，那些别有用心的人利用了世界的未知制造这些骗局，毁掉了无数人的生活。不过他还是喜欢有宗教感和敬畏心的人，怀有敬畏和虔诚，是人与这个世界相处的最好姿态。

我想起了安伽最后的时光。在他即将押赴刑场之前，我曾去看他。我看着瘦弱得如一张纸片似的安伽，眼泪如瀑布一样倾泻不止。安伽神色泰然，说一切命中注定，什么也无法改变。作为个体，他当然替自己的命运感到惋惜，可是这就是命，也就是运。一切都得臣服于它。我们隔着铁栅栏聊了一会，安伽告诉我："人生一世，先使自己存在，而后，再想办法使自己诗意地存在。"我当时并不懂这一句话的意思，现在，我想我明白了，我也找到了证明自己存在的方式。

……哦，我又想到了安伽说的话，他说：一个人要想成为神，还得要牺牲；只有牺牲铺平的道路，才能到达天堂。这话的另一层意思是说，只有人死了，才能化解那些潜在的嫉妒、阴谋、不平、不服以及利益冲突等，诸多的矛盾才能消解。牺牲造就了生者的一致性：以死者为尊，每一个人都会说他的好话，便不会再有争议，众口铄金，慢慢地把它描述得不食人间烟火，描述成完美无缺。这一点至关重要。

第七章 在上蔡

张　飞

自从在小沛跟大哥二哥失散，再没见到他们之后，我感到方向顿失，人生变得一点意义都没有。有一段时间，我过上了颠沛流离的生活，整天酗酒打人，那是因为我不知道该去哪儿，又该怎么做。我稀里糊涂地来到这个千年古城，又稀里糊涂地当上古城的大王。每天我看着那些可怜巴巴的百姓们用敬畏无比的眼神看着我，让我决断各种各样的问题，想着自己的下半辈子将会在这寂寞的千年古城里消耗掉，我就感到惶恐不安。一到晚上，睡梦中的我总是感到莫名的心慌，胸腔如战鼓一样咚咚作响，就像有人在战场上呼唤我一样。

在梦中，我经常骑马与大哥二哥并肩前行。我们大碗喝酒，讲各种各样的笑话，和各种各样的女人厮混。在古城无所事事的时候，我会经常回忆与大哥和二哥相识的故事，那真是不打不相识啊！每次想起这个故事，我都笑得合不拢嘴，有时候震得房梁上都落下灰尘。那时我还是一个杀猪匠，每天的事情，就是清晨杀掉一头猪，接着把猪肉卖掉，这样晚上我就可以在小酒馆里温上一盅酒，点上两个菜，待喝得晕乎晕乎后回家睡觉。我记得那是一个春天，桃红柳绿菜花黄，那一天我摊上的猪肉出奇地难卖，到了黄昏之时，还剩下半爿猪肉没卖完。我有点烦了，想收摊去附近的酒肆喝两杯，于是就把案上没卖完的半爿猪肉用绳索一拴，吊在旁边的水井中，在上面压一块大石头。这一口水井，自从我在附近卖肉后，就成了我存放猪肉的最好的地方。我总是把卖不掉的猪肉用绳索吊在井里面，就不必每天把肉放在独轮车上推着回家了。我会在井口盖上一个五百斤左右的大石头，这样，即使有贼惦记井中的肉，也为此无可奈何。只是没想到这五百斤的大石头让我结识了二哥——那一天关云长长途跋涉来到这里，进了一个小饭馆，让小二端几盘肉上来。小二说买不到肉了，隔壁卖肉的大胡子收摊了。他把肉放在水井里，上面压了块大石头，谁也搬不开它。二哥说带我去，我来搬。到了水井旁边，二哥轻而易举地挪走了那个大石头。等我赶到的时候，他们已经把肉从井中拿走了。就这样我们发生了冲突，两人打了半天，谁也没有打得过谁。一直到卖草鞋的大哥背着一筐没有卖完的草鞋赶来劝架，我们才彼此分开。刘备气喘吁吁地说了一句非常震撼的话："你们两个大男人真没出息，现在天下大乱，大丈夫理应乘势而起，建功立业，荫妻封子，你们两个武艺如此高强，却在这里为了区区一点猪肉打架，实在是太没样子了！"

刘皇叔一席话，如五雷轰顶，让我们茅塞顿开。就这样，我们仨来到了桃园，在桃树下结拜为兄弟。喝酒吃肉时，我们商议投身平息黄巾之乱的行列中。在此之后，我们驰骋中原，杀敌无数。我们兄弟三人的名字也为更多的人所记得。当然，我和二哥异常清楚的一点就是：我们虽然以兄弟相称，不过大哥是主公。这是我们一直牢记于胸的。

岁月如水蛭，慢慢地吸去了很多曾经的细节。即使是有时候我发誓不能忘却的部分也不例外。不过对于最初的战斗，我一直刻骨铭心的：温暖的白昼，凉爽的夜晚，甜美的酒香，我们杀入敌阵后左劈右砍，就像在夏日的瓜田里举行一场比武大赛。在战场之上，我感觉不到伤口的疼痛，感觉不到铠甲的沉重，感觉不到淌进眼睛的汗水。只要一厮杀，我便不再思想，不再感觉，不再是你自己，只有战斗，只有对手，一个，下一个，再下一个……大地上充满了呐喊和尖叫，空气里弥漫着血腥和暴力，世界一片混沌；利箭咻咻地飞过耳际，在石头上弹开。那些刚刚裹上黄巾制服的农夫们像疯子一样冲上来，披头散发，皮肤黝黑，身形精瘦，身披硬皮革和抢来的不合身的护甲，面容隐藏在半罩头盔里，手里拿着形形色色的武器，有腐朽的长剑和长枪，有狼牙棒、匕首和重铁锤，甚至把家里的镰刀柴刀都拿了出来。他们的坐骑也不知是从哪里搞来的，乘的马又瘦又小，根根肋骨清楚可见；还有牛、骡子以及驴。我们的情形也不比他们好多少，甲胄各异，衣裳褴褛，走起路来盔甲像一袋破铜烂铁般咔嚓作响。有一次，一个黄巾军大统领提着大铜锤骑着马向我冲来，他的脖子上挂着一串怪异的项链，在阳光的照射下苍白地泛着白光。临近之时，我一眼就看出那是人的耳朵，这个家伙把人耳当作黄金珠宝一样串了起来，不知道这几十只耳朵来自他的同类，还是来自可怜的官兵。我很生气，迎上前去，一矛就将他刺落马下，我看着他血肉模糊地趴倒在地上，四肢挣扎着在泥地里乱抠，就像一只五条脚的蜘蛛一样。我掉转马头，又在他背心上补了一矛……教义真是一个害人的东西，每一次大战之后打扫战场，看到那些死去的尸体，一个个瘦骨嶙峋形容料峭，我总觉得他们根本不是人，而是一个个丢弃了灵魂的野鬼。让我不明白的是，为什么这些原本老实厚道的农民，竟然为了那些所谓的教义，如此肝脑涂地把自己当作祭祀的牺牲品。那些虚无缥缈的承诺和许愿，真的值得他们如此付出吗？我宁愿他们相信金钱和女人，也不应该为着神圣的理想烧杀抢掠。对黄巾军的战斗是各为人主的战斗：我们是为人皇，也就是世间的皇帝打仗；他们是为天皇，也就是天上的皇帝打仗。我们和他们，都将生命置之度外。我们从打仗中获得了快乐，获得了友情和爵位，至于他们呢，应该从死亡中得到解脱。我宰杀着他们，远甚于当年宰杀的猪马牛羊，因为我觉得他们要比我刀下的猪马牛羊污浊得多。我们的不断胜利，使得我们的英名传播得越来越远，到了后来，我跟大哥、二哥一起，都成了传说中无往不前的战神。

前几天探子来报，说是二哥从许都出来了，与他同行的，还有甘、糜二位嫂嫂。我高兴坏了，心想这一下好了，我和二哥先团聚，然后再去找大哥，又可以在一起过那种大碗喝酒大块吃肉的生活了。都说二哥关羽的武艺盖世无双，我有点不服气：我的武艺一点也不比他差！当初袁术的大将纪灵曾跟二哥大战三十回合，可在我面前，十回合后，我发出一声晴空霹雳般的大喊，一矛将这厮刺落马下。有机会我还是想跟二哥比试比试武艺，不一定真打，可我还是想领教一下青龙偃月刀的重量……此后，二哥的消息不断传来，说是关羽杀掉了孔秀，又杀掉了王植。我好像有些明白关羽的行进路线了，他似乎是沿着黄河古道往西走，然后再转向东，他肯定是想绕开曹操军队行进的方向，沿着黄河寻找往北去的渡口。如果那样的话，渡过河之后，他必定要经过这座古城，我决意到时给他一个惊喜。接下来，探子带回来的消息出乎了我的意料：关羽一行除了带着甘、糜二夫人外，还有貂蝉，对，就是那个妖精！那个让男人无法自持的妖精。貂蝉怎么会到了关羽身边呢？我情不自禁地问探子：“关羽怎么会跟貂蝉在一起呢？”探子木然地看着我：“我听别人说的，我也没有看到。我哪里知道为什么呢？”我只好摆摆手，让他退下。我在想的是，这一切是为什么呢？难道是曹操把貂蝉赐予了关羽？只有这种解释最有可能。如果关羽要来这里的话，那个妖精也会来这里。想到这里，我的心通通地跳了起来，我的身体变得燥热难耐，我不知道是怎么回事。自从我那一次看到貂蝉之后，我就改变了对女人的看法，我觉得男人与男人的区别不大，而女人与女人，则相差万里。男人跟男人好比，女人跟女人却无法比。对于人生，我有了新的理解，我觉得人生最大的美妙之处就是阴阳的打通，那种打通后的愉悦会让人异常满足。我经常想的是，如果能拥有貂蝉那样的女人会怎样？如果把这样的女人压在身上，即使只是一夜已足矣！

我其实一直是渴望女人的。我知道我没有什么女人缘，我长成如此模样，还能强求有什么女人缘吗？有女人缘的，都是吕布那些高大匀称的小白脸，只有他们，才有着女人们喜欢的面容、身体以及浅薄。是的，女人只喜欢浅薄的男人，她们从不喜欢深沉，也不喜欢老实和质朴。而我呢，我打自小起，既缺乏对女人的了解，也缺乏对女人的耐心，难怪那些女人会远远地躲避着我，就像躲避洪水猛兽一样。我后来知道，这是因为上苍给我天生神力的缘故，既然他给了你特别之处，就会收走你另外的能力。我的天生神力让男人惧怕也让女人远离，那些平庸的男男女女看着我，就像看着一个怪兽似的。既然他们把我当作怪兽，那么我就成为一只怪兽好了，我一点也不想得到女人的垂青，我干吗要像一只狗一样摇尾乞怜寻求女人的爱呢？我就不服这口气。

当关羽带着一行人出现在上蔡城下，大声嚷着要进城的时候，我并没有特别激动，而是在城门上冷静地观察着他们。我看到貂蝉那个妖精也在一行队伍当中，穿一袭深绿色的丝绸长裙，长长的拖袖露出金绸衬底，褐色的长发披在裸露的肩头，白皙而长的脖子上挂有一条祖母绿的项链。我立即想到一件事：当年西施被越王勾践送给吴王夫差，不正是这样的阴谋！不要以为我张飞读书少，有关“美人计”的故事我还是知道一些的。如果貂蝉被许配给关羽还好，若是给了玄德大哥，那么，岂不是要惹很大的麻烦？我有点生气，我大声喝令军士们打开城门，我手执丈八蛇矛跃上那匹炭黑战马，一拉缰绳向着关羽等人箭一般地冲去。我看着关羽骑着吕布那匹赤兔马碎步向我奔来，脸上漾着久别重逢的笑容，我不理不睬，端起长矛，向他用力刺去。关羽大惊失色，连忙拉扯缰绳躲闪。我冲过去之后勒住马，转过头，再次刺向关羽。关羽一边拔出剑来，手忙脚乱地招架，一边大叫一声：“三弟，你这是干什么？”我圆眼环睁咆哮道：“为什么？为什么你要投降曹操？为什么你要置大哥于死地？”

关羽原本赤红的脸庞一下子变成了猪肝色，他慌忙解释说：“三弟，我哪里是向曹操投降啊，我是为了二位嫂嫂呀！”他又说道：“我的任务就是保护好二位嫂嫂，我要是不投降的话，曹操会把大哥全家杀得光光。”

我问：“那你为什么要杀颜良、文丑？你不知道他们是袁绍的心腹大将啊！杀了他们，你不怕袁绍会杀了大哥？”

我的问话点中了关羽的穴道，他的神态明显变得慌乱起来。关羽结结巴巴地回答说：“我……我真是没想那么多。我……我当初降曹时，曾有约在身，一旦……一旦我立了军功，还了曹操的情，我即可以去找大哥。我杀了颜良文丑，是想立军功。更何况，我哪里知道大哥在袁绍那里呢！”

我不依不饶地又问：“那后面跟着的是貂蝉小妖精吧？说，曹操为什么放你离开，又为什么把妖精貂蝉赠予你，是不是施了美人计？”

关羽一脸苦笑，说：“三弟，你乱猜瞎猜搞什么呀！不错，我离开许都是曹操放行的。可我也不知道为什么曹操会放我离开，大约是觉得对不住我吧，我替他解了白马之围，又替他杀了颜良文丑。至于貂蝉，是临走时送过来的，我也不知道他的想法。再说，貂蝉不就是一个女人吗？你何必如此害怕呢？”

我看着关羽急得通红的脸，心里有些软了下来。我犹豫着准备相信他时，突然看见关羽身后的大道上卷起大片尘埃，有一队骑兵正风卷云涌般狂奔过来。猎猎飞扬的旌旗上，有一个大字“曹”，我气急败坏地用长矛指着那里对关羽说：“好呀关羽，你做的好事！曹操让你在前面开路，后面埋伏着大队人马——”我一拉马的缰绳，冲过去又接二连三地用长矛刺向关羽。关羽一边招架一边大叫：“三弟你误会了，这兵马哪是我带来的呀！你等等，待我前去杀了他们的首领，提了头来见你，你就可以相信我了吧？”

我仍是不服气，用长矛逼住关羽。这时候随行的车辆中伸出一张脸，一个女子冲着我大叫："三弟，你就相信关将军吧，他真是带我们去找大哥的！这一路，还真是辛苦他了。"我一看，原来是甘夫人。我这才收起长矛，在马上冲着甘夫人行了一个礼，说了句："嫂嫂辛苦了！"勒住马，嘴里仍嘀咕着说："我才不相信这家伙呢，这家伙一直是个伪君子，表里不一，我怕他会做什么坏事。"我想起关羽无事就捧着本《春秋》的举止，那本薄薄的书，值得无事时就翻看吗？三下五除二不就看完了？我正不知该如何是好，关羽大约看出我的心思，说："三弟要不这样，你带着二位嫂嫂一行人马进城，关某在这里等着曹操的军马，待我砍了领头的人，取了他的首级，再进城来找你。"

"那好，你就待在这，我带着嫂嫂他们进城。"我毫不客气地回答道，然后打马回城，我一边走一边想：关羽能敌得过那些曹兵吗？要是曹军不讲规矩一拥而上，被那些个曹军杀死会是怎样——哈哈，那么也好，天下第一美女貂蝉就属于我张飞的了！我差点情不自禁地笑出声来。我一边想一边吃了一惊：我怎么会有如此想法呢？我为自己颠覆兄弟之间的友情羞愧。一切都是妖精惹的祸。张飞啊张飞，你他妈的什么时候中了美女之蛊了？

蔡 阳

傍晚时分，我们终于赶到离上蔡城只有五里路的地方。这么多天马不停蹄的急行军，我感到疲惫不堪。在我朦胧的视线里，黄昏不是从天上落下来的，它就像一棵大树，是从地面上生长出来的，当它的繁枝茂叶遮掩住天宇的时候，黄昏就来临了。暮色之中，不远处的上蔡城就像纸上滴落的墨汁一样毫无内容。不堪劳顿的我只好有气无力地布置士兵们安营扎寨，以迎接明天的战斗。虽然明天等待我的极可能是死亡，不过那些年轻士兵们还是应该活下去。我知道曹操派我来阻挡关羽是借刀杀人，他明知我垂垂老矣打不过关羽，但他还是派我执行这个任务。那就好吧！我就成全曹操，也成全关羽，因为我也不想活了。

自从过了五十岁以后，我的身体就像一根慢慢变得空心的丝瓜篓一样，至于我的脑袋，更像是老南瓜一样从内部开始腐烂。身边的一切都在慢慢起着变化，我突然发现，那些出入身前左右的人都比我小了。在那一代富有传奇色彩的人中，我已经变成唯一的幸存者。等意识到这个巨大的变化之后，我突然就对打打杀杀失去了兴趣，我觉得如果我还不琢磨生活的世界是怎么回事的话，我就失去最后的机会了。很快，我悟出了一个至理，那就是：不管你是否愿意承认，其实人世最大的学问，就是学会如何死亡。在明白这个道理之后，我感到豁然开朗，突然认识到之前我所有的困惑和苦恼，都是因为我不明白这个道理。道路通了，我就可以顺畅地走在上面。就这样，我对观察天象有了浓郁的兴趣，在我看来，那寓意无穷的太极阴阳图，原本是一条盘旋的龙蛇，它的底色是黑红，即玄色，后来才形成相对的两条龙蛇，一黑，一白，从而有了一阳一阴的意思。这起于古老的华夏哲学：凡事有阴必有阳，一阴一阳谓之道。世上若属阳，天象必属阴，这两者应是相伴而生的。为了研究天象，除了读《易》之外，我重点研读的是《河图》和《洛书》，“河出图，洛出书”，河指的是黄河，洛，指的是洛水。《河图》《洛书》中的圈点，很像是围棋中的黑白子，像是世界的秘密布局。这些年当中，一次次异常的天象让我对于《河图》和《洛书》有着强烈的体会：去年大年初一时，一家老小欢天喜地给我拜年，我笑呵呵地抬头望天，突然就发现东升的太阳竟然有一个黑黑的裙边，吓了我一跳。弱冠的孙子问我：“爷爷，太阳有一个黑黑的裙边，有什么征兆吗？”我沉吟半晌，回答说：“那肯定是凶象，只是我看不出这凶象来自哪里。”到了大年十五的时候，南方的饶州传来消息，说是正月初二那一天，饶州地界一共发生十五次地震，那些自汉初以来所建的屋子和村庄全被毁了，死伤上万人。这说明地震也是有征兆的。再者，眼看着正月结束龙抬头之时，天边的第一声春雷竟然打在皇宫正殿的屋脊上，将那一连串昂首向天的祥兽们打得七零八落。不仅如此，后宫里的老柏树也奇怪地起了火，差一点把皇宫都烧着了。在此之后，天象就一直异常：地动天鸣，星斗昼见，白虹贯日……在我看来，这些凶兆并不是偶然发生的，这两百年以来，天象就一直不太安稳。我夜观天象后得出的结论是：这是西方天象强，东方天象弱的缘故。诸多的星辰越来越集在银河西边，东方的星辰颇为寥落，这并不是一个好事。天象异常的体现是：这一两百年边界的战事一直就未消停，即使战事消停，大量的外族人涌进境内，把整个北方都搞得纷纷乱乱。先是北方兵燹，再是中原烽烟：宦官干政，外戚干政，诸侯造反……你唱罢后我登场。董卓、王允、李傕、郭汜、曹操、袁绍……整个中原地区无消停地大轮转，就像放在磨盘上转动似的。作为一个老臣，处于这样的幻变之中，我尽量地韬光养晦，不得罪任何当权者。在我眼中，唯一让我安慰的，是我能看到献帝那张年轻、单纯而懦弱的脸。只能这样了吧，只要献帝还在，大汉就在。至于其他的事，是我等垂垂老矣之人无法改变的。

孔子说，“礼失而求诸野”，这话说得很对，当今世上发生的一切，朝廷和皇上是没有办法了，得靠民间的力量去解决。我觉得世上之所以纷乱无序，最主要是失去了围绕并统一的力量。我曾夜观天象，在闪耀的北极星边上，就是著名的北斗星宿。它们一直围着北极星运转，斗柄分别在春夏秋冬各指四个方向。这些星宿已没有书籍上记载的那样清晰，它们身上仿佛蒙了一层薄薄的雾霭似的。星象即是人象，我知道这是戾气上升，遮蔽了天极，让星宿少了不少光亮，也让这个世界变得不太平。记得有一次上朝，献帝问各位大臣，对于今年以来此起彼伏的灾难有什么看法。我站了出来，说了一通“天人合一”、自然卦象与人间万象对应的道理。我拿出一张“四方五位图”和一张“八方九宫图”，耐心地跟献帝阐述着我的发现：白圈为阳，表示天数，黑点为阴，表示地数。天数地数共五十五，谓之“五生十成”、“十生五成”……为了说明天极星的重要，我还引用《史记·封禅书》中的“天神贵者太一”，《索隐》中的“天一、太一，北极神之别名”，以及《史记·天官书》中的“中台天极星，其一明者，太一常居也”……我说万物皆有中心，我们这个世界的中心，就是天极星。无论日月星辰，风雨雷电，都是应俯首帖耳天极。如果我朝能够以天命为契机，奉天行运，那么，就一定会远离各种灾难。

我说这些的时候，那些满朝文武都像傻瓜一样面面相觑，不知道我说的是什么。只有我自己知道我要说什么，我只是想告诉他们：在天上，天极是万星的中心，在地上，皇帝是百姓的中心；如果皇帝不像皇帝，大臣不像臣子，继续“挟天子而令诸侯”的话，那么，天极星是很难呈现出耀眼的光芒，世上也一定会山崩地裂灾难不断。

年轻的献帝对这话题表现出了浓郁的兴趣，他很耐心地听我讲解，有时还认真地询问我一些问题。我慢慢地回答他的问题，直到身边的丞相曹操实在不耐烦了，他冷冷地看了我一眼，打断了我的话，厉声问我：“蔡阳将军你这是说我们现在所做的，比如征吕布，讨袁绍，是违反天命了？”

我听得一激灵，我没想到曹操突然把我关于天象的研究，一下子归结于具体问题。我赶紧解释说：“丞相多虑了，老臣只是近来对天象稍感兴趣，没想到班门弄斧，还得向丞相讨教才是。”

曹操看了看我，又斜着眼睛看了下献帝，鼻子“哼”了一下，说：“既然蔡老将军善于观察天象，能预知人间走势。我想问蔡老将军，目前汉室征讨逆贼袁绍，这官渡之战是胜象还是败象呢？”

这问题像一把刀呼啸着向我劈来，我有点手忙脚乱，喃喃不知如何回答是好。

“汉初立以来，一直有禁绝谶纬之学之传统，这个想必老将军是知道的吧？‘幼而不孙弟，长而无述焉，老而不死，是为贼’，这是孔夫子《论语》中的这一句话，老将军想必也知道吧？很多人都是这样，壮年时碌碌无为，到了老年，却开始装神弄鬼了。”曹操的话语咄咄逼人，我听得冷汗直冒，恨不得找个地缝钻下去。见我没有话说，曹操冲我阴险地一笑，转身对献帝说：“禀报陛下，现刘备原部将关羽斩杀了汜水关洛阳关等地的守将，已渡过黄河至汝南附近。关云长武功十分了得，我想请蔡阳老将军率兵马三千前去征讨。”

献帝看了看我，又看了看曹操，点了点头：“曹丞相自行安排就是，不必禀告。”

曹操转过头来，坏笑着看了看我，说：“听说蔡老将军当年号称‘刀祖宗’，刀法了得，此去汝南见到关羽，肯定是棋逢对手，两强相遇勇者胜。待老将军得胜班师回来，曹操一定为将军庆功。”

我气急败坏却又无可奈何，我没有想到曹操竟然对我使出如此一招，他命我这样一个老迈之人去征讨关羽，不是借刀杀人又是什么？我当然知道曹操不信天命，不信天不信地不信人，疑心病极重的曹操，可能以为我专注于研究天象，是别有用心，是对他的暴政的怀疑和颠覆。这一次，他终于找到报复的机会了，他是想借关云长天下无敌的青龙偃月刀，来砍下我的头颅。我环视周围，有无数个同情和怜悯的目光向我投射过来，可只要跟我的目光一触碰，那些射过来的目光便变得弯曲，变得游移不定无影无踪。下朝之时，我看到了张辽，他向我走过来，冲着我勉强笑了笑，轻声说：“老将军此去一定得注意才是，关云长的刀法，可是神出鬼没的。”我点点头，我喜欢张辽这样的实在人，满朝文武之中，这样的厚道人已很难得了。我问他：“你跟关云长是好朋友，在一起想必也切磋过武艺，你能告诉我关云长刀法的特点吗?”张辽想了想，说:“虽然我跟云长很熟，不过我们在一起时，从不谈及武艺和刀法，我们只是谈天说地，谈玄说佛。要说关云长的刀法特点，我还真不知道。真要我说，我觉得关云长刀法最大的特点就是没有特点……”我进一步问:“此话怎讲?”张辽沉思了一会，说:“关云长力拔山兮气盖世，以他的气力，根本就不需要什么刀法。我看过关云长舞过大刀，说实话，他的刀法看起来平淡无奇，既不快也不狠，好像也没什么过人之处，可就是没人抵挡得住……”张辽又想了想，垂下眼帘，悻悻地对我说:“我真是无法给老将军建议……老将军此去一路平安!”然后匆匆忙忙走了。

我感到沮丧。张辽的话，意味着在他们眼中，我一点胜算都没有，此去汝南，当是自取灭亡。我的心情坏极了，回到家之后，我一直闷闷不乐，即使家人给我端上丰盛的饭菜，我也丝毫没有胃口。十岁的孙子问我现在他该读什么书，我看着他，哼了一声，对于活到尾声的人来说，什么都无所意义。我极其厌烦地看着他，心里难以释怀——我的孙子怎么会生有一张类似匈奴人扁平的脸呢?我烦躁极了，就像是一头眼睛被蒙上黑布的猫一样烦躁。

当我带着大队人马来到上蔡之后，我突然想，曹操为什么让我死在这里呢?是因为上蔡是姓蔡的老家吗?我知道周朝初立，曾将自己一个亲戚分封到这个地方开疆破土。先有上蔡，还是先有蔡姓呢?我有点不太明白。诸如此类的谜底如此复杂，就像先有鸡还是先有蛋一样。在上蔡城下憩息的那天晚上，虽然路途十分劳累，不过我还是坚持去巡营。这是我的老习惯了，只要带兵打仗，无论何时何处，我都会坚持在夜晚巡营，就像临战之前磨拭刀枪，在铠甲片的接缝处补上一点油一样。我的巡视一般从中军大帐开始，先检查计时的沙漏，逡巡战马营，再抽查军士们的营帐。军中忌讳的是烈马跳出马栅，如果那样的话，会引起一场骚动。我从一个营帐巡视到另外一个营帐，营地的空地上篝火熊熊，团团赤焰发出愤怒的噼啪声，我能听到士兵们浓重的鼾声从一顶顶圆形帐篷之上升起。巡视了一圈后，我仍没有睡意，停步在大帐之外举头遥望。我看到北极星在熟悉的位置烁烁闪光，这个世界上的每一个人都对应着一颗星，只是人们不知道哪颗星代表自己罢了。我呆呆地看着天空，那些闪闪烁烁的星星，慢慢在我的眼中变得模糊黯淡。

一直到凌晨时，我才稍稍进帐睡了一会。很快，东方破晓，舍外的雄鸡打起鸣来。我挣扎着爬起来，传令烧火做饭，准备辰时进攻上蔡城。既然一直睡不着，还不如早一点交差了事，让关羽的青龙偃月刀为我了断。吃过早饭之后，我准备重装上阵了：换下睡觉的粗布黑衣，抖抖索索地穿上铠甲，我把入鞘的剑挂到腰带的钩子上，手指摸索着系上斗篷。这时候随军的小妾兰惠走过来，要帮我系上扣环和系带。我突然变得哀伤起来，对她说："如果我死了，记得要为我掉眼泪。"

"你人都死了，怎么会知道。"小妾嗔怪着说。

"我就是知道。"我固执地说。

"那好吧。"她似乎有点不愿意。语意不知道是不愿意我死去，还是不愿意为我哭。小妾兰惠，是我多年前从洛阳的一家妓院里赎出的，当时我见她聪明体贴，尤其是肌肤有一种特有的幽兰香味，便用二百枚五铢钱将她带了出来。此后，兰惠一直跟在我身旁，照料我的起居。她为我戴上了头盔，又替我系好铠甲的纽带。马夫牵来我的坐骑，我强忍着心中的悲凉，努力爬上那一匹老马。马夫递过来我的大刀，我把大刀横放在马背上。小妾退后一步，上下打量了一番，轻声说："大人您看起来很威武。"

我勉强笑了笑。

"我是真心话。"

"我知道。"

"大人早去早回，马到成功。"

"废话。"我冷冷地答了一句。

我看见兰惠的眼泪刷地流了出来。

当我走出帐篷的时候，一股热风扑面吹来，夹杂着一种深深的倦怠感。我振作精神一马当先领着大队人马走出营寨外，在我的身后，有整齐划一的三个旗手：汉王室的旗帜飘扬在中间的旗杆上，在它的左右，是两具稍短的旗帜，一面绣着大大的"曹"字，另一面绣着大大的"蔡"字，它们都在我的身后猎猎飘扬。我们一路走着，刀剑碰撞，战马嘶鸣，鸡飞狗跳。到了离上蔡城只有一箭之地的地方，我示意大队人马排出阵势，只带一个侍从疾驰而去。我明白此行有去无回，我只是让他帮我收尸罢了。到了上蔡城门下，我看见关云长横刀立马伫立在那里，像一尊天神一样。我硬着头皮大叫一声："关云长快快下马自缚，曹丞相让我带你回去！"在此之后发生的事你们都知道了，我感到自豪的，是我竟然跟关云长缠斗了近二十回合，这样的纪录，甚至曹操手下的“二虎”许褚和典韦也很难做到。不过我终于精疲力竭了，我气喘吁吁，双臂酸痛而颤抖，腰椎仿佛断为两截，在马上坐不住了。可我不能后退，一步都不能后退。可上蔡城门上传来的鼓声一阵密似一阵，我听到关羽发出一声大喊，一道红光自天边而来，从我的颈项处划过，没等我明白过来，就觉得头顶开启一条缝，清冽的气息霎时间灌满了我的全身。万物寝息，景象寂寥，楼门上的鼓声戛然而止，这人消物殆的世界是开始还是结束，我一点感觉也说不上来。我不知道关云长是如何杀死我的了，在我的刀跟关云长的刀相碰的那一刹那，我就觉得自己无法取胜。还是张辽说得对啊，关云长根本就不需要刀法——当一个天神挥舞着千钧大刀向你劈来时，还需要刀法吗？他即使是不用刀，只是用一根木棍，压过来，也能将你压得粉身碎骨。

我只是本能地冲着关羽说道：“谢关将军！”我的确应该谢谢他，真正的英雄，是独立于权力之外，不受人左右，只服从上天意志的人，关云长良善的情怀，使得他勉强算是一个英雄吧？人生结束于此人手中，也算可以交代的了。我感到无边无际的黑夜像瀑布一样从切口渗进来，一点点灌满我的躯体，把我填得满满。无比的黑暗中，有一点亮光，轻巧巧地落在我的手掌上，软软的，柔柔的，像一只萤火虫一样透亮。我现在知道，这只白色的，慢慢变得暗淡的星光，其实就是我的灵魂。他们说对了，每个人都有一颗如此的灵魂，它如羽毛一样缥缈，也如羽毛一样没有重量。

当世界呼啸着从我身前退出的时候，我终究发现这个世界其实也是以一种虚幻的方式存在的。我曾经听一个僧人所说：一花一世界，一叶一菩提。我原来不懂这句话的意思，现在，我终于明白了，这一句话说的是我们跟这个世界的关系：我存在，世界才存在；我不存在，世界也不存在。你生前所有的经历，以及你自以为无比真实的环境，其实都是一种虚幻。这个世界，只有你是真实的，至于其他人，以及围绕你身边左右的事件，其实都是你的道具，或者是你的背景。你面前的虚幻，其实跟你本人，是一个东西。只要你消失，你眼前的世界，也会自然而然地消失了。

我一点也不讨厌死亡，相反，我很感谢它。因为他毁掉的不单单是我，也毁灭了我眼前乱哄哄的一切。我现在知道，最初我们来这个世界，是因为我们不得不来；我们的离去，不是因为其他，而是因为实在无趣——当一个人意识到世界已彻底变得与己无关之时，活着还有必要吗？

关 羽

我目送二位夫人和貂蝉进入了上蔡古城，虽然看不真切，不过我仍能透过马车的纱缦感觉到貂蝉不断回首张望。她是在惦记着我吗？我的心不由自主地变得温润起来，就像土中的根须在黑暗中触摸到水的滋润。我挺直腰杆，努力显出更深沉、更强壮、更能干、更轻松的姿态，这样的自信和坚定在貂蝉眼中是不是会更好一些？等他们过了吊桥后，我一扯缰绳，骑着马稍稍远离了城门。我听见身后的城门传来了吊桥被拉起时铁链子咯吱咯吱的声响，接着，沉重的城门吱溜吱溜地慢慢合上，最后是一声沉闷的响声，果断而绝情。我知道三弟翼德会走上城楼，在城楼上细细地观察着我，如果我杀不了来将，就意味着我进不去古城，不仅见不到张飞，见不到甘、糜二夫人，也见不到貂蝉了。三弟翼德是一个粗中有细的人物，你千万不要被他豪爽和鲁莽的外表所迷惑，其实他心细如发，比我和刘备要狡黠很多。在这一场即将开始的搏击中，三弟翼德将是坐获渔利之人。我甚至怀疑，他的坐山观虎斗是因为貂蝉，如果我死在来将手上的话，三弟翼德会心满意足吗？

我只能硬着头皮向前走。我看见眼前的曹军已布置好阵形，像黑色的鸦群一样聚集在一起，而我呢，手里拎着青龙偃月刀，胯下骑着赤兔马，身边只有马弁孤零零地跟着我。好在我们四位一体，对这样的阵势早就习惯了：马弁面无惧色，一副淡然的神情，他总是出乎我的意料，时常给我惊喜，我却对他的内心世界一无所知；至于赤兔马，旁若无人地趵着蹄子，不时打出一两个喷嚏，似乎有点不耐烦。你千万不要把它看作一匹马，它是马和人的联合体，不仅跑起来一骑绝尘，而且还有着无与伦比的会意能力，能明白你的一举一动，也能明白对手的一举一动。它的判断比人更快更准确——有这样的神马，还有什么可担心的呢！

来将骑着马慢慢向我走来，无论是马还是人，看起来都有些迟缓，就像跋涉了万水千山似的。我听见他大喊一声："关云长快快下马自缚，曹丞相让我带你回去！"声音滞重而苍老，像一根枯干的树枝有气无力地掷过来。待走得近了，我大吃一惊：原来来将是蔡阳，一个战功累累德高望重的老将军，只是我从未跟他打过交道。我看见蔡阳穿一身雕工繁复、上了瓷釉的黑色鳞甲，白色的银线和钩扣在阳光下熠熠闪光。引人注目的是他的眼神：空泛、茫然、灰凉。我当然读得懂这样的眼神，一个人若是心若止水置生命于度外，就是这样的一种状态。不要小觑这样的人，当一个人模糊了生死之间的界线时，他必定在酝酿和积聚一种力量，等待关键时刻释放。当然，我从来就不害怕什么，无论我的对手处于怎样的状况，无论他是谁，只要他站在我面前，我都必须杀死他，因为我不能死，我的使命还没有完成。

我松开赤兔马的缰绳，闭上眼睑放空着自己；赤兔马也没有动，似乎也在放空自己。真是心有灵犀啊！这匹马完全知道什么时候静若处子，什么时候动若脱兔。之后，我抬起头看着头顶上的蓝天，继续凝神屏息。我知道当心灵有如蓝天般清澈时，才能进入无念无思的境界。凡有生命形体要达到这种境界实在不容易，更何况处于白刃对白刃的决斗之际。

然后，我轻轻一拉缰绳，赤兔马似乎缓过神来了，缓缓地起步上前。我冲着蔡阳打了一声招呼："老将军近来一切可好？"

蔡阳看了看我，脸上挤出一丝笑容，冲着我说："关将军不要怪罪蔡某，丞相之命，不敢不从，丞相要你回许都听命。"

我正准备说话，就看见蔡阳一拽缰绳，骑着马箭一般地冲上来了，刀举起对准我的左肩就砍了下来。我一扯缰绳，侧身闪躲过这一刀。赤兔马领会了我的意思，它昂扬起头颅，前蹄以后蹄为轴心转了一个圈，一下子跑到蔡阳的后面来了。蔡阳也一拽缰绳，手上的大刀扬起一阵风，对着我脖子又横切过来。我一抬手，将青龙偃月刀直直地竖起来，硬生生地顶住蔡阳的大刀。我听到了一声轰鸣，那是两把大刀相撞击的轰鸣，就像巨浪拍打岩岸的怒涛声。我们双目相对，我感到呼吸的撞击变得比波浪还要澎湃。

那一刹那间，我看到了蔡阳白发如雪，枯槁的容颜显得平静而肃穆。他略显红润的脸庞，他颤抖的胡须，他混沌的眼神，他嗫嚅的嘴唇，似乎都在昭示某种无声的渴望。我突然意识到，在我面前的这个人不是人，而是一个亡灵。我看到他的大刀如暴风雨般袭来，或者像一大盆水倾泻而来，一点章法没有，也完全没有节奏。我一下明白了，这是不要命的打法啊！蔡阳的每招每式，都是不要命的，都会露出巨大的破绽和致死的命门。那样的命门和破绽又是陷阱，我如果去袭击的话，死亡会同时降临我的头顶之上。我一边躲避蔡阳暴风骤雨般的打击，一边凝神屏息汇聚全身的能量，我的全身汗毛像针一样竖立。所有生命的附属物，连睫毛在内都变得专注昂扬，只有这样，我才能应付眼前的不测风云。

我猛地拉了一下缰绳，赤兔马像豹子一样侧身腾空起来，它往边上一跃，一下子就将蔡阳甩开了五六米。我侧立在马上，将青龙偃月刀正对着蔡阳；蔡阳的刀尖也指向我。阳光从东边直射过来，我站在西边，看着白发苍苍的蔡阳在黑影中勉强对我一笑，笑容中带着诡异，也带着力不从心。我开始有点怜悯他了，曹操为什么要派他来送死呢？人到了这个年纪，应该是在家中含饴弄孙享受天伦之乐的年纪了，生命最后的时光，又何必征战沙场呢？我看着他，他也看着我，我们就这样凝视着，一如我们胯下的马。我感觉到我的赤兔马迈着半月形的碎步，虎视眈眈对面的同类。对面的马一个劲地喘着粗气，如它年迈的主人一样力不从心。新一轮的搏击在我们之间酝酿着，有一种炽热的阴鸷之气在圆圈中氤氲而起，像狐狸一样躲在旁边窥视。我知道那是死亡的气息，那些暴躁不安的死神早已按捺不住，即将从对峙当中破空而出了。

这时候上蔡城门上张飞擂起了战鼓，鼓点急促地敲在我的心壁上。我无法后退，只能奋勇向前。如此这般情景，是因为我、赤兔马、青龙偃月刀以及时光合而为一，我们就像时光游戏的要素一样不能更改。我的心跳，很明显就是它的节拍；我的动作，就是时光游戏机的律动。我完全沉浸在一场宿命，一场无法更改的游戏当中，感受自己接收到了一种神秘而强大的信息。我举起手中的青龙偃月刀，双腿一夹赤兔马，犹如箭一般向蔡阳弹射过去。我看见蔡阳勒住马，长须像旗帜一样飞扬飘荡，他毫不退缩，竟然正面迎迓我的大刀，丝毫没有躲避的意识。在那一刹那间，我有点犹豫。正在这当口，我听到有金属的声音，我感到半边脸有冷风吹拂。我连忙一低头，我的侧后方出现了一道细细的彩虹，有红色的细雨淅沥地落下。我听见了上蔡城楼上张飞大叫一声，“——啊！”一个物件飞到了天空。我看到了熟悉的红缨，以及雕刻着的白虎印记。我的头盔被蔡阳砍中，飞到了天空，可我的大刀从他脖子上昂然掠过，蔡阳白发苍苍的头颅飞上了天空。在那一具没有头颅的身体仆倒在地的一瞬间，我看见蔡阳的头颅在我上方带着一丝笑意说：“谢关兄！”

蔡阳要谢我什么呢？我看着蔡阳的身体正面向下，一只青筋暴出的手，仍死死地握住大刀。他以为壮士死在床榻之上是一种罪恶吗？所以宁愿选择身首分离。对于诸多武士来说，他们坚信生命的价值在于战斗，即使是失败，也比寿终正寝更能安顿自己的灵魂。我承认我有点失魂落魄，并且一直胡思乱想。至于上蔡古城，先是一片寂静鸦雀无声，随之突发一批呐喊。城上一片欢腾，城下一片树倒猢狲散，那些曹兵如朔风吹过的乌云一样迅速散去。我看到地上被劈成两半的头盔，不禁背脊一阵凉意。我对从城里赶过来搂着我的张飞说："我只是应他的要求成全他，其实，蔡阳将军并不是来讨伐上蔡的，他只是在选择离去的方式。"张飞哈哈笑着，他听不懂我说话的意思，我也无法表述得让他听懂。我又跟他说：只要在战斗，任何一个对手，都是不可小看的，尤其是对一个不顾性命的对手。当一个人能无畏地面对死亡时，就可以无限地放大自己的力量。那样的拼斗，才是最可怕的。

这么一想，我其实对蔡阳心存感激和尊敬。他让我学会了另一种东西，并且我认为这才是上天给自己的恩泽。哪有胜利如此唾手可得的呢？哪里会有百战百胜的常胜将军呢？在我看来，每一次战斗的获胜，与其是自己获得，不如说是上天的垂青。我这样说，会有人明白吗？我的意思是，这个世界终究没有胜利者，人人都会失败，每个人都将以失败的方式，别离这个世界。

一个人的历史是没有意义的，它只是时光的附属品，或者是时光游戏机的产物。人与宇宙的关系，就像一粒尘埃与大地的关系，它微不足道，无可足惜。人的意义只在于它曾经的心灵史，它曾经的节拍，与上天的节拍共振。当人类盘想着自私自利时，就会重新跌入尘土。当人类有了浓重的个人的意识之时，上天就会把你当作猪羊放逐在一种时间之上了。这一段话，是马弁后来说的，它让我明白很多，又让我百思难得其解。

曹　操

蔡阳死去的消息传到许都时，我堂前冶炼仙丹的青铜大鼎的炉火突然熄灭了，这是从未有过的现象。虽然我明知道蔡阳此去一定会死，可我还是感到惋惜。如果蔡阳此前要是少些神神叨叨的妄言，他也许可以寿终正寝。有些人生来就是打仗的，就像剑，若把它挂起来，就等着生锈吧。蔡阳就是这样，自调任许都后，他仿佛走火入魔，很少做事，一直喜欢在廷议时唠唠叨叨谈些神神鬼鬼的事情，并且胆大妄为地议论天象天意什么的。天象是什么？天意是什么？你能知道吗？就凭你读了几本《道德经》以及《易》之类的书，就可以妄谈世界根本？我最烦的就是那些自以为是的人——天象就像大海，人的智慧就像水滴，以水滴之渺小，妄评大海之深邃，岂不是一件荒诞无比的事？

天象是不可说的，天意也是。凡是让人无法弄清，让人感觉到烟波浩渺的东西，就是让人恐怖的。对于这一类事情，我也曾经思考，“对酒当歌，人生几何？譬如朝露，去日苦多。慨当以慷，忧思难忘。何以解忧？唯有杜康。”诗中就有我对于人生和世界的思考，不过它们只限于在大雾的迷茫中拨云见日。如果说凭借自以为是的思考，就一定能找到一条出路来，那肯定是痴心妄想。人被丢弃到这个世界上之后，就没有安排一条出路，到处都是死路一条。蔡阳的死，就是证明。他不是一直揣度着天意吗？天意也改变不了他的死亡。我用手摸摸被烟熏得发黑的青铜器，虽然火已熄灭，不过青铜大鼎的外面仍很烫手。我不知道这是什么讯号，对于我这把年纪的人来说，仙丹已必不可少，它不仅仅让我精力旺盛，而且还足以让我寻找到安慰。我就跟秦皇汉武等古代帝王一样，无可救药地感染上了服药的瘾。我原先只是服用草药：用人参提神，缓解阴雨天的骨痛；用蜂蜜提高我的性力；用延胡索抚慰我的脾脏，用黑麦克治眩晕，用刺五加保证良好的睡眠……一段时间以后，这些都失去了作用。我不得不开始服用方士炼制的丹药。我不确定为什么服用丹药，我只是觉得秦始皇服丹药，我就应该服丹药；汉武帝服丹药，我也应该服丹药。我不试图从丹药中获取生命的长度，而是想从丹药中获取生命的能量。既然它们能够给予秦皇汉武，就一定能够给我，让我成就一番霸业。当然，丹药也会给我一些安慰，当那些药丸顺着水通过喉管进入我的身体时，我就像鹭鸶吞下一条鱼一样兴奋和踏实。肉身毕竟是软弱的，那由水与皮组成的东西，总让人有一种不踏实的感觉，我不得不借助天地之灵以进行抵抗，我要把我的肉身练成刀枪不入天地永恒。这么多年来，我的兜里总是揣着一个小葫芦，里面放着药丸，没人看见时，我便取出一粒含在嘴里，以消除岁月流逝带来的恐惧。

我写过一首诗："驾六龙，乘风而行。行四海，路下之八邦。历登高山临溪谷，乘云而行。行四海外，东到泰山。仙人玉女，下来翱游。骖驾六龙饮玉浆。河水尽，不东流。解愁腹，饮玉浆。奉持行，东到蓬莱山，上至天之门。玉阙下，引见得入，赤松相对，四面顾望，视正焜煌。开玉心正兴，其气百道至。传告无穷闭其口，但当爱气寿万年。东到海，与天连。神仙之道，出窈入冥，常当专之。心恬澹，无所惕。欲闭门坐自守，天与期气。愿得神之人，乘驾云车，骖驾白鹿，上到天之门，来赐神之药。跪受之，敬神齐。当如此，道自来。”这一首诗，表达了我渴望成仙得道的心情。我曾网罗过很多炼丹师，最近的一个炼丹师是从遥远的蓬莱请来的，姓许，自称已经二百多岁了，至于二百多少岁，他说他已经忘记了。许道士一派仙风道骨鹤发童颜，他向我解释说，其实在遥远的海边上，不仅仅是他，还有很多长生不老的人，他们就像海边的榕树一样，很轻易地就能活好几百年。我故意问：“几百年后呢？那些长生不老的人也不死？”许道士说：“当然，长生不老的人是不死的，他们会一直生长下去，到了一定时候，那些老人会变成鸟，扑棱扑棱飞到海的那一边去了。”我扑哧一下笑了：“你也会变成鸟吗？”许道士沉吟了一会，说：“应该是这样，我近来感到胳膊经常酸痛，也变得非常有力，我觉得我的胳膊会变成一双大翅膀。要变鸟的话，我肯定是一头鲲鹏。”我笑了笑，没有继续往下问了。一直以来，我听过不少传说，比如一对道士常常在一个道观里饮茶，某一天，他们一下子化为一双灰色的大鹤腾空而去；还有一个故事：一个修道的人死去的那一刻，正好有一只大鸟穿云西行。咿呀的鸟鸣之中，人们突然听到了棺材里的死尸在扑扇着翅膀，人们慌忙打开棺材，一只大鸟腾空飞起直入云霄……为什么有一个词叫“羽化成仙”，那是说，当人的腋下生出翅膀变成鸟时，一个人就变成神仙了。

当许道士问我，希望以仙丹达到什么样的效果时，我告诉他，我知道想达到成仙得道的境界很难，我只是希望无灾无病，可以活得稍微长一些，以完成很多尚未完成的事情。的确是这样，这些年时光匆匆而过，虽然我先后征服了董卓、吕布、袁术等人，不过北方的袁绍，荆州的刘表以及江东的孙策等，仍是我的心腹大患，我需要一个强健的身体来支撑我的精力。

许道士告诉我，长生不老的办法有很多种，除了人参灵芝鹿茸的滋补之外，人自身的采阳补阴以及采阴补阳也很重要。所谓采阳补阴，就是服用仙丹，那些用朱砂白贡等炼成的丹药，能够让人精力旺盛不知疲惫；至于采阴补阳，需精通“房中术”，从各种各样的美女那里采撷。如此这般说法，我的耳朵早就听出茧子来了。我知道医术与巫术一直纠缠在一起，就像连体婴儿一样无法分割，这使得很多治病救人的方式荒谬而可笑：比如觉得咽喉有病，就找一只捕鱼的鸬鹚来，让它长长的细喙照着咽喉内狠狠啄几下；咽喉内被鱼刺卡住了，只需拔几根鸬鹚的羽毛吞服进去……在那些方士眼中，一切东西都是有着生命和灵性的，包括疾病以及鱼刺这样的东西，他们笃信着一物克一物的简单道理，然而在现实中，这样的方式根本无效。当这种方式无法解决问题时，他们唯一可做的，就是责备病人的诚意。

当然，面对未知的世界，我知道人无论在正面和反面，都不能显示自己的自以为是。为了一线希望，我只好按照他们的要求去做——我一边服用丹药，一边按照《素女经》上面的要求，历经各种漂亮女人，以此采阴补阳。魏伯阳所著《周易参同契》说：男女交合同样是一种“炼丹”：男子精液为白铅，女子阴津为朱砂，女子生殖器为炉鼎，性交即火候，阴阳合一就是丹，得丹可致长命……按照那些方士的教导，每当床笫之时，尽量九浅一深坚持不射；尽量克制情感，把她们当作祭坛上的贡品。可是每当那些女人在我身上拼命扭动身体时，尽管我全力克制，可我仍旧坚持不久，甚至会身心涣散全面崩溃。我经常在大泄如注后情绪异常沮丧，对自己的身体失望，也对人的本性感到失望。我浪费精液，好像浪费自己的生命时光一样。我开始慢慢讨厌女人也憎恨女人，我觉得男人与女人之间更像是一场战争，不是男人战胜女人，就是女人战胜男人。我讨厌那些妖冶多魅的女人，她们不仅让我采撷不到能量，相反，还失去了可贵的定力和精力。我得时时刻刻警惕这样的女人，以免坠落深不可测的陷阱——现在你明白我为什么会将貂蝉送给关羽了吧？

自关羽走后，我的头痛病似乎变得更厉害了。我不知道这是什么缘故。每当头痛的时候，我就会看见一些小鬼在我面前跳舞，穿着鲜红色的肚兜，手里拿着刀枪剑戟。有时候他们会跳到我的书架与书桌上，甚至跳到我的床榻之上。我万分恐惧，经常厉声叫喊卫士把他们赶走。可当卫士们如临大敌地赶到之后，一个个面面相觑，什么也没看到。我只好再次厉声着把卫士赶走。有时候我疼痛着从梦中醒来，恍惚着挥舞着宝剑去砍杀那些小鬼，把身边的小妾和婢女吓得大喊大叫。有一次我甚至为此砍杀了一个小妾，等我醒来之后，我感到万分沮丧，只好以重金打发她可怜的父母。人真是可怜，貌似强大无比，其实对很多事情一点办法都没有。就像我一样，由一个白面书生变成一个喋血杀手有多难？一点也不难，一切都是在不知不觉中变了模样。我想起了小时候，自生下来起，我就是一个皮肤白白干干净净的男孩，我一直性情温顺、聪明伶俐、多愁善感。我喜欢动物，养了很多小猫小狗小兔子之类，没有什么比喂养和抚摸它们更让人感到开心了，我大部分时间都和小动物待在一起。可是后来呢，那些大人们耻笑我的软弱，递给我匕首让我斩杀各式各样的小动物，又让我剥去它们的皮毛。我在十三岁时杀了第一个人，那是一个企图潜入大宅的窃贼。护院抓住了他，我的父亲曹嵩将他带到我面前，示意我杀掉他。尽管我握着剑的手一个劲地颤抖，可是我还是在众目睽睽之下举剑劈死了他。当我看着这个人的尸体扑棱棱地在地上抽搐，像一只宰杀放血的鸡一样，我的心里害怕极了，可是我尽量装着若无其事。后来随着慢慢长大，我终于成为一个杀人不眨眼的人，我可以毫不含糊地杀掉任何人，包括手无缚鸡之力的妇孺老少，只要我认为他们构成威胁。这不能怪我，只能怪罪于这个时代，谁让我们生活在这个乱世之中呢？如果我不是一个白面奸雄，仍然是一个怯懦书生的话，我早就抛尸荒野了。“宁我负人，不让人负我”是这个乱世中的血酬定律，也是我的生存法则。就像我一边写《观沧海》，尽情抒发与日月山川同在的情怀，一边窥视防范万事万物的凶险和加害，随时提刀砍杀过去。这两者都是我，一点也不矛盾，他们都是我。

我就是这样一匹老马。我坚定地迈动着步子，可是我的步履踉踉跄跄；我看似一切成竹在胸，其实内心一片茫然。我没有自己的内心，有的，只是小小的聪明或者一意孤行。我为什么将貂蝉送给关羽，这当中还有一个原因，想以此求证我对于人性的疑问。如果说我对于很多东西的判断尚可以称得上准确的话，那么，这一切的基础其实来自于对于人性的判断。我所有的困惑都来自于我对于人性本身的困惑，它甚至比我对于日月星辰的困惑更深。我相信宇宙与人的内心是对应的，这不仅仅是指它们同样宏大无垠，还指它们亦奇谲诡异深不可测。既然人性如此复杂，我就不相信刘关张之间那种颠扑不破的简单情义。在我看来，男人与男人之间是缺乏紧密联系的，如果真的有联系，必须带有恩惠和利益。最起码，男人与女人之间的天然联系，要比男人与男人之间，远为紧密和坚强。我就想用貂蝉来试试男人之间到底有无情谊。我觉得赢家一直是我，在人性面前，无论是刘备、关羽和张飞，他们之间的情谊能经得起一个女人的诱惑吗？我蓦地想起了春秋时期“二桃杀三士”的故事，那只是两个无足轻重的桃子，就足以杀死三个将军，更何况天下第一美女貂蝉呢？在很多时候，我之所以充满自信，或者我获得了某种成功，那是因为我对于人性有着较为深入的了解。或许是，因为貂蝉，我深信那不仅会离间他们之间的关系，更在他们之间埋下一个无可救药的祸根，这会使得将来的局势有利于我。一个有着洞察力的人，不仅仅能观察到身边的事，他还能够预知未来。所有的这一切，都取决于我对于自己内心的剖析和了解。一个不了解自身的人，哪能谈得上了解世界呢？

第八章 下荆州

关　羽

三弟翼德拎着一副新的锁子甲晃晃悠悠来到我住所的时候，已经是夜半时分了，我正在屋子里静静地端坐，沉浸于另外的世界里。这么多年来，我已习惯于在入睡之前，静心地冥想半个时辰，每当我达到深处之时，我总是变得十分平静。有人说静坐会使人焕发神奇的力量，让人的眼力穿透古今，看到常人看不到的东西。我不知道他们说的是什么，我只是习惯将白天的烦乱的纤尘抖落下来，就像让混浊的水沉淀下泥浆似的。那些乱七八糟的事务和言辞总让我有无可奈何的滞重感。至于眼睛的淳明，我以为是一种比喻，比喻人们从心灵的静谧中得到了智慧，可以眼观六路耳听八方。在此之前，三弟翼德大摆宴席，为我们一行接风洗尘。在歌手和杂耍艺人的表演中，先是上了一只烤全羊，又上了一只烤乳狗，接着是油炸的美味小鱼和红烧公鸡煲，再就是不知从哪弄来的鹿肉、山鸡肉等。随后就是大块烤得棕黄的地瓜和玉米等。因为久别重逢，我跟张飞连干了三碗酒。然后，我便不再端杯了。至于其他人，就让他们随便喝了，这一路他们也辛苦了，就让他们放肆一回吧。

张飞醉醺醺地敲门时，我刚开始出定，轻声问：“谁?”三弟在外应道：“我。”我开了门，看见张飞站在门外。皂色衣服外面罩了一件镶铁钉的皮背心，腰间拴一把黑又粗的铁剑，头发乱得像草丛，长长的络腮胡像铲子一样翘起来。张飞的手里拎了一个沉沉的包裹，笑呵呵地对我说：“二哥，我看见你的铠甲不行了，给你弄来一副上等的锁子甲。”我很高兴，没想到张飞如此体贴。我立即把马弁叫来，脱下外袍，先把护胸甲穿上，又让马弁帮助我陆续套上护肩、护臂、手套等。穿戴完毕后，张飞在一旁哈哈地说："还是二哥威武啊，穿上盔甲后，更像天上的神了。不像我们，穿不穿铠甲都一样。穿上了，反而觉得不自在。"

我笑着说："三弟哪里需要铠甲呢，别人根本近不了你的身啊！"

"不是近不了身，是我皮厚刀枪不入。"张飞哈哈大笑。

坐下来之后，张飞瞧见桌子上的那一封刘备的信，问道："听说大哥让孙乾带来了一封信，上面说什么？"我有点紧张，生怕张飞会伸手拿来看，一想张飞不通文墨，悬着的心放了下来。我回答说："没什么，就是派孙乾来找我们，告诉我们他在冀州一切都好。""哦——"张飞没有追问，说："这一次我们找到大哥后，咱们就三个人单干，不再投奔这个投奔那个，等咱们兵马强壮了，咱们也各自搞个王当当，大哥是大王，二哥是二王，我是三王。我们才不要听皇帝和曹操什么的，咱们找一块地盘，自己做主！"

我笑着点点头。张飞向我说了这半年多的经历：先是逃出徐州，躲进了芒砀山，收编了一支黄巾军的旧部，共有上千人。山中缺粮不能坐吃山空，他就带着一队人马来到上蔡，向上蔡的知府借粮，知府不借，张飞一气之下，就派人暗中进入上蔡打开大门，带着大队攻入城内，杀了知府……张飞一五一十地跟我说着这一段经历，话说完了，仍没有走的意思，我明白张飞可能要向我说什么，示意马弁暂时回避一样。马弁刚走，张飞便吞吞吐吐地说："二哥，我憋不住说实话了，我给你这宝贝铠甲可不是白给的，我想跟你换个东西。”

“什么东西?”

“也不是个东西，就是一个人。”

“谁?”

“唉，我就真说了——二哥能不能将貂蝉让给我。”

我吃了一惊，我没有想到张飞会跟我提这件事，我不动声色，故意笑着揶揄说：

“三弟不是说她是小妖精吗？干吗想起来要这小妖精呢?”

张飞愁眉苦脸地说：“二哥，我也不知道是怎么回事。我知道她是妖精，可我还是放不下她。实在是不想你笑话，自从我看到貂蝉之后，我也不知怎么回事，不仅睡不着觉，还觉得身体搔痒难耐。我这一辈子都没娶过媳妇，我想……只有二哥你体贴我，我憋了很久，实在憋不住了，只好跟二哥明说了。”

我沉吟了一会。这个时候我还能说什么呢？我看着桌子上刘大哥的信，又看看窘迫的三弟，突然想到貂蝉还真可能是曹操的一枚棋子，这枚棋子还没有动作，我们兄弟三人就已经内乱了。张飞在一旁直楞楞地看着我，涨红着脸，就像是一个犯了错的小童生一样。我不由心里起了怜悯，但我实在不好答应他的要求。我想了想，说：

“这事我也做不了主，得问大哥，也得问貂蝉才是。”

“干吗要问大哥和貂蝉呢？大哥又不在这里！等我生米煮成熟饭了，他肯定会同意的。再说，他都有两个女人了！

饱汉哪知饿汉饥啊！貂蝉也更不必问了，要是问她，哪有女人肯嫁给我呢？就凭我这长相，还不把她们吓死！所以根本不要问她们。你只要跟他们说，三将军虽然丑一点，可对女人可好呢！再说嫁给我三将军又不是坏事，我还没娶过亲呢！”张飞越说越激动，圆眼环睁，连胡子都一根根地竖了起来。

我说：“这样吧，你先回去。我想一想，想好了再告诉你。”

张飞期期艾艾地走了。我把马弁叫过来，对他说了刚才张飞来的意图。马弁显得一点也不意外，说：“三将军有这个想法，一点也不奇怪。这正是曹操让貂蝉与我们同行的目的。”

“这下我明白了曹操的想法了，曹孟德真阴险啊。”

“这不单单是二桃杀三士的阴谋，可能形势会更复杂。”

“哦？”

“你想，貂蝉是当今第一美人啊，哪个男人不对她垂涎三尺呢，她在曹操手中还好，曹操毕竟是朝廷丞相，众人即使是垂涎貂蝉，也奈何不得。如果现在别人知道貂蝉在上蔡，跟将军在一起，别人会不会有想法呢？即使将军的武功再高，毕竟上蔡是一个弹丸之地，别人要想攻克，还是很容易的。”

我沉默起来。

“还有，”马弁说：“将军此去找皇叔，要是碰到袁绍，袁绍假如向将军索取貂蝉，将军怎么办？”

“不给。”

“是啊，以将军的脾气，肯定是不畏强权。可是不给的话，袁绍能答应吗？皇叔和关将军即使能保住性命的话，恐怕与袁绍的合作，怕是也要泡汤了。”

我继续沉默着，不得不承认马弁的话有些道理。

“不知将军想没想过这个问题。现在曹操忙于官渡之战，尚没有精力把矛头对准皇叔和将军。官渡之战的结果，依我看，曹操必胜。曹操虽然兵少，但人心齐士气高，供给也充足，它的胜利只是时间问题。官渡战败后，袁绍必定北逃，会将失败怪罪皇叔。刘皇叔不可能继续跟着袁绍，必定南下投奔刘表或者孙策。到那个时候，貂蝉在手，仍是一个大问题，假如刘表和孙策要是对貂蝉有兴趣的话，这合作之事，必定又是一个问题。”

我问：“你怎么知道刘表和孙策，对于貂蝉有想法呢？”

马弁微笑着说：“可以想象下三将军啊，以三将军那样一个完全不近女色之人，竟然魂不守舍，一心想纳貂蝉为妻，这说明什么？这貂蝉天下第一美女的魅力，又是他人所能抵挡的？况且，对于男人来说，天下第一美女不是一个人，而是一个头衔。如果得到这个女人，就像当上皇帝一样荣光。”

我不得不承认，马弁很容易就抓出了事物的要领。我想到了自己，其实岂止三弟，这一段时间，我不同样魂不附体吗？我原来以为自己的忐忑不安是没有找到大哥的原因，现在猛然明白，一切都还是貂蝉的缘故，是她的美丽让我心慌意乱的。

我吞吞吐吐地说：“依你看，此番又该如何呢？”

“不如暂时将貂蝉留在上蔡城中，关将军、三将军以及二夫人同去寻找刘皇叔，待见到皇叔后，找到安全地点落脚后，再将貂蝉接回就是。”

我注视着马弁，他的眼睛既明亮又深邃，言语得体而周到，几乎让我无法表示异议。我在想的是，如果貂蝉一路同行，不仅仅会引起我跟张飞的矛盾，会引起二位夫人的反感，而且此行还会极不安全。我只好对马弁说：

“那你将她安排好，一定要有一个隐秘的地方。”

我没办法驳斥马弁的计划，他显得胸有成竹，就像深藏着一个巨大的阴谋一样，或者干脆就是阴谋本身。阴谋也是一种力量，它裹挟着人们在黑暗之地不自觉地行走，遮天蔽日，指鹿为马，一切自然而然。虽然马弁没有明确告知我，我应该做什么，或者我不能做什么，但我还是能依稀感到他意志的坚定，以及行为本身的力量。我感谢他，有时候也情不自禁地躲避着他。我不知道这是我真实的想法，还是我因此产生的错觉。

“要是玄德大哥问起貂蝉，我该怎么跟他说呢？”我问马弁。

“那就装作若无其事，说曹操从来就没有把貂蝉给我，我从来就没有见到过那个女人。”马弁说，“至于那些传说，只不过是江湖上人们的演义罢了。”

当天晚上，我最后一次去了貂蝉的屋子。刚迈入门槛，我就闻到了一股特殊的闺房味道，那是夹杂着胭脂、口红以及粉黛，还有说不出其他成分的复杂味道。我看见那间不大的厢房经貂蝉一布置，充满着神秘的温馨，拐角上放着一只熏笼，床榻的里面横躺着一排小屏风，雕刻精致的梳妆台上，斜躺着两片犀梳和牙梳，还有一些钗头钿花什么的……所有的物件都有种神秘的美好，因为它们跟貂蝉息息相关。貂蝉穿一件雪白的素纱蝉衣，慵懒地靠在床板上做女红，轻盈超脱得像天上的嫦娥一般。看见我进来，她显得有些慌乱，连忙放下手中的活。我还看见一把缝纫剪刀，一些布头，各种颜色的线团和一件正在缝制的衣服。

“真没想到关将军会来。”貂蝉说。

我有点心慌意乱了。

貂蝉问我：“关将军，我们下一步是不是要去冀州？”

“是的。”

“哦，我一点也不想去河北。”

“为什么？”

“因为我根本不想见刘玄德，更不想见那个袁绍。”

我不说话了。

“我一点也不喜欢这些所谓的英雄豪杰。我只想过平静的生活，没人打扰的生活。”

我一下子无话可说了。

“其实……其实我也不想去冀州。”我吞吞吐吐地说。

“那干吗去？不如就留在这个古城——我现在有点喜欢上这个古城了，你和张将军就在这里也不错。”

真是妇人之见，我心想。我苦笑着说：“你以为，这个小城，能抵挡住袁绍或者曹操的攻击？”

“那我们去另外一些地方，找一个谁也不认识的小地方住下来，我一直想去那样的地方。”

我不说话了。

想了一想，我吞吞吐吐地说："要不你就在这里吧，我们去冀州找大哥……不为别的，我知道男人都喜欢你，袁绍是这样，我大哥刘玄德也想得到你。我不想这样，我也不知道应该怎么办……"

貂蝉冷静地说："那我更不想去冀州了。我一点也不想见袁绍，还有刘备什么的。"

仿佛某种不存在的影子在昏暗中从我们之间穿行，我们不安地打着战，连鸡皮疙瘩都起来了。我恍过神来，看见貂蝉正低声啜泣着。

"我想和你在一起，"貂蝉一边流着眼泪一边直视着我的眼睛说，"我们可以找个没有人的地方躲藏起来，哪怕天涯海角，哪怕大漠荒原……"

我苦笑着回答，"我不知道现在除了杀人，我还能做些什么？而且，以你的容貌，你的名字，走到哪里，也不会得到安宁，那些恶霸豪杰们，会打你的主意……"我想起了胡氏，横祸从天而降，不正是因为她长得太漂亮了吗？

貂蝉沉默无语。

我悻悻地站起身来，准备离开。

"关将军，别走！"我听见身后的貂蝉用充满恳切的语气说。

我停住了脚步。

"……今晚就在这里，好吗？"

我有点踌躇，也有点感动。我觉得有股热血直冲上头，不由自主地走过去，把貂蝉紧紧地搂在怀里。说实话，在那一刹那，我感觉到无比的充实，它像一个巨浪一样，慢慢地在我内心膨胀，带着一种无畏和充实拍向我的整个未来。原来这就是幸福啊！我一下子觉得人所固守的一些理想和信念，是那样的逼仄和压迫，所有的追求都变得轻若鸿毛。哪有如此自由的状态呢！幸福其实是那样的纯粹和无限，它来自于巨大无垠、唯一和一整块的连接，只要跟那一股力量连结上了，他就是圆满的了。

可这样的幸福也是虚幻的，也是捉摸不定的——当我从貂蝉身体内抽身而出的时候，曾经的狂喜无影无踪，忧郁重回。我真的不知道人究竟是怎么回事？什么是长此以往，什么又是天长地久？我甚至觉得幸福无关紧要，一切都是虚幻……一直到后来，我才明白，我不仅仅只是失去貂蝉那么简单，爱情的痛苦如此复杂，它不仅是情感的痛苦，欲望的痛苦，而且会跟其他痛苦紧紧连在一起，它甚至还会扎根于生命的根本，从最柔弱的地方紧紧抓住我们，以一种无法停止的形式蔓延我们的全身和一生。并且，这种矢志难忘的痛苦还会渗入所有的小事，让任何一个不顺心的烦恼、不安聚集膨胀，充斥你生活中的所有的一切。它不仅自身是痛苦，还可以引爆所有的痛苦……一直到死我才明白，我后来的骄横、自大，以及我兵败麦城命殒他乡都与此有关。因为不可言语的痛苦扭曲了我所有的一切，我深坠其中，始终浑然不觉。

《春秋》

有一天，当一个孩童闪亮着好奇的眸子，准备触碰我的时候，我在心里急吼吼地对他说：“离我远一点，你不要碰我！”他当然没有听见，

因为文字发不出声音，他也看不懂那些佶屈聱牙的词句，他只是怀有一腔本能的好奇心。我不想让他碰我，那是因为，就一个孩子来说，过早地接触我，会使他的心灵遭到伤害，也使我的神圣遭到轻慢。因为我的字里行间流动着无数的血，在我记载的那些事迹中，充斥着暴力和阴谋。我只是想让孩子们暂时远离我，无论是历史的经验，还是历史的教训，对于孩子来说，过早地接触我，会让他们感受到悲伤，因为我是人类道路上的阴影。

我是一部黑色的书，或者说，我是适合在黑夜中不开灯读的一本书。为什么这样说？你去慢慢想吧。关于我的身世，很多人都知道我的创造者是孔子，这说得没错。我的周身都充满着孔老夫子的喟叹和愤懑。这个令人尊敬的老夫子在遍游列国推销他的执政理念失败之后，把他的满腔热血变成一个个蟑螂般的象书。他不再向前看，而是回过头来，用自己手中的朱笔品藻着历史。那些曾经无比复杂的历史事件，只变成了他笔下的寥寥几笔。就像刮风下雨电闪雷鸣半天，只落下几滴细小的雨珠来。

实际上在孔子之前，我就曾经存在了，或者说部分存在了，孔子又朱笔重新铸就了我。我的灵魂要追至西周起，那时候朝廷就有太史公来记载国家大事了。那时候人们还不会把一年分为十二个月，只是把一年分为四季：春、夏、秋、冬。因为夏天和冬天太热或太冷，人们大都闲居在屋子里无所事事，大多事情都是在春季和秋季完成的，尤其是春种秋收。所以，太史公往往把国史记载叫作《春秋》，这可能是“春秋”作为史书名的来由罢。我在想的是，为什么自西周起，我就开始诞生并且一直延续着生命呢？那是因为帝王们认识到话语的权力作用，极其注意与上天的沟通。在他们看来，文字是上天的赐予，是通天地通鬼神的，如果将自己所做的事变成文字，等于向上天汇报了自己的所作所为，并且得到了上天的承认。如此这般，他们就感到心满意足了。

我一共有一万八千字，从鲁隐公记述到鲁哀公，历十二代君主，计二百四十四年。那么长的岁月时光，最后只浓缩成一万多字，实在是让人喟叹奈何。我有时候想，那些轰轰烈烈的历史真是没有意思，最后连自己也不知去了哪里，只剩下几个简洁无比的字，像蜘蛛一样爬在竹简木牍之上。后来有人把孔子这种惜字如金的笔法和态度叫作“春秋笔法”。我在想的是，孔老夫子老了，也累了，他颤颤巍巍的手，几乎拿不动笔了。他已经不能洋洋洒洒了，甚至不愿意为它们多写几个字，有的，甚至吝啬得一个字都不愿落，就让他们彻底地消失了。那些曾经发生的事，甚至连风都不如，风还会再回来，而那些曾经的人与事呢，只能孤独向前了。也难怪文字能“惊天地，泣鬼神”，那是因为它们是唯一能留住历史的东西。曾经轰轰烈烈的历史，什么也没有留下，留下的只是几个雨滴般的文字，由此可见文字的浓缩性。也难怪人们对文字如此崇敬，那是他们把文字当作是凝固的历史了。我相信很多人和我一样，相信只有变成文字的历史才会存在，是文字而不是人和事，在创造着事实。

我喜欢我的样子，喜欢我的形状以及别人看着我吐出的发音。当人们朗读我的时候，那种抑扬顿挫的声调是迷人的，携有一种悠悠古意。譬如这一句，“（隐公二年）春，公会戎于潜。夏五月，莒人入向。无骇帅师入极。秋八月庚辰，公及戎盟于唐。九月，纪裂繻来逆女。冬十月，伯姬归于纪。纪子帛、莒子盟于密。十有二月乙卯，夫人子氏薨。郑人伐卫。”在这篇简短的文字里，春夏秋冬都在里面了，我仿佛看到春光明媚、夏日炎炎、秋日艳阳、冬日白雪，那些曾经的人物，像影子一样憧憧移动。这样的文字，即使描述的是非常残酷的事件，仍给人以旷远的景象，就像远古飘过来的风一样。并且，那些字符如此之美，它独立地自成体系，完美得天衣无缝。它的声调高亢而平缓，不急不躁，吐字如兰，富有音乐的质感。在某一个宁静的时候独自享受着这种语言的节奏和变化时，我时常能够感受到一种音乐的美妙。的确是这样的，这种语言的送气音以及不送气音，它的抑扬顿挫，都纤细地体现在一些微妙之处，比如说升、平降以及叹喟，在它的内部所蕴含的美妙，都是其他的语言所不能感受的。并且这种语言还极容易与神产生沟通——我现在已能感觉到，在仓颉制造我们时，的确在里面摄入了神秘的力量。那种普天之下同在的崇高感，以及由此产生的敬畏，的确是一种不可否认的神力。

有人问我，你最推崇的核心的东西是什么。我想了想，回复说：道德仁义。“道”是天之道，是自然规律和运动规律；“德”，是道在人类社会的体现，是人行为的准则；“仁”是事物的核心，也是人的核心，是人自我完善的方向；至于“义”，是人与人之间的关系准则，也是孔老夫子最为推崇的。孔老夫子说“君子喻以义，小人喻以利”，意思是君子看重的是道义，小人看重的是利益。也难怪孔老夫子只给君子作传。在他看来，小人由于缺少“义”，其实是没有什么价值，也是可以忽略不计的。所以有人说“杀史见极，平易正直，《春秋》之义也。”的确是这样，我的内心中，是有标准的。我就想让人们从历史评判中提取一些价值，用以对待现在的世界。我只是想告诉人们，拥有仁爱的人，都是善良的好人；没有情没有义的人，都是应遭到唾弃的坏人。许多君主和大臣之所以做了很多坏事，纯粹是因为他们自己的盲目野心、肉欲、意志力薄弱、劣根心、白痴等，当然，最重要的，是他们没有意识到人类应该遵守的仁义道德。如果遵循仁义道德准则的话，那么，就不会出现任何问题。世界其实就应这么简单，界线分明，丁是丁，卯是卯，世界不应搞得过于复杂，如果中间地带无限蔓延，妖魔鬼怪一起出现，同时人们又不恪守各种行为准则，变得无所顾忌，那么，世界必定会是一场灾难。

在产生的过程中，孔子无疑起到了巨大的作用，是他让我诞生，然后让我永远地流传下来，至于他自己，在七十三岁这一年，在仍在编校我的时候，与世长辞了。当然，在我的字里行间，仍然贯通着孔子悲愤的气息。所以司马迁写道：“西伯拘而演《周易》；仲尼厄而作《春秋》；屈原放逐，乃赋《离骚》；左丘失明，厥有《国语》；孙子膑脚，《兵法》修列；不韦迁蜀，世传《吕览》；韩非囚秦，《说难》、《孤愤》；《诗》三百篇，大抵贤圣发愤之所为作也。”这种气息，跟那些历史事件和评价夹杂在一起了。如果你想看一个真实的故事，你可翻看我旁边的另一本书，那就是《论语》。在《论语》中，我们看到的是一个生动活泼的孔子，一个宽厚的、智慧的、幽默的长者，他有着一副漂亮的长须，个头很高，举止潇洒大气，喜欢吃肉喝酒。应该说，这是一个热爱生活的智者。他比较圆融，关于宇宙世界，他没有一种极端的困惑，他喜好研究一些问题，但研究得又不是太深入，好读书，又似乎不求甚解。敬鬼神而远之。这都是一种通达的世界观。他的所有的出发点都是为了适应这个社会而建立的。孔子的思想是一种典型的小农业社会思想者的方式。这种方式，是一种稳定的方式。但他却是对于上天一无所知，因为对于上天一无所知，所以对于人性的邪恶以及上天通过他的方式把人们从原罪当中拯救出来的路径一无所知了。关于孔子，我在后面还要多次提到，不了解孔子，要想了解汉朝社会，应该说是一件极其困难的事情。

至于我个人的身世——我指的不是《春秋》，而是一本书自身——我其实也是来自宫中。我本来跟无数典籍一起，收藏在洛阳兰台的宫殿之中。那一个藏有无数经典的楼阁轩廊，可以说是当时世界最大的图书馆。跟我的情况不一样的是，那些典籍比我更古老，它们大多写于竹简木牍以及缣帛之上，记载了很多神秘岁月的神秘事件。我们比肩而栖，有时候在夜深人静时打着招呼，穿越时光对视一笑，那样的感觉还是很欣慰的，毕竟我们是永生的，我们来自另一个时代，以一种不朽的方式存在于当今。一切灾难都是从董卓进驻洛阳开始的，我们遭到了前所未有的浩劫，那些来自边域大字不识一个的将士们，竟然用我们制作囊袋，贮藏掠夺来的金银财宝，或者直接将我们焚毁生火烧饭取暖抗寒。这种对于文字的亵渎和极不尊重，当然会遭到老天爷的报应。他们不知道文字代表着天意吗？我就这样流落到了民间，辗转于流民之手，一直到后来，我才被一个手下人进献给了关羽。可以说，在关羽这里，我找到了自己的家，关羽对我爱不释手，也从我身上，找到了他自己的精神家园。

最愉快的时候，莫过于我跟关羽面对面了：他聚精会神地看着我，我也凝神屏息地看着他。在我们彼此的凝视中，窗外的阳光、树木、风景，都像是一掠而过的时间的虎皮斑纹。我总是忍不住观察他的一举一动，也能看出他的漫不经心。这很正常，一个人哪有那样一以贯之的呢？他们大部分时间都在摇摆、游离、踌躇、迷茫，不知道如何应对眼前的世界，也不知道如何对待自己。在这一点上，人们远不如我们坚定和枯燥。我承认一本书的魅力是远远比不上活生生的人的，就像那些女人从来比不了貂蝉的美丽生动一样。不过我却更加有故事，更加纯粹，更加意义深远。我觉得我是有使命的，我的使命就是弘扬正义、辨别是非、校正人心。不要小看一本书的力量，那些潜伏在竹简木牍上的文字有时候会像蝎子一样挥舞着钳子，它甚至可以将一切事物一分为二：一边为善，一边为恶。我永远会扬善除恶，挥舞着钳子，把不合乎“仁义道德”的东西统统砍杀；我振臂一呼，应者云集，可以左右无数人的价值观和生命观。

我再一次跟关羽说了那个故事：郑武公与夫人武姜生有二子，大儿寤生，小儿名段。武姜在生大儿时难产，险些丧命，从此讨厌大儿，干脆给他取了个名字叫寤生，而对小儿疼爱有加。郑武公过世，寤生按古制继承王位，封为郑庄公。武姜因小儿没继承王位，很生气。虽然郑庄公将京城封给弟弟，弟弟已称太叔段，但武姜仍不知足，她密谋与小儿里应外合起兵夺权。消息泄露，太叔段兵败，拔剑自刎。郑庄公怒将武姜软禁颍地，发誓“不到黄泉，绝不再见！”郑庄公是个孝子，日久思母心切，但身为国君，又一言九鼎。颍考叔给郑庄公出主意，说黄泉即地下，如果挖一地道，找到泉水，盖上地宫，在地宫里与母见面，就如同黄泉见母。这样既尽了孝，又没违背誓言。郑庄公大喜，日夜掘地挖泉盖地宫，终于在“黄泉”与武姜见面，母子二人抱头痛哭，言归于好……这一个故事说明什么呢，说明兄弟手足之间的情谊长在。在这个世界上，最重要的是什么呢，就是不可分割的兄弟情。后人是怎么说的：兄弟如手足，妻子如衣服。这一句话说得虽然过分，却异常在理，与兄弟的手足情相比，其他的都可以暂时放下，毕竟没有了还可以再续上，而兄弟呢，没有了就彻底地消失了。关羽当然知道这个故事，我再一次把这个故事呈现在关羽面前，是想提醒他不要忘了桃园结义的诺言，让他在做决断时，把这一个故事放在内心的天平上。

想想孔子为什么会让人高山仰止吗？《春秋》是教人如何回望；《论语》是如何看待当下；而《诗经》呢，是如何看待爱情，一言以蔽之，思无邪！至于《易》，那是让人以变化和动态的方式，看待生生不息……一个人，能前知未来，后知历史，中通人情世故，又有很好的操守，当是智者和仁者的结合体。这样的人，是怎样成长起来的呢？我告诉关羽，一定得非善即恶，非恶即善；小忍不可乱大谋。至于貂蝉，以我潜心对于关羽的建议是：女人于“义”是不搭界的，也是不真实的，归根结蒂，男人与女人的关系，还是一个“色”字。至于美，在我看来，美是一种蛊惑。知道周幽王为什么不顾一切去讨得褒姒的欢喜吗，甚至不惜点燃连绵的烽火台欺骗各路诸侯，那是因为，周幽王其实是中了“蛊”了，一切都不由得自己做主。“蛊”的来源，便是美丽，甚至跟褒姒本身无关，连她自己也不一定知道。这种极端美丽的“蛊”就是传说中的含沙射影。不要小瞧了美丽，美丽就是一种“蛊”，它能让人眩晕，让人失去理性和克制，让人游离于社会之外。老子曾说“五色令人目盲，五音令人耳聋，五味令人口爽，驰骋畋猎令人心发狂，难得之货令人行妨。”这个五色，其实就是美呀！连老子都如此痛恨美的危害，这难道还不让人警惕吗？当然，“义”跟任何事物一样，也是有双重属性的，一方面，就像风中的旗帜一样在你眼前猎猎飘扬，另外一方面，它又像长钉一样插入你的肉体，让你痛苦又欲罢不能。这很正常，你获得了加倍的荣誉，你就必须忍受双份的折磨。

时光在大地上匆匆而过，曾经敏捷无比的四肢，会迟缓垂暮如树根一样；曾经光洁的脸，历经风霜后会变得如猴子一样粗鄙；曾经明亮美丽的眸子，会在皱纹的圆圈中，散发着栗子般昏暗的褐色……我啰啰唆唆说了半天，其实就是为了让关羽明白，美是虚假的东西，是一种蛊惑，也是一种鬼魅。这世界上的事物分为两种，一种是阳性，一种是阴性，能捕捉到的东西是阳性的，捕捉不到的东西是阴性的；阳性的是安全的，阴性是危险的，像美，就因为捉摸不定而具有危险性。既然貂蝉已成为关羽的问题的话，那么，不如干脆让她消失。在刘备眼中消失，在张飞眼中消失，在袁绍眼中消失，在曹操眼中消失，甚至在相关历史书以及各式各样的演义中消失。构建历史的元素是什么呢？当然是记忆。虽然记忆是一种限制，也是一种约束，不过记忆表述的相关话语的权力更显重要，权力决定历史的存在。这也是为什么孔子晚年重新编纂我的原因。关于历史和现实的关系，那不是一两句可以说得清楚的。很多年后，有人说了很精辟的两句话，这是两句密不可分的悖论。我重复一遍，你们权且多想想：第一句话：谁掌握了过去，谁就掌握现在和未来；第二句话：谁掌握了现在，谁就掌握了过去。

在这个世界上，万物皆悖论。世界由“悖”而来，包括真理，它的背面就是谬论。当你明白这一点时，你就可以安详死去了。

貂　蝉

院落里遍布的月季花在我眼中失去了往日的鲜艳，这种最贱的花，贱到无论什么人种植，无论插在什么样的泥土中，都可以毫无保留地绽放。这一点，跟我的命运尤其相像。女人真可以孤独地为自己绽放吗，假如没有男人欣赏的话？我在花园里站立了很久，一直呆呆地想着这些，沿墙低飞的紫燕的啁啾也变得枯燥刺耳。我漫无目的地走着，踩倒了一丛凤仙花，又踩倒了一束夜来香。我多么渴望平静的生活，哪怕寂寞，哪怕凄清。真的。当我如此渴望的时候，我感到眼眶里一阵温热，抬手摸到的却是冰凉的泪水。

自进入上蔡城之后，我一个人落在空空的屋子里面，感受到一种从未遇到的寂静。我该怎么来形容这种寂静呢——我灵魂深处都感受到了这种寂静，有一种越过世界尽头的感觉。这是一座不知忧虑的古城，到处都是残垣断壁，到处都是青苔和枯藤。走在破败的街道上，我注意到时有诡异现象发生：有时候我们轻微的说话声，竟能激起强大的回声，就像身边有无数幽灵在鼓噪，那是在废弃的城门边；另外一些时候，马车驶过时竟然一点听不到辚辚的车轮声，显然是被两旁那些布满爬山虎的残垣断壁吸走了，我们一行就像行走在地狱之中似的。我曾在马弁的陪同下上了一趟街，想看看古城的模样，刚走上街头，就看见一个醉汉在街面上疯狂追逐每个过路的女子。我们绕开了他，走上另外一条街，又看见几个少年围住一条狗，恶作剧地把一只老鼠塞进狗的肛门，转眼间那狗就变成一只疯狗，在街市上狂奔乱窜。我不理解那些人为什么会这样。难道这座小城的人如此邪恶？我踌躇着，不想再前行了。我向马弁说我们回去吧。我宁可忍受老屋的寂寞，也不愿在光天化日之下提心吊胆。

回去的路上，我突然看到关羽和张飞在一起，穿着便服，勾肩搭背地相伴而行，一边走一边笑，大约刚刚从哪个酒馆出来。他们也看见我了，关羽怔了一怔。我忙对他们施了一个礼。关羽也抱拳示意。我看见张飞摇摇晃晃地走了过来，走到我面前，冲着我一边大笑，一边说着我也不太懂的话。他又粗又壮，衣冠不整，像一尊脏兮兮的铁塔一样站在我面前，一双手大得吓人，手臂、双脚和胸口上都生满又粗又黑的体毛，连背上也不例外，就像大猩猩一样。他的笑也像大猩猩，把我吓得半死。关羽连忙过来打圆场，一边拉开张飞，一边示意马弁将我带走。我听见张飞在后面大叫一笑：“貂蝉美人儿，嫁给我吧，我会对你好的！”我不自觉地一回头，发现张飞张大嘴巴朝我吐着舌头，可那东西哪像舌头呢，就像一块割下来的烂肉。我连忙迈开碎步，一路小跑着回到了屋子。

一晚上我都惊魂未定。我想着张飞的粗鲁和丑陋，仍旧恶心不已。如果嫁给这样的人会怎么样呢？上天能保证我不会嫁给他吗？到了早晨，我迷迷糊糊地睡着了，一醒来，听到外面乱作一团，马声、人声，以及列队出发的口号声。我百无聊赖地和衣躺在榻上，心神不宁。这时有敲门声，我开开门，看见关羽全副武装地站在门口。他看着我，嘴唇嗫嚅着，几番欲言又止。他是有难言之隐吗？我突然明白过来，眼泪一下子流了出来。我情不自禁地问他：“你们是要走吗？”关羽游离地躲避着我的眼神，垂着睫毛对我说“是的……准备出发找大哥刘备。”

“干吗不告诉我？”

“……”

“不准备带上我吗？”

“……是的。”

“为什么？”

“……一会，我让马弁跟你说吧。”

“二位夫人也跟你们同行？”

他垂下眼帘，点点头。

我哭了。

关羽轻咬着嘴唇，眉头紧锁，一个劲地摇着头，像是有什么难言之隐似的。我的眼泪越淌越多，都快成瀑布了。关羽看着我，脸色变得更加阴沉了。他低沉着嗓音说："唉，谁让你那么引人注目呢？你是天下第一美女，他们都说，你目标太大，会引来很多麻烦。"

"他们？"我问。

"他们都这样说。"

我怔怔地看着他，眼泪啪嗒啪嗒流淌不止。我不知道这是怎么回事，我好像从来没有如此动情过。我的眼泪如此泛滥，是我的心变软了，还是我想做一个好女人了？原先董卓死的时候，王允死的时候，吕布死的时候，曹操将我抛弃的时候，我都没哭过，现在为什么会变成这样？或许是我在心理上已对关羽产生依靠了？身后的大山轰然倒塌，我有了一棵小树的感觉，特别惧怕将要来到的暴风雨。在这人生地不熟的地方，我真的不知该怎么办了。

关羽叹了口气，对我说："唉，我也不知道如何是好。待会马弁会来找你。他会告诉你怎么办，也许会有好办法的。"

我不做声了。关羽进了屋子，把门关上，坐在那里默默无语。我也在榻上坐着，无声地流着眼泪。此番一别，可能我再也见不到关羽了！这就是战争，孩子们食不果腹，女人们无人可依，男人们朝不保夕。谁知道哪一天，那些男人们会命殒沙场呢？我这样想着，心里荡漾起一股怜意，既然关羽也是身不由己，我又何必去增添他的烦恼呢？我走到关羽跟前，平静地对他说："关将军你不要担心我，你去找刘皇叔吧，是男人都应做大事，不应儿女情长的。"

关羽点点头。他好像有些感动，不过面部表情仍严酷冷静。想当初，我不就是喜欢他的不动声色与冷静平稳吗？

一抹拒绝油灯的黑暗乘隙而入，优雅地落在我和关羽之间，隔断了房间里多年的尘埃。借着黑暗的诱惑，我情不自禁地扑到了关羽怀中，就像扑进黑暗的怀中一样。我已不是第一次感觉到黑暗的温暖，我喜欢上黑暗，只有黑暗才给我安全感。我嗅着这个男人的味道，觉得醇厚、质朴，值得信任。比我以往历经的任何一个男人，都值得信任。我信任他，也喜欢他，虽然还谈不上爱情。我从未品尝过爱情——爱情是可以为了一个人付出整整一生，可以付出一切代价的情感，而我总是还没等到付出时，神秘的力量就将它毁掉了。当男人们落入征服、杀戮以及云雨之欢时，女人所渴望的爱情是不是一种奢侈？乱世之中，驱使男人和女人在一起的，只有身体本能燃烧出的火焰。

不知从何处窜出来一阵神秘的风，吹得灯光映着的影子一会儿淡，一会儿浓。这浓浓淡淡的影子叠加在一起，就是我们的爱情了。当关羽将我的衣裙一件件脱去时，我变成了一个在性爱中融化和消失的女人，我的血液像开水一样哗啦啦地流遍全身。我这才知道，人的兴奋其实是针对自己的，是我自己身体在寻找着快感。他的身体、胳膊、手指和嘴巴对于挖掘出我白瓷般肌肤里面的兴奋点是必需的。当那些新鲜的滋味在他的引导下被发掘出来的时候，我表现得忘乎所以，陶醉地闭着双眼，甚至情不自禁地大叫起来。我体验到巨大的幸福，这不是一种用头脑来衡量和判断的幸福，而是我的身体体验到的幸福，是来自巨大、唯一和一整块的幸福。

一只燕子飞在阳台上，直楞楞地看着我们，嘴里发出沙哑的呢喃。关羽要去驱赶它，我打断了他："让它看着吧，反正我们也不会在一起了。"关羽沉默了一会，动作变得更猛烈了，仿佛这是今生今世的最后一次。到了后来，我们全被泪水汗水淹没。最后一刻即将到来之时，关羽迷蒙地看着我的眼睛喃喃说道："你真是一个尤物！我为什么不能得到你呢？"

这句话让我吓了一跳。它先让我高兴，继而让我忧伤。

过了很久，我幽幽地说："其实你可以得到的。"关羽没有回答，他静静地躺在那里，像什么都没有听到似的。"是啊，其实你完全可以得到的！"我在心里默默地又说了一遍，他能听得到吗？

关羽走了。在此之前，他起身站立在那儿，我帮他穿上内裳，又捆绑好简易的甲胄，最后套上锦袍。做这一切的时候，他就像一个真正的大将军一样庄重而严肃，而我就像一个真正的小妾一样贴心、温顺和缠绵。之后，我送他到院落门口，我们仍旧没有说话，关羽甚至连看都没有看我一眼，就飞身上马离去。马蹄扬起一阵灰尘，让我不得不连声咳嗽。我看着关羽的背影，直至他越来越远成为一个小点，而后完全消失。我就那样呆呆地站在门口，不时轻轻地叹息。我真的是没有男人，就无法活的吗？我心情糟糕极了，回到屋子后坐在梳妆台前，从镶着玛瑙、绿松石的铜镜里打量着自己，就像从没见过的那样。我端详着我的额头，端详着我的眼睛，端详着我的鼻子、嘴巴……这是熟悉而陌生的影像，是熟悉的陌生人，这就是我吗？我想记住我自己，假如有来世的话，我一定要回忆起自己的模样，我还要变成我的模样，为我的美丽继续付出代价。想到我执著于这一点，我的眼泪又不由自主地落了下来——我现在什么都没有，只剩下婆娑的眼泪了。

糜夫人

我梦见了秦琪，他全身都是血，像一具尸体般笔直站在我面前，对我说了一连串让我听不懂的话。他的脸上看不出任何愤怒，倒是有真正恋爱的人所特有的那种不幸和忧愁。我看着他愁苦的面容，忽然发现岁月已经使这个男人迅速地苍老了，苍老得就像六十多岁似的。真是太可怕了！我吓得从睡梦中惊醒过来，全身上下都被汗透了。那时候正是夜半时分，外面不时有怪鸟的叫声传来，一声紧似一声，就像我的心跳一样。我呆若木鸡地坐了好长一段时间，越想越觉得心痛不已：这一个单纯的书生和其他男孩一样，对一切都那么肯定，毫无幽默感和自省心，不过这完全不能怪他，谁让他如此年轻，又如此高傲有才呢？他似乎不适合生长在这个暴力和粗鲁的环境中，于是被狠狠地踢出这个世界，就像流星被逐，划着一道弧线落进尘埃。他那么轻而易举地就被关羽杀了，就像轻而易举地拧死一只蚂蚁！想想也觉得心有不甘，一个终日握笔的书生，哪里敌得过凶神恶煞的战神呢？只可惜秦琪那一笔好书法，从此世上再无字和人！我这样想着，越是心痛秦琪，就越是痛恨关羽。无论如何，他的青龙偃月刀不该杀死这样的人！我想我会在适当的时候报复关羽，为秦琪报仇。

至于眼下，我想的是离开上蔡之前，想办法杀了貂蝉。我杀貂蝉有着充分无比的理由：为了秦琪，为了皇叔，为了张飞，为了关羽……总而言之，为了这个妖精不再在世界上祸害男人，我必须杀了她。

我下定决心变成一个黑影。一个全身漆黑的人形，一个阴影中的阴影。我身披斗篷，戴着兜帽，在腰间插着匕首，像一个真正的刺客一样走出了屋子。那时候已是午夜，外面死一般的寂静，寂静得就应该发生一起谋杀案。花园里的芍药花葳蕤地开放着，于月光下呈现凄冷白光，像一大束集中在一起的鬼魂。我踩着那些鬼魂，穿过寂寥的后院，又穿过宽阔的走廊，悄悄地来到了貂蝉的门前。刚到门口，我就闻到了一股从未闻过的脂粉味。这就是妖精的味道吧？难怪她能迷倒那些男人！我恨恨地咬着牙齿，趄身溜了进去，璎珞珠帘发出哗啦一声响，我吓了一跳。房间没有灯，铺在床上的被子整整齐齐地摆放着，貂蝉不在屋里。正在此时，隔壁的小屋子里有人问道：“谁？”听声音是那个婢女小婧。我连忙闪到门背后，门开了，小婧提着一盏油灯进来了。我像一只猫一样扑向前去，把小婧一把抱住，拖到边上的小黑屋里，顺手就用匕首在她的脖子上划了一刀。血溅出来了，小婧一声不吭地倒在地上。我的心跳有点加速，真是对不起了！不过我很快就安慰自己，跟妖精在一起的，一定是小妖精，那些小妖精也是应该死的。我想了一想，拔掉门后面的栓子，躲在门外的柱子后面。过了一会，我看见貂蝉像一只病猫一样，悄无声息地从外面进来，匆匆地回到自己的屋子。我看见她点亮了房间的油灯，身影放大在纸糊的窗子上，像纸剪的人一样轻盈。我一边观察着她的举动，一边满脑子想着秦琪的事情，他的面容仍出现在我的脑海里，那样单纯，那样英姿勃发。我想到秦琪与我肌肤之亲时的山盟海誓，想到自己的罪孽深重，我觉得心里无比的难过。

一直到貂蝉屋内的油灯熄灭，又过去了半个时辰，我又如幽灵般来到了貂蝉门前。我轻轻地推了推门，门没有拴上。我心花怒放，再次明白上天是垂青于我的。我脱下沾上泥泞的木屐，轻轻地放在门口，稍稍发出的声响也没有引起回应。我借助于屋外渗进来的微弱月光，判断到了床榻的位置，于是蹑手蹑脚地走上前，正好有一抹月光斜射过来，我看到貂蝉躺在那里，身体白皙如一具冰清玉洁的璧人。一股淡淡的杏仁香味钻入了我的肺叶，我被这若隐若现的香气弄得迷茫而紧张。当我最终判断这股妖冶的味道来自貂蝉的身体时，一个放在床头的水杯从床上跌落了下来，貂蝉一下子惊醒了。

“谁？”她坐了起来，乌黑的长发披落在头上，感觉不像一尊女神，更像是荒郊野外的女鬼，连我都被吓了一跳。

“我，”我拿下裹在头上的灰布，走上前去对她说，“不要声张，是我。”

“糜夫人？”貂蝉看着我的装扮，一下子呆住了。

“对，是我。”

貂蝉不再叫了。身体松弛下来，睁着一双疑惑的眼睛看着我，说：“夫人，您这是要接我回去吗？”

“不，你想错了。我这是要送你去该去的地方。”

“那是什么地方？”她傻乎乎地问。

我没有回答。她抬了下眼睫，一下子看见我攥在右手的匕首。吃了一惊，问："你这是干什么？"

我冷冷地说："我要杀了你这个小妖精。"

她吃了一惊，问："为什么？"

我说："如果你一定要问为什么的话，那是因为你长得太美了！"

貂蝉一怔，继而呛了我一句，"跟你有什么关系呢？曹操本来就是把我给关羽的，又不是刘备？"

我嗫嚅着嘴唇，一时答不出话来。说实话，要是曹操真把貂蝉给关羽，除了稍稍地有点嫉妒之外，倒觉得这对我和甘夫人来说，并不是一件坏事。我只是受不了那个小蹄子的那份孤傲。我无话可说，先是尴尬地笑，然后转为似笑非笑："好像事情没有那么简单吧，曹操派你来，是有另外的使命吧？"

"什么使命？"貂蝉睁圆她那毛毛眼，这一回我看清楚了，她左眼的瞳仁是绿色，右眼是蓝色的，还真是一个异瞳！我不知道这是否算举世无双，不过我从未见过人有如此的瞳仁。只有妖精，才有这样一双眼睛。

我冷冷地回答说："'二桃杀三士'啊！"

"什么？"

从貂蝉惊诧的眼神中，我知道她不懂这个典故，可能是没念什么书吧，空有一个美人胚子。我有点轻慢地看了她一眼，坐下来，尽量简短地跟她讲清楚二桃杀三士的故事。貂蝉还算是聪明，我开口只说了几句，她便一下就懂了。然后，她疲倦而厌烦地说："我才不想嫁刘皇叔，要是嫁给关将军还差不多。”

虽然房间一片漆黑，我看不太清楚，不过我还是捕捉到貂蝉说话时露出的轻蔑一笑，就像井中的涟漪在夜色中一闪而过。我有点气急败坏，虽然当初我嫁给刘备也是极不情愿，但貂蝉又怎么可以跟我相比。我当初是黄花大闺女，可你呢？想到这，我把袖子里的匕首柄握得更紧。

我问：“曹操为什么要你跟我们一道？”

貂蝉说：“其实我一点也不想跟你们一道，我要关将军单独带着我走，关将军说，他不能放下你们，得把你们送交刘皇叔之后，才让我跟他走。”

我不说话了。外头，庭院大门的正前方，野狗群正在狂吠。貂蝉打了一个呵欠，脸上再现一抹我熟悉的骄傲表情，懒懒地说：“我困了，眼睛睁不开了，你没有事了吧？我该睡觉了。”

我气急败坏。这个小妖精竟然如此无理对我下逐客令，她是在刺激我干掉她吗？我不能再犹豫了，我亮出匕首，对准她，说：“我来，也没有其他事，就是要杀掉你！”

我看见貂蝉的眼中露出了恐惧，那把在烛光中闪烁的匕首肯定吓坏了她，她猛地跳起来，把我吓了一大跳：“来人啦！”她大声叫唤，一边跳起来一边想往门口跑。

在她将即将逃离床沿的那一刹那，我一个箭步拽住她，左手把她推倒在床上，右手仍执着匕首，用身体的重量将她压得动弹不得。貂蝉拼命地反抗，看得出，她身体里有一股野性的力量，并不像她表现得那样娇弱。我摊平貂蝉纤弱的身体，用身躯把她紧紧地压在床上，一只手抓住她的头发，另一只手握着刀子抵住她的咽喉。貂蝉一动不动，也不敢反抗。我跟她隔得那样近，能清楚地看清她厚厚脂粉后面的五官，必须得承认，她的五官异常精致，就像用刀雕刻出来的一样。她娇吁吁地喘息着，气息如兰，一股体味直扑我的鼻子，那是一种仿佛麝香的味道。如果我不是女人，相隔如此之短的距离，我一定会被她俘获：先是心猿意马，然后不能自持，最后肯定会情迷意乱成为她的俘虏。她是那样的漂亮而完美，像是上天精心设计出来的工艺品，更何况，她的异瞳闪烁着无与伦比的宝石之光。这样想着，我的牙关恨得有点酸痛，我贴着她的耳朵对她说："你没有想到吧？我今天就要杀掉你！"

貂蝉像一个温顺的孩童一样，一声不吭地看着我。她的目光充满着恐惧，看起来更加楚楚怜人。女人是不是变得柔弱时，就会更漂亮？我有点可怜她，也可怜所有的女人，可是开弓没有回头箭。我已没办法收手了，只能硬着头皮向前。想到我即将亲手送行一个举世无双的女人离世，我的心里充满着兴奋——让那些男人懊恼去吧！如果说这个世界还充满着罪恶的话，那些狐狸精一般的女人难辞其咎！正是她们，鼓动了男人们好恶斗狠逞强显能，要不是她们，这个世界会太平得多。

我没有再说话了。我有点犹豫，我不知道往下一步该怎样才好。我有点呆呆地看着她，她在我手下像只小鹿一样瑟瑟发抖。大约是感觉到痛了，貂蝉拼命地抓住我握着匕首的手臂。我们就这样较上了力量，她杏眼圆睁，原先柔和的线条痛苦地纠结在一起，像一把漂亮的金线乱七八糟地打上结。我也一样，我感觉到我的身体如石头一样沉重，我变得力大无穷，感觉到魔鬼的存在，仿佛在后面支持我似的。至于她，缺少的是某种好运气——当她挣扎着从床上爬起，几乎挣脱我的手时，突然地，她被一张圆圆的凳子绊倒，陡然失去了平衡，一下子跌倒在地。我又一次死死地压在她的身上，虽然她踢我，咬我的手指，不断地发出哀号，又将床上的帐幔拽落，连带着帐中的薰香小鸭也“咚”的一声跌落在我们面前。我们又将案上那面古琴撕落，“咚”的一声落在了地板上，有琴弦“铿”的一声断裂的声音。有一段时间，我们俩都没劲了，僵持着互相怒目而视，就像两个好朋友在谈心：

“我跟你无冤无仇，你为什么要杀我？”

“无冤无仇？关羽为什么要杀秦琪？关羽杀了秦琪，所以我要杀了你！”

“关羽杀了秦琪，跟我有什么关系呢？”貂蝉睁大一双晶亮的眼睛，不解地问我。

“怎么没有关系？我也要杀了他心爱的人……”我死死地拽住貂蝉的衣襟，一字一句地说。

“可是……我是他心爱的人吗？”貂蝉一边挣扎着，一边苦笑着说。

面红耳赤地苦笑了一会儿后，貂蝉像是想起什么，突然说：

“我知道你为什么杀我。”

“为什么？”

“因为你嫉妒我。”

“为什么？”

“因为我是女人，我知道女人的心思。”

我一边喘着粗气一边大笑。这小妖精是想激怒我吗？不错，我是嫉妒她，嫉妒她的美貌，不过女人嫉妒女人，就像兄弟嫉妒兄弟，同僚嫉妒同僚一样，那是太正常不过的事情。嫉妒并不足以让我杀死她，我之所以下定决心要杀她，不仅仅是嫉妒，也不仅仅是因为使命，最重要的，还是因为仇恨，只有仇恨，才让我下定决心——关羽既然夺走了秦琪的生命，那么，我干吗不夺走他最心爱的人生命？这就叫作一报还一报。这仇恨让我欲罢不能，像紧身衣把我死死勒住。我现在知道，行善是一种安详，而行恶，是要背负着山一般重量的。

我不再说话，我将匕首对准貂蝉的胸口，用力下压。我盯住她的眼睛，那一双蓝绿不同的瞳仁散发着恐惧，我恨不得自己眼中延伸出一个铁钩，将那对蓝宝石绿宝石抠出来，然后将它们掷得远远。貂蝉死命地撑住我的手腕，我们此起彼伏地喘着气，听起来就像两架拉得正猛的风箱。貂蝉一开始还死死地挣扎，到了后来，她的手腕开始无力地颤抖，就像朔风下的树枝一样。我觉得时机到了，俯下身来贴着她的耳朵对她说：“现在可以告诉你了，我要报复关羽，他毁了我的心爱之物，我也要毁掉他的心爱之物！”

“我要一报还一报！”我继续说。

貂蝉应该听清了，她的嘴角现出一丝微笑，眼光里却布满了疑问。她想说话，但我的刀尖已刺进她的胸口，血从里面汹涌喷出，溅得我眼睛都看不清晰，那一蓝一绿的宝石开始慢慢黯淡。貂蝉慢慢地晕过去了，我听见她气若游丝地问我："关云长……真的喜欢……我？"我狠狠地点点头，你去死吧，去做美梦吧！我摇摇晃晃地站起身来，像卸掉一座小山样长吁一口气。复仇的快感让我兴奋，让我感觉到公平的所在。身为女人，假如成为一个妖精的话，她就是所有女人的敌人！这样想着，因为嫉妒一直肿胀的身体也变得舒适多了。

当我筋疲力尽地从貂蝉的屋子走出的时候，不远处传来一声微弱的鸟鸣，那是一种高亢而尖锐的颤音，如一根冰冷的手指从我的头颈上划过。它怎么叫得像魔鬼似的？我不由自主打了一个寒噤。停顿了一下，又是一声鸟鸣应和，然后又是第三声，第四声。我听着这样的叫声，突然地猛醒过来，周身像冰雪浸透似地感到寒冷。我连滚带爬地出了屋子，跌跌撞撞地往回走。我一路打着寒噤一路哭泣——我实在是太难过了，因为我杀掉的是这个世界上最美丽的人。因为我是一个女子，我知道美丽的珍贵，美丽女子的不容易。美丽的女人是稀有的，她们跟冰山上的雪莲一样稀有，跟千年何首乌一样神奇，我不能轻易地将她们毁灭。浑身哆嗦地回到自己的屋子后，我将头深深地捂在被褥之中，一直到我在恐惧中沉沉地睡去。在此之后的好几天，我一直心惊胆战，我会感到身边每一个路人，每一条野狗，每一棵葱郁的树木，每一扇门窗，每一支黑烟囱，每一个孤魂野鬼，都会用一种充满憎恶的眼神瞪着我。是的，它们都有眼睛，更有仇恨的眼神。我后来竟有了听见鸟声就不停打寒噤的毛病。我不知道那是什么原因，是因为魔鬼进入我的身体了吗？

你可能从未想到我是真正的凶手吧？我已跟甘夫人共同发誓，要是刘备问起貂蝉，我们会矢口否认。我们从来没有见过这个人，从来没有看到过这个妖精。

波斯刀

是我在月黑风高的那天晚上“杀”了貂蝉。这一个“杀”，是指我“杀”死了貂蝉的影子。

在把我卖给糜夫人时，我的波斯老板说过，我属月光族。这一点与人类不一样，人类是属于太阳族的，他们的存在与习性属于太阳。而我，是属于月光冶炼出来的。是上亿年的月光照射造就了我，我是一个极寒的物体，我的身体像冰一样寒冷。不，我的身体比冰要寒冷一千倍甚至一万倍。知道我的刀锋所在，为什么所向披靡了吗？那是因为我的刀锋所到之处，就是冰天雪地。我挥舞时卷起的朔风，能迅速地冰冻一个人的意志，让他无力抵抗，只能死于我的刀锋之下。

人们认为我还有另一项功能，那就是，当我的刀锋掠过某个人的影子时，他就会不由自主地打一个寒战，然后，会丧失在此之间的记忆。因为我是阴寒至极的东西，是具有强大吸附力的。如果具有这项能力的话，应该归结于我在阴深的洞穴里存在了上亿年。谁让我比冰还冷一千一万倍呢！阴寒能使一切东西萎缩，使一切迷顿，包括记忆，包括时间。记忆是什么？就是时间在个体上的浓缩和结晶。既然我能使时间萎缩，我就能让记忆降至冰点之下，让时间化为有形。这不是个难题，当你拥有我一样的冰冷的温度时，你就会明白，这对于我来说，一切都是太轻松了。

关于我的故事，说来就话长了，我说的是之前在波斯的事，那一个时代，离现在已经上百年了。当时的国王横征暴敛，滥杀无辜，诸多大臣和将军都想着该怎样除去这个国王。不过以大臣和将军的身份，去弑杀一个国王，是大逆不道的行为，传说要遭到天谴，所以没有人敢这么做。终于一个将军站出来说：我有一把匕首，可以杀人，也可以让人没有记忆，不如我拿着这把匕首进宫刺国王，干脆让他失去记忆，少了很多坏心思，这样就可以让百姓少受苦了。

虽然将信将疑，不过大臣和将军们还是觉得应该试试。毕竟，百姓被奴役太悲惨了。如果杀不死国王，能改变他的习性也好啊。

于是第二天晚上将军攥着我来到国王的住地。国王看见将军手里握着把匕首，吃了一惊，连忙问道：

“你是来杀我吗？”

“不是。”

国王问：“那你干吗呢？”

将军说：“众大臣公推我来，是想让你从此过上幸福的生活。”

“那我该怎么做呢？”

“很简单，只要你用手指，触碰下这把小刀，你心里的阴霾就会散去，你就不会用狠毒的眼光看待这个世界了。”

“那又怎样？”

“你就会成为一个好人，不再是一个坏人了。”

国王情不自禁地笑起来，说：“还会这样？”

“是的，就这么简单。”

“你是说我从坏人变成一个好人？”

“是的。”

“要是我不肯呢？”

将军苦笑笑，说：“那我只好牺牲自己的生命了。”

国王还真不肯，他拔出了自己的长剑，直刺拿着匕首的将军。将军只好用匕首来进行招架，短短的匕首哪里敌得过又重又长的宝剑呢，将军一下子被刺中，倒在了血泊中。国王拾起掉落在一旁的匕首，拿起来看了看，怎么也看不出有什么异常。他想了想，用匕首尖在将军的额头上划了一刀，血立即渗出来。

“你刚才不是说到好人和坏人，”国王说，“那你现在说，我是一个好人，还是一个坏人？”

将军喃喃地说道：“我是谁？我怎么一点也不记得了！”

“你是一个坏人，一个跟我一样的坏人。你必须得服从我。”

“好！”

这一个故事就这样远去了。坏人没有变成好人，却让好人变成了坏人。这当然不是我的问题，我只是忠诚地执行自己的使命，坚定而固执，毫不苟且。我的刀面如镜，我也如镜子一样，对于世间的一切清晰无比。作为一把刀，我喜欢怀着热情而又冷漠的好奇心观察人，我当然知道人类记忆的重要性——记忆就是感受，人一旦脱离记忆，生命就会变得很短。并且，记忆如此捉摸不定：一是它藏在脑海之中，在智力的光亮照不到的角落；二是它隐匿在你意想不到的物体中，能否穷尽全凭偶然。或许你认为这一切都是巫术，不过我告诉你，巫术在远古时代是一种伟大的力量，它意味着什么事都可以发生：幽灵能走路，大树能说话，死亡能复生，阴阳能转换……不过那一个由神秘主宰的纪元，已经随着龙的消失，永远地离开了。这世上已很难有巫术了，很难有出乎意料，它只剩下弱肉强食，恃强凌弱。一切都是硬碰硬，没有什么可以躲开或逃避。至于那些巫术时代遗留下的东西，就像熄灭的烈火在空中飘扬的几星残片，一直在咝咝不停地散去。

在这里，我必须说一下有关记忆的事。古往今来，有很多人认为记忆存在于心灵之中，也有一些人认为记忆存在于脑袋之中，还有一些人认为记忆存在于血液之中……之所以有这么多说法，那是因为人们不知道为什么会有记忆，记忆究竟躲藏在哪里。记忆如此诡秘，就像时间，让人无法理解和领会。有关记忆，我只想说五点：第一，人留存时间的唯一方法，就是记忆。假如没有记忆，人类就不可能累积知识，就不会形成对世界的改造。第二，记忆让人活着有价值，假如没有记忆，人就不能留存时间，它就只有现在和将来，必将没有过去。如果一个人没有过去的话，现在和将来，也是虚假的。第三，记忆是有味道的。我们记住不同的事情，其实我们已经将不同的味道留存下来，将它们分门别类收藏在内心深处。当我们回忆过去的事情时，实际上是在绞尽脑汁回忆它的味道。每次搜寻它们的影子时，就在我的内心深处将它们归位，细细地整理，擦拭着堆积在它们上面的灰尘，然后我就打开木塞，那种斑斓不一的芬芳全都涌现出来，那种在不同时期给予我启迪或者由我内心当中产生的思想光辉，就会闪烁着美妙的星光和香味，轻扬着曼妙的舞蹈。第四，记忆是令人神往的，它纯正、和谐，永远新颖，是一种真正的愉悦，那是人生在散尽光华与忧伤之后的最美妙的快乐。第五，记忆应该是血液中的水，跟血粘在一块，当一个人的血干涸的时候，往往是记忆消失的时候，因此要让人失忆，必须让他流血……总而言之，记忆是美好的。正因为这一点，我为深深失去美好的貂蝉感到惋惜。不过她总算安全了。如果失去记忆能换来安全的话，那么，失去就失去吧。

当刀尖刺进貂蝉的身体时，她的身体像纸人一样歪斜下来，殷红的血开始渗出，有一丝零星的火光，从她头顶上氤氲而起——我就这样“杀”死貂蝉了吗？我不免有些沮丧。说实话，我一点也不想杀女人，我的刀下杀人无数，可是他们都是男人，我从来不杀女人。月亮透过窗棂，投下苍白的月光，照得屋子里的一切都发出白惨惨的光芒。那些不知在哪流浪的野狗，一只接一只地狂吠起来，好像还有鸟的叫声，叫得怪怪的。我发现我的身体闪烁着诡异的光芒，一会儿红，一会儿绿，一会儿黄，一会儿又是炽热的红色，就连周遭的空气也感应到我四射的热力，跟着变换光芒。我不知道怎么会如此。

我不是凶手。这一点是我必须一再声明的。刀从来都不是凶手，它只是凶器。成为凶手的，都是刀的主人。在我一生当中，我都不知道哪些是天意，哪些是人为，哪些是对手的失误，我不是没有生命，我只是极端冷静，在自己的生命中没有喜怒哀乐罢了。在我看来，上天一直眷顾着我，让我从不失败，也让我从不内疚，不应剥夺人的生命而内疚。这一点相当不易。我知道作为一把刀，最悲惨的事情是犯下错误，因为错误追悔莫及，死难复生。到目前为止，我不知道什么时候上天会弃我而去，因为我知道，上天不只有我一个孩子，所有的人，所有的刀，以及所有的存在，都是他的孩子。他不可能只垂青某个人，某把刀，或者某一类人、刀或者存在。传奇从来不属于现实，如果一定要探求传奇，你们可以从《三国志》、《三国演义》以及到巡演的戏曲和傀儡戏中寻获知晓，还有，就是后来层出不穷的民间故事和话本。你们可以明白，一个神是如何产生的，你们在歌颂神的同时，还应警惕神。至于一把刀，是传奇还是真实已经变得无关紧要了。当热兵器时代来临，几乎所有的刀都完成了它的使命，变成了徒有其表的女孩子，或如男人们的南柯一梦。如果事物在这个世界上只存在一次的话，就不能证明它是真实的，更不能说明它会永恒。刀也如此，它跟人一样，都会死去，不过精神却可以留下来。对于一把刀来说，我留下了我的精神，那就是无坚不摧的勇气，以及无善无恶的本心。

貂　蝉

这是最长的一天了，关羽离开之后，我在床榻上辗转反侧睡不着，没奈何我只好再次走到了院子里，我的头顶上空仍旧是玉盘一样的月亮，皎洁的月光如水一样照射下来。夜晚是那样冷，院子里是那样的凄清，我只能听见一只迷路的麻雀怯生生地从半满的水桶里喝水的细微声响。夜那么深了，它是迷路了吗？我专注地看着它，石炉中的火光映在麻雀小小的脑袋上，使它斑驳的羽毛熠熠闪光。它瞪着黑漆漆的眼神同样看了看我，目光中尽是警惕和胆怯。陡然，麻雀拔翅飞起，消失在黑暗和寂静之中。

我一转身，我的身后有一个熟悉的身影，是关羽的马弁。我这才想起，关羽向我提及的事情。我问："是关羽让你来的吗？"

他点点头，没有说话。

"是要杀我吗？"

"不是。"

"那是要救我吗？"

他没有回答。

"我知道你们会把我当西施，认为曹操就是勾践，派我跟着你们，是为了离间刘备与袁绍的同盟。"

马弁笑了笑，问："你怎么知道的？"

"我知道很多人都这样想，甘夫人和糜夫人也这样说。"

"我可没听她们说。"

"当初我也不是有心的。"

马弁笑笑。

我说："我不是西施，也不懂美人计。"

马弁说："我知道。"

"……其实当初……我只是听从王司徒的安排，王司徒说董卓是个大奸臣，有他在，就生灵涂炭，民不聊生，只有吕布能杀他，要我千方百计地接近吕布，挑拨吕布与董卓的关系。一开始，我还真的喜欢上吕布，只是后来发现，他只是个大孩子……"

提及过去，不由自主地让我想起了一些事。我想起了董卓，他的手像旧皮革一样粗糙和肮脏，至于其他的，我好像真的什么也记不得了。我一点也不想忆起这个人，在他身边的所有时光，仿佛都是一段令人恶心的梦。马弁不接我的话，我有点犹豫，还要不要往下说。

“我知道，这不能怪你，身为女人，一切都是身不由己。”马弁说。

我的眼眶有点湿润了。这么多年来，好像第一次听到别人如此理解我。

“这一次，还真不一样，我想曹操应该是把我馈赠给关将军的，因为走得匆忙，根本来不及说什么。我也喜欢关将军，我觉得关将军是那种让人可以托付终身的人。”

“我觉得也是。”

“你是好人吗?”我问。

马弁踌躇着，不知道怎样回答，“是的，应该还算吧?我不知道怎样才算一个好人，我只能说我是一个复杂的人，我身上有好也有坏。”

“我知道关羽待你很好——你不是一般的随从，你是个灰色的人，”我说，“既不黑也不白，两者兼而有之。是这样吗?”

“就算是这样吧，那又怎样？在我看来，世上大多数人都是如此。”

“如果烙饼有一半坏了，那就是坏烙饼，就是不能吃的。一个男人要不是个好人，就是一个坏人。”

马弁莫测高深地笑了笑，他鬼魅般的影子在月光下走走停停，不时抬起头看看月亮，有点心不在焉地念念有词。

“你是要做什么？”

“没什么，我在想的是，我们走了，你在这里，一个人该怎么办呢？”

我凄苦地笑笑：“那有什么办法呢，只是我一个人待在这里，会不停地想起过去的事，那些人那些事，一个个像幽魂一样，在我的梦中出现，让我很难睡得着。”

“我有一个办法，能让你忘掉过去的不愉快。”

让我忘了过去的不快乐？这是什么意思？马弁的话如此简短冷酷，都让我厌倦了。

“怎么能忘掉呢？我一闭上眼睛，那些事，都会在眼前。”

“我就是让你不再想这些事啊，”马弁说，“很多痛苦都是记忆造成的，如果没有记忆了，痛苦也就没有了。”

“哦，能让我不想起一些事？”我想起了董卓，也想起了吕布和曹操，我现在一点也不想想起他们，他们要是从我的记忆里消失，该是一件多么好的事情呢！

马弁从腰间摸出一个小如拳头的葫芦，递给我，示意我喝下去。我拔开盖子，闻了一下，一股浓浓的草药味弥漫。我惊异地问：“这是什么？”

“药汤。”

“干什么用的？”

“让你好好休息。你喝下去，会忘了过去的很多事。”

“真的？”

“……应该是真的吧，说实话，我也不清楚，当初是安伽师傅传我的，我也不知道有没有用……你不用怕，你不会死的。”

“能忘记董卓和吕布？”

“是的。”

“还有曹操？”

“是的。”

“关将军呢？”

“也是这样。”

“……我可不想忘记关将军。”我幽幽地说。

“你最好也忘记他。”马弁面无表情地说。

我怔了一下，然后点点头。既然唯有忘却才能安宁，我又何必纠结于此呢？我不怕死呢，更不怕忘却，我的经历全是痛苦和阴谋，而我一直渴望跟过去的时光一刀两断。我一仰首将葫芦里的药吞咽了下去。它的滋味就像混合着墨汁的腐肉，让人恶心无比。吞咽而下后，它立即在我体内活动起来，一丝丝卷须在胸中扩散，仿佛烈焰缠绕其中，舌尖则油然生出蜂蜜、茴香的味道，既有乳汁的香味，又有精液的腥气；同时又像鲜红的肉、温热的血以及熔化的金属混合的味道。它有我所知的一切的滋味，却又非其中任何一种。我开始感到头越来越昏重，一点气力都没有了，可是，我还是想说说话。我喃喃地说：“我不去河北也好，我一点也不喜欢那个刘皇叔，也不喜欢那个张翼德。”

马弁说：“你说得对，我也不喜欢刘皇叔，也不喜欢张翼德。”

我很开心地笑了，我跟这个马弁一直有着默契，只有心中有神秘的人，才能识别我们心中的神秘。

“我不喜欢刘备，是因为他总是满口仁义，我不喜欢那些假仁假义的人，天下的坏事，都是那些假模假样打着各种各样理想旗帜做的。就像汉中的张鲁一样，他能够‘均贫富’吗？根本不可能，‘均贫富’只是他抢劫和杀人的借口罢了。”

我同意马弁的话，轻轻地笑了笑说：“只是可惜关云长了。多么好的一个人啊！在他们三个人当中，如果要我选，我一定会选关羽的。”

马弁说：“我的想法跟你一样，我只愿意跟从关羽。只愿意跟他去打天下，关羽是一个好人，我要把他塑造成一个神。”

我笑了笑，说：“你相信神？——我从没有看见过神。”

他点点头，说：“我不知道我是否信神——不过我知道，很多神是人创造的。”

他想了想，又说：“这个世界，是需要神的。”

我还想跟他说话，只是我说不出话来，全身变得绵软无力。我情不自禁地歪倒在石凳子上。我有点害怕，可是我什么也说不出。院子里的月光真好，仿佛全世界的月色，全洒到这院子里来了。只是我感到清冷，那些月光仿佛嗖嗖地冒着冷气，像水一样流入我的肢体，我的身体变得越来越寒冷。

马弁继续说着，他的话，已带有了梦呓的性质，缥缈得像阴冷的风，“我知道你很美，不过相对于美来说，义更重要，因为义能把男人和男人、权力和利益、君王与臣子、上司与下级连接起来，就像铁链一样锁在一起。而‘美’呢，只能连接男人与女人，并且连接得一点都不牢固……你现在还是认为，美是可以取代义的吗？”

我已说不出话来了，只有点点头。

我听见马弁抬起头看了看天，自言自语地说了一句“好了！”然后念念有词，我听不太明白，“……命中注定你将燃起三团火焰……一团为生，一团为死，一团为爱……命中注定你将骑乘三匹坐骑……一匹为床笫，一匹恐惧，一匹为爱……命中注定你将经历三次背叛……一次为血，一次为财，一次为爱……”马弁一边念着咒语，一边拔出腰中的佩刀，突然地向我躺倒在地的影子砍去。我大吃一惊，感到身体一阵凉爽，慢慢地，彻骨的寒意贯穿了我的整个身体。原来影子也是有感觉的啊！我终于明白了，影子就是人的灵魂！难怪那样不离不弃地跟着我们呢。我们原来一直忽略它，也弄不懂影子的真谛，现在我明白了。我觉得身心一阵轻盈，我早就想离开这个世界了，就像抛开一件紧紧绷住我的缁衣一样。我微微地昂起头，张开双臂，就像传说中嫦娥奔月的姿势一样，我面前的一切都变得色彩斑斓，一切都淹没在璀璨缤纷之中，到处都是珠光宝气，一切都在神秘的寂清之中沉默。

马弁搀扶着我走进了屋子，安放我躺在床榻上，最后说：“你会先睡一会，过一会，等明天你醒来，一切都会好的。”

我有些感动地看着他，轻轻地说：“谢谢你。”

马弁笑了笑，说：“不用谢。我知道，其实你也是没办法，你也是不愿意来的。”

他又说：“我知道貂蝉不是你的真名，你的真名叫任红昌。”

我的眼泪如瀑布一样涌了下来。很多年了，我第一次听到别人提及我的真名，我以为再也没有人知道我的真名了。连我自己，都将这个叫作任红昌的人忘了。我哭了一会，原以为我的眼泪很快就会消退，但是却克制不住自己，忍不住大声呜咽起来。泪眼蒙眬中，我感觉到自己身边的一切都被感染了同情、凄凉与哀愁的情绪——窗外清朗皎洁的月亮也因此变得模糊起来，上面着满一团薄薄的雾霭。

我的睡意也像雾霭一样弥漫开来，我已没有气力再说话了，甚至连思考的气力都没有了。我知道自己身处巫术，我会不会死？会不会再醒来？我睡过去了，也不知什么时候马弁离开了屋子。

凌晨时分，迷迷糊糊的我突然惊醒过来，发现屋里多了一个人，这是一个灰衣人，全身上下包裹得严严实实，脸上只露出眼睛，像黑暗中的一缕幽魂般站在我面前。我惊讶地想发出声来，那个人把头上的灰布解了下来——原来是糜夫人。她什么时候溜进屋子的呢？我有点吃惊，她们不是走了吗？怎么又折回来了？难道是要接我回去？我看着她冷冷的表情，似乎不像是来跟我说事的。我问：“夫人，您这是要接我回去吗？”

“不，你想错了。我这是要送你去该去的地方。”

“那是什么地方？”我晕乎乎地问。

她没有回答我的话，我看见她藏在后面的右手上握着一把匕首。我吃了一惊，问："你这是干什么？"

她咬牙切齿地说："我要杀了你这个小妖精。"

我冷静地问："为什么？"

糜夫人凄婉地一笑，说："如果你一定要问为什么的话，那是因为你长得太美了！"

我更不明白了。

糜夫人说："所以，你必须得死，如果你在的话，就会毁了桃园结义。"我还没有听懂她的话，她执起匕首就像疯子一般向我冲来。我吃了一惊，赶紧避让，又死死地拽住她的手臂。我们大概缠斗了一会，如果还算得上是缠斗的话。我没有想到这个女子有如此大的力气，我很快跌跌撞撞地仰面倒在床上。她一个箭步冲上了床榻，用膝盖压住了我的肩膀，把我紧紧地钉在床上，一边死死地拽住我的头发，一边用污秽的言语骂我。她的力气是如此之大，以致我用尽所有的气力，也阻挡不住她的匕首越来越近。我们就这样静止住了，谁也不动，在挣扎中，床不停地晃动，案上的那面古琴"咚"的一声落在了地板上，有琴弦"锃"的一声断裂的声音。我又听见桌子上书落在地上的声音，那是我正在读的《乐府民歌》，我正读到《陌上桑》那一首，写得多好啊："日出东南隅，照我秦氏楼。秦氏有好女，自名为罗敷。罗敷喜蚕桑，采桑城南隅。青丝为笼系，桂枝为笼钩……"罗敷到底怎样了呢？我还没有读完呢！想到这，我觉得我不能死，我还要读书，还要弹琴，我才不能死去呢！我拼命地握住了那把匕首，虽然指间鲜血淋漓，可我死命地不肯放手。我一边挣扎一边扭着头，在上下齿缝里找到她的手，狠狠地咬了下去。糜夫人大叫一声，拼命地甩开我的头，又用力将匕首向前顶，匕首终于刺进了我的胸口。我的身体因为疼痛不由自主地痉挛起来，我看到有血从胸口渗出，像魔鬼一样蹲伏在我的衣服上。我的疼痛仿佛笼罩了整个世界，世界也因此变得一片苍白。我满嘴都是血腥，感到喘不过气来，张大嘴大声地喘息。她一边继续发力，一边嚷着“你不该来这里，你来这里就是死”。后来，我感到胸口硌得生疼，痛得我直想大叫。我挣扎着说：

“不，你不能这样！”

她看着匕首扎进我的胸口，长吸了一口气，说：“去死吧，妖精！”

她又说：“这是为了你好，也是为了我们大家好。”

糜夫人歇斯底里地大笑了起来。目的达到了，她也变得轻松起来，这一个歹毒的女人啊！我理解这种释放，只是对于我，这样的笑声太残酷了，它像薄薄的刀片不断地在我身上划来划去，我开始还感到疼痛在那里绕来绕去，到后来，我什么也感觉不到了。想到自己竟然丧命在这个女人刀上，我悲伤万分地合上了眼。大约这就是劫数吧？漂亮使得我轻而易举地征服男人，却让我成为女人的公敌。我其实一点也没有得到——男人的宠爱于我是一种折磨，女人的敌意和嫉妒又是另一种折磨，我就这样在世间遭受男人和女人的双重攻击，就像活在冰与火之中一样。

一道柔和温暖的光芒从我头顶方向斜射过来，光线舒适而晶亮；还有音乐，柔美而轻盈，似乎在催你入眠。我一点也不感到疼痛了，只有轻轻的沮丧。我看见黄色的光斑中有一个影子默不作声地看着我。我没好气地问他：

“你是谁?”

“你不认识我了吗？我是死亡。”一个比老鼠胡须还细的声音轻轻作答，“我负责终止人们在尘世的生命，我负责拆散孩子与母亲、妻子与丈夫、父亲与女儿，以及那些相亲相爱的伴侣们。世上没有一个人躲得了我。”

“你走开，我不想看见你。”我气愤地冲着他喊道。

我看见他轻蔑地对我笑笑，丝毫没有走开的意思。

我努力睁开眼睛，看见自己躺在血泊之中，我的衣襟已被鲜血浸透。夜重归于寂静，我甚至能听到血流下来滴滴答答的声音，就像从雨天屋檐上淌下来一般。在我身边，糜夫人早已逃之夭夭。我知道我要死了，我嘴里的血有一股咸涩的金属味道。我现在终于明白她为什么要杀我了，当一个人要靠毁掉另一个人的生命，才能抵御平息自己内心痛楚的话，那么，他就不是一个英雄，是一个怯懦者，更是一个失败者。我不只是说糜夫人，也是说那些男人们。那些男人们真可怜，当他们最终无法解决问题时，他们竟然把杀手锏交给一个女人。我越来越看不起他们了，在我一生之中，没有一个男人曾给我留下好印象。或者说，在我短暂的生命里，我就没有看到过一个好男人。

极度的痛苦之后，我变得平静下来，死亡并没有像我所害怕的那样给我带来疼痛，相反，它还使我宁静，变得舒适和顺畅。我感到这样的状态真正属于我，我就像风一样，无所在，又无所不在。而我活着的时候那种无所不在的压迫和束缚只是暂时的，还有各式各样的纠结都将不存在，从此之后，我将是清风明月。我不再是一个漂亮而虚假的躯体，属于我的，只有自由，而自由，是最美好的东西。

现在我能看见一个小小的东西轻轻地脱离了躯体，就像一只小小的蜜蜂一样。它如蜜蜂般大小，有着蜜蜂般透明的翅膀，一路飞着颤动不已。这就是所谓的记忆吗？或者是更重要的灵魂？在此之后，就像传说所说的一样，我的身体开始飞起来，风载着我轻盈直上。世界在我的眼皮之下越来越小，我感到月光如水穿透我的身体，身体像蝉翼一样变得透明。我突然记起了很多，记起我的来历，也明白了所有人的来历。我喃喃自语：我本来就是来自月宫的，你知道吗？我就是嫦娥。

我不知道我是否还在这个世界上。我感到自己如蜜蜂一样飞走了，剩下的，像空气一样虚无而轻盈。连我也不明白是怎么回事了。我听见一个平静的声音传来：你们是狼群中的羔羊，既要像鸽子一样纯洁，也要像毒蛇一样精明。

这一句话说得如此之好，它让人震撼。只是，我哪能做得到呢？

马弁：我现在的名字叫周仓

一整晚我都在屋子里跟关羽说“义”的故事。屋子里很暗，虽然烛光下关羽的脸柔和而明亮，不过他投射在墙上的影子却显得阴郁而恐怖。看得出来，关羽非常沮丧，他说不想去河北找刘备了，即使找到刘备，又有什么意思呢？所谓的英雄豪杰，就是不断地杀人杀人杀人，把人劈成左右两半或者上下两半，然后有奶就是娘地在一拨军阀之间权衡，一点节操和底限都不讲。他真想带着个女人消失在江湖之中，隐居在哪个风平浪静的山林之所。关羽没有说他想带哪个女人，他当然是想带貂蝉，带着那个绝色美女从这个世界上消失，就像当年的范蠡和西施一样。

我于是滔滔不绝地跟关羽表明了我的想法，我说人的仁、义、智，与“三纲”即君为臣纲、父为子纲、夫为妻纲一样，都与天理是对应的，这是天的道德律，其中，“义”作为人与人之间的关系，是必须坚守的。为了证明我的说法，我举了“赵氏孤儿”和“荆轲刺秦王”的例子，说程婴与荆轲之所以牺牲自己的生命，不为其他，就是为了一个“义”字，为了朋友之间的情义和诺言。虽然我觉得这样的方式有点生硬，让关羽有些不耐烦，但我不得不跟他再次灌输。我诲人不倦地说，他们的故事，其实就是一个“义”字，这一个“义”字何等了得，它就是原则，有那么多人为他赴汤蹈火肝脑涂地。为了证明“义”的博大精深，我又接二连三地举了项羽不去江东乌江自吻、《史记》记载的侠客郭解的故事——有一次他的侄子依仗郭解的势力，硬劝别人干杯。人家酒量小，不能再喝了，他便强行灌酒。那人一怒之下，拔刀刺死郭解的侄子逃之夭夭。郭解姐姐发怒说道：“以弟弟翁伯的义气，人家杀了我的儿子，凶手却捉不到。”她把儿子的尸体丢弃在道上，想以此羞辱郭解。郭解派人暗中探知凶手的去处。凶手窘迫，自动回来把真实情况告诉郭解。郭解说：“你杀了他是对的，这个孩子太蛮横无理。”于是放走了那个凶手，把罪责归于姐姐的儿子，并收尸埋葬了他。人们听到这消息，都称赞郭解的道义行为，更加依附于他。

关羽似乎终于被我说服了，他站起身来，说：“那好吧，貂蝉的事，就暂且听你的，我再跟大哥几年——不过我终究要归隐山林的！”

走到门口，关羽又转过身来，对我说：“不过，我还是想去看看她，归根结底，总是我们把她从许都带到这儿的。我不能一别了之。”

我点点头，目送关羽离开。没来由的，我竟然想起了魏伯阳的故事——说是魏伯阳曾带领三个弟子入山炼神丹。他知道两个弟子心不诚，乃设计考验他们，在神丹炼成那天就试探他们说，金丹虽成，应该试试它灵不灵。我们先给狗尝，狗吃了能飞天，人就可以服用，如果狗吃了死掉了，人就不可服用。说完就扔一粒令人暂死的毒丹给狗吃，狗立即就死了。魏伯阳转过身来对弟子说：这丹恐怕炼不成了，拿它来喂狗，狗吃了就死，恐怕人吃了像狗一样，怎么办？弟子问他：师父你吃不吃？魏伯阳回答说：我离乡背井入山炼丹，就是想求得长生不死，今日修仙不成，我还有什么脸面回去？死生原来没有什么不同，我就服用吧。说完便服丹死去。弟子你看看我，我看看你，说：出来炼丹，是想求得长生不死，而服用了神丹反而马上死掉，我们是吃呢，还是不吃？一个弟子说：师父并非凡人，他服丹而死，必有深意，于是也跟着服丹而死。另外两个弟子看见这一幕，连忙说：炼丹为的是求长生，而今服用了仙丹反而死了，炼丹还有什么用？干脆不吃了，回去还可以活几十年。于是决定不服用，两人一起出山，为死去的魏伯阳和另一位弟子买棺材。

谁知他们一走开，魏伯阳复活了，再用神丹救醒虞姓弟子和白狗。于是，魏伯阳留下一封信便带着弟子、牵着白狗一同游仙去了。两个没有服药的弟子看到魏伯阳留下来的信后，一个个懊悔不及。

魏伯阳升天之后会做些什么呢？就是那样飘飘地在天上过日子？我反复想，也没有想透这一点。到了半夜时分，我手拿着油灯，替自己暗淡的影子开路。我来到了貂蝉的住所，为她施法，试图让她忘却关羽。我不知道我的法术是否有效，这法术我从安伽那学来，但我一点自信都没有。接下来遇到的事情，出乎我的意料——我看见糜夫人了，看见她溜进了貂蝉的屋子，然后，里面传来了打斗声。我知道糜夫人自幼练武，瘦弱的貂蝉，哪里是她的对手呢？再往下去的事情，前面已经叙述过了，我就不再说了。我可能帮不了她，也许这样的选择，对她是最好的结局吧！我强忍着没让自己挺身而出，而是悄悄地离开了貂蝉的屋子，我只是不忍心看着这样一个绝色美女就那样倒在血泊之中。美丽是一个童话，它是超乎寻常之上的。就像天上的流星一样，那是要靠燃烧自己才能呈现出与众不同来。一个人活着，不能为了美丽而活着，只能是为了活着而活着。

离开古城的路上，我沉默寡言，关羽也沉默寡言，只有三将军在喋喋不休地乱说一气。我在想的是，貂蝉会不会由此成仙呢？如果她由此成仙的话，倒是一好百好，一了百了了。其实，她完全不用在人世间受如此罪行的，她其实就应是一个仙子，一个在岁寒宫生活的嫦娥。从此之后，谁也不会提这个名字，过去的一切就像醒来时的一个梦，慢慢地都忘记了。貂蝉消失了，那个天下第一美女貂蝉消失了，没有人会问她为什么消失。貂蝉只有一个，她已经消失。

同时消失的还有马弁——走出那间屋子，我感到无限的疲倦像铅一样灌满了我的全身。我感到死亡的阴影笼罩于我，我连走到坟墓里的气力都没有了。我感到自己的生命正变得像风一样缥缥缈缈，我的周身有一种彻骨般的寒冷，仿佛来自月宫的光线照在我的身上。我变成了空空的风，我的身体正慢慢变得透明，有一些沙子在我的身体内穿来穿去。

从那一天起，我的名字就叫周仓了。我不仅换了一个名字，我还换了一个形象，我用粗硬的毛发做成了胡须，粘在我的面颊和嘴唇上，我甚至还在胸口处贴了一绺浓密的胸毛。在外形上，我成了一个毛发浓密阳刚气十足的壮汉。很多人都以为我是关羽在牛头山时收留的，从此成为他的心腹，他的马弁。其实他们错了，我只是到了牛头山后，才介绍给众人认识的。在有了新身份之后，我很快有了爵位，有了身份。我成为关羽的裨将，一直不离关羽的左右。我替他牵着赤兔马扛着青龙偃月刀，至于后来的关平，则替他捧着关亭侯的大印。

我安排人们开始排练关羽“过五关斩六将”的故事。我写好了本子，交给了那个罗班主。这一次我没有给他五铢钱，我给了他一锭大大的金子。他笑得脸上开了花，点头哈腰地接过去，迫不及待地把它放在嘴里狠狠地咬着，直到掩饰不住满心的兴奋看着金子上的牙痕，“实在对不住，”罗班主讪笑地解释自己的行为，“西域人的假金子到处都是”。我叮嘱他必须以各种方式，演绎着关云长过五关斩六将的故事，把关云长演绎成战无不胜的天神。除了真人秀之外，还可以用傀儡戏的形式加以表现，就是用上等驴皮剪成皮影进村串户表演。罗班主忙不迭地答应了，也满心欢喜地走了。过一段时间，这一个好看好玩的社戏肯定会在黄河两岸的城乡上演，无数百姓将陶醉在观演之中。他们将记住那个传奇似的长髯公，记住那个战无不胜的武神。我这样做当然是有目的的，不要以为权力至上，权力只是在当下左右你的命运时才有用，脱离了当下，权力就是空气。你能领略到古代人的权力吗？一切都是浮云。比权力更重要的东西多着呢——只要成为戏剧的主角，能在民间流传，你就能成为不朽。至于戏剧，这种最为人们喜闻乐见的方式，其实是草民的“梦幻”啊——灯光的迷蒙、面孔的迷蒙、场景的迷蒙、时空的迷蒙，全在构建这种梦幻。当人沉湎于戏剧之时，会忘掉了日常的烦恼，明白人生如梦，颠倒前世现世和来世。戏剧里应有尽有：神秘的欲望、美丽的女人、丰盈的财富、滑稽的情节……半闭双眼，沉湎于舞台的唱词、音乐、色彩和梦幻中，就是进入天堂。

除了戏剧，我后来还设计了一款游戏放置于民间，这就是著名的华容道骨牌。故事起源曹操赤壁之战后从华容道脱逃，关羽有情有义放了他。这一款游戏在民间流传甚广，它深入了民间生活，比任何一本历史书都让人喜闻乐见，尤其是对好奇心极强的孩子们，他们可以为此废寝忘食。棋子的游戏规则是：只准利用两个空平面移动，不许把棋子重叠，也不许跨过任何棋子，要想法用最少的步数把曹操移到出口。游戏中的人物除了关云长、曹操外，还有蜀中的其他四个“五虎上将”张飞、赵云、马超、曹忠等。华容道“水泄不通”通关步骤为六十四步：黄忠下，赵云左，右卒上，左卒右，黄忠右，下卒右上，马超下，赵云左，黄忠上，下卒左二，卒下左，上卒下二，黄忠右，下卒上一，右卒左，黄忠下，赵云右，左卒上左，下卒上二，马超右，左上卒下二，中卒左下，赵云左，中卒上右，下卒上二，马超右，左上卒右下，赵云下，右二卒左二，马超上，黄忠上，左二卒右二，赵云下，上二卒下，曹操下，关羽左，张飞上，马超上，黄忠上，下二卒上，赵云右，左二卒下，曹操下，关羽下，张飞左，马超上，黄忠上，二卒上，赵云上，左二卒右二，曹操下，二中卒左二，赵云上，左下卒上右，曹操右。至于另一个《华容道》“过五关”的通关步骤，共有三十七步：关羽左，赵云下下，下左，上卒下二，曹操右，左下卒右上，马超上，张飞上，关羽上，赵云左，黄忠下，二卒下，曹操下，上二卒右，马超上，张飞上，关羽上，赵云上，黄忠左，二卒下，曹操下，张飞右，关羽上，赵云上，黄忠上，下二卒左，曹操下，赵云右，黄忠上，右卒上左，曹操左。

当历史的记忆成为现实的游戏时，人物肯定成为永恒了。这样，我的目的就达到了。我是在帮助别人永恒中获得了永恒，你们能理解我的苦心孤诣吗？一切都是机缘，就像我跟关羽的机缘。哦，如果要说更大机缘的话，还有一个事情值得一说——那一个罗班主，也就是帮我炮制“千里走单骑”的马戏统领，在他无数子孙之中，有一个人的名字叫作罗贯中！这样的巧合，是不是更大的机缘？我是无力制造这个机缘的，能制造如此机缘的，只有上天。这就是天意！你让我如何不相信似是而非的上天，相信那种若有若无的、如光影一样的上天？我现在知道，上天制造奇迹，根本不是生拉硬拽，而是将诸多机缘埋藏，最后自然而然地浮出水面，就像老子所说的“道生一，一生二，二生三，三生万物”一样。我同样忘不了我的老师安伽用一种苍茫的语调跟我们说：“零就是无。其他的数字都是有。无不是一个数字，而是无穷个数字。它可以像河马一样吃掉所有的数字，它就是无穷大。”后来我对零的概念有了一点粗浅的认识。零是无，也即虚无，零乘以任何数字都等于零。所以说，任何有相对于无都是无。比如人生，就像是一个坐标，它的两头都是虚无。我现在算是明白了安伽所说的话语了，他说的不仅仅是数字，而是真理。

我想起了安伽说的一个故事：

> 一个人问另一个人：有多少位神灵？后者回答说：在万物颂赞里所有的神灵，有三百零三个，与三千零三个。
>
> 到底有多少呢？问的人又说。
>
> 三十三个。
>
> 是的，真正是多少呢？
>
> 六个。
>
> 是的，到底是多少？
>
> 两个。
>
> 是的，到底是多少？

一个半。

是的，最后是多少？

一个。

神灵就有一个，那就是自然。一切生命都是自然的体现，自然是什么，就是一种韵律，一种节奏，生命就是靠着节奏和韵律来推动的。当我们意识到某种潜在的节奏时，我们就与上天不远了。对，我说的就是这样，和谐是人类所无法解释的一种东西，那是人的脑力所无法达到的，只有靠心才能领略和感觉到。在日常生活中保持一种超出日常生活之外的美，并且在美丽的光晕中透露着悲悯的情怀，这就是上天的影子吧？至于我们在这个世界的旅程，我们在乡村、河流、山峦、城市、房屋、寓所和大自然中度过的生活不为别意，而是对一种也许存在、也许不存在的隐秘意义的追寻。

我还想起了一个故事：

有一个人曾经信誓旦旦地说，他的一位圣人朋友，灵魂升上了天堂，在半途中，有一座环绕世界的大山横亘在面前，上面有一种硕大无朋的大蛇，他吓得要命，便没去天堂，直接去地狱了。如今，众人都知道世界上并没有这么一座环绕世界的山，也没有那么一条蛇。

你知道墨子吗？那是古老的荣耀；你知道青帮吗？那是将来的扭曲和变形。这一个潜藏于汉朝社会的古老的帮派，像一条妖娆的影子一样忽隐忽现于黑夜之中，连绵上千年。

它既是百姓市井之中的传说，也是人们梦幻中的庇护所。虽然它的偶像是关羽，但，它却是我创造的。这是个很有意思的事情，关羽成为神，而我扮演着上天的角色。至于我无名无姓无后无子，又何必在意呢？我就是春华秋月夏风冬雪，或者青山绿水，时光年华。

尾声

我是胡班，我跟貂蝉在一起

在这一个故事的结尾，一个人出现了，你们没有想到一个人吧？我是胡班。微不足道的小人物胡班。我曾在荥水关救过关羽一命，那时候王植命令我在关羽下榻的客栈垒起大量干柴，想一把火把关羽一行烧得干干净净。我救了关羽。虽然各种史说，包括后来的话本《三国演义》说我是因为看到关羽夜读《春秋》感到折服，良心发现向关羽透露了王植的阴谋。其实不是这样，当我看到关羽一行中有一个女子从马车下来时，我简直是惊呆了，仿佛平地里升起了一颗小太阳，光芒如此炫目炽热让人眩晕。那真是名副其实的惊鸿一瞥。我当即改变了主意。我从来没有看到过世上还有如此美丽的女人，而且，她还有两个不一样的眸子，一个像绿宝石，一个像蓝宝石。这是举世无双的稀世珍宝啊！我不能让这个美丽的女子毁在我的手上。

后来我一直在想，美绝对是一种魔力，是天造地设的结果——那些绝美的容颜，跟绝美的景致、器物一样，都是“道”的体现，是上天的鬼斧神工。上天将它们造得如此完美，就是别有用心，以完美为无形的绳索引导人类步入某种轨道。我觉得美的就是善的，丑的就是恶的。比如，当美丽无比的貂蝉出现时，已决定了我无法从事恶行，这难道不是上天的昭示吗？在那一刹那间，我感到周身发生了巨大的转化，想我是由美产生了爱，由爱产生了善，由善阻止了我的恶行。爱情就像拍向岸边的一个巨浪，它不仅在外部给我以震撼，同时还慢慢在我内心里膨胀，带着一种幸福感拍向我整个未来。当别人告诉我这个与关羽随行的女子就是貂蝉时，我当即决定向关羽告密，让他们一行迅速地逃出了荥水关。

我的决断改变了结局。之后，关羽轻而易举地杀了王植。关羽询问我是否跟他一道去汝南找刘备，我拒绝了，我干吗要去找刘皇叔呢？我才不想卷进这些政客们的争权夺利呢！在他们之间，除了杀戮，就是阴谋。我一点也不喜欢刘皇叔，也不喜欢袁绍，如果硬要比较的话，我觉得曹操倒像是一个有着个人魅力、敢作敢为的汉子，也是当世的英雄，只是他太残暴了。当我骑马离开荥水关之后，我情不自禁地想起了貂蝉，我的眼前不断出现她的影子，她的一颦一笑，如无形的灯笼一样闪闪烁烁。我这才醒悟，我爱上了貂蝉，无可救药地爱上这个美丽绝伦的女子。我爱上了她，就像爱上了镜花水月一样。这感觉如此突兀和莫名，让我自己都不敢相信，我为什么会爱上这样一个女子？我突然想起了小时候见到过的一个小女孩，她漂亮得让人不敢相信自己的眼睛，以至于我情不自禁地看了一遍又一遍，直至把她看得惶恐不安大哭起来。那时候大人们都笑我痴情，我没想到一直到现在，我还是那样痴情。我知道这样的爱情是不现实的，貂蝉怎么会爱上我呢？她都不认识我，我甚至连跟她说话的机会都没有。这事情如此不可能，可我还是一厢情愿地想着她，我真是很难抵御美的诱惑。后来我觉得什么地方也不去，我只想尾随着貂蝉，如果能在远处看着她，也是一种美好的事情。于是我打马向北，悄悄地跟着关羽一行，看见他们在前面像雁群一样走走停停。就这样我从荥水关一直跟到渡口，从渡口渡河北上，一直到了上蔡城。悄悄地跟随一个人并不是一件简单的事情，我经常扮作一个难民或者一个小商贩的模样，不远不近地跟着关羽的队伍。我跟随他们漫步在黄河边的大道上，跨过村落空无一人的广场，掠过散发着鸡粪鸭粪的集市，或者如一头野猪一样伏在路边的灌木丛中窥视着他们。有一次当关羽一行在路边的一家饭店吃饭时，我低着头来到了斜对面的一家散发着腌菜和咸鱼气味的包子店。我要了四个包子，一边吃一边深情款款地看着对面静坐的貂蝉，根本没有注意我的身前左右。直到关羽一行离开斜对面的那家饭店时，我突然发现那个长得像杀人犯的包子店主一边对我指指点点，一边悄悄地跟几个伙计合计什么。当我听到他们说了我一句“又壮又嫩”的话时，这才意识过来他们可能会把我捉住剁成肉馅装进包子里卖掉。当他们拿着麻索与刀向我走来的时候，我大喊一声，一脚踢翻桌子，飞也似的逃离了那个黑店。一直到我跑到三里路外，眼看着后面无人再追时，才一头钻进一片树林大口大口地喘着粗气。我觉察到胃中的异样，翻江倒海地把腹中的东西吐得一干二净。想想成为关羽这一行的影子多不容易啊，我就这样跟着他们，亦步亦趋。直至关羽杀了蔡阳，在上蔡把貂蝉丢下时，我知道我的机会来了。

我如何接近貂蝉呢？一想到这个，我便感到心慌意乱。有一天夜半时分，我从住的东门客栈穿过半座上蔡城，悄悄地赶往貂蝉住的地方。我走过上蔡的古巷，两旁是面面相觑的木石建筑，我从它们当中穿行，就像不断地打断了它们之间的谈话一样。月亮一路追随，于烟囱间跟我捉迷藏，它应该是讥笑我的痴情吧？我没有遇见任何人，唯有一个孤身老妪，拎着一只死猫的尾巴。她惊恐地看了我一眼，一言不发地悄悄溜进阴影中，仿佛害怕我会抢夺她的晚餐。我来到貂蝉所住地方时，已是丑时了。我悄悄攀上貂蝉所住大院的围墙，轻轻地进了貂蝉的屋子。我嗅到房间里有一种很潮湿的芳香，我看见貂蝉躺在床上，只是肚子上稍微地盖着一点被单，四肢呈现一览无余。我静悄悄地坐在床沿上看着她，感觉她就像一只美丽的金鱼一样漂浮在水上。她的呼吸平缓而安静，就像树木的呼吸一样。刚开始时我很镇定，不过她身上散发出幽秘的香气让我着迷，我不由自主地伸出手去，用手指轻轻触及了她的头发。她的头发像猫毛般柔软，像丝绸般滑腻。我拧动指头，发丝在我手中急促地躲闪，像是有灵性的生命一样。一股暖烘烘的肉体气息袭击了我，我感到喉口焦渴，热血沸腾，情不自禁地将手掌轻轻地放在貂蝉的臀部上，努力感受她细腻的肌肤，感受美的曲线和律动。我的手心情不自禁地渗出了许多汗珠，仿佛黄河浓缩成我的掌纹，河水在我手心中汤汤流淌。我的心提到了嗓子眼，那一刻只要她的身体稍微一动，我肯定会像惊弓之鸟一样啪啪扑扇着翅膀飞走。可貂蝉一直没醒，好像不肯惊走我一样。我就那样呆呆地站在那里，像僵尸一样保持着身姿。也不知过了多长时间，不远处传来一声鸡鸣。我仿佛从梦境中惊醒过来，顿时全身战栗，冷汗都出来了。我挣扎着走出来，像野猫般攀上墙，回到了自己的住所。我躺在床上，想象貂蝉躺在我身边的样子。在那一刹那间，我突然明白，有些东西我是自己不能左右自己的。我感到伤心，我的眼泪不由自主地流了下来。

在关羽一行离开上蔡的那天晚上，我再次来到了貂蝉所住的屋子。我围着貂蝉的屋子转了好几圈，可是我不敢再进去，感觉到屋子包裹着她的美丽，就像包裹着万道金光似的。她不认识我啊，我怎么介绍自己呢？我的冒昧会不会引来她的愤怒？我该怎样向她表达呢？我踌躇着，拿不定主意。一直到夜半时分，我再次翻墙跳入了她居住的屋舍。我先听了听寂静的四周。这一次让我惊讶的是，马厩里那些生龙活虎的马全都不见了，只有一匹饿得精瘦的老马，鼻孔里喷出雾气，颤颤巍巍地打着喷嚏，像一个古稀老人一样唉声叹气。一只野猫蹲伏在马的两腿之间，坐在草上专注地清理毛发，看都不看我一眼。我穿过马厩，走到内室，没来由地感觉到屋子里散发着沉睡和死亡的气息。当我大胆地推开貂蝉的房门时，我大吃一惊，发现她已躺在了血泊之中，胸口渗出了殷红的血，只有嘴角边还有一丝气息。我因为害怕、痛苦、无助而全身颤抖了很长时间，甚至差点喘不过气来。我不知道是谁下的手，又是谁罪恶滔天，是魔鬼仇恨人世间的美丽吗？我咬着牙走上前去，不顾她身上的鲜血，把她紧紧地搂在怀里，感觉到她身体中残存的热量。“貂蝉，起来！不要死，起来！貂蝉……”我一直这样说着，不知道说给她听还是说给自己听。我艰难地抱起貂蝉，带她出了门，直至把她驮到我居住的地方。貂蝉仍昏迷不醒，我让她躺了下来，烧了一壶热水。我脱下她的外衣，又解下了她的腰带、鞋子和内衣，用剪刀剪开黏在她身上的浸血蝉衣。我第一次看到女人竟然有如此白皙的身躯，像美玉般细腻，又像月光般皎洁。我撕下几片床单，浸泡在热水中用皂角搓洗，然后拿它们擦拭貂蝉的身体。一颗透亮晶莹的球状东西从貂蝉胸前的香囊里滚了出来，我一看，是一个“蜻蜓眼”！只见它明显地缺了一块，上面沾上了殷红的血。亏了这个装有蜻蜓眼的香囊挡住了那把短刀，让貂蝉的心脏逃过了一劫。我小心地将“蜻蜓眼”放在一边，继续擦拭貂蝉的身体。我的动作小心翼翼，就像擦拭薄如蛋壳的陶瓷花瓶一般；温柔专注，如同对待一个婴儿。我先是清洗了她肩膀下方的恐怖伤口，又给她抹上丝瓜叶粉末止血。在她稍稍有了气息之后，我尝试着用粳米和小米烧了一点稀饭，用勺子一口一口地喂她米汤。虽然在月光之下她的面色苍白如纸，可是在我的眼中，一直保持着她当初的形象，那是一种无与伦比的美丽，像日光或者月光一样，映衬着这个大地。

三天以后，当我们离开了上蔡古城，在去终南山的路途当中，貂蝉终于在马车的颠簸中苏醒了，看到身边的我，她大吃一惊，挣扎着坐起来：

“你是谁?”

“我是胡班。”我笑眯眯地看着她。

她狐疑地看着我，一脸迷茫。两只色调不一样的眼睛如星空般浩瀚，只是没有先前晶莹了，仿佛宝石褪去光泽，只算是有颜色的石头。而当她看着你时，你会觉得她看到的不只是你，还包括很多别的事物。她狐疑地看着我，问：

“胡班是谁?”

“是你相公。”我回答得很坚决，脸上没有一丝游移。

“哦?我怎么想不起来了。”

她的脸上漾出无限困惑，嘴里念念有词，

也不知道她在说什么。过了一会，她转过头来打量一下周围，脸上若有所思：

“我是谁?”

她问得让我心惊，我一下子愣住了，不知道是由于紧张或是有了罪恶感而说不出话来。我没有想到，在从鬼门关边回来之后，貂蝉竟然丧失了此前的所有记忆。这也是好事吧，对于她和我来说，都是这样。我大着胆子说：“你是我老婆小倩。”

有一件完全出乎意料的事情发生了：貂蝉蓝绿不一的眸子扑闪，忽然有两行泪珠溢出了她的眼眶，缓缓地滑下她的面颊。我不知道是怎么回事，她是因我的回答而感动吗？还是因我的回答而伤心？由此，我不禁莫名地深受感染，恍惚失神，泪水也从我的眼眶里奔涌而出。

貂蝉破泣而笑说：“你真是我的相公吗？你干吗要哭？我怎么……一点也想不起来这些事了?”

“没有什么回事。你生了一场病，好不容易活下来……虽然忘了不少东西，不过会慢慢地想起来的。”

“哦，我记起来了。我好像死过去了……然后，又活了过来。”

“是吗?”

“是的。”

“是怎么回事？”

“我记得我睡在那里，口渴得要命。我就站起身来，倒了杯水喝。可是当我把杯子往茶几上放时，发现原本摆在那里的蜡烛不在了。去哪儿了呢？我发现不远处有亮光，我就循着亮光而去，结果什么也没有看到。回来时却发现一个人坐在我的床上。我还想睡，不想说话，就说：‘你坐一会吧，我再睡一会。’那个陌生人不高兴了，说：‘你知道我是谁？’我说：‘我知道，你不过是我没有做完的梦罢了。’然后我吹熄了陌生人手里的蜡烛，接着睡下去。最后醒来，看见了你。”

我一下子笑了起来，“哈哈，好危险啊，你知道吗？那个人应该是死神。”

“是这样啊！亏了我没有理他。”

“所以你又活过来了。死神对你也没有办法啊！”

貂蝉露出洁白的牙齿笑了起来：

“我们这是要去哪？”

“不去哪儿，回家。”

“回家？”

“是的，回家。”

“家在哪里？”

“终南山啊。”

“太好啦！要回家啦！”

我激动极了，差点啜泣抽噎。当一个美丽绝伦的女子真的属于你，而且绝不是幻觉而是真实的时候，我相信所有人都会因此激动万分的。让我感叹的还有：一个美丽的女人，真的跟猫一样，有九条命，是可以死而复生的。没有其他原因，美是永恒的，美丽的人和事，也是可以永恒的。因为美接近于精神和理念，是可以无限地复制和永恒的。连我自己也不知道，我爱上貂蝉，是爱上她的容颜，还是爱上她的灵魂？我由她的美丽爱上了她，最后导致我跟她在一起的，却是因为她的灵魂。美和灵魂究竟关系如何？我百思不得其解。好像所有与美有关的话题，就是这样扑朔迷离。

就是从这一天起，貂蝉不在了，她失去了之前的生活、与之相关的人物和事件。另一个人的生命开始了。她养好了伤，跟我生活在一起。我们俩编织成绳索，再也没有分开。我不想告诉你我们究竟生活在何处，反正，在我们生活的地方，没人认识她，也没有人认识我。遗忘是一种自由，这样的结果真是美妙。上天带走了她的记忆，让她免受痛苦的羁绊，却保留了她的善良、贤惠和聪明，并赐我们平静和幸福。我现在知道，其实幸福不仅跟财富、地位等身外之物无关，也跟美丽、智慧等身内之物无关，它只是一种简单的满足感。每个聪明人都知道人生是美好的，人生的目的是获取幸福，不过最后只有傻瓜才会得到幸福。我们就是这样的傻瓜。

让人惊异的是，对于貂蝉来说，只有一件东西她没有忘记，那就是丝桐，也就是古琴。有一次，当我把她的那面古琴拿出来擦拭时，她怔怔地坐在琴面前，自然而然地把手搭在琴弦上。当她的手指触及蚕丝捻就的丝弦时，纤弱的手指竟然能清晰地找到旋律，或者说，有关琴乐的记忆还残留在她的手指上。她的指间自然而然地流淌出深幽的高山流水：既清又浊，既小又大，既短又长，既疾又徐，既哀又乐，既刚又柔，既迟又速，既高又下，既出又入，既周又疏……我站在不远处怔怔地看着她，感到不可思议，一切都是恍兮惚兮，其中有象——我觉得琴声中蕴藏着世界的根本秘密，可是每当我捕捉到它，想表达又找不到合适的言语。茫茫浩瀚的世界上，言语有时候真是无力泅渡的，它甚至还不如声音丰富。究竟谁才是那个貂蝉呢？是眼前这个面目全非的女子，还是隐匿于琴音中的魂魄？

那时候已近黄昏。世间万物都在她的琴声中黯淡下来，温柔地渗溢着晕散，彼此相融和睦，宛如整体一样和谐。余音袅袅中，想着自己像收藏美玉一样相伴曾经的绝代佳人，我的眼泪情不自禁地溢出了眼眶。

后记

之所以写这部长篇小说，是我的体内一直流淌和发酵着《三国》的故事。由于自小生长在饥渴年代，童年的我曾翻来覆去读过不下十遍《三国演义》，对其中很多人物耳熟能详，尤其是脍炙人口的刘关张、诸葛亮以及赵云等等。在我心中，关羽就是“功夫大王”，貂蝉则是我所能想象的最漂亮的女性。逐渐长大的过程中，我开始对这一本话本小说渐生不满——《三国演义》里最精彩的，就是乒乒乓乓的打斗，以及各种各样的阴谋诡计钩心斗角。至于人物，总如戏曲舞台般“隔着一层”，念叨着字正腔圆的道白，装腔作势地拉开架式，一点也不像生活中的人。至于貂蝉，则像影子一样来去匆匆，在一大堆野心勃勃的男人中露了一下脸，就不知去哪了。《三国演义》里的人几乎没有内心世界，没有一般人的食色情欲——像貂蝉，无力地辗转在男人中间，她到底是怎样想的，她真的爱吕布吗？她的心里有痛苦吗？这些，《演义》中都没有交待，那是因为它压根不值得交代吗？

关于貂蝉和关羽的故事，据说元代专门有一部杂剧，但我一直没有看到。随着我的慢慢成熟，我发现了女人之于社会，之于世界和人心的特别意义。在这个世界上，女人比男人更具有敏感的触觉，更能感知这个世界的细节和一些其他的东西。如果关羽“过五关斩六将”的故事中有女人的存在，或许能摇曳出时间之河水草般的鲜活。有一段时间，我发狠地阅读古今中外的名著，明白了一点，史诗作品不是因为古老而伟大，而是因为在时间的长河中养育了人类本身而伟大。比如说《荷马史诗》，叙述的不只是人类曾经的故事，还给我们带来了人类的经验和教训，记录了人类的情感和怜悯。它就像一座灯塔，矗立在人类历史的漫漫大海之上。我一直希望能写出一部史诗般的作品，如同我看过的中外名著一样。后来我明白，如此之类的想法，其实是一种奢望，步入商业时代的世界过于琐屑、无聊、程式化，散发着虚假和虚荣，至于人物，更是因为精神的匮乏，缺少理想而苍白如纸。这样的现实状态，让人如何记录、描述和表现呢？就个人的兴趣而言，我不喜欢过于故事化的东西，我认为编纂得完美神奇的故事都是一种假象，更不要说那些蹩脚的“狗血剧”了。它不利于我们弄清楚一些东西，甚至于拉远了我们与真理的距离。世界总是支离破碎的，它很少有完整的情节，以及精彩的故事。至于身边所发生的事，更显虚假而零碎。在我看来，这世界绝不是单纯的传奇和故事，更多的，是幽微的意识、深邃的思想以及无所不在的怀疑，还有一些潜伏在孔穴中散发的亮光和声音。这些，其实是通过文字去慢慢寻找、攫取和捕捉的。

就这样一直到了 2015 年，有一个机缘让我开始写作这一本书。在这一篇小说中，我采取了一种“视角角色”，就是让人物的视角和心理来展开内容，让每一个人的叙述来推动故事的走向。这一种方式，可以让读者转化视角，理解角色内心的冲突和挣扎，即使是角色做出了愚蠢或邪恶的决定，读者也容易产生理解和同情。我建立了好几个虚拟的点，以虚拟的点构建这个网状的故事。在我看来，世界复杂而交叉，互相牵扯干扰。你无法了解起点，就无法了解道路，更无法知晓终点。另一方面，视角变化的写作也是一种“叙述性诡计”，更有利于我们认识每一个人物，注重个体对于他人和世界的看法。这样的方式，有点像音乐中的“变奏曲”，它是对另一个空间的探索，是在“内在世界的无限多样性”中的旅行，目标指向集中、循环反复、不断深入，像围绕一个相对固定事件的耐心钻探，开挖出无数通道。简而言之，这一部小说，就是关于“过五关斩六将”的多维的变奏。它不是史诗，也不是关于历史、英雄、爱情的事件，而是个人心灵的碎屑在时间的波光中闪烁潋滟，更是有关生、死、爱、恨、嫉妒和自由的叙述。比较起码字成墙的说法，我更愿意把小说看作是树上结的果子。它的成长，不是一字一字堆砌的结果，而是培土浇灌的结果。它不是简单的故事，只是有故事性更接近天然……写作之时，我常常感觉自己披一袭黑色大毡，像一个魔法师一样穿行于时间的缝隙中，以感知连接感知，以思想连接思想，以冥想获得血液和气息，尽可能深入人物的皮囊之下，获取一切秘密。我尽可能排除一切干扰，力求以一种心若止水的状态浮游于想象的苍穹——我的身体内部爬满很多魔鬼，也飘浮诸多天使，我张开所有的神经末梢，像眼镜蛇一样警觉而敏锐地捕捉细节和瞬间。我一手握着贴近和认同，一手握着疏离和淡化，让笔下的人物成为幽灵，浮游于时间的河流里。我想采撷的，是游荡穿行于故事之中缥缥缈缈的东西，就像神秘的风一样，贴“纸”飞行。由于不断地内在转化，在此期间，我的身体竟然出现大面积的无名湿疹，反复持续了好几个月才好，连医生也说不清怎么回事。我不明白生病与写作具体的联系，不过我自以为那跟日夜潜行于人性“盘丝洞”有关，是时空中过多的幽微在我身体中的释放。我不免会心地苦涩一笑——能感知那些不同的幽微世界，还真是一个人的福分。

小说就是小声说话，就是低语，是降低声调的叙述；至于小说的作者，不是生产者，而是养育者或发现者。小说更像来自另外一个世界，在我们的上空飞翔或彷徨，我们努力观察它，继而描述和记录它。这是一个神秘的过程，它可能与真实和历史无关，却和生活和人心的深沉和隐秘有关；又像是摇身一变，努力超越时间、地点、人物的结果……庆幸的是，我自以为捕捉到了它们的衣袂，将那种转瞬即逝的感觉固化为文字得以呈现。作为文字，如果能游走到时空的边缘，能触摸到世界运转的衣袂，能发出气喘吁吁的呼吸声，就已经尽到全力了。我不确信我是否能做到这点。我期望能描述出笔下人物的状态，以及心灵的种种转折，让人们读过该书之后，就像醒来时能换一副面孔，或者看到不同的世界。虽然每个人对这世界的理解都是“盲人摸象”，是五十步和一百步的区别，但我还是固执地将脚步从五十步艰难地移向一百步。在一百步的位置上，我为只走了五十步的人遗憾。

每一种艺术形式都有着它的优势和劣势。尽可能地发挥一种艺术形式的优势，这是必须审视的问题。没有比电影和电视更善于表达故事和情景了；至于音乐，它是最通神的；舞蹈呢，它能体现身体的完美以及神性质朴的一面。文字的优势是什么呢？在影像艺术诞生前，文字的特长是叙述，是故事的完整性和人物的典型性；而现在呢，文字的优势只剩下直入人物内心的穿透力、自身的美感和逻辑性，以及洋溢飘荡的弦外之音。没有一种方式能取代文字表达深邃的思想、清晰的认识、内在的节奏；除此之外，文字还擅长隐秘的追踪，像笔尖在前引导人们去探索曲径通幽的小道，去走近人性边缘的忧伤。那些曾经消逝的人物，虽然像画中人一样离我们很远，不过我们却可以用千古不变的人心去接近他。古人和今人本质上并无不同，我们只要深入自己，就可以发现与他们一样心跳，找到解读他们的脉络与密码。并且，凡是在这个世界上存在过，不管是人类、动物、植物、山川河流等“神”创造的东西，还是器物、庄稼、书籍等人的再创造，都是有生命的。用于写作的文字也是这样，当一本美妙的书出现的时候，它就是独立的生命，我们同享阳光和雨露，一起呼吸和思想。

最后我想说的是：其实人类社会发展至今，生存的本质早有人指出，只不过清醒的智慧总被有意无意忽略，被别有用心的人匿藏，被愚顽不改的人否定，更为无情的时间所埋没。我希望能借助一些作品将曾经燃烧过的火焰收集起来，让它们重新发光，以一种萤火闪烁的方式，提醒人们注意脚下的道路。

愿你们喜欢这本书。